WILLIAM RYAN

LE ROYAUME DES VOLEURS

Une enquête de l'inspecteur Korolev

Traduit de l'anglais (Irlande)
par Jean Esch

10
18

Grands détectives

créé par Jean-Claude Zylberstein

ÉDITIONS DES DEUX TERRES

Titre original :
The Holy Thief

ISBN : 978-2-264-05590-3

À Joanne

Dans l'air figé de la sacristie, on n'entendait que les gouttes de sang qui tombaient lentement sur le sol de marbre et le léger murmure de sa respiration. Inspiration, expiration... puis une longue pause avant que le rythme irrégulier reprenne. Elle était presque morte.

C'était un travail bâclé. Elle avait saigné énormément, comme il s'y attendait, mais ça le mettait mal à l'aise malgré tout. Qu'aurait-il pu faire d'autre ? Quand on n'avait pas le temps de détruire une personne mentalement, de la broyer, il fallait utiliser la souffrance et la terreur. Même si ce n'était pas nécessairement l'approche la plus professionnelle ou la plus efficace. Il avait espéré qu'il suffirait de la secouer pour la rendre docile, mais, en définitive, elle avait dépassé le temps dont il disposait. Quel dommage ! Parfois, il lui suffisait d'enfiler un des longs gants, lentement, en serrant éventuellement le poing pour faire craquer le cuir sur les jointures. Jaillissait alors un flot de paroles, si rapide que le seul problème, c'était de trouver une dactylo capable de tout noter. Il préférait que ça se passe ainsi, évidemment ; ces interrogatoires directs étaient plus agréables. Mais pour chaque moulin à paroles, il tombait ensuite sur un roc, et cette fille était taillée dans le granit.

Tout ce qu'il avait tenté avait échoué. S'il avait eu plus de temps, peut-être aurait-il réussi, mais il ne disposait que de ces deux heures. Deux heures pour un esprit pareil ? Solide, hermétique comme une boîte en métal. Ça ne suffisait pas. Ils ne seraient pas contents, mais qu'espéraient-ils ? Il les avait prévenus, non ? S'il avait pu l'amadouer un peu d'abord : privée de sommeil pendant plusieurs jours, une cellule surchauffée, une cellule glaciale, l'obscurité la plus complète, le silence absolu. Là, il aurait pu obtenir des résultats. Avec du temps et les bons outils, il aurait pu découvrir des choses qu'elle-même savait sans le savoir. Mais il avait travaillé sans rien, ou presque : son tablier de cuir, ses gants et deux heures au fond d'une église.

Ça non plus, ça ne lui plaisait pas. Il avait reçu l'autorisation, évidemment, en haut lieu, avaient-ils précisé. Mais quand même. Si on le dérangeait, il aurait du mal à s'expliquer, surtout maintenant qu'une flaque de sang se formait au pied de l'autel. Quiconque entrerait à cet instant le prendrait pour un fou.

La respiration de la fille ralentit encore et il contempla son travail de la soirée. Ses yeux, deux immenses pupilles noires entourées d'un mince halo couleur amande tacheté d'or, avaient accepté ce qui lui arrivait, et la lumière qui les habitait s'éteignait peu à peu. Il cherchait la peur, mais il n'y en avait pas. C'était fréquent : passé un certain stade, ses victimes dépassaient la peur, et même la douleur, et ensuite il avait un mal fou à les récupérer. Il s'approcha, en se demandant si un jour il parviendrait à entrevoir l'au-delà dans des yeux tels que les siens. Il avait beau scruter, il ne voyait rien. Elle regardait fixement le plafond au-dessus d'elle, c'est tout. Un tableau était accroché tout là-haut, représentant les saints au paradis, et c'était peut-être ça qu'elle regardait. Il avança la tête pour lui boucher la vue, mais ses yeux le transpercèrent.

Au moins, quand il se trouvait aussi près, la puanteur était moins étouffante. Certes, il percevait encore les effluves moites de son sang, mais aussi l'odeur de savon, de cheveux mouillés ; et quelque chose dans ce mélange lui faisait penser à un enfant. L'odeur de son fils quand il était nouveau-né : un parfum chaud et heureux qui avait rempli son cœur. Il se demanda où elle avait déniché du savon ; c'était une denrée rare cette année. On en trouvait dans les boutiques réservées aux personnages haut placés et aux touristes, mais on ne pouvait pas toujours en acheter. Cette histoire de savon l'intrigua un moment, puis ça lui revint : elle l'avait certainement apporté avec elle. Du savon américain. Évidemment. C'était logique. Du savon capitaliste.

Quoi qu'il en soit, il s'étonnait d'éprouver pour cette fille un sentiment proche de la compassion. Les larmes avaient effacé une partie du sang sur ses joues et il la trouvait très belle, avec ses fines narines qui, à chaque inspiration, se dilataient à peine. Il retint sa respiration un instant, craignant, de manière totalement irrationnelle, d'embuer ces yeux sans fond. Il déglutit et chassa ses émotions. Ce n'était pas l'heure de céder à la complaisance envers soi-même. Dès le premier jour, ils lui avaient inculqué les dangers de la pitié mal placée, et les erreurs qu'elle provoquait. Il allait devoir la ranimer, faire un dernier effort.

Il appuya un doigt sur son cou : le pouls battait encore, mais à peine. Il se redressa et prit les sels. Il y avait du sang sur la bouteille (il s'en était déjà servi deux fois) et une partie de lui-même avait envie de la laisser s'en aller en paix, mais il avait reçu des instructions, et même s'il était fort peu probable qu'elle lui apprenne quelque chose, il restait toujours une chance. Il déboucha la bouteille et attira la tête de la fille vers lui. Elle essaya d'échapper à sa main, mais elle n'avait plus assez de force.

Tout d'abord les sels semblèrent n'avoir aucun effet, puis, alors qu'il se retournait pour ranger la bouteille dans son sac, elle le suivit du regard et, surtout, elle donna l'impression d'essayer de parler. Il prit son couteau et fit glisser la lame sur la joue, entaillant la peau en même temps que le tissu dans sa hâte à ôter le bâillon. Elle toussa quand il le retira. Le sang avait maculé ses dents blanches, et il remarqua combien ses lèvres étaient fines et grises. Sa respiration s'était accélérée à cause de l'effort, mais elle se calma un peu, avala sa salive et fixa son regard sur lui. Il se pencha sur le côté pour entendre ce qu'elle avait à dire éventuellement, sans la quitter des yeux. Elle murmura des paroles indistinctes. Il secoua la tête et se pencha davantage, attendant qu'elle fasse une nouvelle tentative. Elle inspira profondément, le regard toujours rivé au sien.

— Je vous pardonne, dit-elle, et on aurait presque pu croire qu'elle le trouvait amusant.

CHAPITRE 1

Il était plus tard que d'habitude lorsque le capitaine Alexeï Dmitrievitch Korolev gravit le perron du 38 rue Petrovka, quartier général du service des enquêtes criminelles de la Milice de Moscou. La matinée avait mal commencé et ça continuait ; pardessus le marché, il n'arrivait pas à se débarrasser d'une migraine due à la vodka ingurgitée la veille au soir. C'est donc avec une résignation empreinte de lassitude, plutôt qu'un enthousiasme stakhanoviste, qu'il poussa un battant de la lourde porte en chêne. Après le soleil terne de la matinée, ses yeux mirent un certain temps à s'habituer à la relative pénombre, d'autant que d'épais nuages de poussière de plâtre tourbillonnaient dans le hall où il s'attendait à trouver des officiers en uniforme et une vive animation. Il s'arrêta, perplexe, se demandant ce qui se passait et cherchant l'origine de cette poussière et de tous ces gravats. Il fut récompensé par un mouvement flou qui déplaça la houle de brume sur le palier, là où se dressait la statue de l'ancien commissaire du peuple à l'Intérieur, Guenrikh Grigorievitch Iagoda. Un mouvement interrompu par le fracas d'un objet très dense heurtant ce qu'il devinait être le socle de la statue, à coup sûr. Le bruit, amplifié par le sol et les murs en marbre de l'atrium, fit à Korolev l'effet d'une gifle.

Il avança avec méfiance et gravit l'escalier menant au palier ; des débris craquaient sous ses pieds. Le commissaire n'était plus qu'une silhouette emmitouflée dans des couvertures, aux pieds de laquelle s'affairaient quatre ouvriers torses nus, armés de leviers, de marteaux et d'un porte-foret qui entra bruyamment en action. Apparemment, leur objectif était de déboulonner la statue, mais le socle ne semblait pas d'accord. Quand Korolev s'approcha, un des ouvriers leva la tête et lui sourit, laissant voir des dents blanches au milieu d'un visage couvert de poussière grise.

— Ils voulaient que le camarade commissaire reste là jusqu'à ce que le bâtiment s'écroule autour de lui ! cria-t-il dans le vacarme. Il est cimenté dans le sol. Si on arrive à l'enlever en un seul morceau, on aura de la chance.

Korolev vit la masse, maniée par un des camarades de l'ouvrier, s'élever de nouveau et s'abattre sur un burin qui projeta des débris dans tous les sens en s'enfonçant un peu plus sous le bloc de marbre qui soutenait le commissaire. Korolev déglutit plusieurs fois pour tenter d'humecter sa langue sèche comme s'il avait mangé du sable.

— Ah ! Il a bougé. On va l'avoir, les gars ! lança en crachant l'homme à la masse.

Le crachat atterrit sur un tas de gravats à ses pieds. Korolev hocha la tête d'un air pensif, un stratagème qu'il trouvait très utile quand il ignorait ce qui se passait, et il avança d'un pas, timidement. À sa connaissance, Iagoda était toujours un membre éminent du Politburo et il avait droit au respect dû à sa position. Mais, de toute évidence, quelque chose avait changé si on déboulonnait sa statue.

Korolev marmonna un « Bonjour, camarades ! » bourru mais ferme en passant devant les ouvriers. Il se disait qu'à Moscou, au mois d'octobre de l'an de grâce 1936, il était préférable de s'abstenir de tout commentaire sur ce genre de choses, surtout quand on avait la gueule de bois.

Avec son mètre quatre-vingt-trois, Korolev était bien plus grand que la moyenne, d'après les normes publiées la semaine précédente par le ministère de la Santé. Il était également au-dessus du poids moyen d'un citoyen soviétique, mais il mettait cela sur le compte de sa taille et non de la suralimentation, comme si une telle chose était possible dans cette période de transition vers le communisme total. Quoi qu'il en soit, sa carrure constituait un avantage quand il fallait employer la méthode forte.

Il ressemblait à ce qu'il était : un inspecteur de la Milice doté d'une grande expérience. Ce qui n'arrangeait rien, c'était son visage massif, comme souvent chez les policiers ; une mâchoire large, des pommettes saillantes et une peau irritée par des années passées au soleil et sous la neige. Même ses cheveux châtains très courts, accrochés à son crâne comme des herbes mortes, trahissaient le flic. Mais, curieusement, l'épaisse cicatrice qui courait de son oreille gauche à la pointe de son menton, souvenir d'une rencontre avec un cosaque blanc durant la guerre civile, lui donnait un air plus affable que féroce ; et son regard doux dans lequel brillait une lueur d'amusement méfiant l'empêchait de ressembler à une brute épaisse. Pour une raison inconnue, ses yeux le faisaient passer pour un brave type auprès des citoyens même quand il les arrêtait, et très souvent ils se surprenaient à lui révéler des pensées ou des informations qu'ils auraient préféré garder pour eux. Mais ces yeux étaient trompeurs : Korolev s'était battu de l'Ukraine jusqu'à la Sibérie, et retour, durant sept longues années, contre les Allemands, les Autrichiens, les Polonais et tous ceux qui pointaient une arme dans sa direction. Et il en était ressorti plus ou moins indemne. Quand cela était nécessaire, le capitaine Alexeï Dmitrievitch Korolev n'était pas tendre, au contraire.

Il se gratta la nuque en montant vers le deuxième étage et réfléchit à ce que pouvait signifier pour le service des enquêtes criminelles de la Milice de Moscou le déboulonnage de la statue du commissaire Iagoda. Jusqu'à présent, le rôle de la Milice des ouvriers et des paysans, pour donner son nom entier à la police soviétique, consistait à maintenir l'ordre public, régler la circulation, surveiller les bâtiments importants et effectuer diverses autres tâches, dont la moindre, bien évidemment, n'était pas d'enquêter et de lutter contre les activités criminelles. C'était là que Korolev et le reste du service intervenaient. La majeure partie du travail politique incombait au NKVD, la police secrète, même si, quand vous viviez dans un État prolétarien, tout ou presque était politique, d'une certaine façon. Aux yeux de certains, tout crime représentait une attaque contre le système socialiste ; néanmoins, la distinction entre crimes traditionnels et crimes politiques demeurait, pour le moment du moins. Évidemment, les miliciens en uniforme aidaient souvent le NKVD à résoudre des affaires politiques (l'Armée rouge elle-même donnait un coup de main de temps en temps), mais en général Korolev et les autres inspecteurs étaient libres de faire ce qu'ils faisaient le mieux : traquer et arrêter les auteurs de crimes graves qui n'entraient pas dans le domaine politique. Résultat, quand un Moscovite évoquait le 38 rue Petrovka, il le faisait comme un Londonien parlerait de Scotland Yard ; rien à voir avec la façon dont il parlerait de la Loubianka, à supposer qu'il ose mentionner le redoutable quartier général du NKVD. Korolev espérait que la bonne image de la rue Petrovka perdurerait en ces temps de grands changements.

Hélas, l'embarrassante vérité, c'était que la Milice, et donc le service des enquêtes criminelles, faisait désormais partie du ministère de la Sécurité d'État, et quand les gens parlaient des « organes », ils parlaient aussi bien du NKVD que de la Milice, et tout le monde savait que le rôle de cette dernière pourrait devenir plus politique sous l'influence du nouveau commissaire, Iejov. En outre, à en juger par le sort réservé à la statue de son prédécesseur, l'arrestation de celui-ci pourrait être imminente, si elle n'avait pas déjà eu lieu. Dans ce cas, il s'ensuivrait certainement une purge des organes. Korolev connaissait la chanson maintenant. Certes, il possédait un des taux d'élucidation les plus élevés de tout le service, mais en cas de purge nul n'était à l'abri. Il avait vu trop de choses au cours de ces dernières années pour nourrir le moindre doute.

Korolev entra dans le bureau 2F en lançant un bonjour plus proche d'un grognement que d'une formule de civilité ; il se tourna vers les patères fixées derrière la porte et tenta de s'extirper de son gros manteau, qui l'engonçait un peu trop au niveau des épaules par rapport à la dernière fois où il l'avait porté, six mois plus tôt. La pièce était peinte en gris cuirassé et meublée de quatre bureaux qui se faisaient face deux par deux, et de huit meubles de classement alignés le long des murs. Ça sentait l'homme et la cigarette, et la lumière qui entrait par l'unique fenêtre devait lutter contre la fumée que produisaient furieusement les trois inspecteurs déjà présents. En guise de décoration, les murs s'ornaient d'un plan de Moscou et d'un portrait de Staline. Jusqu'à la veille encore s'y trouvait également une photo du commissaire Iagoda, mais maintenant il n'y avait plus qu'un rectangle de peinture plus claire. Ce détail suffisait à inciter n'importe qui à allumer une cigarette.

Korolev parvint enfin à se débarrasser de son manteau, faisant apparaître l'uniforme qu'il portait rarement. En se retournant, il découvrit les visages pâles et les yeux écarquillés de ses collègues braqués sur lui. Leurs trois cigarettes rougeoyaient en même temps. Korolev haussa les épaules et constata que son uniforme, lui aussi, était plus serré que la dernière fois qu'il l'avait porté.

— Bonjour, camarades, répéta-t-il, plus distinctement cette fois.

Larinine fut le premier à se ressaisir.

— C'est une heure pour venir travailler, camarade ? Il est neuf heures largement passées. Ce n'est pas ce qu'attend le Parti. Le devoir m'oblige à en référer au comité.

Korolev trouvait que Larinine ressemblait à un cochon, et ses dents grises, cassées, qui apparaissaient entre ses lèvres charnues, ressemblaient elles aussi à des dents de cochon. Mais sa voix était plus aiguë aujourd'hui, et Korolev constata que les doigts boudinés qui tenaient la cigarette tremblaient légèrement. Il est nerveux, pensa-t-il, et cela ne l'étonnait pas. Il se méfiait de l'inspecteur chauve dont la panse se répandait sur le bureau comme une lame de fond, mais aujourd'hui il se montrerait particulièrement prudent. Les coups de masse qui continuaient à résonner dans l'escalier marquaient peut-être la fin pour un stratège comme Larinine. Après tout, son bureau appartenait à Torgnole Mendeleïev il y avait peu de temps encore, et la manière dont Larinine l'avait obtenu ne lui avait pas valu beaucoup d'amis. Mendeleïev avait été un inspecteur acharné et efficace, fléau des Voleurs de Moscou, jusqu'à ce que Larinine, simple policier affecté à la circulation, l'accuse de répandre de la propagande antisoviétique. Désormais, Larinine était assis parmi les anciens collègues de Mendeleïev, et il occupait son bureau, à défaut de combler le vide, alors que personne ne savait où était passé Torgnole, sans doute quelque part dans l'extrême nord, contre sa volonté, tout cela à cause d'une stupide plaisanterie sur les tchékistes que l'agent de la circulation avait entendue et exploitée. Pas étonnant, dès lors, que Larinine semble si nerveux : il savait avec quelle rapidité le vent pouvait tourner ces temps-ci et il avait bien conscience qu'après trois semaines parmi eux il n'avait pas résolu une seule affaire. Pas de quoi fanfaronner devant ses amis du Parti.

— Je sais quelle heure il est, Grigori Denisovitch, répondit Korolev. J'ai dû aller voir le colonel Gregorine à la Loubianka. Il m'a fait attendre. Veux-tu que je te donne son numéro de téléphone pour que tu puisses vérifier ?

En baissant les yeux, il constata que les mites s'étaient attaquées à sa manche d'uniforme durant l'été. Il frotta le tissu grignoté et s'assit à son bureau, rangeant sa toque de fourrure dans le tiroir du bas, à sa place. Il alluma sa lampe, puis commença à parcourir les documents contenus dans le dossier qu'il devait transmettre au bureau du procureur dans la journée, mais s'arrêta en constatant qu'un étrange silence s'était abattu sur la pièce.

— Camarades ? dit-il en levant la tête.

Les autres enquêteurs le regardaient bouche bée, fascinés ; un mélange de terreur et de pitié se lisait sur leurs visages. Larinine essuyait la sueur sur son crâne chauve avec sa manche de chemise.

— La Loubianka, Alexeï Dmitrievitch ? demanda le sous-lieutenant Ivan Ivanovitch Semionov.

Âgé de vingt-deux ans, Semionov était le benjamin des inspecteurs, mais parfois, comme à cet instant, il paraissait encore plus jeune. Avec ses cheveux blonds qui lui tombaient sur la figure, sa beauté presque efféminée et son attitude franche, il ressemblait à une affiche de propagande pour le Komsomol, la ligue de la jeunesse communiste. Semionov n'était avec eux que depuis deux mois – passés essentiellement à seconder Korolev dans des tâches simples et à assimiler les ficelles du métier – et il devait encore apprendre à ne pas toujours dire ce qu'il pensait.

— Oui, Ivan Ivanovitch, répondit Korolev. Le camarade Gregorine veut que je donne une conférence aux élèves officiers de dernière année de l'École supérieure du NKVD.

Les trois hommes se détendirent. Le teint de Larinine parut un peu moins terreux tout à coup, Semionov sourit et Dimitri Alexandrovitch Yasimov, un homme sec et musclé, de l'âge de Korolev, avec une tête de professeur et un esprit cynique, se renversa contre le dossier de son siège, en grimaçant car ce mouvement réveilla une vieille blessure au ventre, et tira sur sa barbichette bien taillée.

— Voilà pourquoi tu portes ton uniforme, Lyoshka. On pensait qu'il pouvait y avoir une autre raison. C'est rare de te voir avec.

Yasimov utilisait la forme familière du nom de Korolev comme il en avait le droit après douze années passées à travailler et boire avec lui. Korolev examina de nouveau sa manche grignotée et grimaça. En effet, il préférait s'habiller en civil. Rien ne dissuadait plus un citoyen de se confier à un enquêteur qu'un uniforme brun, à son avis.

— Il avait besoin de prendre l'air. Regarde ça… ces satanées mites s'en sont donné à cœur joie.

— Il est un peu trop petit, on dirait. Tu as grossi ?

Les yeux de Yasimov pétillaient. Korolev sourit. La vieille cicatrice qui longeait sa mâchoire tirait son œil gauche vers l'extérieur et lui donnait un aspect rêveur, accentué par la façon dont ses yeux semblaient se cacher sous ses épais sourcils. Pour plaisanter, Yasimov disait que le regard de Korolev était toujours fixé sur son repas. Tout en reconnaissant qu'il y avait une part de vérité dans cette affirmation, Korolev estimait que ce côté rêveur incitait les gens à lui faire confiance, ce qui se révélait très utile dans leur métier.

— C'est du muscle, Dimitri. Je m'entraîne. Je me maintiens en forme pour ne pas me faire poignarder par des vieilles dames.

Semionov pouffa derrière un dossier ouvert précipitamment et Larinine en oublia temporairement ses ennuis, au point d'éclater de rire. Yasimov lui-même ne put s'empêcher de sourire en massant l'endroit où une femme âgée avait planté ses ciseaux quand il avait voulu l'aider à traverser la rue. C'était à cause de l'uniforme, leur avait-elle confié plus tard, et Korolev n'avait pas été surpris. Les uniformes rendaient les gens nerveux ces temps-ci. Elle avait cru que Yasimov voulait l'arrêter, bien qu'elle n'eût rien fait de mal, et Korolev avait dû la maîtriser en douceur pour l'empêcher de poignarder son collègue une seconde fois. Même les innocents sursautaient en voyant des ombres désormais, et il se trouvait qu'elle tenait une paire de ciseaux à ce moment-là. Korolev s'efforça de ne pas rire, mais il était si rare qu'il parvienne à moucher son ami qu'il dut plaquer sa main sur sa bouche. Yasimov secoua la tête d'un air de réprimande.

— Très drôle. Cela étant, tu as raison, je suis ton exemple maintenant, Lyoshka. Depuis cette expérience, toujours en civil. Mais dis-nous un peu : si tu dois transmettre ta sagesse aux jeunes tchékistes, sur quel sujet vas-tu déployer tes talents de pédagogue ?

Korolev avait trouvé le dossier qu'il cherchait ; il était maintenant ouvert devant lui. La photo du coupable, prise au moment de l'arrestation, le regardait. Le visage juvénile et pâle était marbré d'hématomes. C'était une affaire pénible, et pourtant sa conscience se sentait mal à l'aise en voyant les traits meurtris de l'homme. Il n'était pas présent quand ils l'avaient tabassé, et il ne pouvait pas véritablement condamner les miliciens qui avaient fait ça, ils avaient des sœurs et des filles, après tout. Néanmoins, il valait mieux laisser le châtiment aux tribunaux populaires ; sinon, ce ne serait pas mieux qu'avant la Révolution.

Distrait par la photo, il ne faisait plus attention à Yasimov, et quand il leva la tête, il étouffa un juron, accompagné d'un petit sourire, en constatant que Semionov et même Larinine s'étaient pris au jeu.

— Allons, camarade, reprit Yasimov, c'est un grand honneur. Tu dois partager cette nouvelle avec tes collègues. Dans quel domaine es-tu si compétent qu'un colonel t'a choisi, toi, un vieux capitaine du service des enquêtes criminelles de Moscou, pour s'adresser aux jeunes et brillants tchékistes de l'École supérieure de sécurité intérieure F.E. Dzerzhinski ? La crème de la jeunesse soviétique, rien que ça. Même notre petit héros ici présent n'aurait aucune chance parmi eux.

D'un mouvement de tête, il montra Semionov, qui sourit avec bonhomie. Tous trois attendirent la réponse de Korolev, même s'ils la connaissent déjà.

— Gestion d'une enquête, lâcha-t-il d'un trait, sans pouvoir réprimer un sourire à ses dépens.

Il fut récompensé par un éclat de rire collectif.

— Un sujet digne d'intérêt, Alexeï, répliqua Yasimov, satisfait que l'ordre naturel des choses ait été rétabli. Les petits tchékistes apprendront une ou deux choses avec un vieux briscard comme toi.

— Je l'espère, Dimka. Mais je m'étonne qu'ils n'aient pas fait appel à toi pour un cours sur l'autodéfense.

Yasimov agita un doigt menaçant en direction de Korolev, surpris de marquer des points sur son ami deux fois dans la même matinée. Semionov toussait derrière son dossier et Larinine faisait semblant de chercher quelque chose dans le tiroir du bas, les épaules secouées par un fou rire. Yasimov s'apprêtait à riposter quand un énorme fracas retentit dans l'escalier. On aurait dit que la statue d'un ancien commissaire du peuple à l'Intérieur s'effondrait et se brisait en plusieurs morceaux, malgré la couverture. Dans le silence qui suivit, tous les quatre se regardèrent. Ce bruit leur rappelait, particulièrement à Larinine, que c'était l'heure des résultats, pas de la rigolade. Bientôt, on n'entendit plus dans la pièce que le bruissement des feuilles que l'on tourne et le grattement des plumes de fabrication soviétique sur le papier de fabrication soviétique. Le camarade Staline les toisait d'un air approbateur.

Korolev avait pour habitude de relire chaque page d'un dossier avant de se rendre dans le bureau du procureur. Le but de cet exercice lui permettait d'une part de s'assurer que le dossier contenait tous les éléments nécessaires pour obtenir une condamnation, mais en accomplissant cette tâche il pouvait également relever des détails qui lui avaient échappé au cours de l'enquête et qui, rétrospectivement, auraient peut-être permis de boucler l'affaire plus rapidement. C'était une méthode qui donnait souvent des résultats intéressants et n'était jamais une perte de temps. Parfois, Korolev relevait des modèles de comportement qui l'intriguaient et qu'il enregistrait afin de s'y référer ultérieurement. Présentement, alors qu'il examinait les photos de Voroshilov, il se demandait si l'étudiant aurait commis ces viols s'il était resté dans la petite ville où il avait grandi, près de Smolensk. De toute évidence, il avait un penchant pour ce genre de violence, mais peut-être que si on ne l'avait pas envoyé faire ses études à Moscou, il aurait épousé une gentille fille et apporté sa contribution au bon fonctionnement de la société. Au lieu de cela, quand il avait été accepté dans une des nouvelles écoles d'ingénierie de Moscou, il avait découvert l'anonymat et les occasions offertes au cœur d'une ville soviétique en pleine mutation, où les gens, les immeubles et même des quartiers entiers subissaient des changements permanents. Les travailleurs allaient et venaient, des usines ouvraient, les projets de construction se succédaient. La transformation de Moscou en une capitale digne de la grande Révolution soviétique avait donné au jeune Voroshilov la possibilité de violer six jeunes femmes en un peu plus d'un mois, et il en avait profité.

Les journaux n'en avaient pas parlé, et pourtant la nouvelle s'était répandue. Moscou était une ville dangereuse en temps normal – les longues heures de travail, les maigres rations et la vodka formaient un mélange inflammable –, mais un violeur sadique qui sévissait plusieurs fois dans un laps de temps relativement court, c'était inhabituel. Les femmes se méfiaient quand elles marchaient seules la nuit, surtout dans les rues sans éclairage, mais cela n'avait pas empêché Voroshilov d'agir. Après le premier viol, avait-il expliqué quand on l'avait arrêté, il ne pensait plus qu'à ça : posséder des femmes de force. À chaque agression la violence augmentait, et s'il n'avait tué personne, c'était uniquement grâce à la chance. Korolev tourna une page du dossier et tomba sur la photo du visage tuméfié et ensanglanté de Masha Naumova, avec ses quatre dents en moins, son nez tordu et ses yeux au beurre noir. Korolev regrettait de ne pas avoir arrêté Voroshilov avant, mais parfois, pour identifier un criminel, il fallait le laisser continuer à commettre des crimes. Alors il l'avait traqué avec une rage patiente et avait soutiré à chaque victime les informations qui l'avaient aidé, lentement mais inexorablement, à conduire le violeur devant la justice.

La première victime venait d'une ville située à moins de quarante kilomètres de l'endroit où Voroshilov avait grandi et elle avait reconnu son accent. La deuxième se souvenait de ses cuissardes en cuir, un détail surprenant s'agissant d'un étudiant, songea tristement Korolev en remuant un orteil à l'intérieur d'une de ses vieilles bottes usées, se demandant si elles tiendraient jusqu'à la fin de l'hiver. La troisième fille avait vu une partie du visage de son violeur, suffisamment pour fournir un bon signalement, plus précis que la moyenne. La quatrième victime, Masha Naumova, se souvenait à peine de son propre nom quand Voroshilov en avait eu fini avec elle. Mais la cinquième avait réussi à arracher un morceau de papier dans sa poche pendant qu'il était couché sur elle dans un terrain vague près de la Moskova. Elle l'avait serré dans son poing et caché sous elle. Il s'agissait d'une liste de cours. Il leur avait quand même fallu une journée entière pour trouver l'université qu'il fréquentait, un délai qui avait permis à Voroshilov d'attaquer sa sixième et dernière victime.

Quand il avait regagné la pension pour étudiants où il partageait une minuscule chambre avec trois autres garçons, ils l'attendaient. Un jeune comme un autre, avait pensé Korolev en le voyant, exception faite de l'égratignure où perlaient quelques gouttes de sang sur sa joue. Il n'avait opposé aucune résistance, et lorsqu'ils l'avaient emmené dans la voiture de police noire, il avait paru plus soulagé qu'effrayé. Au poste de police, les miliciens s'étaient éraflé les jointures sur lui, avant de le jeter dans une cellule en compagnie d'une bande de Voleurs. Au petit matin, Voroshilov avait une idée du calvaire que représentaient dix ans de travaux forcés pour un violeur, et il commençait à comprendre ce que les Voleurs faisaient aux « cambrioleurs de chattes » quand ils tombaient entre leurs mains.

Korolev ferma le dossier et rédigea un court résumé de son écriture élégante. Une écriture de prêtre, disait fièrement sa mère, prise de vertiges à l'idée que le jeune Korolev entre dans la bureaucratie tsariste ou même dans les ordres. Mais la guerre contre l'Allemagne avait éclaté et il s'était engagé, et quand ils en eurent fini avec les Allemands et les Autrichiens, la guerre civile avait débuté, alors il avait combattu les Russes blancs, puis les Polonais pour finir. Quand il était rentré chez lui, sa mère était morte et dans la nouvelle société les emplois de bureau étaient rares. Comment sa pauvre mère aurait-elle pu imaginer qu'en l'espace de vingt ans il ne resterait de l'ancien régime qu'une poignée d'épouvantails aux bonnes manières, qui survivraient tant bien que mal en accomplissant des travaux manuels et en vendant leurs derniers biens pour acheter à manger ? Et que seules quelques églises resteraient ouvertes dans une ville où autrefois on en trouvait une à chaque coin de rue ? Sa note terminée, il prit un tampon parmi tous ceux qui se trouvaient sur le bord de la fenêtre. Il apposa sur la couverture du dossier la mention « À l'attention du bureau du procureur de Moscou » avec un sentiment de satisfaction, heureux de pouvoir participer utilement à la création de cette nouvelle société, même si le processus était difficile.

— Excellent travail, Alexeï, dit Yasimov, sans plaisanter pour une fois.

— Il est bon pour la Kolyma, sans aucun doute, répondit Korolev en glissant le dossier sous son bras alors qu'il se levait.

— Il ne tiendra pas longtemps là-bas, ajouta Larinine, enhardi par les rires précédents. Les Voleurs s'occuperont de lui dès la gare. Il sera puni par là où il a péché avant même d'atteindre la Zone.

Des éclats de rire secouèrent le devant de sa chemise et son estomac s'étala un peu plus sur le bureau. Ses yeux, à moitié cachés par les replis de graisse en temps normal, n'étaient plus que deux fentes dans la peau, d'où s'échappaient des larmes qu'il essuyait sans remarquer que les autres ne riaient pas. Yasimov détourna la tête en fronçant les sourcils, et Semionov lui-même semblait avoir avalé quelque chose au goût amer. Korolev se demanda combien d'années ils avaient infligées à Torgnole à partir des preuves de Larinine, et quel sort les Voleurs réservaient aux anciens miliciens dans la Zone. Il quitta rapidement la pièce. Ses doigts brûlaient d'envie de serrer la gorge de Larinine jusqu'à ce qu'elle éclate.

Une fois sur le palier, Korolev inspira profondément. Dans le bureau, le rire s'arrêta, et il entendit Larinine demander, d'un ton hésitant, pourquoi l'idée du violeur qui se faisait violer ne les amusait pas. Personne ne répondit. Que feraient les Voleurs à un flic comme Torgnole ? Difficile à dire. Ils avaient un étrange sens de l'honneur. Et Torgnole avait été juste, à sa manière. Alors il avait peut-être une chance.

Quand il frappa à la porte du général, il n'obtint pas de réponse, mais il l'ouvrit quand même. Il connaissait les habitudes de son supérieur. Popov regardait passer les voitures dehors. Ses épaules massives remplissaient la largeur de la fenêtre, sa veste trois quarts en cuir reflétait la lumière du soleil.

— Camarade général, dit Korolev en se mettant au garde-à-vous.

Il y avait chez le général Popov quelque chose qui incitait ses hommes à se comporter comme des soldats de la garde tsariste.

— Plus personne ne frappe désormais avant d'entrer dans ce foutu service ? grogna le général sans se retourner.

— Pardonnez-moi, camarade général. J'ai frappé, mais peut-être pas assez fort.

Après un long silence, le général Popov se retourna enfin et prit ses lunettes sur son bureau pour mieux voir son visiteur. Même avec ses lunettes, c'était encore l'image parfaite du héros soviétique, beau comme une statue, des cheveux et des yeux noirs comme du charbon. Quand il découvrit que cette silhouette qui se tenait devant lui, floue jusqu'alors, était Korolev, son visage finement ciselé s'adoucit.

— Alexeï Dmitrievitch, n'est-ce pas ? Vous venez pour boucler l'affaire Voroshilov ? Cette petite ordure. Dix ans, non ? Si ça ne tenait qu'à moi…

Le général savait que Korolev connaissait son penchant pour la justice expéditive, aussi se contenta-t-il de frapper sur son bureau du plat de la main, violemment.

— Il sera bientôt expédié en Sibérie, mon général.

— Il ne verra pas le printemps. Les Voleurs savent rendre la monnaie de leur pièce à ce genre d'individus. Ils ne font pas de vieux os. (Le général sourit à cette pensée.) Assez parlé de ce scélérat. Asseyez-vous, Alexeï, et écoutez-moi. J'ai une nouvelle pour vous.

Le général prit le dossier que lui tendait Korolev et apposa rapidement sa signature sous le résumé.

— Vous avez fait du bon travail. Un excellent travail. Ce n'est pas la première fois, évidemment. Je vous confie toutes les affaires difficiles, les crimes qui semblent avoir été commis par des fantômes, et pourtant vous réussissez toujours à retrouver ces monstres et à me les amener. Le meilleur taux d'inculpations de la division. Sans même les tabasser pour obtenir des aveux.

Le général s'interrompit pour observer Korolev, avec dans le regard une lueur de reproche ; ses sourcils indisciplinés se rejoignirent alors qu'il songeait aux méthodes de son enquêteur, trop humaines à son goût.

— Je fais de mon mieux, camarade général.

Popov soupira.

— Et c'est déjà beaucoup. Vous êtes un fox-terrier. N'est-ce pas ainsi que les Voleurs nous surnomment ? Des fox-terriers ? Ça vous convient très bien. Quand vous suivez une piste, le bandit n'a plus qu'à tendre les mains pour qu'on lui passe les menottes.

Un excellent rendement mérite de la reconnaissance et une récompense. Le camarade Staline lui-même l'a clairement dit, à maintes reprises, et le secrétaire général sait deux ou trois choses sur la vie. Je me suis donc entretenu avec la camarade Kourilova, au Logement, et je lui ai demandé si elle pouvait trouver quelque chose pour mon meilleur élément. Je ne peux pas vous laisser partager éternellement une chambre avec votre cousin au diable vauvert. Je veux vous avoir sous la main quand j'ai besoin de vous. Et puisque le camarade Staline tient à ce que les meilleurs travailleurs soient récompensés, je n'ai pas le choix.

Korolev se surprit à espérer. Depuis son divorce, deux ans plus tôt, il vivait chez Mikhaïl, mais il devait prendre deux tramways et marcher longtemps pour arriver rue Petrovka. Il aimait bien son cousin, il aurait préféré toutefois que celui-ci habite plus près et boive un peu moins.

— Merci, camarade général. Je vous suis reconnaissant de tous les efforts que vous avez faits pour moi.

— Les efforts ? J'ai fait mieux que ça. Elle m'a appelé ce matin et m'a dit que pour l'homme qui avait arrêté ce sale violeur de Voroshilov… Comment était-elle au courant, je l'ignore, mais cette femme sait quand un moineau pète dans les collines Lénine, j'en suis sûr. En tout cas, cela a joué en votre faveur… Pour l'homme qui a harponné Voroshilov, donc, rien de moins qu'une grande chambre dans la rue Bolchoï-Nikolo-Vorobinski. Quatorze mètres carrés. Meublés. Tenez…

Le général fit glisser sur le bureau un formulaire de réquisition provenant du ministère du Logement, signé par la très sainte Kourilova. Korolev prit le document et sentit son visage s'enflammer. À quarante-deux ans, il rougissait encore. Heureusement que Yasimov n'était pas là pour le voir.

— Je n'ai fait que mon devoir, camarade général…, commença-t-il.

Le général l'interrompit :

— Stop. Ne vous emballez pas, ce n'est qu'un appartement commun. Mais vous aurez votre propre chambre. Quant au quartier… Kitaj-Gorod, ça ne se refuse pas. C'est plein de personnalités et de cadres du Parti. Ça leur fera du bien de voir un authentique travailleur.

Le général sourit en percevant la gêne de Korolev.

— Rassurez-vous, Alexeï, je ne parle pas ainsi devant Larinine et ses semblables. Même s'il risque de retourner faire la circulation dans Tverskaïa avant longtemps s'il ne lève pas son gros cul pour arrêter un criminel. Nous avons des quotas à respecter, nous aussi, comme partout ailleurs, et il n'accomplit pas sa part de travail. Bref, vous feriez bien d'aller vous installer avant qu'ils changent d'avis ; c'est le chef du comité de gestion de l'immeuble qui a les clés. Et dès que vous aurez terminé, revenez. Un meurtre a été commis dans la rue Razine. C'est l'œuvre d'un cinglé, apparemment. Un truc pour vous. Je vais aller jeter un coup d'œil.

Korolev se leva si rapidement que pendant un court instant il fut pris de vertiges.

— Camarade général…

Il sentait que la gratitude le rendait pompeux, mais le général secoua la tête, presque timidement ; il lui prit la main, fermement, et la tint ainsi plusieurs secondes en posant sur son subordonné un regard chargé d'affection. Puis son visage redevint grave, comme il convenait à un meneur d'hommes soviétique, et il se tourna vers la fenêtre. Quand il s'exprima, ce fut d'un ton brutal :

— Assez, camarade. Pas besoin de discours. Dépêchez-vous. Allez installer vos affaires. Vous l'avez mérité. Vite, avant que ce soit moi qui change d'avis.

C'est ainsi qu'Alexeï Dmitrievitch Korolev obtint un appartement dans la rue du Grand-Nicolas-et-des-Moineaux.

CHAPITRE 2

La rue Petrovka n'était qu'à une demi-heure de Bolchoï-Nikolo-Vorobinski, mais il fallut trois heures à Korolev pour regagner l'appartement de son cousin, empaqueter ses quelques affaires, puis revenir dans Kitaj-Gorod par le tram. Il ne possédait pas grand-chose ; Zhenia avait emporté presque tous leurs biens communs après le divorce, avec sa bénédiction. Elle devait élever leur fils Youri, et de toute façon il n'y avait pas beaucoup de place chez son cousin. Il ne lui restait que quelques vêtements, des draps et des couvertures, des ustensiles de cuisine, ses livres, un petit fauteuil en cuir, seul souvenir de sa mère quand il était revenu de la guerre, et des haltères. Le fauteuil et les haltères, il les avait laissés à Mikhaïl, qui avait juré, les larmes aux yeux, de veiller sur eux au péril de sa vie. Le reste, il l'avait traîné dans un gros sac de toile. Quand il se retrouva enfin devant le numéro 4, face à la grandeur passée d'une belle et vieille maison aujourd'hui découpée en appartements pour les officiels du Parti et une poignée de simples citoyens chanceux tel que lui, il était épuisé comme s'il venait de faire le tour du monde. Malgré cela, il ne put s'empêcher de sourire en gravissant les marches menant à la porte d'entrée ouverte.

D'après le formulaire de réquisition, le responsable du comité de gestion de l'immeuble habitait au deuxième étage. Korolev déposa ses affaires au pied de l'escalier pour monter sans être encombré. Arrivé sur le palier, il frappa à une porte écaillée et grêlée, portant l'inscription CGI, en lettres irrégulières peintes de travers. Elle fut ouverte par un homme au visage émacié, vêtu d'un pull en laine rêche dont la manche gauche était cousue à mi-hauteur car il lui manquait un bras. Il paraissait à moitié endormi, jusqu'à ce qu'il remarque l'uniforme de Korolev. Ses yeux s'écarquillèrent.

— Un problème, camarade ? demanda-t-il en jetant un regard inquiet dans le couloir. Quelqu'un a raconté des mensonges sur moi ? J'ai perdu ce bras en Pologne en combattant aux côtés de Boudienny, et maintenant on me persécute ? Ah, dans quel monde on vit, dans quel monde on vit ! C'est qui, hein ? Dites-moi au moins qui c'est, ce sale menteur.

Korolev le fit taire d'un geste.

— Je vous en prie, camarade. J'ai un formulaire de réquisition, du ministère du Logement. C'est tout. Je m'appelle Korolev.

Le responsable du comité de gestion laissa échapper un soupir involontaire avant de se ressaisir. Il sourit et tendit la main.

— Pardonnez-moi. Maxime Louborov. Je m'occupe de cet immeuble. Vous savez comment c'est : quand on a cette position, on se fait forcément des ennemis. Parfois les gens vous menacent de certaines choses, et même si vous êtes innocent comme l'enfant qui vient de naître, vous ne savez jamais ce qui peut se passer. Tout le monde voudrait avoir quelques mètres carrés de plus, et peu importe de quelle manière ils les obtiennent. Ah, les scélérats !

Il pinça son nez entre son pouce et son index, et, curieusement, ce geste sembla lui procurer un certain soulagement.

— Désolé. Mon bras me fait souffrir aujourd'hui. Je ne peux même pas supporter ma prothèse, ça me fait trop mal. Saloperies de Polonais. Pffft ! Un coup d'épée, et hop, adieu mon bras !

Korolev serra la main unique de Louborov et pointa son index sur la cicatrice qui courait le long de sa mâchoire.

— J'ai eu plus de chance. Un cosaque de Denikine. Je l'ai eu avant qu'il achève le travail.

— Tant mieux pour vous. Un bras, on peut s'en passer. La tête, c'est plus difficile.

Louborov prit le formulaire.

— Ah, oui. L'appartement est au premier étage. Venez, je vais vous montrer. C'est meublé. Il y a un lit, une chaise, une table. Et même une penderie, je crois. Ce n'est pas trop mal, c'est assez grand. Largement au-dessus des normes officielles.

Il avait déjà descendu la moitié de l'escalier.

— Si vous avez besoin de quelque chose, dites-le-moi. Je ne vous promets rien, mais je pourrai peut-être vous aider.

Il fit un geste vague de la main pour souligner la nature aléatoire de sa proposition et des méthodes employées. Korolev le remercia d'un hochement de tête, sachant déjà qu'il ne profiterait pas de ses services. Non pas qu'il fût opposé à cette idée, mais ce n'était pas prudent d'accepter les services d'un inconnu, à moins qu'il n'ait été recommandé. On ne savait jamais ce qu'on pouvait vous demander en retour.

Arrivé au premier étage, Louborov l'entraîna au bout du palier.

— Et voilà, camarade, dit-il en ouvrant une porte avec une clé qu'il remit à Korolev. Appartement numéro 7. Vous le partagerez avec Valentina Nikolaevna Koltsova et sa fille Natacha, une enfant pas désagréable, calme en tout cas. Le mari de la camarade Koltsova était cet ingénieur tué lors de l'accident dans le métro l'an dernier. E.N. Koltsov, vous vous souvenez ? Ils en ont fait un héros de l'Union soviétique. Uniquement parce qu'il a été écrasé dans un tunnel. En Pologne ce n'était pas aussi facile, vous pouvez me croire. À l'époque, ils étaient plutôt radins question médailles. Moi, pour mon acte de bravoure, je n'ai eu droit qu'à un bras en bois, et j'ai dû attendre trois ans.

La porte s'ouvrit sur une grande cuisine commune, dans laquelle le soleil automnal se déversait, inondant de reflets jaunes et chauds la surface d'une longue table en bois massif au centre de la pièce. Un vieux canapé en cuir éraflé occupait presque tout un mur, sous le portrait grandeur nature d'un officier vêtu d'un uniforme de la cavalerie du début du siècle. Sous les larges fenêtres se trouvait une autre table, plus petite, sur laquelle des cahiers d'exercices d'enfant étaient soigneusement empilés à côté d'un tricot. Le grand luxe par rapport à la boîte à chaussures aux murs en carton de Mikhaïl.

— Un des anciens occupants, un comte, je crois, dit Louborov en montrant le tableau. Qui sait où il est maintenant ? Paris ? Shanghai ? Dans sa tombe ? Où qu'il soit, c'est bien fait pour lui. Les gens de son espèce ne sont plus bons qu'à cacher les fissures dans les murs. Bref, voilà la cuisine. Vous la partagerez avec la citoyenne Koltsova, évidemment. Pour faire à manger, c'est là.

Louborov indiqua une sorte de réduit près de la porte d'entrée, avec un réchaud et une pierre à évier.

— Vous avez votre réchaud ?

Korolev hocha la tête.

— Parfait, ça facilitera la vie à tout le monde ; celui-ci appartient à Valentina Nikolaevna. Votre chambre est par là.

Après le départ de Louborov, Korolev se retrouva seul dans la chambre qu'on lui avait allouée. Il posa son chapeau sur le secrétaire et regarda autour de lui. Une fine bande de lumière marquait l'endroit où se rejoignaient les rideaux qui plongeaient presque toute la pièce dans l'obscurité. Il alla les ouvrir, au maximum pour permettre au soleil d'entrer. C'était une jolie pièce, spacieuse, haute de plafond ; il y avait même du papier peint sur les murs. Évidemment, il s'agissait d'un vestige d'avant la guerre contre l'Allemagne, mais il paraissait relativement en bon état, et le matelas, sur le sommier, semblait propre ; il y avait même un tapis persan élimé pour couvrir une partie du parquet. Il jeta un coup d'œil dehors. Une ruelle tranquille, pensa-t-il en regardant, sur la gauche, les dômes de la petite église Saint-Nicolas-Vorobinski. En entendant les cloches sonner treize heures, il se souvint qu'il n'avait pas beaucoup de temps devant lui, alors il reporta son attention sur la chambre, cette fois avec l'œil de celui qui cherche quelque chose.

Pour commencer, il inspecta le secrétaire en soulevant l'abattant du compartiment où quelque noble conservait sans doute, jadis, un stock de papier à lettre raffiné, mais qui ne contenait plus qu'un exemplaire jauni de la *Pravda* daté de 1928. Ça n'irait pas. Il ignora le lit, jugé trop évident, et après un rapide examen il rejeta également la penderie. Il souleva le tapis et se concentra sur le parquet, jusqu'à ce que son regard se fixe sur une latte bien précise et la rainure à peine plus large que les autres qui la séparait de sa voisine. De minuscules traces d'usure étaient visibles sur les bords. Il s'accroupit, entendant craquer les articulations de ses genoux, et sortit son canif de sa poche. Il introduisit la lame à une extrémité de la latte et, comme il s'y attendait, elle se souleva en douceur.

Il découvrit une petite cavité dans laquelle était cachée la photo d'une femme à demi nue qui regardait l'objectif par-dessus son épaule avec un sourire suggestif ; ses seins saillaient de son corset. Elle semblait traire la vache qui se tenait au second plan. La tête de l'animal se trouvait hors du cadre, mais on voyait ses pis gonflés entre les doigts de la femme. Apparemment, quelqu'un d'autre avait eu besoin d'une cachette. Korolev posa la latte sur le côté et se releva. Sous la pile de livres qu'il avait apportés, il trouva sa bible et la déposa dans le trou du plancher avec un sentiment de soulagement. Il aimait avoir ce livre près de lui, mais il devait le cacher, et il frémissait en pensant au risque qu'il avait pris en traversant Moscou avec cet ouvrage dans son sac. Non pas qu'il fût particulièrement religieux, pensa-t-il. Il connaissait la ligne du Parti concernant le culte orthodoxe et il l'approuvait, mais cette bible l'avait soutenu fidèlement pendant presque huit années de guerre, et maintenant, plus que jamais, elle lui apportait du réconfort alors que le monde qui l'entourait lui paraissait plus sombre encore.

Après avoir fini d'examiner les lattes du parquet pour s'assurer qu'elles résisteraient à la plupart des fouilles, il palpa à travers sa poche les formes de la jeune vachère. La laisser avec un livre saint aurait été inconvenant. Il s'en débarrasserait à la première occasion.

Une demi-heure plus tard, Korolev marchait d'un bon pas dans la rue Razine ; il passa devant la statue du rebelle cosaque en l'honneur de qui les bolcheviks avaient rebaptisé cette rue. Un officier de la Milice du peuple en uniforme ne pouvait pas être vu en train de siffler s'il voulait conserver une once de respect auprès des citoyens, et surtout des criminels, mais Korolev était cruellement tenté. S'il avait été en civil, sans doute se serait-il laissé aller à siffloter quelques mesures d'un air martial et entraînant, en accord avec son humeur, *L'Internationale* peut-être, mais l'uniforme interdisait toute démonstration de satisfaction. Si la matinée avait débuté de façon déconcertante, l'attribution de ce logement avait ravivé son optimisme prudent et il avait le sentiment, pour le moment du moins, que tout n'allait pas si mal finalement. À vrai dire, les choses s'arrangeaient, comme l'avait récemment affirmé le camarade Staline. Oui, les choses s'arrangeaient, assurément.

Il cherchait un téléphone pour appeler le quartier général de la rue Petrovka quand il aperçut deux Corbeaux arrêtés un peu plus loin dans la rue, devant une petite église. Des hommes en uniforme flanquaient les véhicules de la Milice, et Korolev en déduisit qu'il s'agissait de la scène de crime sur laquelle Popov lui avait demandé de se rendre. L'entrée de l'église était surmontée d'une banderole du Komsomol qui invitait les jeunes membres du Parti à un bal destiné à soutenir les camarades espagnols. On avait tendu une corde devant le bâtiment – précaution inutile car la plupart des passants traversaient la rue pour éviter les miliciens. Seuls un bâtard décharné, heureux d'avoir survécu à un été de disette sans finir dans une marmite, et trois gamins des rues à l'aspect tout aussi misérable s'intéressaient à la scène, de loin. Popov sortit de l'église, suivi d'autres hommes en uniforme qui l'écoutaient donner des ordres qu'il ponctuait en frappant du poing dans sa paume. Korolev s'approcha du petit groupe et fut accueilli par un signe de tête du général.

— Vous avez eu mon message, donc ?

— Non, mon général. Je m'apprêtais à téléphoner d'une cabine quand j'ai vu les voitures.

— Tant mieux, tant mieux. C'est une affaire pour vous, Alexeï Dmitrievitch.

Le général balaya d'un mouvement bref la façade de l'église avec sa pipe, puis il se retourna vers les miliciens en fronçant les sourcils.

— Recueillez les témoignages de tous les habitants dans un rayon de deux cents mètres. Je veux connaître les faits et gestes de tous les hommes, les femmes, les enfants et les souris au cours de ces deux derniers jours. Vous transmettrez tout au camarade Korolev ici présent, au quartier général de la rue Petrovka. C'est lui qui sera chargé de cette enquête.

Les hommes en uniforme saluèrent et s'éloignèrent. Popov les suivit du regard.

— Sûrement une perte de temps, mais de nos jours, si on n'entreprend pas toutes les actions possibles, on prête le flanc à la critique.

Il focalisa son irritation sur le tabac qui s'était entièrement consumé dans le fourneau de sa pipe. Il sortit de sa poche une blague de cuir et bourra à nouveau sa pipe en tassant rageusement le tabac avec son pouce. Korolev l'observait sans rien dire, sachant qu'il ne fallait pas déranger le général quand il réfléchissait. Se souvenant enfin qu'il était là, Popov pointa de nouveau le tuyau de sa pipe en direction de l'église.

— C'est une horreur, Korolev. Un type est entré là-dedans cette nuit et…

Il fit signe au capitaine de le suivre dans l'église.

— Ce n'est pas beau à voir. Et si on ne l'arrête pas rapidement, il recommencera. Il y a pris goût… je le sens.

L'intérieur de l'édifice était plongé dans l'obscurité, à l'exception de quelques rayons de lumière qui réussissaient à traverser les petits vitraux entourant les différents dômes. Chaque dôme offrait une fresque représentant une scène tirée de la Bible ; seules les auréoles et les robes argentées des saints ressortaient dans la pénombre. Korolev sentit sa mâchoire se crisper en découvrant les slogans du Parti peints directement sur les fresques et les mosaïques. Ces petits morveux feraient mieux de trouver autre chose pour s'occuper, au lieu de commettre des actes de vandalisme, pensa-t-il en suivant Popov d'ombre en ombre vers la sacristie, au fond de l'église.

Même le templon, le mur de bois qui séparait les fidèles des mystères de l'autel, et qui était sans doute couvert d'icônes autrefois, supportait maintenant des banderoles exhortant les masses à redoubler d'efforts pour défendre la cause soviétique. Korolev fit le signe de croix dans sa poche. Le camarade Staline lui-même n'avait-il pas failli devenir prêtre ? Nul doute qu'il aurait des choses à dire s'il voyait ce que faisaient ces gamins du Komsomol.

— Elle est là, déclara le général en franchissant avec désinvolture la porte centrale du templon pour pénétrer dans la sacristie, où brillait une lumière blanche qui se déversait dans la nef sombre.

Korolev hésita un instant, puis il se dirigea vers la « porte du diacre » sur le côté. Les « saintes portes » du milieu étaient réservées aux prêtres, et même si les saints pères semblaient avoir déserté cette église depuis au moins dix ans, il ne voulait pas toucher à leurs portes.

Avant même d'entrapercevoir la fille assassinée, Korolev devina qu'une chose horrible lui était arrivée. Il le sentait. Malgré toutes ses années passées dans l'armée, ou peut-être à cause d'elles, il détestait l'odeur du sang. Il n'aimait pas sa vision non plus, or le sol de marbre blanc en était couvert. Les visages sereins des saints qui encerclaient la pièce regardaient au loin, comme s'ils voulaient se convaincre que cette scène effroyable, à leurs pieds, s'était produite ailleurs. Et il ne pouvait pas leur en vouloir. Il n'y avait pas que le sang : la pauvre fille allongée sur l'autel avait souffert. Il ravala un flot de bile et sentit ses ongles s'enfoncer dans ses paumes. Il accueillit la douleur avec soulagement. Le corps avait été affreusement mutilé. Korolev devait faire un effort pour contrôler son estomac ; la salive était acide et salée dans sa bouche. Il se rassura en se disant que s'il pouvait tenir encore dix secondes, ça irait : la première minute était toujours la plus difficile. Il avança d'un pas supplémentaire et la toisa ; elle avait dû être jolie quand la vie colorait sa peau. Seul le diable en personne pouvait être l'auteur d'une telle atrocité. De l'autre côté de l'autel, le général renifla avec colère.

Korolev l'entendit murmurer : « Dans une église. » Il leva la tête, étonné. Deux remarques imprudentes la même journée. Cela signifiait que Popov avait confiance en lui, plus qu'il n'aurait dû, ou qu'il en avait assez de la vie. Néanmoins, il était exact que la sauvagerie du crime avait été amplifiée par le décor. Korolev avança encore d'un pas en prenant soin de ne pas marcher dans le sang, et particulièrement dans les empreintes de chaussures coagulées qui permettraient peut-être d'identifier le meurtrier.

La fille était allongée sur le dos, bras écartés, à angle droit par rapport à ce qui restait de sa poitrine. Là où le corps n'était pas tailladé ou maculé de sang, la peau était d'une blancheur nacrée, comme si elle n'avait jamais vu le soleil, mais il savait que c'était peut-être un effet de la lumière de la lampe à arc. Les cuisses étaient légèrement écartées, suffisamment pour que Korolev remarque les traces de brûlure autour du pubis. D'ailleurs la plupart des poils pubiens avaient été calcinés. Il sentit la nausée refluer tandis qu'il commençait à faire son travail. Quel genre de détraqué avait pu commettre un tel acte ? Il se tourna vers le général, qui secoua la tête pour exprimer son incrédulité. Sa bouche n'était qu'un trait furieux. D'un petit mouvement du menton, il montra une oreille ratatinée et un œil qui avaient été prélevés sur le visage de la fille et disposés dans un cadre fait de sang séché. L'œil semblait aussi serein que ceux des apôtres au-dessus. Korolev mit un certain temps à s'apercevoir que le dernier élément sinistre de cette composition était la langue de la fille.

— Je pense qu'elle était peut-être encore vivante quand il a fait ça, commenta-t-il. Sinon, il n'y aurait pas autant de sang. Qui a été envoyé par l'Institut ?

— Chestnova, répondit Popov, concentré sur sa pipe. Vous avez remarqué ces traces ?

Il désigna l'entrecuisse de la fille. Les zébrures carbonisées sur la peau étaient inhabituelles et il y en avait d'autres sur les seins.

— Électricité, à votre avis ? De toute évidence, elle a été torturée. Le Dr Chestnova pourra peut-être établir la chronologie, mais si la langue a été coupée en premier, ça veut dire qu'il a fait ça pour le plaisir, pas pour obtenir des informations. Ce type a le mal en lui, camarade général.

Popov se retourna vers la fille en inspirant à fond ; ses doigts étaient blancs autour du fourneau de sa pipe. Il contempla de nouveau le corps déchiqueté et estropié. Une expression sauvage déformait son visage.

— Écoutez-moi, Alexeï. Écoutez-moi bien. Traquez ce monstre sans relâche. C'est compris ? Et si vous cassez quelques œufs pourris en faisant cette omelette, tant mieux. Vous avez carte blanche. Je nommerai Semionov pour vous seconder. Il pourra vous rendre de petits services, peut-être même apprendre deux ou trois choses, il n'est pas idiot. Mais trouvez ce tueur, et quand vous l'aurez trouvé… quand vous l'aurez trouvé, livrez-le-moi.

CHAPITRE 3

Dès qu'il eut regagné son bureau au quartier général de la rue Petrovka, Korolev appela Gregorine à la Loubianka. Il voulait demander au colonel la permission de reporter la conférence, mais celui-ci lui coupa la parole avant même qu'il puisse lui poser la question :

— Camarade, dois-je en conclure qu'on vous a confié le meurtre de la rue Razine ?

— Oui, camarade colonel.

Korolev se demanda comment Gregorine pouvait déjà être au courant.

— Je viens d'apprendre ce qui s'était passé par un collègue. C'est atroce. Je me réjouis que le camarade Popov vous ait choisi pour enquêter. Apparemment, un fou opère dans la capitale. Si nous pouvons vous apporter une aide quelconque, au niveau des services de l'Intérieur, n'hésitez pas.

— Merci, colonel. En fait, je me demandais s'il ne serait pas possible de reporter la conférence de demain. D'un jour ou deux éventuellement ?

— Je comprends, camarade. Vous êtes impatient d'attraper le meurtrier, c'est tout à votre honneur. Mais vous ne devez pas oublier que la sécurité de l'État prime sur tout le reste en ces temps troublés. Nous sommes entourés d'ennemis, à l'intérieur comme à l'extérieur, et les jeunes camarades auxquels vous vous adresserez demain seront bientôt en première ligne dans ce combat. Le camarade Popov comprendra combien votre présence est capitale, pendant une heure ou deux, même avec une affaire de cette importance.

Korolev savait qu'il était inutile de discuter.

— Certainement, camarade colonel. Toutefois, compte tenu des circonstances, si je pouvais limiter mon intervention à une heure, je vous en serais très reconnaissant. Cela vous semble-t-il acceptable ?

Il y eut un blanc au bout du fil. Korolev se surprit à tapoter sur son bureau avec un crayon. Yasimov, seule autre personne présente dans la pièce, leva la tête et fronça les sourcils. Korolev s'excusa d'un sourire et le crayon s'immobilisa. La voix métallique de Gregorine brisa le silence :

— Une heure, ce devrait être suffisant si vous êtes concis, camarade. Après tout, il s'agit d'un aperçu utile offert par un collègue de la Milice, ça ne fait pas partie de leur programme. Oui, une heure suffira. Demain matin à neuf heures. Je serai là personnellement.

— Merci, camarade colonel.

Korolev s'aperçut que son crayon tapotait de nouveau sur la table.

— En fait, reprit-il, je crois que les services de renseignements pourraient peut-être me rendre un service. Votre collègue vous a-t-il indiqué que la victime avait été torturée ?

Yasimov se redressa brutalement, comme si on l'avait piqué avec une aiguille. Korolev détourna la tête pour éviter son regard stupéfait, et il attendit que le colonel réponde.

Celui-ci semblait sur ses gardes.

— Il m'a indiqué qu'elle était mutilée. Torturée, dites-vous ? Pauvre femme. J'espère que vous attraperez rapidement ce meurtrier. Un fou, de toute évidence.

— Ce n'était pas beau à voir, camarade colonel. Pas beau du tout. Il a utilisé l'électricité pour la brûler… Je n'ai jamais rien vu de tel et je me demandais si les services de renseignements avaient déjà été confrontés à cette méthode.

La question de Korolev resta suspendue comme un obus au sommet de sa trajectoire, et il n'eut pas besoin de se retourner pour savoir que Yasimov avait blêmi.

Après un long silence, Gregorine soupira.

— Camarade Korolev, vous n'ignorez pas que la torture comme moyen d'interrogatoire est interdite par le Code pénal soviétique. Vous n'êtes pas en train de suggérer que le NKVD aurait pu passer outre à cette interdiction, n'est-ce pas ?

— Bien sûr que non, camarade colonel. (Korolev sentait la sueur de ses aisselles mouiller sa chemise.) Je me demandais juste si vos collègues étaient tombés sur un cas semblable. Au cours de leurs enquêtes sur des organisations terroristes par exemple ? Ou sur des espions étrangers ? Au moins, si ça n'est jamais arrivé, je pourrai peut-être écarter cette piste. Vous comprenez bien, j'espère, que je n'ai rien laissé entendre ?

Korolev attendit la réponse ; la ligne grésillait dans son oreille. Il regarda brièvement Yasimov pardessus son épaule : son visage était effectivement aussi pâle que celui de la fille assassinée.

— Camarade colonel ? lança Korolev, craignant qu'ils n'aient été coupés.

Peut-être qu'un fourgon était déjà en route pour venir l'arrêter.

— Oui, capitaine, je suis toujours là. Je suis en train de me demander s'il est possible de répondre aux questions que vous avez posées, ou je devrais plutôt dire aux suggestions que vous avez formulées. Je ne pense pas. La sécurité de l'État est une priorité dans tous les cas de figure. Vous en avez bien conscience, n'est-ce pas, capitaine ?

Gregorine avait légèrement insisté sur le grade de son interlocuteur afin de lui rappeler combien la glace était fine sous ses pieds. Korolev n'avait pas besoin qu'on le lui rappelle : il n'était qu'un simple milicien, un pied-plat, alors que Gregorine était un haut gradé de l'héroïque NKVD, les défenseurs de la Révolution, la branche armée du Parti, rien que ça. Le chauffeur du colonel lui était sans doute supérieur en grade.

— Bien sûr, camarade colonel. Je retire mes questions. J'ai tendance à me focaliser sur l'affaire qui est devant moi sans prendre en considération les implications plus larges au niveau social et politique. C'est une critique que m'ont déjà faite mes collègues.

— Je pense que vos intentions étaient bonnes, capitaine. Si, en fonction de l'évolution de la situation, le NKVD estime qu'il possède des renseignements intéressants qui peuvent vous être transmis, en tenant compte de notre priorité qui est de protéger l'État et le Parti, je suis sûr que nous vous apporterons notre aide. D'ici là, cependant, n'oubliez pas de m'informer quotidiennement. Tout ce que vous m'avez dit suggère qu'un élément concernant la sécurité de l'État risque d'apparaître ultérieurement, et il serait bon que je sois tenu au courant de la situation au cas où nous devrions intervenir. Vous pourrez me remettre votre premier rapport demain matin, après la conférence.

— Certainement, colonel. Merci.

Gregorine raccrocha sans dire au revoir et Korolev se retourna vers Yasimov encore une fois. Les joues de son ami avaient retrouvé quelques couleurs, mais des gouttes de sueur brillaient sur son front.

— Bon sang, Alexeï ! s'exclama Yasimov en se frottant le front, et ce geste sembla évacuer sa colère. Qu'est-ce qui te fait sourire ? Si tu veux avoir ce genre de conversation avec un colonel tchékiste, pourrais-tu t'assurer que je ne suis pas dans la pièce à ce moment-là ? Non, pardon, assure-toi que je ne suis pas en ville !

Korolev haussa les épaules et ouvrit un nouveau dossier consacré au meurtre de la rue Razine.

— J'ai trois enfants, murmura Yasimov en replongeant le nez dans son travail. Et j'ai hâte qu'ils s'occupent de moi quand je serai vieux.

De retour rue Razine une heure plus tard, Korolev découvrit que Semionov l'attendait devant l'église en compagnie du photographe de la police, Timofeï Afanasovitch Gueginov. Le jeune milicien sourit en voyant Korolev.

— Alexeï Dmitrievitch, dit-il en le prenant par le bras, le général m'a ordonné de vous aider dans votre enquête. Il m'a dit : « Semionov, le camarade Korolev va avoir besoin d'aide pour cette affaire de la rue Razine, et vous la lui apporterez ou vous vous retrouverez à faire la circulation rue Tverskaïa avec cet imbécile de Larinine. » Je n'aime pas faire la circulation et je n'aime pas le camarade Larinine, alors je suis ici, à vos ordres.

Semionov recula d'un pas pour mimer un salut qui se voulait légèrement moqueur. Korolev fronça les sourcils ; il fut ravi de voir le jeune milicien se raidir et son salut prendre un aspect plus réglementaire.

— Parfait. Je suis sûr que je trouverai de quoi vous occuper. Je vois que vous avez déjà fait la connaissance du camarade Gueginov. S'est-il déjà installé ?

— Non, pas encore, Alexeï Dmitrievitch. Mais dites-moi, ce type est vraiment le photographe de la police ? Il ne vaut pas mieux éviter de trembler dans ce genre de travail ? À cause du sang et tout ça ? Franchement, je trouve qu'il a un sérieux problème.

Il se tourna vers Gueginov, dont la tête tremblait sous l'effet de spasmes.

— Vous voyez ce que je veux dire ? Pauvre gars. Bref, j'ai jeté un coup d'œil à l'intérieur. Sacré carnage, hein ? J'ai jamais vu un truc pareil. Vous voulez que je fasse quelque chose en particulier ?

Korolev réprima un sourire. Le mélange d'assurance, de naïveté et d'amabilité de Semionov était presque irrésistible. S'il représentait l'avenir, peut-être que tout n'était pas perdu, finalement.

— Ne vous inquiétez pas pour Gueginov, c'est un type formidable et très expérimenté. Je ne peux pas en dire autant de certains.

Semionov prit un air penaud avant de retrouver son sourire.

— C'est l'autre chose que m'a dite le général : que j'ai besoin d'acquérir de l'expérience et que vous me la donneriez. Ou alors ce serait un coup de pied au cul. D'après lui, j'ai besoin des deux.

— Le général est un homme de bon sens, répondit Korolev en essayant de conserver un visage sévère.

Semionov parut troublé, jusqu'à ce que Korolev se laisse fléchir.

— L'équipe du laboratoire est arrivée ?

— Oui. Ils ont fini il y a une demi-heure environ. L'hygiène de mes camarades du Komsomol laisse à désirer, je le crains. Ils pensent avoir relevé les empreintes de deux cents personnes dans la sacristie ; ça peut prendre des semaines pour tout analyser. De toute façon, les types du laboratoire estiment que le meurtrier portait sans doute des gants. Ils vous appelleront cet après-midi pour vous le confirmer. Ils ont dit également qu'il n'y avait pas de marques distinctives sur les empreintes de pas, mais ils vous suggèrent de les photographier quand même. Ils n'avaient pas l'air très heureux quand ils sont repartis.

— Je vois, dit Korolev, nullement surpris. Ce que je vous demanderai de faire ensuite, c'est de vous rendre au poste de police du coin pour voir où ils en sont du porte-à-porte. C'est le capitaine Broussilov qui commande, il connaît son métier, n'allez pas imaginer le contraire uniquement parce qu'il porte un uniforme. Soyez poli, écoutez-le, et si vous pensez que vous pouvez lui apporter votre aide, faites-le. Mais évitez de le mettre en rogne car il est du genre à vous botter le cul pour de bon, lui. Pour moi, le meurtre a été commis tôt ce matin, alors demandez-leur de se concentrer particulièrement sur ce laps de temps, entre vingt-deux heures hier soir et le moment où on a découvert le corps… jusqu'à avis contraire du légiste.

— Entendu, Alexeï Dmitrievitch. Je filerai un coup de main aux pieds-plats. Je leur montrerai comment on fait.

Korolev inspira à fond, prêt à réprimander le jeune milicien, mais celui-ci leva les mains en souriant.

— Je plaisantais ! Ne vous en faites pas, je saurai me montrer diplomate.

Korolev relâcha lentement sa respiration.

— Je compte sur vous.

— Promis. Parole de Komsomol.

— Bien. Et puisqu'on parle de ça, trouvez le comité du Komsomol qui est chargé de cet endroit. Il nous faut la liste de tous ceux qui ont eu accès à la sacristie. Il faudra également relever leurs empreintes, mais peut-être que le laboratoire s'en occupe déjà. Vérifiez quand même.

Semionov sortit un calepin, l'ouvrit et montra l'église par-dessus son épaule.

— Il y a une camarade du comité à l'intérieur, avec deux jeunes types. Ils sont dans une chapelle latérale. Ils exigeaient absolument d'entrer, scène de crime ou pas. « Rien ne peut arrêter la marche en avant du Komsomol. » Je leur ai ordonné de rester à l'écart, mais j'ai pensé que vous voudriez parler à la fille, vu que c'est elle qui a trouvé le corps. C'était quoi, l'autre truc déjà ?… Ah, oui. La liste des personnes, les empreintes ?…

Il commença à prendre des notes. Korolev était un peu surpris, mais ravi.

— Ça suffira. Inscrivez tout ce que vous remarquez au cours de vos pérégrinations, c'est ça l'idée. Ce qu'on note, on ne l'oublie pas. Quand vous en aurez fini avec Broussilov, pensez à aller voir l'équipe du labo en revenant. Bavardez un peu avec eux, cultivez leurs bonnes grâces. Ils mettront les bouchées doubles s'ils sentent que les inspecteurs chargés de l'enquête sont motivés. Allez, dépêchez-vous. En cas de besoin, appelez-moi à l'Institut.

Semionov fit claquer ses talons à la manière d'un officier prussien et exécuta un nouveau salut impertinent. Korolev fit semblant de lui botter les fesses, mais Semionov avait déjà battu en retraite.

— À vos ordres, camarade capitaine ! lança-t-il par-dessus son épaule en riant.

Korolev secoua la tête et rejoignit Gueginov.

— J'espère que le jeune Semionov n'a pas fait d'histoires ? dit-il. Il est inoffensif, plus ou moins.

— N-n-non, c-c-camarade. Il m'a r-r-roulé une ci-ci-cigarette, il a été t-t-très utile.

Gueginov esquissa un sourire et serra la main de Korolev.

— Alors, on se m-m-met au t-t-travail ?

— Commencez sans moi, je vous rejoins dans deux minutes. J'ai quelqu'un à voir avant.

Il entra dans l'église et regarda autour de lui. La lumière blanche de la sacristie transperçait l'obscurité comme un projecteur, mais une lumière plus douce, jaune, provenait d'une chapelle latérale sur la gauche. Il s'en approcha et découvrit une fille avec un joli visage ovale assise à l'extrémité d'une des tables, devant un boulier et un livre de comptes ouvert. À l'autre bout se trouvaient deux jeunes garçons à l'air affamé ; l'un d'eux découpait des petites bandes de papier, sur lesquelles l'autre écrivait.

Korolev observa le visage sérieux de la fille et se sentit étrangement réconforté par ses pommettes roses et sa bouche boudeuse. Elle leva la tête, repoussa une mèche de cheveux noirs qui barrait sa joue. Il s'efforça de dissimuler l'affection soudaine qu'il éprouvait pour elle, pour cette jolie petite incarnation de la jeunesse soviétique.

— Bonjour, camarade. Capitaine Korolev, Service des enquêtes criminelles de Moscou. J'enquête sur ce meurtre.

Elle se leva. Elle était petite, facilement une tête de moins que lui, et il se surprit à se pencher vers elle.

— C'est vous qui avez découvert le corps, je crois ? demanda-t-il en voyant qu'elle ne disait rien.

— Oui. C'était horrible. Elle était allongée sur l'autel, dans la sacristie. Pardonnez-moi, sur l'ancien autel, dans la salle du buffet.

— La salle du buffet ?

— Oui, quand on organise des soirées dansantes. Il devait y en avoir une hier soir, mais elle a été annulée. Il y a toujours une réunion politique avant, évidemment, mais le Parti estime qu'il est bon d'offrir à sa jeunesse socialiste des distractions saines parallèlement à une éducation politique. C'est pour ça que nous sommes ici. Vous serez partis d'ici samedi, hein ? On veut être sûrs de ne pas briser l'élan. Ce genre de contretemps pourrait nous retarder si on ne fait pas attention.

Elle parlait d'une toute petite voix et ses yeux semblaient incapables de croiser ceux de Korolev. Il remarqua que ses doigts agrippaient la table, les extrémités étaient blanches ; il se demanda si elle était en état de choc. Elle leva une main pour montrer les bandes de papier et ce geste sembla lui demander un terrible effort ; le doigt tendu tremblait de manière visible.

— Les tickets, dit-elle. Pour la soirée dansante. Dans trois jours.

Un des deux garçons leva vers lui un regard indifférent.

— Pouvez-vous me dire précisément à quelle heure vous l'avez trouvée, camarade ?

— À neuf heures. C'est moi qui ouvre tous les matins. Je fais partie du comité d'organisation. Lydia Kovalevskaïa. Si je peux faire quelque chose pour vous aider… évidemment. Le lieutenant Semionov m'a dit que vous aviez des questions à me poser. La porte était ouverte quand je suis arrivée, elle avait été forcée. Et ensuite je l'ai trouvée. Il y avait du sang partout. Est-ce que ça tache le marbre ? Vous croyez que je pourrai nettoyer les traces ?

Kovalevskaïa frotta le dessus de la table avec sa paume. Les deux garçons échangèrent un sourire.

— Tout va bien, camarade ?

Korolev se demandait s'il ne devrait pas l'emmener dans un endroit plus calme. Elle sembla réfléchir à la question avant de hocher la tête.

— Oui, je crois. Désolée, je ne devrais pas réagir comme ça… je devrais être plus forte. Mais ce qu'on lui a fait… c'est affreux.

— Votre réaction est tout à fait normale, camarade.

— Merci. Mais vos questions… Posez-moi vos questions.

Elle parvint à esquisser un sourire crispé au moment où Korolev surprenait un des garçons en train de regarder l'autre d'un air moqueur. Des petites crapules… cruelles comme seuls les jeunes peuvent l'être.

— Il devait y avoir une soirée dansante hier soir. Elle a été annulée. Pour quelle raison ?

— Un problème électrique, camarade. Notre connexion au réseau a été endommagée. C'était une panne temporaire ; ils ont réussi à la réparer à temps pour la soirée, mais on l'avait déjà annulée.

— Endommagée ? De quelle façon ?

— Rien de suspect. Un ouvrier a sectionné un câble sur le chantier voisin.

Korolev réfléchit et décida de demander à Semionov d'enquêter sur cette panne.

— En fait, dit-il, je cherche à savoir comment le meurtrier a choisi ce lieu. C'était peut-être le hasard : il est passé devant, il a vu les affiches annonçant que la soirée dansante était annulée et il a sauté sur l'occasion. Mais même là il restait forcément une part d'incertitude, vous comprenez ? À moins qu'il ne connaisse cet endroit. La question est : comment savait-il qu'il ne serait pas dérangé ? Nous pensons qu'il est entré vers minuit. L'église est-elle toujours fermée à cette heure-là ?

— Nous préférons ne pas utiliser le mot « église ». C'est un centre de loisirs et d'éveil politique du Komsomol. Toutefois, nous avons décrété que la dénomination « ancienne église » était acceptable.

Korolev sentit son poing se serrer dans sa poche. Il savait qu'en termes strictement politiques elle avait raison. Mais parfois vous ne pouviez pas vous empêcher d'éprouver de la colère en entendant parler certaines personnes.

— Répondez à ma question, je vous prie. Gardez les sermons pour les réunions du Parti.

Elle le regarda d'un air stupéfait. Il s'aperçut alors qu'il avait laissé transparaître sa colère, mais il se dit que cela ne prêterait pas à conséquence. Cette fille avait besoin d'être un peu bousculée, sinon il n'en tirerait rien. Il tapota sur la table pour attirer son attention.

— J'enquête sur un meurtre, camarade. Je me fiche de savoir comment vous appelez ce bâtiment, pour moi c'est une scène de crime… Vous comprenez ?

— Pas la peine de faire preuve d'agressivité inculte, capitaine. Cette soirée dansante était organisée en soutien à nos camarades en Espagne. Quand il n'y a pas de soirée, dansante ou autre, le club ferme à vingt heures.

Elle s'adressait à lui comme à un enfant, et toute l'affection qu'il avait pu éprouver pour elle s'envola. Les garçons avaient cessé de travailler. Il se tourna vers eux et l'un des deux n'essaya même pas de masquer son sourire suffisant.

— Toi. Nom et prénoms ! aboya Korolev.

— Grichkin. Alexeï Vladimirovitch.

— Et toi ?

— Nikolaï Alexandrovitch Zoshchenko.

— Bien. Grichkin et toi, Zoshchenko : je veux la liste de tous les membres de cette cellule, et de tous ceux qui ont assisté à un meeting ou à une fête dans cette ancienne église au cours des six derniers mois.

— Mais…, dit Zoshchenko en jetant des regards paniqués aux deux autres.

— Mais quoi ? Pas la peine de me dire que ça va être compliqué. Je veux cette foutue liste. Et personne ne pourra utiliser cette église tant que je n'aurai pas eu cette liste, qu'elle n'aura pas été vérifiée et que je ne serai pas certain qu'elle est complète. Et si elle est inexacte, je vous trouverai une petite place dans la prison de la Boutyrka, où vous pourrez passer quelque temps tous les deux. Vous avez six heures. Mettez-vous-y ensemble. Vous pouvez laisser tomber ces tickets à la con pour l'instant.

— Je me dois de protester.

La fille semblait sur le point de se lancer dans un long discours sur l'insignifiance de ce meurtre comparée à l'ampleur mondiale de la Révolution lorsque Korolev frappa sur la table du plat de la main, faisant sauter le livre de comptes.

— Permettez-moi de vous rappeler, camarade Kovalevskaïa, que la Milice fait partie des services de sécurité de l'État et qu'une citoyenne soviétique a été victime d'un crime dans un bâtiment du Komsomol. Les lois soviétiques ont été violées. À votre place, je réfléchirais bien avant de refuser de coopérer, étant donné que vous et vos camarades ici présents n'êtes même pas capables d'assurer la sécurité dans un foutu club à un moment où la Révolution elle-même est menacée !

À partir de là, tout alla beaucoup mieux. Quand Korolev en eut terminé, il laissa derrière lui trois membres des jeunesses communistes qui se demandaient sans doute, chacun dans son coin, lequel des autres il allait dénoncer en premier pour sauver sa peau. Alors qu'il n'y aurait pas de suites car il était évident qu'ils ne savaient rien. Sur quoi que ce soit, probablement.

À l'intérieur de la sacristie, Gueginov était en train de déballer son matériel contenu dans les deux valises qu'il avait apportées. En l'observant, Korolev dut admettre que Semionov avait raison : Gueginov ne semblait pas fait pour ce travail. Outre son bégaiement, qui s'amplifiait en présence d'inconnus, il y avait les spasmes qui secouaient tout son corps une fois par minute environ, parfois plus quand il était nerveux. C'était d'autant plus étrange de le voir relativement détendu alors qu'il s'apprêtait à photographier la femme charcutée, réglant ses mouvements de façon à éviter des tressaillements involontaires.

— V-v-vous avez f-f-flanqué la f-f-frousse aux jeunes ?

— Vous m'avez entendu ? Parfois on est obligé de crier pour se faire entendre.

— C'est j-j-juste. Très j-j-juste. Alors, v-v-vous avez une idée de q-q-qui a fait ça ? demanda Gueginov en réglant le cadre.

— Pas encore. Et ces jeunes gens ne m'ont pas appris grand-chose. Peut-être que l'autopsie nous en dira plus. Pouvez-vous photographier les vêtements ?

— B-b-bien sûr, c-c-camarade. Mais je suis limité à dix photos, à moins d'avoir l'autorisation expresse du général. La pellicule est importée, vous comprenez.

Korolev ne fut pas surpris par ces restrictions de pellicules, surtout si elles venaient de l'étranger. Les quelques devises que possédait l'État devaient servir à atteindre les objectifs du dernier plan quinquennal.

— Combien en avez-vous pris pour l'instant ?

Korolev se demandait si dix clichés suffiraient.

— Q-q-quatre. Un g-g-gros plan du v-v-visage. Et t-t-trois vues d'ensemble du c-c-corps, d'ici, d'ici et d'ici. (Le photographe montra les endroits où il s'était placé.) Maintenant je v-v-vais photographier les v-v-vêtements et les p-p-parties du c-c-corps. Vous v-v-voulez autre chose ? G-g-généralement, j'en g-g-garde quelques-unes pour l'autopsie.

Korolev examina le cadavre encore une fois, puis la pièce.

— J'aimerais avoir les empreintes de pas, dit-il en montrant le sol couvert de sang. Ah, et puis zut ! Prenez vos dix photos ici. Je demanderai au général d'autoriser les clichés de l'autopsie.

— Soit. Si c'est v-v-vous qui p-p-prenez la responsabilité, dit Gueginov en déplaçant la lampe à arc.

D'un petit mouvement de tête il montra l'oreille, l'œil et la langue qui formaient la composition macabre.

— Un sauvage. Mais c'est b-b-bizarre. La façon dont le c-c-corps est disposé. Comme si ça v-v-voulait dire quelque chose. Il s'est donné b-b-beaucoup de mal.

Le flash de l'appareil projetait des ombres noires au plafond. Korolev reporta son attention sur le cadavre et constata qu'il semblait crucifié. Il nota une brève observation dans son carnet. Ça pouvait avoir une signification, en effet, ou n'être qu'une coïncidence. Ils avaient sans doute affaire à un détraqué, mais les brûlures électriques l'intriguaient.

Quand Gueginov eut fini son travail dans la sacristie, le corps fut soigneusement déplacé, enveloppé dans un sac de toile, puis étendu sur une civière. Le Dr Zinaïda Petrovna Chestnova, de l'Institut de médecine, arriva juste à temps pour superviser l'opération. Elle était presque aussi large que Larinine, mais aujourd'hui son visage rond et jovial paraissait hagard. Pendant qu'on se préparait à emporter le cadavre, elle entreprit de déposer les différentes parties du corps sectionnées dans une série de bocaux en verre qu'elle avait apportés et qu'elle étiquetait au fur et à mesure.

— Désolée pour le retard, camarade. Nous devons assumer de nouvelles responsabilités. J'ai travaillé toute la nuit.

Korolev se garda bien de demander quel était ce nouveau travail si accaparant qu'on avait confié au département d'expertise criminalistique. Habituellement, les morts étaient des clients patients.

— Ne vous inquiétez pas, dit-il, on vient juste de terminer les photos. Alors, qu'est-ce que vous en pensez ? Votre première impression ?

La femme médecin se retourna pour le regarder ; ses yeux semblaient avoir perdu toute couleur. La dernière fois qu'il avait vu Chestnova, elle était pleine d'entrain, bien que débordée par une affaire de décapitation. Aujourd'hui, elle paraissait dix ans de plus et semblait épuisée.

— De nos jours plus rien ne me surprend, répondit-elle en regardant le sang par terre. Elle n'est pas morte rapidement, ça, je peux vous l'affirmer. À cause du froid, ce ne sera pas facile de déterminer quand exactement, mais je pense tôt ce matin. Venez à l'Institut, on l'examinera immédiatement. Je pourrai vous en dire plus.

— Mais vous n'avez pas dormi, souligna Korolev, un peu effrayé par la pâleur grise de son teint.

— Je n'aurai peut-être pas dormi davantage demain, camarade. Profitons de l'occasion.

Elle sourit et suivit le corps à l'extérieur jusqu'à l'ambulance. La civière se balançait avec raideur au rythme des pas des ambulanciers. Les mêmes enfants des rues débraillés assistaient à la scène. Un de ces jeunes vagabonds, un rouquin au visage creux vêtu d'une veste matelassée beaucoup trop grande pour lui, se faufila sous la corde mise en place par la Milice et courut vers l'ambulance, main tendue. Korolev l'attrapa au passage par les cheveux et l'enfant s'arrêta brusquement en hurlant. Il voulait le saisir par sa veste, mais les cheveux faisaient aussi bien l'affaire, se dit-il, même si le Dr Chestnova le regardait d'un air horrifié. Il fit glisser sa main sur la nuque du garçon et se pencha vers lui.

— Eh bien, où tu vas comme ça ?

Il n'y avait pas la moindre trace de peur dans les yeux qui le regardaient.

— Je voulais juste voir à quoi qu'elle ressemblait, la dame. Ils ont dit qu'elle était belle comme un ange.

Korolev leva la main pour lui donner une claque, mais du coin de l'œil il vit le regard désapprobateur de Chestnova, et il se contenta de le repousser brutalement vers ses deux camarades, qui le regardaient avec intérêt mais sans aucune émotion visible. Des petits durs, pensa-t-il. Avec tous ces parents qu'on expédiait dans la Zone de nos jours, on trouvait des gamins comme ça à chaque coin de rue. S'ils n'étaient pas arrêtés et conduits dans un orphelinat, il doutait fort qu'ils puissent passer l'hiver. Mais les orphelinats, ce n'était pas mieux, se dit-il, et il se surprit à chercher quelques kopecks au fond de ses poches.

— Tenez, payez-vous un bol de soupe au chou, petits vauriens !

Ils prirent l'argent sans aucun remerciement, mais la drôle de façon dont le rouquin observa Korolev lui fit se demander qui étaient les autres hommes qui leur donnaient de l'argent, et pourquoi. Il éprouva un sentiment de honte. Quel âge avait ce gamin ? Dix ans peut-être ? Comme son fils, Youri, et pourtant son regard était celui d'une personne dix fois plus âgée.

CHAPITRE 4

Korolev et le photographe se retrouvèrent assis sur une banquette en face du corps enveloppé de toile, dans l'ambulance qui tressautait sur les pavés de la rue Razine. Le véhicule n'avait pas ou peu de suspensions et les deux hommes étaient projetés l'un contre l'autre lorsqu'il négociait bruyamment les virages et bondissait sur les nids-de-poule. À l'avant, Chestnova hurlait au chauffeur d'éviter les collisions et de doubler les charrettes qui se traînaient. Gueginov, lui, passa presque tout le trajet à essayer de rouler une cigarette, ce qui, compte tenu de ses spasmes et des mouvements imprévisibles de l'ambulance, n'était pas une mince affaire, et c'est avec une immense satisfaction qu'il coinça entre ses lèvres et alluma enfin le résultat de ses efforts. Il fronça les sourcils et montra le corps d'un mouvement de tête.

— J'espère que v-v-vous arrêterez ce type. C'est d-d-désagréable de devoir photographier ce g-g-genre de choses. (Il tendit sa cigarette en direction de la morte.) Avant la R-R-Révolution, je faisais des p-p-portraits de vivants. Des f-f-familles, des enfants… Depuis la R-R-Révolution, je ne photographie q-q-que des morts.

Difficile de déterminer sur quel ton avait été faite cette remarque car la voix douce de Gueginov devait rivaliser avec le bruit du moteur et Chestnova. Korolev observa le photographe pour voir s'il s'agissait d'une plaisanterie de mauvais goût et dangereuse. Indifférent à ce regard insistant, Gueginov tira sur sa cigarette.

— Les c-c-capitalistes, c'était un sacré s-s-spectacle en ce temps-là, reprit-il. Une seule robe de leurs f-f-femmes aurait pu nourrir une f-f-famille pendant un an. P-P-Peut-être même deux. C'était de l'exploitation, je sais b-b-bien. La b-b-beauté avait une odeur de sang. C'est m-m-mieux maintenant. Plus j-j-juste. Je ne r-r-regrette pas cette époque. Et ce que j-j-j-e fais rend s-s-service à la société.

Korolev se demanda ce que la jeune femme morte penserait de cette affirmation.

— Tenez, dit Gueginov en plongeant la main dans la poche de son manteau pour en sortir une flasque en métal. B-B-Buvez un coup. Mon v-v-voisin travaille dans une d-d-distillerie. C'est de la vraie. J'ai photographié sa f-f-femme. Ça m'a changé agréablement. À v-v-vrai dire, je l'aurais fait g-g-gratuitement, mais il m'a donné d-d-deux bouteilles et je n'ai pas r-r-refusé.

Korolev prit la flasque et but une gorgée. Il sentit la chaleur de la vodka descendre dans sa gorge. Sous l'effet du balancement de l'ambulance, la main de la morte glissa hors du sac de toile et frôla sa jambe. Il se pencha pour la déplacer et fut surpris par la douceur de la peau glacée.

Quand ils arrivèrent à l'Institut, Korolev descendit de l'arrière de l'ambulance avec une certaine appréhension. Son aversion pour les autopsies venait en partie de l'aspect brutal de la procédure. Il ne pouvait s'empêcher de penser que les victimes de violences méritaient de rester en paix après ce qu'elles avaient subi ; au lieu de cela, on les ouvrait, on les découpait, on les dépeçait, on prélevait des échantillons. D'une certaine façon, c'était pire que le carnage. La personne qui, de son vivant, avait eu droit à tout le respect dû à un citoyen soviétique se trouvait réduite à un vulgaire morceau de viande examiné par les médecins et les policiers. Assurément, le monde leur devait autre chose après ce qui leur était arrivé. Et puis, évidemment, il y avait aussi le fait qu'après quatorze ans dans la Milice et sept ans de guerre Korolev avait encore du mal à contrôler son estomac.

C'est la bouche sèche qu'il monta les marches usées de l'Institut. Il fut frappé une fois encore par l'atmosphère mélancolique que dégageait cet endroit. Avant la Révolution, il s'agissait de la demeure d'un noble, un lieu construit pour le plaisir. Les plafonds avaient conservé leurs fresques représentant des chérubins nus perchés sur des nuages duveteux, mangeant du raisin et riant aux éclats dans un ciel azuré. Contraste saisissant avec les murs blanchis à la chaux et les planchers nus en dessous. Il se demandait pourquoi ces fresques n'avaient pas été recouvertes. Peut-être n'y avait-il pas d'échelles disponibles ce jour-là. Au moins égayaient-elles un peu ce bâtiment qui, sans cela, semblait réduit au désespoir par l'usage qui en était fait. C'était dans le service de pathologie que cette impression se faisait le plus sentir. Les murs blancs brillants, la lueur brutale des éclairages électriques, les sols en béton ciré... tout cela se combinait pour déformer les sons, l'espace et même, d'une manière étrange, le temps. Chaque fois que Korolev pénétrait dans ce lieu, il éprouvait le besoin de s'asseoir, de soutenir à deux mains le poids énorme de sa tête et de savourer la puanteur des rêves morts et des espoirs déçus qui imprégnaient ce décor. Il trébucha, la nausée montait en lui, il chercha une chaise. Mais le médecin continua d'avancer d'un pas décidé sans se soucier de lui, l'entraînant de force dans son sillage jusqu'au bout du couloir et dans la morgue principale, dont deux des murs étaient constitués de casiers métalliques derrière lesquels gisaient des corps froids sur des étagères à glissière. Le formol, le désinfectant et l'odeur suave de la chair morte envahirent les narines de Korolev. Quelque part un robinet gouttait.

— Ils sont deux par étagère là-dedans, commenta Chestnova en montrant les casiers. On a même été obligés d'en empiler dans la salle d'autopsie numéro 1.

Elle montra la pièce séparée par une vitre. Une double rangée de cadavres était alignée par terre ; chacun était enveloppé dans un drap, une étiquette numérotée accrochée à un orteil exsangue. Des blocs de glace avaient été disposés tout autour, tels des cercueils en attente.

— Trop de cadavres, pas assez de légistes. Et maintenant on manque de salles d'autopsie. Les citoyens qui estiment qu'ils doivent se suicider devraient aller dans une autre ville. La situation est moins grave à Leningrad. Peut-être que le Parti pourrait organiser des excursions.

Elle soupira, puis entra dans la deuxième salle d'autopsie, plus petite. Elle s'appuya contre la table en acier poli et ferma les yeux. Korolev avait envie d'en faire autant, mais il se dit que s'il s'appuyait contre quoi que ce soit, il perdrait connaissance en moins de deux. Même debout, il sentait le sommeil qui léchait sa nuque et ses paupières qui tombaient. Il serra le poing et frappa dans le mur derrière lui, en espérant que la douleur le réveillerait. Le coup résonna comme une détonation contre l'acier. Chestnova rouvrit brusquement les yeux et le regarda d'un air terrifié. Elle continuait à l'observer de manière hésitante quand les employés de la morgue apportèrent le corps sur la civière.

Korolev dit quelque chose pour masquer sa gêne :

— J'ignorais qu'ils étaient si nombreux... les suicides. C'est peut-être l'arrivée de l'hiver. C'est ça, la cause ?

— Avec ces gens-là, ça peut être n'importe quoi, répondit Chestnova, dont les joues avaient retrouvé des couleurs. Tout ce que je sais, c'est que c'est un comportement antisoviétique de se suicider quand une menace pèse sur la nation. Si vous êtes malheureux, vous devez trouver du réconfort dans un travail utile. Ces gens-là, ajouta-t-elle en désignant d'un geste vague la morgue et l'autre salle d'autopsie, étaient des égoïstes. Des individualistes. Ils ne pensaient qu'à eux, au lieu de penser à l'État.

— Exact, camarade médecin, dit un des employés tandis que son collègue et lui sortaient le cadavre des couvertures pour l'allonger sur la table. Ils nous donnent du travail, alors qu'ils devraient nous aider. La plupart sont membres du Parti par-dessus le marché. Ils devraient avoir honte.

Les deux hommes regardaient à peine le corps, mais leurs gestes étaient précis et rapides. Ils ne paraissaient nullement dégoûtés, bien que la fille fût encore couverte de sang et d'excréments.

— Dois-je demander au camarade Esimov de venir vous aider, docteur ? demanda le deuxième employé.

— Non. Laissez-le dormir. Le capitaine peut prendre des notes. N'est-ce pas, camarade ?

— Bien sûr, répondit Korolev en songeant que pour une fois, au moins, il pourrait les lire.

— Allons-y. Examen préliminaire du corps d'une femme non identifiée victime d'un meurtre. Il est quinze heures quarante-cinq, nous sommes le 2 novembre 1936. Je vais trop vite ?

Korolev secoua la tête et Chestnova commença à nettoyer le corps avec un petit tuyau, en ôtant délicatement les plaques de sang séché avec une brosse. Elle détailla à voix haute les caractéristiques des blessures superficielles à mesure qu'elle les faisait apparaître. Quand le corps fut propre, elle se recula et prit un grand bistouri. Elle adressa un sourire à Korolev et à Gueginov comme pour s'excuser, puis elle traça un Y profond et net dans la poitrine. Ensuite, avec une précision née de l'expérience, elle ôta la peau pour découvrir les côtes et les organes internes. Korolev croisa brièvement le regard du photographe, avant que l'un et l'autre détournent la tête. Un être humain ne devrait pas ressembler à ce qu'on pouvait voir sur un étal de boucherie, avec les côtes qui saillent de leur peau livide et marbrée.

Comme toujours, l'autopsie s'éternisa. Malgré sa fatigue, le médecin légiste effectua un travail minutieux. Au bout d'une demi-heure, Gueginov, qui avait pris des photos quand on le lui demandait, proposa qu'ils fassent une pause et boivent une goutte de vodka afin de se donner des forces pour la suite de l'examen.

— Il y a des v-v-verres ? demanda-t-il en posant sa flasque à côté de la tête de la fille.

— On a des bocaux. Ça fera l'affaire, dit Chestnova. Il y en a dans le tiroir là-bas.

Elle le montra du coude pendant qu'elle se lavait les mains dans l'évier.

Gueginov vida le restant de sa flasque dans les trois récipients de verre, à parts égales. Chestnova s'essuya les mains avec le torchon accroché près de l'évier et s'arrêta un instant pour contempler le cadavre. Korolev fut surpris de voir ses yeux s'emplir de larmes.

— La pauvre, dit-elle. Une vierge. Vingt ans peut-être. Vingt-deux au maximum. Elle se gardait pour son mari, je suppose, et voilà. Pauvre petite.

Sa voix se brisa ; elle les regarda avec un sourire timide.

— Pardonnez-moi, camarades. C'est le manque de sommeil. J'ai honte.

Gueginov passa son bras autour des épaules de la grosse femme, qui se laissa aller contre son frêle protecteur l'espace d'un instant. Puis elle se redressa et sécha ses larmes en évitant les regards. Elle leva son verre devant le corps.

— J'espère que tu as été heureuse au moins une ou deux fois dans ta vie, camarade. Je l'espère.

Les deux hommes levèrent leurs verres tour à tour et les vidèrent d'un trait. Gueginov avait les yeux humides lui aussi et Korolev se sentit terrassé une fois encore par l'atmosphère accablante de la morgue. Il planta ses ongles dans sa paume.

— Combien de temps a-t-elle souffert, à votre avis ? demanda-t-il.

Pressé de revenir à l'affaire en cours, il avait haussé la voix sans le vouloir. Chestnova et Gueginov le regardèrent d'un air étonné.

Le médecin légiste sembla réfléchir.

— Je ne peux pas être formelle, mais les mutilations ont sans doute eu lieu après la mort, à cause de la relative absence de sang. Quant aux brûlures électriques, je dirais qu'elles ont été faites avant. Il s'est servi d'un objet fin et long. Comme un tortionnaire qui aurait utilisé un fer chauffé au rouge, dans le temps. Elle était ligotée avec des cordes et bâillonnée. Vous voyez les hématomes et les égratignures au niveau des poignets et des chevilles ? À mon avis, elle s'est beaucoup débattue. Et je pense que c'est l'œuvre d'un seul homme. Sans doute droitier. Regardez ces bleus.

Korolev examina les marques grises et violacées sur le bras d'albâtre. Le légiste lui expliqua comment elles permettaient de penser qu'elles avaient été faites par un individu qui utilisait de préférence sa main droite.

— Et les mutilations ? Savez-vous pourquoi il l'a découpée de cette façon ?

— Non, hélas. C'est une question qu'il faudra poser au tueur quand vous l'aurez arrêté.

Korolev hocha la tête. L'espoir l'emportait sur la conviction. Il se tourna vers Gueginov.

— Boris Ivanovitch ? dit-il en regardant le profil de la fille. Si on prend une photo sous cet angle, les dommages sont moins visibles. En la faisant circuler, peut-être qu'on découvrira son identité.

Gueginov acquiesça et positionna sa lampe. À l'extérieur de la salle, une porte claqua, puis le plus jeune des deux employés de la morgue entra sans frapper.

— Capitaine Korolev ? Le général Popov veut vous parler. Il y a un téléphone dans le bureau du directeur. Suivez-moi, je vous prie.

Le coup de fil de Popov n'était pas très important, il voulait juste savoir s'il y avait du nouveau, mais l'air était frais dans le bureau du directeur et la fenêtre ouverte laissait entrer une brise glacée qui soulevait sur la table de travail les piles de feuilles lestées par des galets. Le directeur, un homme d'un certain âge au visage large et intelligent, tournait le dos à la fenêtre, les bras croisés ; il observait Korolev pendant qu'il achevait son rapport. Quand celui-ci raccrocha, il lui sourit et lui offrit une cigarette. Korolev accepta et mit sa main en coupe autour de la flamme du briquet du directeur. Il inspira la fumée âpre dans ses poumons, prêt à tout pour faire disparaître l'odeur persistante de la mort. Il sentit la nicotine se frayer un chemin jusqu'à ses extrémités et les vertiges soudains qui s'ensuivirent lui rappelèrent qu'il n'avait rien mangé depuis le petit déjeuner. Il prit le temps de savourer cette sensation, puis remercia le directeur, qui répondit d'un geste vague. C'est seulement une fois de retour dans la salle d'autopsie qu'il s'aperçut qu'ils n'avaient pas échangé un seul mot.

En son absence, Gueginov avait appliqué une couche de maquillage sur le visage de la fille pour dissimuler au maximum les dommages. Une astuce que Korolev l'avait déjà vu réaliser. La première fois il avait été surpris par les couleurs criardes, mais les photos étant en noir et blanc, il obtenait un effet très naturel. Chestnova l'assistait en positionnant la tête à l'aide d'une serviette pour la maintenir droite. Mais la tête semblait inarticulée entre ses mains et elle refusait de rester en place. Le photographe et le médecin légiste accueillirent le capitaine avec un sourire chaleureux et Korolev détecta l'odeur puissante de l'alcool. Gueginov montra un vase à bec rempli d'un liquide transparent.

— Le Dr Chestnova nous a t-t-trouvé de l'alcool à quatre-vingt-dix, camarade. Impec ! Ça, c'est le v-v-vôtre.

— C'est meilleur avec de la confiture. Un peu de confiture dans l'alcool, ça donne un très bon goût. Hélas, on n'a pas de confiture aujourd'hui.

Le Dr Chestnova paraissait de bien meilleure humeur que précédemment.

— Vous voyez ? dit-elle. On l'a rendue belle.

— J'ai mis du c-c-coton dans ses j-j-joues. Je trouve que ça r-r-rend bien.

Gueginov regarda le cadavre d'un air satisfait. La fille avait les cheveux mouillés – Chestnova les lui avait lavés.

— Elle était jolie, commenta Korolev comme s'il se parlait à lui-même.

— Oui. Vous p-p-pensez qu'il faut lui ouvrir l'œil ou p-p-pas ? Je v-v-vais la photographier de p-p-profil, évidemment.

Gueginov souleva la paupière de la morte avec son pouce et se tourna vers Korolev pour quêter son approbation. Celui-ci secoua la tête, déconcerté par le regard fixe de la fille.

— Oui, je c-c-crois que vous avez raison.

Gueginov referma la paupière. Satisfait de la position de la tête et de l'arrangement des traits, il prit son appareil. Le flash illumina la pièce à deux reprises. Chestnova laissa retomber la tête sur la table ; la mâchoire s'ouvrit sur les dents blanches et la bouche charcutée.

— Vous ne remarquez pas quelque chose au niveau des dents, camarade ? demanda le légiste en soulevant de nouveau la tête pour l'incliner vers lui.

— Apparemment, le meurtrier en a brisé quelques-unes, dit Korolev.

Il regarda de plus près et ajouta :

— Elles sont d'une blancheur étonnante.

— En effet, et ça mérite sans doute d'être noté. Mais vous voyez ces plombages ? Ce sont des amalgames. Sachez, camarade, que le ministère de la Santé interdit à nos dentistes d'utiliser des amalgames depuis au moins dix ans. Pourtant, ces plombages sont relativement récents.

— Ils ont donc été faits hors d'Union soviétique ?

— C'est peut-être une étrangère.

— Ses v-v-vêtements…

La voix de Gueginov monta du coin de la pièce ; il brandissait la jupe de la morte.

— Il n'y a p-p-pas d'étiquettes, mais on dirait des v-v-vêtements capitalistes. C'était peut-être une s-s-saboteuse ? Elle s'est d-d-disputée avec ses complices et r-r-regardez ce qui lui est arrivé.

Korolev palpa l'étoffe entre ses doigts. Elle était merveilleusement souple.

— Oui, peut-être. Ou bien elle travaillait à l'étranger dans une ambassade, ou avec une délégation commerciale. Mais, évidemment, il y a beaucoup d'étrangers à Moscou ces temps-ci. Des volontaires, des spécialistes de l'industrie, des délégués du Komintern, etc. Si elle figure sur la liste des personnes disparues, on pourra éventuellement l'identifier grâce à sa dentition. On va vérifier. Merci pour cette excellente observation.

Le Dr Chestnova sourit fièrement, mais peut-être un peu de travers. Korolev se demanda quelle quantité d'alcool à quatre-vingt-dix ils avaient ingurgitée tous les deux pendant qu'il était au téléphone.

— Je fais toujours mon devoir, dit-elle en prenant la scie posée sur le plateau d'instruments divers à côté de la table de dissection. Et maintenant je vais examiner le cerveau.

Korolev sentit sa mâchoire se crisper. Il jeta un rapide coup d'œil à sa montre et esquissa un hochement de tête.

— Appelez-moi, s'il vous plaît, si vous découvrez quelque chose. Je dois retourner rue Petrovka.

Il décida d'ignorer les gloussements étouffés qui l'accompagnèrent tandis qu'il quittait la pièce.

CHAPITRE 5

Il était vingt et une heures passées quand Korolev finit de rédiger son rapport pour le général Popov, à partir des notes prises lors de l'autopsie et sur la scène de crime. Si l'autopsie avait fait apparaître quelques hypothèses intéressantes, notamment le fait que la victime puisse être une étrangère, l'équipe des experts n'avait pas trouvé grand-chose, comme l'avait prédit Semionov. Il y avait des empreintes partout dans l'église, mais toutes les traces de sang avaient été laissées par des gants, sans doute en cuir, ou par la victime elle-même. Dès le lendemain matin, ils relèveraient les empreintes des membres du Komsomol qui fréquentaient cette église, mais il était peu probable qu'ils en retirent des informations utiles, d'autant qu'ils avaient prélevé plusieurs centaines d'empreintes rien que dans la sacristie. Korolev étouffa un juron en concluant son rapport, puis il le relut entièrement pour traquer les erreurs.

Il prit son temps, considérant chaque élément sous tous les angles. En lisant, il commença à créer dans son esprit une image floue du meurtrier, et également de la victime. Rien de concret, uniquement du ressenti, des impressions. Mais il était inspecteur depuis assez longtemps pour savoir qu'il ne fallait jamais ignorer son intuition. Même s'il lui était difficile d'être formel, il en venait à penser qu'il y avait dans ce meurtre un élément de préméditation inhabituel. Premièrement, le meurtrier portait des gants et l'absence d'indices dénotait une attention et un détachement qui ne se retrouvaient pas dans les précédents meurtres sexuels violents sur lesquels il avait enquêté. Généralement, le meurtrier, pris dans la fièvre de l'instant, faisait preuve de négligence. Il pouvait essayer d'effacer ses traces ensuite, mais il se trouvait alors dans un état d'exaltation, de peur ou de stupeur qui nuisait à ses efforts. Rien de tel ici. Certes, il y avait du sang et beaucoup de détails désagréables, mais fort peu d'indices. Le meurtrier s'était montré très prudent et, conformément aux suppositions de Korolev, il n'y avait aucune trace de viol. Il s'agissait d'un acte de torture, de toute évidence, mais l'utilisation de l'électricité, la façon dont les parties du corps avaient été disposées et la nature délibérée des blessures l'incitaient à se demander si les mutilations n'avaient pas une signification propre, en dehors de la violence elle-même. Korolev commençait à se dire que ces sévices étaient peut-être un écran de fumée et que le meurtre avait peut-être un mobile caché.

Il se frotta les yeux et consulta sa montre. La journée avait été chargée ; il était temps pour lui de rentrer. Cette perspective le fit sourire. La pièce qu'il partageait avec son cousin était minuscule ; il y avait juste assez de place pour accueillir un lit pour Mikhaïl et un matelas posé à même le sol pour lui ; leurs vêtements étaient suspendus à des clous plantés dans le mur. La nuit, ils écoutaient les querelles à voix basse de leurs voisins et leurs ébats presque silencieux ; eux-mêmes chuchotaient en se passant une bouteille. Au moins, dans son nouvel appartement il y aurait de la place, bien au-delà des normes en vigueur à Moscou, et un niveau d'intimité que la plupart des citoyens soviétiques voyaient uniquement dans les films, étrangers qui plus est. Il avait envie de se pincer.

Zhenia aurait aimé ce logement. Son ex-femme avait rendu leur ancienne chambre dans le quartier de Presnaïa environ un an après leur divorce pour retourner dans sa famille, à Zagorsk. Elle n'avait jamais aimé Moscou, mais étant une des premières femmes ingénieurs formées en Union soviétique, elle avait trouvé dans la capitale des occasions d'avancement, ainsi que l'exaltation de vivre au cœur d'une révolution qui transformait l'Histoire. De fait, elle avait été l'incarnation de la nouvelle société révolutionnaire. Pourquoi l'avait-elle choisi, lui, Korolev, alors que la moitié des hommes de Moscou lui couraient après, cela restait pour lui un mystère. Après trois ans de mariage, c'en était devenu un pour elle également. Son métier d'inspecteur n'avait pas arrangé les choses, évidemment, mais elle travaillait encore plus que lui. Ils se retrouvaient dans leur lit, comme deux étrangers parfois. D'une de ces rencontres était né Youri. Penser à son fils le rendait triste ; il ne l'avait pas vu depuis six mois. Zhenia avait un nouvel homme dans sa vie, un médecin, et cela l'inquiétait. Combien de temps faudrait-il avant que Youri appelle cet étranger « papa » ? Se souviendrait-il seulement de lui lors de leur prochaine rencontre ?

Korolev remit les feuilles dans l'ordre, remplit une demande pour obtenir quatre copies, puis reprit son chapeau dans le tiroir du bas de son bureau pour rentrer chez lui. Zagorsk était beaucoup trop loin, mais il effectuerait le voyage au printemps, quoi qu'il arrive.

Avant de quitter l'immeuble, il s'arrêta au premier étage et frappa à la fenêtre sertie de bois qui protégeait le pool de dactylos comme un harem ottoman. Un long moment s'écoula avant que le panneau coulisse pour laisser apparaître un visage de femme fatigué. Korolev ne se souvenait pas de l'avoir déjà vue. Il l'observa pendant qu'elle examinait ses épaulettes et remarqua un léger raidissement dans sa posture.

— Oui, capitaine ? Un travail urgent ?

— Un rapport pour le général. Il le veut demain matin. En quatre exemplaires.

— Quatre exemplaires.

La femme repoussa les cheveux noirs veinés de gris qui tombaient devant son visage pendant qu'elle jetait un coup d'œil au document. Ce geste était presque sensuel.

— Capitaine Korolev. C'est vous ?

— Oui.

— Huit heures demain matin ?

— Merci. (Il crut voir un soupçon de sourire éclairer ses traits.) Juste une chose. Ne confiez pas ce travail à une dactylo inexpérimentée. Il s'agit d'un meurtre, une jeune femme… ce n'est pas très agréable. Mieux vaut le donner à quelqu'un en poste depuis plus longtemps.

Elle survola la première page du rapport, haussa les sourcils et hocha la tête avec gravité. Puis elle sourit avant de refermer le panneau.

Il rentra chez lui à pied, d'un bon pas, en empruntant les grandes artères. Devant les magasins ouverts le soir il y avait les files d'attente habituelles, et des groupes de travailleurs, crasseux de la tête aux pieds, regagnaient leurs foyers en croisant leurs remplaçants qui, à peine plus propres, marchaient dans la direction opposée. Des étudiants serraient autour de leurs cous les cols de leurs manteaux élimés, et malgré la proximité du Kremlin plusieurs personnes mendiaient avec le regard mort des affamés. Depuis quelque temps ils étaient plus nombreux, bien qu'il s'agît d'un délit puni de cinq ans de prison. Bizarrement, malgré tout ce monde, il n'y avait pas beaucoup de bruit. Le grondement d'un camion qui passait étouffa les rares conversations. Comme si tous les citoyens craignaient qu'on les écoute, et Korolev songeait qu'ils n'avaient peut-être pas tort.

En tournant au coin d'une rue, il remarqua deux hommes dont l'étrange démarche en canard trahissait leur appartenance à la caste des Voleurs. Eux aussi devinèrent sa fonction, mais ils n'eurent aucune réaction notable, hormis la réflexion que fit l'un des deux à son camarade au moment où ils se croisaient. Parmi tous les gens qu'il avait aperçus ce soir, ils étaient les seuls qui paraissaient détendus. Le Parti croyait au principe de la rééducation des criminels ; c'est pourquoi les voyous et les bandits écopaient d'interminables sermons au lieu de longues peines d'emprisonnement. En outre, en tant que policier, Korolev soupçonnait que la seule éducation que recevaient les Voleurs dans la Zone, ainsi qu'on appelait le système pénitentiaire, était dispensée par d'autres Voleurs. Et du fait de ce laxisme envers les criminels professionnels, les villes soviétiques n'étaient pas aussi sûres qu'elles auraient dû l'être.

Pour les prisonniers politiques, c'était une autre histoire, évidemment. Ils subissaient les foudres de la loi.

Néanmoins les rues semblaient calmes ce soir, peut-être parce qu'il faisait froid, au-dessous de zéro sans aucun doute. Il leva les yeux vers le ciel noir tapi par-delà les lampadaires et se demanda s'il allait neiger. En tournant au coin de la Loubianka, il scruta la rue, comme toujours, à l'affût d'éventuels ennuis. Plus par habitude que par crainte du danger : tout criminel sain d'esprit éviterait de rôder autour du quartier général du NKVD. Aussi fut-il surpris de voir des voitures noires arrêtées devant la station de métro Dzerzhinskaïa et une masse de gens survoltés qui se bousculaient.

Alors qu'il approchait, ce rassemblement de centaines de personnes qui semblaient faire le siège de la station de métro lui parut encore plus étrange. Peut-être y avait-il eu un attentat ou un accident ? Il pressa le pas et palpa son holster pour vérifier que son arme était bien à sa place en cas d'échauffourées. Mais la foule, qui avançait et refluait, était d'humeur joviale. Une rangée de tchékistes et de soldats de l'Armée rouge, livides dans la lumière des lampadaires, se tenait par le coude pour maintenir le flot grandissant des citoyens à l'écart des voitures noires garées devant le grand M illuminé qui marquait l'entrée du métro. Cet alignement donnait l'impression qu'il allait être balayé à tout moment, pourtant, malgré le nombre de personnes présentes (Korolev estimait qu'elles étaient presque un millier maintenant à agiter leurs mains frêles ou des mouchoirs rouges), il avait le sentiment que les forces de l'ordre contrôlaient la situation.

Les acclamations retombèrent lorsque la porte scintillante d'une des limousines s'ouvrit pour laisser apparaître un visage familier, à la peau vérolée, orné d'une épaisse moustache, avec des yeux noirs qui enregistraient tout. C'était un regard puissant, aussi sûr de lui que celui d'un champion de boxe, et Korolev sentit sa main se lever pour saluer. Il se joignit au grognement approbateur, qui se transforma en un rugissement lui faisant dresser les poils de la nuque alors qu'il serrait le poing au-dessus de sa tête.

« Staline ! Staline ! Staline ! » scandait la foule, et Korolev brailla avec elle. De robustes tchékistes se regroupèrent autour du secrétaire général. Curieusement, ils paraissaient petits à côté de lui, comme si le monde devait s'ajuster à son échelle car, de toute évidence, il n'était pas si grand que ça, un mètre soixante-cinq peut-être. C'était sans doute dû à sa présence, pensa Korolev, qui se surprit à crier de nouveau le nom de Staline tandis que le grand homme souriait à la foule, ce qui retroussait sa moustache. Il porta la main à son képi avec raideur, mais il semblait dire : « Ce n'est pas moi que vous acclamez, vous acclamez ma position au sein du Parti, et c'est pour cette raison, uniquement, que j'accepte ces marques d'adulation. »

Un des gardes du corps se pencha pour lui murmurer quelque chose à l'oreille et le secrétaire général hocha la tête, puis il sourit de nouveau à la foule avant de disparaître dans le métro. D'autres hommes descendirent des voitures : Iejov, Molotov, Boudienny avec sa moustache frisée d'officier de cavalerie, Ordzhonikidze, Mikoyan. À croire que la moitié du Politburo avait décidé de prendre le métro pour rentrer. Esquissant des sourires derrière les cols de leurs grands pardessus et de leurs vestes en cuir, ils suivirent Staline dans le métro. Certains semblaient tituber, comme s'ils avaient bu. Leurs gestes de la main et leurs saluts, amicaux, rejetaient eux aussi cette adulation : « Nous sommes tous des ouvriers au service de la Révolution, camarades, inutile de faire tant d'histoires. » Quand le dernier eut disparu dans la bouche de métro, la foule voulut les suivre, mais les tchékistes résistèrent et exhortèrent les gens à être patients, à laisser respirer leurs chefs.

— Reculez, citoyens ! ordonna un homme muni d'un porte-voix.

Ils obéirent à contrecœur, tandis que le cordon tchékiste avançait. Maintenant que Staline avait disparu, ils se retournaient les uns vers les autres et commentaient ce qu'ils avaient vu, enthousiastes comme des enfants. Korolev contourna la foule, captant au passage des bribes de conversation.

— Il n'est pas très grand, hein ? Mais fort… comme un bœuf.

— Vous avez vu sa pipe ? Moi aussi, je fume la pipe. Je me demande quelle est sa marque de tabac.

Korolev éprouvait la même fierté que ses camarades moscovites en voyant que leurs chefs avaient décidé de se mêler à eux.

Il avait presque réussi à s'extraire de la foule quand il sentit une main lui saisir le coude, fermement. Il se retourna et se retrouva face au colonel Gregorine.

— Capitaine Korolev, vous rentrez seulement maintenant ? Cette enquête vous fait travailler tard, hein ?

Gregorine sortit un étui à cigarettes de la poche de poitrine de son uniforme ; il était cabossé et s'ouvrait difficilement. Remarquant l'intérêt de Korolev, le colonel referma le couvercle et tapota du bout du doigt sur la marque circulaire.

— Une balle. Cet étui m'a sauvé la vie. Depuis, c'est mon porte-bonheur. Sans lui, il n'y aurait jamais eu de colonel Gregorine bien vivant, uniquement un caporal Gregorine mort. Il sert à me rappeler la nature arbitraire du destin. Quand je pense que les médecins disent que fumer est mauvais pour les poumons…

Gregorine rit de sa blague éculée et Korolev répondit par un sourire gêné. Le colonel l'avait pris par surprise et il accepta avec plaisir la cigarette qu'il lui offrait, soulagé de pouvoir occuper ses mains. Il chercha des allumettes dans ses poches, mais Gregorine l'arrêta ; il utilisa son briquet et l'entraîna à l'écart de la foule.

— Le camarade Staline a décidé de visiter le métro sur un coup de tête. Il a assisté à sa construction et il était présent lors de l'inauguration, évidemment, mais il a voulu l'emprunter comme un citoyen ordinaire. Une envie subite. Alors on a tous été appelés en urgence pour assurer sa sécurité. Une grande responsabilité.

Il montra une voiture noire garée à une trentaine de mètres de là.

— Puis-je vous déposer chez vous ? Ça vous évitera de marcher.

Korolev hocha la tête. Il sentait qu'il aurait dû participer à la conversation, mais les mots lui manquaient.

— Bien. Bolchoï-Nikolo-Vorobinski, c'est bien ça ? Oh, ne prenez pas cet air affolé, c'est mon métier de me renseigner sur les gens qui m'intéressent, pour des raisons professionnelles ou personnelles. C'est un bon immeuble. Vos voisins vous plairont. Babel habite au-dessus. Vous le connaissez ? L'écrivain ? Si vous ne le connaissez pas, vous devriez faire en sorte de le connaître. De nos jours, un citoyen a pour devoir de se cultiver.

— Je le connais, parvint à répondre Korolev en repensant à ses descriptions bien trop saisissantes de la guerre contre la Pologne.

— Je peux vous le présenter, si vous voulez. Il pourrait vous être utile. D'ailleurs je me promets de le faire. Il appréciera votre compagnie : deux anciens de la guerre en Pologne. Je vous imagine bavardant comme deux vieilles dames. Peut-être qu'il écrira un texte sur vous. Qui sait ?

— Qu'est-ce qui pourrait intéresser un homme comme le camarade Babel chez un simple inspecteur de la Milice, colonel ? Et vous, qu'est-ce qui vous intéresse chez moi ?

Gregorine ouvrit la portière de l'Emka noire côté conducteur, et Korolev vit briller une lueur d'amusement dans ses yeux sombres. Il émanait du colonel une autorité naturelle, et en voyant ses épais cheveux noirs, son teint basané et ses traits puissants, Korolev se demanda s'il n'était pas géorgien, comme Staline, même s'il s'exprimait sans le moindre accent. Il avait un port d'athlète. Ni costaud ni grand, il donnait néanmoins l'impression de pouvoir se défendre.

— Vous vous sous-estimez, camarade, dit Gregorine quand Korolev s'installa dans la voiture. Si je vous ai choisi pour donner cette conférence demain, ce n'est pas sans raison : vous obtenez des résultats. Ça ne fera pas de mal à nos étudiants d'apprendre une ou deux choses de la bouche d'un enquêteur aussi efficace. Et le général Popov vous a recommandé ; il pense le plus grand bien de vos capacités.

— Vous m'en voyez ravi.

— Alors dites-moi un peu. Comment se passe l'enquête ? Vous progressez ?

— Nous n'en sommes qu'au tout début. Pour l'instant, nous n'avons pas grand-chose à nous mettre sous la dent. J'ai rédigé un premier rapport, je vous l'apporterai demain matin.

— Parfait. C'est par pur hasard que vous vous occupez de cette enquête.

— Pourquoi cela, colonel ?

— La hiérarchie tient à ce qu'elle soit supervisée par les services de l'Intérieur.

Le colonel se renfonça dans le siège du conducteur et souffla un rond de fumée parfait qui flotta dans l'air un instant, immobile, avant de se dissiper peu à peu. Gregorine observa son œuvre d'un air satisfait.

— Pourquoi donc ? Cette affaire ne comporte pas d'élément politique, si ?

Korolev ne comprenait pas pour quelle raison le NKVD s'intéressait à un simple meurtre, si horrible soit-il. Puis il se souvint que la fille était peut-être étrangère. Il répondit à sa propre question dans un murmure :

— Oh… Il y a effectivement un élément politique. La victime. Elle avait des plombages faits à l'étranger et ses vêtements…

Il laissa sa phrase en suspens. Il ne voulait pas critiquer la confection soviétique devant un colonel du NKVD, mais la victime portait de toute évidence des vêtements de bien meilleure qualité que tout ce que pouvait produire l'Union soviétique.

Gregorine se pencha en avant ; son sourire s'évanouit.

— Que savez-vous de cette fille ? Avez-vous établi son identité ?

— Pas encore, colonel. Mais nous pensons qu'il est possible que ce ne soit pas une citoyenne soviétique.

Gregorine hocha la tête d'un petit mouvement brusque et, avec sa cigarette, il fit signe à Korolev de continuer. Il ne l'interrompit pas une seule fois pendant que le capitaine lui confiait tout ce qu'il savait sur la fille et sa mort.

— Rien d'autre ? demanda-t-il quand Korolev eut terminé.

— Non, pas pour l'instant.

— Très intéressant. La hiérarchie avait raison.

— Il y a donc un élément politique ?

— Oui, je crois.

— Dans ce cas, la police secrète va reprendre l'affaire.

Gregorine souffla sur le bout de sa cigarette ; la cendre rougeoyante éclaira brièvement son visage. Il semblait pensif.

— Il y a assurément un élément politique, en effet. Mais cela reste un meurtre.

— Je ne comprends pas.

— Ce n'est pas nécessairement un problème. Menez votre enquête comme s'il s'agissait d'une affaire ordinaire. C'est tout ce qu'on vous demande. Pour ce qui est de comprendre, on s'en charge.

— Mais quel est cet élément politique, camarade colonel ? Ai-je au moins le droit de savoir ?

Korolev n'avait pu empêcher une pointe de frustration de percer dans sa voix.

La bouche de Gregorine était un trait noir dans la faible lueur des lampadaires. Il observa Korolev en silence, puis il sourit et sembla se détendre. Il tourna la tête pour regarder à travers la vitre la foule qui se dispersait.

— Ce que je vais vous dire est un secret. D'accord ?

— Très bien, répondit Korolev en se demandant dans quoi il s'était fourré.

— Vous n'ignorez pas les efforts fournis par l'État pour rassembler les fonds nécessaires à la réussite du plan quinquennal, n'est-ce pas ? Je suis sûr que, comme la plupart des travailleurs, vous prêtez une partie de votre salaire en achetant des emprunts, afin de participer à la lutte pour réaliser les objectifs du plan. Chaque citoyen se serre la ceinture dans l'intérêt commun. Et nous sommes bien partis pour atteindre ces objectifs.

La ceinture qui fermait la veste en cuir brillant du colonel ne semblait pourtant pas trop serrée, mais Korolev ne fit aucun commentaire.

— C'est une question de survie, dit-il.

— En effet. Et si nous voulons résister aux ennemis du socialisme, l'État a besoin d'argent pour acquérir la technologie et les armes nécessaires afin de défendre ce que nous avons réussi en 1917. Emprunter de l'argent à l'étranger n'est pas chose facile, évidemment. Pourquoi les capitalistes prêteraient-ils de l'argent à une révolution qui cherche à les éliminer ? Nous devons donc gagner les devises dont nous avons besoin. Nous souffrons de la faim pour pouvoir vendre nos céréales aux plus offrants. C'est une situation temporaire, évidemment, mais qui était vitale il y a peu de temps encore. Maintenant, comme le dit le camarade Staline, ça s'améliore. On voit le bout du tunnel.

— Je me remémore souvent ses paroles.

— Une des façons d'obtenir des fonds consiste à vendre des biens confisqués : œuvres d'art, bijoux, ouvrages rares et autres objets précieux. C'est le ministère de la Sécurité d'État, le NKVD en l'occurrence, qui se charge des transactions. Toutefois, nous avons découvert récemment qu'il y avait eu un certain nombre de « fuites » : des objets sont apparus en Europe ou en Amérique alors qu'ils étaient censés se trouver encore à Moscou. Nous connaissons plusieurs des personnes impliquées, et il se peut que votre victime soit liée à ce trafic. D'ailleurs, d'après votre description, j'en suis même sûr.

Korolev réfléchit, il prit le temps de digérer cette information et de parvenir à une conclusion.

— Cela voudrait dire…

Il s'interrompit au milieu de sa phrase. Gregorine souffla tranquillement la fumée de sa cigarette.

— Nous enquêtons, évidemment. Dans toute famille, même dans la police secrète, il y a des brebis galeuses. Des arrestations ont eu lieu. Mais là il s'agit d'un meurtre, et c'est un développement intéressant. Ça sent l'affolement.

— Vous savez qui était cette fille ?

— Nous avons deux candidates possibles. Avec un peu de chance, je pourrai vous donner une réponse définitive demain. Si vous avez des photos de la victime, ce sera très utile.

— Mais vous êtes sûr que c'est une de ces deux personnes. Pourquoi ?

Gregorine regarda sa montre et secoua la tête.

— Presque vingt-deux heures. Je ferais bien de vous raccompagner. Une dure journée vous attend demain.

Il mit le contact et le moteur rugit aussitôt. Korolev était impressionné : il avait entendu dire que le démarreur de l'Emka n'était pas fiable.

— Une bonne voiture, commenta le colonel. Vous voyez ? Encore une grande réussite de l'Union soviétique. Nous avions besoin de produire nos propres automobiles, alors nous nous sommes mis au travail. Nous avons investi les fonds, la main-d'œuvre et le savoir-faire nécessaires, et nous avons atteint notre objectif. C'est la méthode des bolcheviks.

Gregorine se tut ; il se concentrait pour doubler une file de camions militaires qui roulaient lentement dans la rue Dzerzhinski, les bâches de toile épaisse claquant au vent.

— Voilà ce qu'on attend de vous : mettez tout en œuvre pour attraper le meurtrier, consacrez toutes vos ressources, tous vos efforts à cet objectif. Suivez chaque piste, interrogez tous les suspects, remuez ciel et terre en agissant comme si c'était un crime ordinaire. Nous pensons que les traîtres ne sont pas au courant de notre propre enquête, alors ne faites rien qui puisse les alerter. Compris ? Il est possible que ce meurtre ait été commis par un fou, mais il s'agit plus vraisemblablement de l'œuvre de ces saboteurs. Les mutilations et les actes de torture ne sont qu'un leurre. Menez votre enquête avec vigueur et peut-être qu'ainsi vous détournerez l'attention de nos propres investigations.

— Je fais toujours de mon mieux, répondit Korolev, un peu vexé.

Cinq minutes plus tard, Gregorine s'arrêta devant le numéro 4 de la rue Bolchoï-Nikolo-Vorobinski et coupa le moteur. Il se tourna vers Korolev.

— Apportez les photos de l'autopsie demain, s'il vous plaît. Elles m'aideront à identifier la fille.

— J'ai encore quelques questions…, commença Korolev.

Mais le colonel secoua la tête.

— Demain peut-être. Dormez bien, camarade.

Les yeux de Gregorine étaient à peine visibles dans la pénombre, mais Korolev imaginait un regard froid. Il descendit de voiture et regarda le colonel s'éloigner, en sachant que des gens l'observaient à travers les rideaux tirés. Personne n'aimait qu'un véhicule affichant ostensiblement son appartenance à la police secrète s'arrête devant son immeuble à une heure pareille, même si cette fois c'était pour déposer un habitant au lieu d'en emmener un. Il s'excusa intérieurement auprès de ses nouveaux voisins et entra dans l'immeuble en sentant la fatigue à chaque pas. Il repenserait à tout ce que lui avait dit le colonel demain matin ; inutile de se ronger les sangs maintenant. Arrivé devant la porte de son nouvel appartement, il chercha la clé dans ses poches. C'est alors qu'il fut assailli par une image très nette : la clé posée sur le lit dans sa chambre, là où il l'avait laissée l'après-midi. Il regarda sa montre : dix heures passées. Pourvu que la citoyenne Koltsova ne dorme pas déjà. Après avoir tapoté son manteau une dernière fois, il frappa à la porte tout doucement et attendit une réponse qui ne vint pas. Il frappa encore, plus fort. Après un nouveau silence, il entendit une porte s'ouvrir dans l'appartement, un bruit de pas, puis une voix de femme, méfiante mais calme :

— Qui est-ce ?

— Je m'excuse, camarade. Je suis votre nouveau voisin. Korolev. J'ai laissé ma clé à l'intérieur ce matin. Sur mon lit. Je sais qu'il est tard…

Il sentait que des gens l'écoutaient dans les autres appartements, alors il baissa la voix.

— Pouvez-vous m'ouvrir ?

La porte s'entrebâilla et il se retrouva face au canon d'un revolver. Il recula d'un pas.

— Capitaine Korolev ? lança la voix.

Détachant son regard de l'arme, il découvrit deux yeux bleus tout aussi intimidants qui le dévisageaient, impénétrables.

— Oui, dit-il.

Le canon s'abaissa de quelques centimètres, mais Korolev n'était pas plus rassuré de le voir pointé sur son ventre.

— Désolé de vous déranger à cette heure, parvint-il à articuler.

Elle était vraiment très belle : une mâchoire étroite mais ferme sous des pommettes aux angles tranchants et des cheveux courts, au carré, qui brillaient dans la lumière du couloir. N'eût été le revolver, il aurait pris plaisir à la regarder.

— Généralement, je ne suis pas du genre tête en l'air, je vous assure.

— J'espère, répliqua-t-elle en le détaillant de la tête aux pieds d'un air perplexe, comme si elle ne parvenait pas à déterminer quelle place il occupait dans son monde.

Toutefois, son rictus se détendit, très lentement, pour prendre l'apparence d'un sourire aussi ferme et inflexible qu'un éditorial de la *Pravda*, et Korolev constata qu'il avait recommencé à respirer. Elle ouvrit la porte plus largement, glissa le revolver dans sa poche de peignoir et tendit la main.

— Camarade Korolev, nous sommes ravis d'avoir un membre de la section criminelle de la police de Moscou dans l'immeuble. Louborov m'a parlé de vous. Bienvenue. Le revolver n'était pas chargé. À Moscou il faut être prudent, y compris dans un immeuble comme celui-ci. Il y a tellement de malfaiteurs partout. Même si, évidemment, je suis sûre que vous n'y êtes pour rien.

À en juger par son haussement de sourcils, elle n'en semblait pas très sûre, à vrai dire. Korolev haussa les épaules comme pour s'excuser et prit la main qu'elle lui tendait. Il ne fut pas étonné de découvrir une poigne aussi solide que celle d'un homme.

— Merci, dit-il. J'espère que vous avez un permis pour cette arme à feu. Les sanctions sont sévères, vous savez.

À peine ces paroles furent-elles sorties de sa bouche qu'il regretta le ton sur lequel il les avait prononcées. N'empêche, pointer un revolver sur son colocataire, ce n'était pas la meilleure façon d'entamer une cohabitation.

— Bien sûr que j'en ai un, répondit-elle en tapotant sa poche.

Peut-être avait-elle répondu un peu trop vite.

— Natacha, lança-t-elle dans le couloir, c'est le camarade Korolev, notre nouveau colocataire. Viens le saluer.

Un petit visage apparut, puis disparut dans l'encadrement d'une porte derrière elle. Koltsova rit, son visage s'éclaira comme si on avait abaissé un interrupteur. Elle se retourna vers Korolev et sourit.

— Elle est un peu timide, camarade, et elle n'aime pas les uniformes. Vous le portez en permanence ?

— Non. Presque jamais en fait. Habituellement je m'habille en civil. Aujourd'hui c'était exceptionnel, je devais absolument être en uniforme. D'ailleurs je ne l'avais pas porté depuis si longtemps que les mites se sont régalées. Regardez.

Il lui montra la manche de sa veste et eut droit à un sourire plus proche de la pitié que de l'empathie. Il essaya de se reprendre, mais il avait déjà ouvert la bouche.

— Je suis inspecteur. Ma spécialité, c'est le crime. Je veux dire… je suis un inspecteur qui arrête des criminels. Un inspecteur criminel, ce serait absurde. (Il porta sa main à son front et ferma les yeux un instant, en espérant être ailleurs quand il les rouvrirait.) Pardonnez-moi, camarade, j'ai eu une dure journée.

— Entrez, camarade Korolev, dit-elle avec une pointe de résignation dans la voix.

Elle le suivit dans la cuisine commune.

— Et bienvenue dans votre nouveau chez-vous.

Un travail plus facile cette fois, pensa-t-il, alors que Tesak[1] *le Voleur commençait à lui dire tout ce qu'il voulait savoir. Simple et rapide. Avec des types comme Tesak, on savait à quoi s'en tenir. Il pouvait bomber le torse, lancer des menaces et des insultes, en définitive Tesak ne croyait qu'à une chose : Tesak. Et donc, quand il était vraiment dans le pétrin, quand il avait le choix entre l'oubli et la survie, il choisissait toujours la survie. Car après tout, si l'au-delà existait, quelqu'un comme Tesak n'irait pas au ciel, c'était certain.*

Ils avaient attaché le Voleur entre deux piliers métalliques, les bras et les jambes écartés, puis il s'était retrouvé seul avec Tesak, qui ressentait déjà la douleur d'être suspendu comme une peau que l'on a mise à sécher. Au début, il y avait eu les fanfaronnades habituelles ; Tesak l'avait pris pour un flic, encore un, en quête d'informations. Il savait encaisser les coups et il le lui avait dit. Il lui avait même craché dessus. Mais Tesak avait commencé à perdre de son arrogance quand les gants et le

1. *Tesak* : « Hachette ».

tablier étaient apparus, et lorsqu'il avait ouvert sa boîte à surprises, le Voleur ne semblait déjà plus aussi sûr de lui.

— On vit dans un monde moderne, lui dit-il tandis qu'il coupait ses boutons de chemise.

Ils tombaient sur le sol en ciment, l'un après l'autre, rebondissaient et roulaient sur la surface dure.

— C'est une putain de chemise neuve, pied-plat !

Tesak était indigné, oui, mais c'était l'indignation d'un homme effrayé. Pour l'instant, tout allait bien. Or le moment était venu d'établir les règles, alors il recula d'un pas et regarda Tesak droit dans les yeux, puis il mit tout le poids de son corps dans une gifle en revers qui projeta la tête du Voleur contre son bras écarté. Dès lors, il obtint toute son attention.

— Je m'en contrefous, de ta chemise. Que les choses soient bien claires : à partir de maintenant, tu parleras uniquement pour répondre à une question. Compris ?

Tesak le regarda, un peu sonné par le coup à la tête sans doute, mais au moins il se taisait. Alors, il se rapprocha de lui, suffisamment pour sentir les vieux effluves d'alcool dans son haleine. Les yeux du Voleur ne quittaient plus le couteau qui montait lentement vers son abdomen.

— Ça veut dire quoi, ces tatouages ? demanda-t-il en regardant les dessins grossiers à l'encre bleue sur la poitrine de l'homme.

Il appuya la lame sur la peau, sous les profils alignés de Marx, Lénine et Staline coiffés d'un drapeau soviétique.

— Ne me dis pas que tu es bolchevique, si ?

— Jamais de la vie ! C'est pour qu'aucun peloton d'exécution balance Tesak dans un parterre de

fleurs. Les Rouges comme toi, ils tirent pas sur leurs grands hommes, hein ? À moins que tu veuilles finir au même endroit.

— Qu'est-ce que j'en ai à foutre, de Marx ?

Agrippant la nuque de Tesak pour avoir une prise, il découpa la tête de Marx de manière bien nette. Il enchaîna avec deux coups de poing pour mettre fin au rugissement de douleur. Le commentaire sur Marx était un classique, évidemment. Les changements soudains de paramètres minaient les défenses. Tesak gémissait, suspendu aux piliers ; il regardait le bouillonnement de sa poitrine à vif. L'autre en profita pour le bâillonner, lui murmurant à l'oreille :

— Et je ne suis pas un flic. Dis-moi ce que je veux savoir et je t'offrirai une mort douce. (Les yeux de Tesak sortirent de leurs orbites quand il leva son couteau de nouveau.) Sinon ? reprit-il.

Pour répondre à sa propre question, il découpa le portrait de Lénine. Il ne restait plus que Staline sur la poitrine mutilée. Comme Tesak tirait furieusement sur les cordes, il sortit la masse de son sac et lui donna un grand coup dans les rotules. Tesak meugla à travers le bâillon, mais maintenant que ses jambes ne pouvaient plus le soutenir, il cessa de s'agiter.

— Comme je le disais, on vit dans un monde moderne, et une des gloires du pouvoir soviétique, ce sont les progrès réalisés dans le domaine de l'électricité. Une invention très utile. Et on domine le monde entier dès qu'il s'agit d'électricité. Bientôt, chaque foyer aura sa petite lampe Lénine ; le paysan sera ébloui par quatre cents watts de lumière dès qu'il appuiera sur un bouton. Tu as dû lire ça dans le journal.

Il évalua les probabilités que le Voleur sache lire.

— Ou peut-être pas.

Il prit l'aiguillon et le montra à Tesak.

— Bref, tout citoyen soviétique devrait faire l'expérience de l'électricité. La théorie, c'est bien, mais le plus important, ce sont les applications pratiques.

Il brancha l'aiguillon sur la batterie et fut surpris par le bruit que fit Tesak malgré le bâillon. Il apprit ainsi quelque chose sur l'électricité. Il y avait toujours des surprises.

Après quelques minutes de travail, il ôta le bâillon et le Voleur pleurnichard marchanda pour avoir la vie sauve, comme on pouvait s'y attendre.

— Qu'est-ce que tu peux m'offrir ? De l'argent ? Je ne veux pas de ton argent. L'amour ? Je n'en ai pas besoin. Alors, qu'est-ce que tu as à me donner ? Allez, Tesak, tu sais ce que je veux. Où l'ont-ils cachée ?

— J'en sais rien. Le comte Kolya est le seul à savoir. C'est lui que tu dois interroger. Moi, je savais même pas que c'était une vraie, je croyais que c'était une putain de copie, crois-moi, camarade.

— Le porc n'est pas le camarade de l'oie, Tesak. Appelle-moi « citoyen ».

Le corps du Voleur pendait lourdement, retenu par les cordes ; les lambeaux ensanglantés de ses vêtements tailladés étaient enroulés autour de ses chevilles et de ses épaules. Il semblait prêt. Un dernier petit coup de pouce peut-être. Il éprouvait presque de la compassion pour le Voleur, mais il endurcit son cœur et remit le bâillon en place.

CHAPITRE 6

Korolev se réveilla à cinq heures, comme toujours. Certains jours, il aurait aimé dormir quelques minutes de plus, mais sa mère d'abord, l'armée du tsar ensuite, puis l'Armée rouge pour finir avaient fait en sorte qu'il n'ait plus le choix. « Le monde appartient à ceux qui se lèvent tôt », telle était la devise de sa mère. Mais ce matin il s'accorda un petit moment pour savourer le plaisir d'être dans cette nouvelle chambre.

Au plafond, juste au-dessus de sa tête, il distinguait le motif floral des moulures dans la lueur pâle et crémeuse dispensée par le lampadaire au-dehors, et il se surprit à sourire de plaisir, de manière très antisoviétique et bourgeoise, devant cette beauté. Qui d'autre, parmi ses connaissances, avait une rosace au plafond, avec des grappes de raisin en plâtre, des fleurs et même ce qui ressemblait à des pommes ? Personne. Pas même le général, supposait-il. Le courant d'air qui passait par la fenêtre et lui gelait le bout du nez ne parvenait même pas à gâcher le confort de ce nouveau lit et la chaleur de l'édredon, prêté par Koltsova. Drôle de femme. Elle lui pointe le canon d'une arme sur le cœur, et l'instant d'après elle le bombarde de draps et de couvertures. Elle n'est pas de Moscou, évidemment. Mais d'Odessa. Tout le monde savait qu'ils étaient différents là-bas : les gens d'Odessa n'étaient pas ukrainiens, et ils n'étaient pas russes non plus. C'étaient des gens d'Odessa.

Allongé dans son lit, il songeait que la vie était bien étrange, et qu'à cet instant particulier, dans ce lieu particulier, elle était devenue très agréable tout à coup. C'est à contrecœur qu'il repensa à la conférence de la matinée. Quelques notes lui seraient utiles.

Il balança ses pieds sur le plancher froid et marcha jusqu'à la fenêtre pour regarder dehors. La neige était tombée durant la nuit ; poussée par le vent, elle s'était accumulée contre le mur d'en face. Des empreintes de pas solitaires indiquaient le milieu de la chaussée. L'hiver était précoce. Déjà la veille, la saison froide avait annoncé son arrivée, à voix basse, à travers le vent glacial qui avait soufflé dans les rues dès la fin du jour. Korolev l'accueillait comme une vieille amie ; il était toujours heureux de voir les premières neiges. Les hivers étaient rudes, évidemment, mais la neige masquait les imperfections de Moscou, et la nuit elle imposait un silence qui prenait l'apparence de la tranquillité. Moscou en hiver devenait une ville belle, dure et oppressante, où la seule odeur était celle de l'intérieur de votre manteau. Il ne regretterait pas l'été avec sa puanteur et sa chaleur étouffante. L'odeur des gens en été ! Il espérait que la production de savon serait bientôt une priorité industrielle.

Ayant fini d'observer la neige, il tourna le dos à la fenêtre et s'agenouilla à côté du lit. La tête droite, il se signa à la manière orthodoxe, leva les yeux vers le ciel et remercia le Seigneur qui lui permettait de vivre une si belle matinée dans un si bel appartement, après quoi il récita les prières que lui avait apprises sa mère et ajouta, à la fin, une supplique concernant l'accroissement de la production de savon, le plus vite possible, estimant que c'était son devoir de croyant mais aussi de citoyen soviétique modèle.

Le fait de prier un Dieu dont le Parti affirmait qu'il n'existait pas le troubla un instant, comme tous les matins. Mais parfois, rétrospectivement, il était évident que le Parti se trompait. La preuve : regardez comment il avait nourri en son sein cette vipère de Trotski pendant des années. Peut-être découvrirait-on qu'il avait eu tort au sujet de Dieu également. Et même si ce n'était pas le cas, ça ne pouvait pas faire de mal de rester prudent en attendant.

Il se redressa avec raideur et commença ses étirements. Où qu'il se trouve, quel que soit son programme de la journée, il essayait de faire de l'exercice pendant quelques minutes. Si pour cela il devait se lever un peu plus tôt, soit. Il enchaîna avec des mouvements de gymnastique rythmique, quelques pompes et relevés de buste, en se promettant de retourner chercher ses haltères dans son ancien logement. Il termina par de nouveaux étirements, puis, un peu essoufflé et sentant dans ses muscles une agréable fatigue sourde, il s'obligea à courir sur place pendant cinq minutes. La fenêtre vibrait, alors que les lattes du parquet claquaient comme des tambours sous ses pieds. Après cela il se rendit dans la cuisine, où il se lava soigneusement devant l'évier en gardant un œil fixé sur le couloir pendant qu'il nettoyait ses parties intimes. L'eau était étonnamment froide et il dut prendre sur lui pour ne pas exprimer vocalement le choc subi par son corps, mais étant donné qu'il y avait une fillette dans l'appartement et qu'il venait d'emménager, il jugeait préférable de souffrir en silence.

Rasé de près, ses rituels matinaux achevés, il enfila un maillot de corps qui avait connu des jours meilleurs et alla s'asseoir devant le secrétaire. Dehors, un premier coq annonça le lever du jour, imité aussitôt par deux autres, tout près. Des lois interdisaient d'avoir des animaux dans les logements collectifs, mais la plupart des nouveaux Moscovites venaient de la campagne et ils trouvaient des moyens de contourner ces interdictions. Même ici, à Kitaj-Gorod, au milieu de l'élite du Parti, des poules étaient enfermées dans des enclos en bois installés sur les toits plats ou au fond des cours. Quand l'hiver deviendrait glacial, on les rentrerait dans les appartements, où elles circuleraient au milieu de leurs propriétaires qui dormaient souvent par roulement.

Korolev ouvrit son carnet et écrivit : « Organisation ». Pour lui, un dossier désorganisé ne servait pas à grand-chose. Parfois, au siège de la rue Petrovka, il était obligé de quitter le bureau, déprimé par le travail bâclé de Yasimov. D'ailleurs il était convaincu que les nombreux criminels arrêtés par son ami n'étaient pas les vrais coupables dans la plupart des cas. Yasimov faisait valoir que, même s'ils n'étaient pas les auteurs des crimes en question, les individus qu'il faisait condamner étaient certainement coupables de quelque chose de toute façon. En entendant cela, Korolev secouait la tête ; il estimait que le devoir de Yasimov lui imposait d'identifier le véritable criminel, et pas d'attribuer les crimes au hasard, au gré de sa fantaisie.

Il inscrivit ensuite : « Sous-sections ». Sous le terme « Organisation ». Car « Sous-sections » constituait en soi une sous-section. Puis, dans une colonne qui descendait jusqu'au milieu de la page, il ajouta « Dépositions », « Photographies », « Indices », « Autopsie/rapport médical » (éventuellement), « Empreintes »,

« Autres éléments criminalistiques », « Suspects », « Alibis » et « Divers ». Il s'attaqua ensuite à son thème préféré : « Mobile ».

Dans l'esprit de Korolev, un bon dossier devrait ressembler à une équation mathématique d'où, à condition d'introduire les renseignements nécessaires dans le bon ordre, devait résulter la solution, aussi inéluctablement que la nuit succédait au jour. Il n'ignorait pas que certains de ses collègues se moquaient de lui quand il disait ce genre de choses, mais cela ne changeait pas son opinion selon laquelle le but d'un dossier, comme de tout travail de police, était d'identifier et d'arrêter les auteurs des crimes, n'en déplaise à Yasimov. Un bon dossier atteignait cet objectif en offrant une base solide au raisonnement logique. Un bon policier utilisait les outils à sa disposition pour traquer les criminels afin qu'ils subissent le châtiment mérité, et, le moment venu, une bonne prison était celle qui maintenait enfermés les criminels durant la période de temps décidée par les jurys populaires. Telle était la logique soviétique, magnifique de simplicité et sans ambiguïté.

Il relut les notes qu'il avait prises et se demanda si les méthodes qu'il espérait enseigner aux élèves officiers pourraient être utilisées contre des innocents. Iagoda était allé trop loin, de toute évidence, mais le Comité central l'avait limogé. Le Parti devait se montrer extrêmement vigilant pour protéger l'État, évidemment, mais sans excès, et tout le monde s'attendait à ce que les choses se passent différemment sous le règne de Iejov. Mais déjà des rumeurs circulaient selon lesquelles Iejov aurait déclaré, en prenant ses fonctions, qu'il valait mieux faire souffrir dix innocents que de laisser un seul espion en liberté, et qu'« on ne coupe pas de bois sans faire de copeaux ». Korolev soupira et se leva en imaginant le sol d'une scierie jonché de copeaux innocents. Quoi qu'il en soit, ses techniques de classement, claires et logiques, devraient servir à protéger les innocents, se dit-il pour se rassurer.

En se raccrochant à cette pensée plus optimiste, il finit de s'habiller. L'image de la hache qui frappe aveuglément ne le quittait pas, mais il fit de son mieux pour la mettre de côté, et après avoir glissé ses notes dans sa serviette, il tira tout doucement la porte de l'appartement derrière lui.

Il venait juste de réussir à fermer le verrou, sans bruit, quand il entendit un toussotement dans son dos. En se retournant, il découvrit une masse de châles en laine noire sur trois jambes, qui se balançait de droite à gauche en équilibre précaire. En regardant de plus près, il constata qu'une des trois jambes était une canne.

— Alors c'est vous, le *ment* ?

— *Ment ?* Ce n'est pas très poli de parler ainsi d'un milicien, citoyenne ?

— Qu'est-ce que vous allez faire ? M'arrêter ? J'ai quatre-vingt-trois ans et je suis déjà allée en prison. C'est pas si mal. Vous êtes bien nourrie et la conversation est agréable. Très intellectuelle parfois.

Korolev chercha une échappatoire, mais la vieille femme bloquait le couloir et sa seule option, à part tenir bon, c'était de battre en retraite dans son appartement. Il n'avait pas le temps. Il désigna sa montre.

— Pardonnez-moi. Je n'ai nullement l'intention de vous arrêter, mais je dois aller travailler.

— Travailler, vous dites ? Juste une chose, monsieur *ment*. J'aimerais savoir comment vous avez réussi à faire monter un éléphant par l'escalier ? Moi-même, j'ai déjà du mal à le monter. Il a dû en baver, le pauvre.

— Un éléphant ?

— Oui, parfaitement. D'ailleurs ça me rappelle l'histoire du mouton. Vous la connaissez ? C'est un mouton qui tente de franchir la frontière avec la Finlande. « Pourquoi tu veux fuir en Finlande ? lui demande le douanier. – À cause du NKVD, répond le mouton. Le camarade Staline a ordonné que tous les éléphants soient arrêtés. – Mais tu n'es pas un éléphant, dit le douanier. – Oui, je sais, répond le mouton, mais essayez d'expliquer ça aux tchékistes. » Elle est bonne, hein ?

C'était la blague qui avait valu à Mendeleïev un séjour dans la Zone. Korolev posa son doigt sur sa bouche et regarda par-dessus son épaule pour que le message soit clair. La vieille femme répondit par un froncement de sourcils, sans rien dire.

— C'est ma culture physique, expliqua-t-il en changeant brusquement de sujet car il venait de comprendre. Voilà d'où venait le bruit. Si je vous ai réveillée, je vous prie de m'excuser.

— Mon cher monsieur *ment*, vous avez réveillé tout ce fichu immeuble et la moitié de cette fichue rue. Vous ne pouvez pas aller dans un club d'athlétisme ou un gymnase si vous devez absolument faire ces horribles exercices ? J'ai cru que le jour du Jugement dernier était enfin arrivé, puis je me suis souvenue que Dieu n'était qu'une fiction créée par l'imagination de l'homme primitif, et j'en ai conclu qu'il s'agissait d'un éléphant. Je regrette que ce ne soit pas le cas, ce serait un voisin intéressant. Ils s'accouplent pour la vie, paraît-il, comme les cygnes.

— Encore toutes mes excuses, citoyenne. Permettez-moi de me présenter : capitaine Alexeï Korolev, du service des enquêtes criminelles de Moscou.

— Oui, je vois, dit la vieille femme d'un ton empreint de condescendance. Maria Lobkovskaïa. J'habite en dessous de vous, mais si vous continuez à faire vos fichus exercices, vous allez sûrement traverser le plafond et vous retrouver en bas, vous aussi. (Elle posa sur lui un regard pénétrant.) Vous avez l'air d'un gars honnête pour un policier. Et plutôt bel homme. Pourquoi vous n'êtes pas marié ?

— Je l'ai été, mais c'est fini.

— De mon temps, c'était différent. On se mariait pour la vie, comme les éléphants. Maintenant, vous signez un papier et il ne s'est jamais rien passé. Bref, je vous laisse filer. Vous avez du travail. Tous ces voyous dans les rues, et vous bavardez avec une vieille dame.

Dehors, l'air était vif aux premières lueurs du jour et le souffle qui sortait de sa bouche épais comme de la fumée de cigarette. La température lui donnait l'impression d'être pleinement réveillé, et il se sentait étrangement joyeux. Il était content d'avoir son pardessus pour lutter contre le froid et les pieds au chaud dans le feutre souple de ses *valenki*, mais surtout il était heureux qu'il n'y ait personne d'autre dans les rues. Les seuls bruits étaient le léger craquement de la neige sous ses pieds et parfois une voix matinale qui s'échappait d'une cour. Il se surprit à fredonner la mélodie de *La Marche des chanceux*, et très vite il se mit à chanter les paroles :

Partout nous irons et tout nous découvrirons,
Le pôle Nord glacial et le ciel bleu.
Si notre pays exige que nous soyons des héros,
Des héros nous deviendrons.

Ses pieds frappaient le sol en cadence. Il jeta un coup d'œil à sa montre. Il devait passer chercher le rapport pour Gregorine rue Petrovka, et puisqu'il avait du temps, il décida de passer devant le Kremlin pour le voir recouvert de son premier manteau neigeux depuis le printemps.

Finalement, la conférence se passa bien. Le colonel Gregorine l'accueillit dans le hall étonnamment sobre du centre de formation du NKVD. Il n'y avait aucun meuble, hormis une table en métal ; et des tableaux représentant Dzerzhinski et Staline étaient les seules décorations sur les murs blancs, en dehors du drapeau rouge obligatoire. Un des deux gardes à la forte carrure lui avait jeté un regard méfiant, pour ne pas dire franchement hostile, quand il était entré ; aussi fut-il soulagé d'être reçu si promptement par Gregorine. À la suite du colonel, il franchit une grande porte battante en bois et déboucha dans un large couloir sur les murs duquel étaient suspendus des drapeaux noirs frappés de slogans révolutionnaires. « Rattrapons et dépassons l'Occident ! », « Luttons contre l'ennemi intérieur ! » et « Place aux femmes ! ». Pourtant il constata que les femmes étaient rares parmi les étudiants qui allaient et venaient d'une salle à l'autre, sans se presser mais d'un pas déterminé, donnant ainsi l'impression que leur seule activité de la journée consistait à arpenter ce couloir.

L'amphithéâtre, avec son très haut plafond, était un peu déroutant. Korolev était obligé de se pencher en arrière pour voir les étudiants assis dans les dernières rangées demi-circulaires qui montaient presque jusqu'aux appliques électriques. Derrière chaque bureau se trouvait un visage juvénile, récuré et grave, au-dessus d'un uniforme d'élève officier immaculé. Il se tourna vers Gregorine, qui lui indiqua un pupitre en bois. Après avoir étalé ses notes et reçu un nouveau signe de tête du colonel, il prit la parole.

Il commença timidement, peut-être à cause d'un des drapeaux accrochés sur le côté de l'amphithéâtre, qui disait : « Restez vigilants. Les ennemis vous entourent en permanence ! », un message qui, pendant une ou deux secondes, sembla s'adresser à lui. Mais il se ressaisit, et bientôt il débita son exposé avec assurance. Au bout d'un moment, on n'entendit plus que le grattement des plumes sur le papier. Il s'arrêta plusieurs fois pour permettre aux étudiants de rattraper leur retard, avant d'aborder un nouveau point. Ces pauses lui donnaient l'occasion d'observer son auditoire. Quelque chose dans la concentration de ces élèves lui rappelait les loups qui chassaient derrière sa colonne au cours de cette interminable retraite hivernale de 1919. Un sentiment pas très agréable. Il y avait des souvenirs que l'on préférait laisser derrière soi pour toujours, comme ces cadavres qui marquaient chaque kilomètre lors de cette effroyable marche.

Après, pourtant, quand Gregorine l'eut remercié en leur nom, les applaudissements des jeunes gens réunis dans l'amphithéâtre avaient paru sincères. Peut-être avait-il simplement imaginé qu'ils avaient des yeux de prédateurs en chasse.

— Ils sont pleins d'enthousiasme, n'est-ce pas ? Le camarade Iejov veut que leur formation soit deux fois moins longue ; il dit qu'ils peuvent apprendre sur le tas. Chaque jour on découvre un nouveau complot et il exige que nous ripostions avec force.

Le colonel le fit entrer dans un autre couloir, étroit et vide celui-ci.

— À propos, capitaine, j'ai peut-être quelque chose qui pourrait vous intéresser.

Korolev suivit Gregorine, dont les bottes de cavalier claquaient comme des coups de feu sur le sol carrelé. Il n'y avait pas de lumière naturelle, uniquement une succession de portes vierges. Quand le colonel s'arrêta devant l'une d'elles et l'ouvrit, ce fut un soulagement.

Ils pénétrèrent dans une grande pièce peinte d'un ton beige bureaucratique et dominée par un large bureau, devant lequel était disposée une chaise, sur un tapis auréolé de plusieurs taches d'humidité. Une machine à écrire était posée sur un bureau plus petit, sur le côté, destinée certainement au sténographe durant les interrogatoires car Korolev n'avait pas le moindre doute sur la fonction de cette pièce. Elle ne comportait aucune fenêtre et toutes les lumières étaient braquées sur la chaise métallique massive, vers laquelle l'entraîna le colonel. Celui-ci prit place derrière le bureau et glissa le rapport dactylographié de Korolev dans une chemise cartonnée couleur chamois. La chemise ne portait aucune mention et c'était la seule sur le bureau. Le colonel croisa les mains sous son menton, leva les yeux vers le capitaine, puis indiqua, en détachant un doigt, le dossier.

J'ai lu votre rapport pendant la conférence. Très minutieux.

Il s'interrompit et Korolev se surprit à s'agiter nerveusement sur la chaise ; il se demandait qui l'avait occupée juste avant lui, et ce qu'il était devenu. Au bout d'un moment, Gregorine soupira et ouvrit la chemise cartonnée. Il tourna quelques pages, puis s'arrêta sur la photo de la jeune morte que Gueginov avait développée dans la nuit.

— Nous savons qui est votre victime. Maria Ivanovna Kuznetsova. Née le 1er juillet 1913 ici, à Moscou. Une citoyenne soviétique, à nos yeux du moins, bien qu'elle ait émigré en Amérique à six ans. Les usines de son père fabriquaient des armes pour les Russes blancs, aussi celui-ci ne s'est-il pas attardé quand la guerre civile a commencé à pencher en notre faveur. Nous avons gardé un œil sur lui, évidemment. Il a bien réussi en Amérique et, comme on pouvait s'y attendre, il entretient toujours des liens étroits avec divers groupes de contre-révolutionnaires et d'émigrés. On n'entendait pas beaucoup parler de sa fille, mais la semaine dernière elle est entrée dans le pays avec un groupe de touristes, sous le nom de Mary Smithson. Elle a disparu peu de temps après son arrivée, et c'est à ce moment-là que sa véritable identité est apparue. Smithson est une grossière traduction de Kuznetsova. Voici le formulaire de sa demande de visa.

Korolev prit le document que le colonel faisait glisser vers lui. Sur la première page, une photo d'identité de la morte le regardait fixement. Malgré le sérieux de son expression, le dessin de ses lèvres laissait deviner un petit sourire. Ses cheveux étaient courts, presque comme ceux d'un garçon, et ses yeux semblaient d'un bleu éclatant, bien que la photo fût en noir et blanc.

— Les Américains savent qu'elle est morte ? demanda-t-il en rendant le formulaire au colonel.

— Nous pensons que non. En tout cas, ils n'ont fait aucune enquête… et nous aimerions que cela continue ainsi le plus longtemps possible. Une fois qu'ils auront signalé sa disparition, nous déciderons de la manière de gérer le problème. Mais d'ici là, la discrétion est de mise. La plus grande discrétion. Vous êtes autorisé à informer le général Popov de son identité, mais personne d'autre.

— Bien. Et mon adjoint pour cette enquête, le lieutenant Semionov ?

— Il est encore très jeune…

— Oui, mais il est membre du Komsomol et digne de confiance. Je lui confierais ma vie.

Gregorine examina Korolev comme si celui-ci représentait un problème délicat.

— Vous en assumez l'entière responsabilité ?

— Oui. C'est un brave garçon.

— Dans ce cas, à vous de décider.

Korolev hocha la tête ; il se sentait un peu offensé, au nom de son collègue. Semionov était un inspecteur de la Milice ; il connaissait son devoir. Gregorine n'avait pas le droit de laisser entendre le contraire.

Pendant ce temps, le colonel se curait les ongles avec un coupe-papier, scrupuleusement. Korolev remarqua que ses mains tremblaient légèrement et que ses jointures étaient rougies, la peau éraflée par endroits. Dans le silence qui se prolongea, il repensa à ce qu'il venait d'entendre : il n'aimait pas ça. Enquêter sur le meurtre d'une étrangère, une Américaine de surcroît, c'était tout à fait le genre de tâche qui pouvait vous exploser au visage. Il ne comprenait pas pourquoi il avait encore le droit de s'occuper de cette affaire ; ça ne tenait pas debout. Il se surprit à se frotter le menton. Bien qu'il se fût rasé ce matin, sa paume raclait quelques poils drus. Bah, se dit-il, s'il n'avait pas le choix, autant soutirer le maximum d'informations aux tchékistes.

— Colonel, dit-il d'une voix enrouée, si cette fille venait d'Amérique et si elle était riche, était-elle ici pour acheter des objets comme ceux dont vous avez parlé hier soir ? C'est ça, le lien ?

Gregorine secoua la tête ; il était déçu par la naïveté de la question plus qu'embarrassé.

— Je peux juste vous confier une information supplémentaire à son sujet. Nous ne savons pas grand-chose de plus, d'ailleurs, ce n'est donc pas la peine d'insister.

— Je vous écoute, camarade colonel.

— Cette fille est… était une religieuse. La religion orthodoxe est plus répandue que vous pouvez l'imaginer en Amérique. Même avant la Révolution elle était déjà bien établie. Il y a un couvent près de New York et, d'après nos renseignements, la victime y est entrée il y a trois ans. Comme vous vous en doutez, l'Église est extrêmement active contre nous. Habituellement, ils sont plus adroits pour infiltrer des agents, il pourrait donc y avoir une autre explication, mais nous supposons qu'elle agissait sous leurs ordres. Nos agents enquêtent, bien évidemment, et peut-être découvriront-ils de nouveaux éléments.

— Savez-vous quels pouvaient être ces ordres ? Si elle était de mèche avec les idolâtres, je veux dire.

Gregorine soupira.

— Ce n'est un secret pour personne que l'Église orthodoxe s'intéresse aux objets ayant une connotation religieuse, aux icônes en particulier. Si ce meurtre est effectivement lié à l'affaire dont nous avons parlé hier soir, il serait logique de penser que cette fille pourrait avoir un rapport avec la « fuite ». Si vous jugez que des informations sur le trafic d'art religieux pourraient vous être utiles, un certain Schwartz loge à l'hôtel Métropole. C'est un Américain, chargé de gérer une grande partie des objets que nous exportons. Si vous allez l'interroger, pensez-y. Même si je sais bien que jamais vous ne le brutaliserez ou autre.

— Ce n'est pas ma façon d'enquêter. Et compte tenu de ce que vous m'avez dit, je vois bien que l'État a besoin de lui.

Le colonel Gregorine tapota sur le dossier.

— Bien. Continuez à m'adresser vos rapports et je vous contacterai. Soyez prudent, capitaine. Vous avez affaire à des individus prêts à tuer pour se protéger, car s'ils se font prendre…

Gregorine se leva sans achever sa phrase.

Korolev l'imita.

— Expliquez-moi, camarade colonel, une fois encore, pourquoi est-ce que le NKVD n'enquête pas directement ?

Gregorine montra la porte.

— Je vous raccompagne.

Il ne dit rien de plus.

CHAPITRE 7

De retour rue Petrovka, Korolev gravit l'escalier menant au bureau du général Popov, dans l'intention de lui transmettre les informations de Gregorine et de lui demander de quelle façon il devait aborder cette affaire. Toutefois, en arrivant sur le palier du deuxième étage, il vit Yasimov en train de lire le journal mural. Sur tous les lieux de travail d'Union soviétique, on trouvait un journal de ce type, rédigé par des militants du Parti afin d'éduquer politiquement les ouvriers et de répandre la ligne officielle. Même de loin, Korolev n'eut aucun mal à discerner le gros titre, composé en lettres de cinq centimètres de haut :

LE CAMARADE POPOV INCAPABLE
D'ÉLIMINER LES SABOTEURS ET LES TRAÎTRES !

Korolev regarda Yasimov et ouvrit la bouche pour dire quelque chose, mais son ami lui adressa un petit signe de la tête. Après quoi, il se mit à lire un autre article avec une attention presque excessive, pendant que Korolev, qui avait saisi le message, s'intéressait à l'éditorial. À son grand étonnement, il n'était fait mention d'aucune autre personne coupable de ne pas avoir su détecter les saboteurs et les traîtres, un groupe dans lequel devait figurer son ancien collègue Torgnole Mendeleïev. Korolev devina que la mine sombre de Yasimov n'était pas seulement due à un sentiment de compassion pour le général ; ils avaient l'un et l'autre travaillé en étroite collaboration avec Torgnole, ils avaient partagé un bureau avec lui pendant des années, et s'il avait trahi sa patrie, nul doute qu'ils auraient dû le repérer bien avant qu'il soit dénoncé par Larinine. Il lut attentivement toutes les colonnes du journal mural sans apercevoir son nom, ni celui de Yasimov : ils étaient tranquilles, pour le moment en tout cas.

Yasimov acheva l'article qu'il était en train de lire, tapota sur l'épaule de Korolev et se dirigea vers la porte délabrée du bureau 2F ; impossible de parler sur le palier. Korolev s'attarda encore un peu, puis il continua à monter jusqu'au bureau du général, sans pouvoir se débarrasser de l'idée que la petite tape de Yasimov n'était pas un geste destiné à le rassurer, mais plutôt une mise en garde.

Assis à sa table de travail, le général fumait la pipe, le regard perdu dans le vide. Un verre d'eau était posé devant lui à côté de deux comprimés blancs. Il suivit le regard de Korolev.

— Ulcère à l'estomac. Je ne peux quasiment plus m'offrir un bon repas, sans parler de l'alcool. La vie est dure. Heureusement, je peux encore fumer. Un peu. (Il tira sur sa pipe et examina Korolev.) Vous avez lu le journal mural, je suppose ?

— Oui. Que vont-ils faire, camarade général ?

— Comme s'ils allaient me le dire ! Il va certainement y avoir un conseil de discipline le moment venu, et alors je devrai suivre l'avis de mes camarades. Si le Parti estime que je n'ai pas accompli ma tâche avec suffisamment d'énergie, j'accepterai son verdict, c'est mon devoir. Mais je n'aurais jamais cru ça de Mendeleïev, et je ne peux m'empêcher de penser que…

Il n'acheva pas sa phrase. Il tira sur sa pipe et concentra toute son attention sur le fourneau rougeoyant. Il semblait avoir oublié la présence de Korolev. Quand celui-ci toussa dans son poing, le général leva la tête, désorienté.

— Alexeï. Que vouliez-vous, au fait ?

— Je prendrai la parole lors du conseil, camarade général. C'est moi qui étais le plus proche de Mendeleïev dans le travail. S'il y avait eu un problème, j'aurais dû m'en rendre compte avant qui que ce soit.

Le front de Popov se plissa, faisant apparaître une série de V profonds.

— N'y pensez même pas. Je vous en suis reconnaissant, croyez-moi, mais, s'il vous plaît, restez en dehors de tout ça. Vous n'êtes pas membre du Parti. Je vous en prie, ne vous en mêlez pas.

— Mais, général, personne plus que vous n'a participé à tous nos efforts. Tout le monde le sait. Laissez-moi prendre la parole.

Popov souffla un nuage de fumée en même temps qu'il riait.

— Je n'en ai pas fait assez, Alexeï Dmitrievitch, loin s'en faut. Ils sont toujours là, les Voleurs et les voyous, les vandales, les assassins, les spéculateurs, les putains et les bandits. En théorie, ils auraient dû s'intégrer dans la masse des travailleurs. Et si ça ne s'est pas produit… c'est forcément la faute de quelqu'un. Évidemment, on peut penser que ma tâche aurait été plus simple si la théorie avait… (Il s'interrompit de nouveau.) Pardonnez-moi. Parlons d'autre chose. Sinon, je risque de dire une bêtise et nous serons dans de sales draps tous les deux.

— Je suis certain que le Parti saura tirer les bonnes conclusions, camarade général.

Celui-ci secoua la tête, comme s'il voulait laisser toutes ces histoires derrière lui. Il chercha du regard l'inspiration autour de lui et la trouva lorsque ses yeux se posèrent sur le rapport de Korolev. Il le prit d'une main et de l'autre il remit sa pipe dans sa bouche.

— Vous progressez, Alexeï Dmitrievitch. Qu'en pense le colonel Gregorine ?

Sa voix était étouffée par le tuyau de la pipe, mais on sentait bien qu'il préférait discuter de l'enquête plutôt que du conseil du Parti. Et donc, après une courte hésitation, Korolev lui transmit les informations fournies par Gregorine, sans rien omettre. Le général répondit par un long sifflement.

— Bon sang… Ça en plus de tout le reste ? Une source d'ennuis en perspective. Mais vous n'avez pas besoin que je vous fasse un dessin.

— Non, dit Korolev sèchement. Ce que je ne comprends pas, c'est pourquoi ils nous laissent l'enquête.

Popov réfléchit à cette question en frottant le tuyau de sa pipe le long de sa mâchoire.

— Voyons voir… Gregorine doit penser que le meurtre est lié au trafic d'œuvres d'art, c'est bien ça ? Alors il se dit que si vous fourrez votre nez dans cette affaire pour retrouver le meurtrier, cela détournera l'attention des criminels de l'enquête menée par les gars de Gregorine. Oui. Ce n'est pas un mauvais plan.

Le général acquiesça d'un air approbateur. Puis il releva la tête.

— Mais s'ils décident de vous liquider, vous aussi ? Si des tchékistes sont impliqués, comme semble le penser Gregorine, vous risquez de vous retrouver dans une fosse commune de la prison de Butyrka avant demain matin. Ils ont tué une Américaine, visiblement sans ciller. Qu'est-ce qui les empêche d'en faire autant avec vous ? Pour eux, ajouter discrètement un cadavre à la liste, ce n'est pas un problème ; ils mènent toutes leurs enquêtes au pas de charge désormais, c'est le moins qu'on puisse dire. D'ailleurs je m'étonne qu'ils n'en aient pas fait autant avec la fille. Ah, oui. Une Américaine. Ils l'ont peut-être mutilée pour empêcher qu'on la reconnaisse.

Il fit défiler les clichés de l'autopsie en secouant la tête.

— Non, poursuivit-il. Si ça les inquiétait, ils lui auraient tranché la tête ou les mains. Une vieille astuce de Voleur. Ils font disparaître les tatouages aussi, quand il y en a. Peut-être qu'ils ont été dérangés ?

Cette succession ininterrompue de réflexions et de déductions mettait Korolev mal à l'aise, et particulièrement la remarque concernant la fosse commune de Butyrka.

— Tout cela est très intéressant, reprit le général. D'autant qu'un nouveau meurtre a été commis la nuit dernière au stade Tomski. Un Voleur, certes, mais il pourrait y avoir un lien. On dirait bien, en tout cas. Le corps a été soigneusement découpé, comme le vôtre. Mais quel est le point commun entre une religieuse et un Voleur ?

Il s'arrêta pour esquisser un sourire.

— Ça ressemble au début d'une histoire drôle.

— Tomski ? répéta Korolev pour inciter le général à revenir au sujet qui les préoccupait, et non pour suggérer une chute à l'histoire.

— Oui, Tomski. Ils ont découvert le corps ce matin. Larinine l'a fait transporter à l'Institut. Allez jeter un coup d'œil et demandez son avis à cette brave légiste. C'est peut-être notre meurtrier, peut-être pas. Peut-être que ça tourne au vinaigre parmi les trafiquants. Remarquez, on a trouvé le corps dans le stade du Spartak : tout est possible là-bas.

Le général sourit et il sembla attendre une réaction de Korolev, qui, dans sa jeunesse, avait joué défenseur central dans l'équipe de foot de Presnaïa, la zone industrielle où il avait grandi. Cette équipe, conduite par les quatre frères Starostine, était devenue le noyau du désormais célèbre Spartak.

— Vous savez bien que je suis trop vieux pour jouer avec le Dynamo, répondit Korolev, anticipant les habituelles taquineries du général sur le sujet.

Bien que solide défenseur à son époque, il n'était jamais entré au Dynamo, le grand rival du Spartak, dont les joueurs provenaient majoritairement de la Milice, du NKVD et d'autres bras de la police d'État. Le général trouvait amusant d'avoir sous ses ordres un ancien du Spartak.

— Quoi qu'il en soit, reprit Korolev, les gars de Presnaïa se serrent les coudes, contre vents et marées, et jamais on ne liquiderait l'un des nôtres.

Popov hocha la tête, mais son sourire s'effaça lentement.

— Vous savez, Alexeï, dit-il tout bas, vous êtes un homme bon, et les gens s'en rendent compte. Mais pour votre bien, faites attention dans cette affaire. Promis ? Et espérons que les tchékistes nous la retirent. Un bon vieux meurtre à la hache, voilà ce qu'il nous faut.

Les deux hommes se regardèrent droit dans les yeux, plus longuement que l'aurait permis la politesse dans d'autres circonstances, puis le général s'arracha à son fauteuil et tendit la main au-dessus de son bureau. Korolev la serra et sentit la poigne chaude et dure du général se refermer autour de la sienne.

— N'assistez pas au conseil. Ça ne servira à rien, et si ces salopards veulent ma tête, je ne veux pas entraîner un homme bien avec moi. D'ailleurs peut-être que ça en restera là. Après tout, ce n'est que le journal mural. Rien d'officiel, pour l'instant.

Popov recula d'un pas et observa Korolev un instant, avant de hocher la tête, comme pour approuver l'opinion qu'il s'était faite de l'inspecteur. Korolev recula lui aussi et, parce que l'instant semblait l'imposer, il fit claquer ses talons pour se mettre au garde-à-vous. Le sourire du général se transforma en grimace, même s'il ne paraissait pas mécontent de cette réaction. Il chassa le capitaine en agitant le tuyau de sa pipe.

Korolev abandonna le général devant sa fenêtre, en train de contempler les piétons, les cyclistes, les chevaux, les charrettes et les quelques voitures qui se débattaient dans la rue Petrovka. Peut-être se demandait-il comment tant de gens, suivant tant de directions, à des vitesses si différentes, parvenaient à éviter les collisions. Essayer de répondre à une question pareille pouvait vous prendre des années.

CHAPITRE 8

Korolev s'interrogeait encore sur la signification des attaques contre Popov alors qu'il redescendait au bureau 2F. Peut-être n'y avait-il aucune raison de s'inquiéter, finalement. Peut-être qu'il suffirait au général de faire preuve de franchise devant le conseil et d'avouer un moment d'inattention dans la surveillance constante que devaient exercer les membres du Parti. Peut-être s'agissait-il d'une faute qui pouvait être pardonnée si Popov se lavait de ses péchés en faisant son autocritique publique. Ou peut-être pas. Depuis quelques semaines, il flottait dans l'atmosphère un parfum qui ne présageait rien de bon. Personne ne savait grand-chose sur Iejov, le nouveau commissaire du peuple à l'Intérieur, si ce n'est qu'il était forcément meilleur que Iagoda. Après tout, Staline lui-même avait semblé suggérer, au cours des mois qui avaient précédé le remplacement de Iagoda, que l'autoéviscération permanente était peut-être allée trop loin. Mais maintenant Iagoda semblait être tombé en disgrâce parce qu'il n'était pas allé assez loin. Dans ce cas, les critiques publiques envers Popov, qui avait évité, discrètement mais fermement, une purge totale du service des enquêtes criminelles, pouvaient signaler le début d'une période bien plus terrible encore. La remarque de Gregorine ce matin, disant que Iejov voulait frapper fort contre les ennemis du Parti, était inquiétante car elle semblait confirmer les rumeurs selon lesquelles Iagoda avait été, d'une certaine façon, trop mou. Korolev étouffa un juron en voyant le journal mural et les inspecteurs aux visages crispés rassemblés autour. Il espérait que son instinct le trahissait, mais devant les expressions de ses collègues et les bulles de silence qui entouraient chacun d'eux, il devinait qu'il n'était pas le seul à nourrir un mauvais pressentiment.

Semionov l'attendait dans le bureau 2F et, contrairement à Korolev, il paraissait littéralement enthousiaste à l'idée d'assister à une autopsie, de même qu'il semblait être le seul dans tout l'immeuble à ignorer le mauvais présage contenu dans le journal mural. Il fallut un certain temps à Korolev pour lui résumer ce qui s'était passé au stade Tomski ; quand il eut fini, Semionov avait récupéré sa casquette et son imperméable accrochés derrière la porte, et tous les deux descendaient dans la cour pour emprunter une voiture. En chemin, le jeune homme livra à Korolev les derniers éléments, au niveau de l'expertise criminalistique et de l'enquête de voisinage effectuée par les agents de la Milice. *A priori*, la coupure de courant était réellement accidentelle. Semionov avait lui-même interrogé le contremaître du chantier de construction, et l'ouvrier qui avait sectionné le câble se trouvait à l'hôpital dans un état grave. Cela semblait indiquer que le lieu du crime avait été choisi au hasard. Intéressant. À part ça, aucune avancée significative à signaler. Mais au moins le processus était en branle, et avec un peu de chance il produirait des bribes d'informations qui conduiraient jusqu'au meurtrier. Semionov était excité par l'ampleur de l'enquête et la nature mystérieuse du crime.

— On est chez Sherlock Holmes, Alexeï Dmitrievitch. Je vous assure. Ce qu'il faut, c'est procéder par déduction logique. « La logique, mon cher Watson. » C'est ça qui démasquera le meurtrier.

Korolev observa son jeune collègue avec un certain amusement, mais il prit soin de le cacher. Il montra l'imperméable.

— Quand le froid viendra, vous ne serez pas très couvert, dit-il.

Semionov pinça l'ourlet de sa gabardine entre le pouce et l'index pour montrer combien le coton était fin.

— Oui, sans doute. Mais j'ai mis trois maillots de corps sous ma chemise. Et j'ai un vieux manteau d'hiver chez moi. Quand il fera vraiment froid, je le sortirai.

— Au moins, il a l'air imperméable, dit Korolev.

— Exact. Et tous les gars de la rue Arbat en portent.

Korolev se garda de tout commentaire. À ses yeux, les jeunes gens à la mode qui paradaient dans la rue Arbat pouvaient se jeter dans la Moskova en masse, ce ne serait pas une grande perte.

Quand ils atteignirent la petite cabane en bois qui se dressait au centre de la cour pavée, le vieux Morozov, un ancien soldat qui avait perdu un œil en 1914, sortit pour les accueillir. C'était lui qui gérait, derrière son bandeau de pirate, la vingtaine de voitures qui constituait le parc automobile du service des enquêtes criminelles. Il était réputé pour son sale caractère.

— Laissez-moi faire, chuchota Semionov.

— Bonjour, camarades, dit Morozov en tapant dans ses gants et en frappant du pied pour se réchauffer. L'hiver est en avance cette année. Alors, on cherche une voiture, Alexeï Dmitrievitch ? On emmène le jeune Semionov en promenade ?

Son œil valide pétillait sous sa toque en fourrure. Malgré sa réputation, il avait un faible pour Korolev.

— Avez-vous quelque chose de bien pour nous, camarade Morozov ? demanda Semionov sans laisser à Korolev le temps de répondre. J'aperçois une Emka toute neuve là-bas. Une bonne voiture, à ce qu'il paraît.

Morozov jaugea Semionov de la tête aux pieds, avant de se tourner vers Korolev en ajustant son bandeau sur l'œil.

— C'est vous qui conduirez, Alexeï Dmitrievitch, hein ?

Le capitaine vit briller l'espoir dans les yeux de son jeune collègue et se laissa fléchir.

— Il se peut que je laisse conduire ce jeunot, Pavel Timofeevitch. Sous mon contrôle, évidemment.

Morozov se retourna vers Semionov, grommela, entra dans la cabane et ressortit avec des clés.

— La Ford, dit-il, et il lança les clés à Semionov, qui les rattrapa avec un sourire. Une voiture est un moyen de locomotion, jeune homme, pas un moyen de distraction. Celle-ci fera très bien l'affaire. L'Emka n'est pas faite pour les individus de votre espèce.

— J'en prendrai soin comme si c'était la mienne, Pavel Timofeevitch.

— La vôtre ? Prenez-en soin mieux que ça, cette voiture appartient au peuple soviétique. Ce n'est pas un bolide, mais elle est fiable.

Morozov indiqua au jeune inspecteur l'extrémité de la rangée de véhicules.

Semionov avait déjà mis le moteur en marche quand Korolev se glissa sur le siège du passager.

— Que ce soit bien clair : je vous laisse conduire, comme je l'ai dit, mais allez-y doucement. Les rues sont verglacées et je tiens à rentrer en un seul morceau.

— Évidemment, Alexeï Dmitrievitch, répondit Semionov avec un air trop innocent pour être honnête. L'Institut ?

— Oui, l'Institut, répondit Korolev, sans enthousiasme.

— Parfait. Et ensuite ?

— On verra.

Korolev fut obligé de hurler sa réponse car Semionov avait sans le vouloir poussé le régime du moteur à fond, faisant s'envoler une nuée d'oiseaux noirs qui quittèrent les arbres environnants en poussant des cris stridents. Morozov jaillit de sa cabane pour jeter au jeune homme un œil noir, réduisant immédiatement le hurlement du moteur à un simple grognement. Penaud, Semionov ôta le frein à main et quitta la rangée de véhicules, pendant que Korolev remontait le col de son pardessus pour se protéger du courant d'air glacé qui s'engouffrait par le pare-brise fêlé, en évitant de croiser le regard lourd de reproches de Morozov.

Semionov franchit la grille en saluant au passage la sentinelle trempée et tourna à gauche pour se glisser dans le flot des charrettes, des cyclistes et des camions qui roulaient au pas, avant de se faufiler au milieu de la chaussée, plus dégagée. C'était bizarre, songea Korolev. Ils ne montraient jamais les charrettes et les chevaux dans les films d'actualité. C'était comme s'ils n'existaient pas en noir et blanc ; ils s'effaçaient peu à peu du décor pour laisser la place aux voitures et aux camions rapides du futur. Ce n'était pas la seule chose que l'on remplaçait, évidemment, et alors qu'ils remontaient la rue Gorki, Korolev s'émerveilla une fois de plus devant l'ampleur des travaux de reconstruction. L'ancienne rue Tverskaïa était plus étroite, plus intime, avant d'être rebaptisée en l'honneur du grand écrivain soviétique, et maintenant on la transformait en une large et belle bande d'asphalte, avec des passages pour les piétons de chaque côté et d'immenses bâtiments neufs, massifs et pratiques, comme on pouvait s'y attendre de la part des architectes soviétiques. La voiture roulait en douceur sur le nouveau revêtement, autant que le lui permettaient son vieux moteur et ses suspensions à vous disloquer les articulations, passant devant des groupes d'ouvriers qui finissaient de repousser sur les côtés de la chaussée la neige fondue qui formait des congères le long des trottoirs.

Il y avait plus de véhicules motorisés par ici – des bus vert et crème qui crachaient des nuages de fumée noire au démarrage ; des tramways rouge et blanc bondés, et un flot incessant de camions maculés de boue –, mais leur voiture était la seule. La planification à long terme était la clé du développement économique nécessaire à l'Union soviétique pour prendre sa place parmi les grands pays du monde. Les voitures individuelles viendraient en temps voulu.

— Avant longtemps, on dépassera l'Amérique ! s'écria Korolev pour couvrir le bruit du moteur, alors qu'ils passaient devant un autre chantier où des grues se découpaient dans le gris du ciel.

— Il paraît qu'ils vont construire des gratte-ciel ! brailla Semionov. Plus grands que ceux de New

York, plus grands même que l'Empire State. Le camarade Staline en personne a approuvé les plans. Ils auront vingt fois la taille de l'hôtel Moskva ! (Il désigna l'immense bâtiment trapu d'un mouvement de tête méprisant.) Et ils déplaceront les immeubles sur des rails pour agrandir la rue. Elle sera aussi large qu'un stade de foot, peut-être même plus. Peut-être qu'elle sera aussi large que la longueur d'un terrain de foot. En tout cas, les plans sont bien avancés.

— Un terrain de foot ? Et ils vont déplacer les immeubles ?

Korolev secoua la tête.

— Sur des rails, comme un tramway. On montera à un arrêt et on descendra à un autre. C'est mon ami qui me l'a dit, mais c'est un secret. Sauf que tout le monde le sait, donc ça ne doit pas vraiment être un secret. Apparemment, nos ingénieurs ont tout prévu.

— L'Union soviétique, Vania. Un exemple pour le monde, dit Korolev.

Il était sincère, mais il eut une pensée pour les rues étroites et les immeubles familiers de son enfance, que l'on repoussait çà et là désormais s'ils avaient de la chance, mais qui la plupart du temps étaient rasés et transformés en gravats pour combler les fondations de la nouvelle ville. Le Moscou dans lequel il avait grandi était un endroit de secrets et d'odeurs, de cours et de ruelles, de coins et de cachettes. La reconstruction apporterait espace, gigantisme et grandeur, et c'était naturel, mais il se demandait parfois si, à l'instar de son ancienne ville, il avait une place dans ce nouveau monde que le socialisme créait autour de lui.

Toutefois, plus ils s'éloignaient du centre, plus la chaussée se rétrécissait et se détériorait ; elle était défoncée par les poids lourds et rendue glissante par les paquets de neige durcie qui n'avaient pas été correctement déblayés. La reconstruction n'était pas encore arrivée jusqu'ici et des immeubles branlants s'appuyaient contre des églises à plusieurs dômes défigurées par vingt ans d'abandon. La majeure partie de ce quartier était vouée à la démolition et certains bâtiments avaient déjà disparu, détruits pour laisser place à un gigantesque chantier où l'on perçait un tunnel destiné à une des nouvelles lignes de métro. Une rangée de jeunes ouvriers aux visages éclaboussés de boue se tenaient sous une banderole à laquelle ils avaient sans doute répondu : *KOMSOMOLETS, KOMSOMOLSKA !* AIDEZ-NOUS À CONSTRUIRE LE MÉTRO ! VOTRE AVENIR A BESOIN D'UN GRAND RÉSEAU ! Au moment où la Ford passait devant eux, un énorme camion jaillit du chantier, obligeant Semionov à piler. Les pneus dérapèrent sur une plaque de verglas, avant de s'immobiliser. Le conducteur du camion, qui semblait encore en âge d'aller à l'école, s'excusa d'un geste nonchalant, pendant que Semionov klaxonnait furieusement.

— On est de la Milice ! rugit-il alors que le camion les contournait, mais le jeune conducteur continua à agiter la main.

Semionov pestait encore quand ils s'arrêtèrent devant l'Institut cinq minutes plus tard.

— Je suis membre du Komsomol, moi aussi, Alexeï Dmitrievich, et ce n'est pas une bonne façon de conduire. J'ai honte pour lui, je l'avoue. Si je savais à quelle cellule il appartient, je le dénoncerais. Il aurait pu nous tuer, et ça n'aurait pas été ma faute. Croyez-moi.

— Je vous crois, Vania. Venez, allons voir le corps.

Ils pénétrèrent dans le bâtiment où flottait l'odeur familière de désinfectant et d'humidité, et alors qu'ils se dirigeaient vers la morgue, ils entendirent les éclats de voix de Larinine, en pleine conversation avec Chestnova.

— J'ai d'autres choses importantes à faire ailleurs, docteur. Je ne veux pas entendre vos excuses. Ce n'est qu'un manque d'efficacité de votre part. Voilà ce que doivent combattre les membres du Parti : le manque d'efficacité !

Quand ils poussèrent la porte, ils virent Larinine souligner chacune de ses paroles en pointant un doigt épais sur Chestnova. Tous les deux avaient la même taille et la même corpulence, mais si jamais ils devaient en venir aux mains, Korolev parierait sur Chestnova, qui à cet instant ressemblait à un taureau prêt à charger. À l'arrière-plan, Gueginov souriait d'un air crispé et, à en juger par son petit rictus, Korolev se dit qu'il avait abusé de l'alcool à quatre-vingt-dix.

— Que se passe-t-il ici ? demanda-t-il en approchant des deux adversaires.

Larinine se retourna et leva la tête pour ajuster son champ de vision à la taille de Korolev.

— Ce médecin semble ignorer que la Milice passe en priorité quand il s'agit d'effectuer des autopsies urgentes, camarade capitaine. C'est une affaire très importante ; le général lui-même m'a chargé de veiller à ce qu'elle soit traitée immédiatement. Et ce médecin me dit que je dois attendre. Le criminel est peut-être en train de filer ! Tout ça parce qu'elle n'a pas le temps d'examiner la victime. Elle nous empêche de faire efficacement notre travail, camarades. Si vous voulez mon avis, c'est une saboteuse. Je me demande bien quelles sont ses origines sociales.

Cette dernière remarque s'accompagna d'un regard mauvais qui aurait terrorisé n'importe qui, mais sembla n'avoir aucun effet sur le Dr Chestnova, si ce n'est de l'irriter davantage.

— Écoutez-moi, gros lard, grogna-t-elle.

Sa poitrine se balança lorsqu'elle s'approcha de lui, suffisamment pour l'éclabousser de ses postillons.

— Je vous ai dit que je m'occuperais de votre cadavre dans vingt minutes. Pour l'instant, je dois terminer une autopsie pour le NKVD. Vous voulez que je dise à la Loubianka que vous estimez que la Milice doit passer avant eux ? Je le ferai avec plaisir.

Larinine ressembla à quelqu'un qui vient d'avaler une guêpe. Il battit des paupières et se tourna vers Korolev et Semionov pour solliciter leur soutien. Korolev haussa les épaules avec un petit sourire. Semionov, lui, était indifférent à cette scène ; il avait collé son nez à la vitre de la salle d'autopsie dans laquelle étaient empilés les suicidés. Larinine leur jeta un regard noir à tous les deux et esquissa un geste dédaigneux en direction de Chestnova.

— Pourquoi vous ne le dites pas, docteur, au lieu de faire perdre du temps à tout le monde ? Les services de l'Intérieur sont prioritaires, évidemment. Le camarade Staline l'a bien précisé, des centaines de fois. Voire des milliers.

— C'est ce que j'essaye de vous expliquer depuis cinq minutes, mais vous n'écoutez que le son de votre voix. Blablabla et blablabla. Qui êtes-vous donc pour distribuer les blâmes comme si c'étaient vos fichues contraventions ? Sherlock Holmes ?

Semionov secoua la tête énergiquement.

— Camarades, dit Korolev en haussant le ton. Souvenez-vous du proverbe : dans toute dispute, c'est le plus intelligent qui est en tort.

Ce commentaire plongea Larinine et Chestnova dans la perplexité pendant un instant, jusqu'à ce qu'ils se regardent avec une certaine suffisance.

— Il se trouve que j'ai besoin de voir ce cadavre, moi aussi, ajouta le capitaine. Venez, Larinine, vous allez me faire un topo sur la scène de crime. Sortons fumer une cigarette. Votre cadavre ne risque pas de s'enfuir et cela permettra à la camarade Chestnova d'accomplir ses autres tâches.

Il faisait un froid glacial sur les marches de l'Institut ; leurs souffles et la fumée des cigarettes se confondaient dans l'air gelé. Larinine expliqua brièvement que le corps avait été découvert mutilé dans les gradins du stade Tomski, derrière les buts. Le nombre important de tatouages indiquait que la victime était un Voleur. Des empreintes de pas menaient au corps et en repartaient. Voilà, c'était tout. De toute évidence, le meurtre avait été commis ailleurs et le corps déposé à cet endroit. Pour Larinine, le Voleur s'était disputé avec ses complices. Bon débarras. Korolev l'écouta en faisant appel à toute sa patience. Puis il retourna à la morgue.

Dans la deuxième salle d'autopsie, deux employés firent rouler un sac mortuaire en toile sur la table métallique, sans cérémonie. Très vite, ils défirent la corde qui fermait le sac et l'ouvrirent comme on pèle une banane, faisant apparaître le cadavre gris dans une forte odeur de moisi. De manière experte, ils retirèrent le sac de sous le corps, aidés en cela par sa raideur, puis quittèrent la pièce sans un mot. Semionov émit un petit sifflement.

— Quelqu'un devait être sacrément en colère après lui, je vous le dis. Regardez les bijoux de famille de ce pauvre gars.

Effectivement : le visage et le corps du Voleur étaient meurtris et ensanglantés, et un trou entouré d'une auréole grise, au milieu du front, indiquait la cause probable de la mort. Outre les sévices qui avaient accompagné ses dernières heures, le mort n'avait pas eu une vie facile ; les privations, la violence et l'alcool avaient imprimé leurs marques. Un morceau de son oreille droite avait disparu, son nez semblait avoir été cassé plusieurs fois, et ses dernières dents étaient jaunies et de travers. Mais ce qui avait provoqué la réaction de Semionov, c'était l'horrible sort réservé à ses parties génitales. Korolev dut détourner le regard pour se ressaisir, avant de reporter son attention sur le Voleur.

L'homme avait un visage large, surmonté d'une touffe de cheveux châtains presque rasés sur les côtés. Même mort et estropié, il demeurait imposant avec son torse puissant et ses bras épais, musclés. Mais c'étaient surtout les tatouages qui couvraient tout son corps qui le désignaient comme un membre de la pègre, aussi sûrement que si son casier judiciaire était ouvert sur sa poitrine. Pour qui savait les interpréter, ils fournissaient presque autant d'informations.

La porte se rouvrit pour laisser entrer un des employés de la morgue.

— Voici les morceaux, dit-il en déposant aux pieds du cadavre deux bocaux contenant les parties manquantes.

En voyant le pénis, Korolev pensa à un reste de pâte à pain.

— Ça donne envie de vomir, commenta Semionov, et en effet, son teint pâle avait viré au vert.

Korolev, qui devait contrôler son estomac lui aussi, ne pouvait lui être d'aucun soutien.

— Alors, voyons voir ce qu'on a ici, dit Chestnova en entrant dans la salle à son tour.

Elle prit un des bocaux et le secoua dans tous les sens en l'examinant à contre-jour.

— Une couille, apparemment. (Elle se tourna vers Larinine.) Pas qu'une seule, si je ne m'abuse.

Larinine la foudroya du regard.

— Vous pensez que c'est notre meurtrier, docteur ? demanda Korolev en espérant que la question détournerait l'attention de Chestnova.

À force de la regarder agiter des testicules dans un bocal, il craignait de se couvrir de honte.

La légiste observa le cadavre et appuya sur le mollet avec son doigt.

— Possible. La rigidité cadavérique est complète, mais il faisait froid la nuit dernière. Où l'a-t-on découvert ?

— Dans les gradins du stade Tomski, dans la neige. Manifestement, quelqu'un l'a déposé là.

Korolev remarqua que Semionov suivait des yeux le bocal que Chestnova tenait toujours dans la main, comme la flûte d'un charmeur de serpent.

— Hmmm. Les températures étaient largement inférieures à zéro la nuit dernière. Difficile de déterminer quand il est mort. Mais il y a des traces de décomposition, ça pourrait donc remonter à vingt-quatre heures, ou plus. Ah ! Regardez là. Vous reconnaissez ces marques ?

Chestnova montra les traces de brûlure autour de l'entrejambe et des mamelons que Korolev avait remarquées dès qu'on avait déposé le cadavre sur la table.

— Les mêmes que chez la fille ? demanda-t-il.

— Faites avec le même instrument, je dirais. À première vue. (Chestnova se pencha pour examiner le corps de plus près.) Très impressionnants, ces tatouages. N'est-ce pas, capitaine ?

Korolev acquiesça d'un grognement. Des dessins à l'encre bleu-noir couvraient presque toute la peau : des tatouages faits en prison avec une lame de rasoir ou une aiguille à coudre et de l'encre fabriquée avec de la poussière de charbon et de l'urine. Chaque image racontait un chapitre de la vie du Voleur ou établissait sa position au sein de la pègre ; son casier judiciaire en quelque sorte, mais raconté du point de vue du criminel. Comble d'ironie, les tatouages étaient souvent plus fiables que les dossiers de la Milice. On pouvait soudoyer des policiers ou trafiquer des documents, mais les tatouages d'un Voleur étaient gravés dans la pierre. En prison, ils lui servaient de carte de visite, et il devait s'en montrer digne. Un tatouage impropre, qui affichait un rang ou un passé usurpés, serait brûlé ou découpé par ses camarades. Si le tatouage en question était jugé suffisamment offensant, le coupable pouvait le payer de sa vie.

Quand Chestnova commença à nettoyer le corps, le jet d'eau en fit apparaître d'autres. Le plus grand, une scène de crucifixion, occupait presque tout le torse. Un Jésus barbu, la tête baissée, sa couronne d'épines s'enfonçant dans la masse de ses cheveux ensanglantés, de gros clous plaquant ses mains sur la croix. Le dessin était superbement exécuté, chaque côte était ombrée, chaque muscle, chaque tendon clairement définis. La douleur dans les yeux du Sauveur semblait jaillir de l'image et plonger jusque dans l'âme de Korolev. C'était l'œuvre d'un artiste. Il fit le signe de croix en gardant sa main dans sa poche. Ce tatouage était une icône vivante, du moins il l'avait été, mais c'était également l'insigne d'un Voleur de grade supérieur, une autorité à l'intérieur du système pénitentiaire et dans la rue. Le tatouage en lui-même en disait long sur l'homme car une telle précision représentait des semaines de travail et chaque injection d'encre avait dû provoquer une douleur intense. Dans le monde des Voleurs, ce n'était pas une honte d'arborer un tatouage inachevé.

Sous le mamelon gauche, juste en dessous des doigts du Christ, le profil de Staline semblait regarder une partie de peau arrachée ; derrière lui, il y avait la même plaque de chair à vif, boursouflée. Korolev connaissait ce tatouage et ce qu'il voulait dire ; il savait que les profils manquants étaient ceux de Lénine et de Marx. Il était surpris que Staline n'ait pas été découpé, lui aussi. Fallait-il y voir un message ?

Tout le corps était tatoué. Sur l'épaule gauche, un crâne était transpercé par un crucifix, dont la barre transversale soutenait les plateaux d'une balance. Il s'agissait d'un tatouage rare, indiquant que le défunt faisait office de juge dans les conflits entre Voleurs. Un autre tatouage, sur l'épaule droite, représentait la Vierge Marie, inspirée de l'icône de Notre-Dame de Kazan. Celle-ci possédait une signification particulière pour les Voleurs, mais il n'y avait rien d'étrange à cela, pensa Korolev. Connue également sous le nom de Kazanskaïa, elle était vénérée plus que toute autre par l'Église orthodoxe.

Il y avait bien d'autres tatouages : le chat coiffé d'un chapeau de cavalier symbolisait l'insouciance du Voleur ; le voilier, c'était le prisonnier qui avait tenté de s'échapper ; le couteau qui rentrait dans la peau apprit à Korolev que cet homme avait tué pour son clan. Charmant personnage.

— C'est p-p-peut-être rien, m-m-mais le corps de la f-f-fille était disposé comme la c-c-crucifixion sur le tatouage, fit remarquer Gueginov en montrant la poitrine du Voleur.

Korolev hocha la tête et le nota rapidement, avant d'examiner les doigts de l'homme. Il en manquait deux, mais c'était très ancien, sans doute une histoire de jeu. Dans la Zone, un doigt pouvait régler une dette quand le perdant était incapable d'assumer ses engagements. Les doigts restants étaient ornés de tatouages bleus imitant des chevalières.

— Regardez, Vania, dit Korolev à Semionov, c'est l'histoire de sa vie. (Il souleva la main gauche du mort.) L'aigle sur le pouce nous informe que c'est un chef important, une « autorité ». Vous voyez ces deux croix dans des cercles, sur le dessus, ça veut dire qu'il est allé deux fois en prison. On a donc certainement un dossier sur lui. Ce tatouage, là, sur l'index, le losange blanc et noir, ça signifie qu'il a refusé de travailler dans la Zone. Les trèfles et les piques dans le carré, sous le monastère ? Là encore, ça indique que c'est un Voleur haut placé, qui doit être respecté, par ses semblables du moins. Celui-ci, ajouta-t-il en montrant un scarabée avec une croix orthodoxe sur le dos, ça veut dire qu'il a été condamné pour vol. La croix toute simple sur le petit doigt, c'est le signe qu'il a été envoyé au mitard durant son incarcération. Pas étonnant s'il a refusé de travailler.

Semionov écrivait furieusement dans son carnet, les yeux écarquillés. Korolev prit l'autre main, celle à laquelle il manquait deux doigts. Il montra la bague tatouée sur l'index : un carré avec des traits qui s'entrecroisaient pour symboliser les barreaux de la prison.

— Celui-ci signifie qu'il est voué à mourir en prison, en regardant le ciel à travers les barreaux de sa cellule. L'église tatouée sur le pouce indique qu'il est né Voleur, et le scarabée sur le majeur, c'est son talisman. Il lui a porté chance – enfin, jusqu'à maintenant.

Larinine intervint :

— Je n'ai jamais vu un truc pareil, la façon dont il a été charcuté. Faire ça à l'un des siens ? Ce sont des sauvages. Des démons.

Il semblait plus perplexe qu'en colère.

Korolev regarda le Dr Chestnova. Elle l'ignora tout d'abord, occupée à nettoyer le corps au jet, puis elle releva la tête et dit :

— Les marques de brûlure sont si inhabituelles qu'il y a de fortes probabilités que ce soit le même type qui a assassiné la fille.

Elle avait les yeux rougis par la fatigue, mais la main qui tenait le tuyau était ferme et le jet d'eau continuait à faire apparaître des tatouages et des cicatrices cachés, anciens ou récents, sous la croûte de sang séché. Les prénoms Lena et Tesak étaient enfermés dans un cœur surmonté d'une tête de chat : un couple de Voleurs. Maintenant, ils avaient le nom de l'homme, sans aucun doute.

— Vania, dit Korolev, regardez ça. Vous voyez ces deux prénoms à l'intérieur du cœur et la tête de chat ? Le chat est le symbole des Voleurs, et le cœur représente une liaison amoureuse, évidemment. Lena étant un prénom féminin, la logique veut que le mort s'appelle Tesak. Cela devrait nous aider à retrouver son dossier.

Une longue heure plus tard, Korolev et Semionov, adossés au capot de la Ford, savouraient une cigarette bien méritée.

— Deux autopsies en deux jours. J'espère qu'on va arrêter ce type rapidement, marmonna le capitaine, alors que Larinine sortait à son tour de la morgue pour les rejoindre. Eh bien, camarade Larinine, qu'en pensez-vous ?

— Un Voleur assassiné ? On devrait fêter ça. Voilà ce que je pense.

— Ce n'est pas une grande perte pour la Révolution, en effet. Toutefois il semble avoir été assassiné par la même personne que la fille d'hier. Il va falloir réunir les deux enquêtes. Je vais conduire le jeune Semionov au stade, peut-être qu'on découvrira quelque chose.

— Vous perdez votre temps. Il a été balancé là, c'est tout, comme je vous l'ai dit. Il n'y a rien à voir là-bas.

Korolev ravala son exaspération. Si ça n'avait tenu qu'à lui, il aurait demandé à Chestnova d'examiner le corps sur place, au lieu d'appeler pour qu'on vienne le chercher. Larinine semblait penser que leurs grades similaires leur conféraient la même expérience, mais ce type ne connaissait rien.

— Camarade, dit-il, à vous de voir si vous souhaitez poursuivre cette enquête. Vous ne serez pas de trop. En revanche, si vous préférez une autre mission, je me ferai un plaisir d'en référer au général. Dans un cas comme dans l'autre, c'est moi qui déciderai de la façon dont je veux enquêter.

Il vit que Larinine calculait les bénéfices politiques qu'il pouvait tirer de son implication dans une enquête couronnée de succès, même si Korolev faisait presque tout le travail, et les retombées probables s'il se retirait. Le choix était simple. Après tout, si jamais les choses tournaient mal, il pourrait toujours rejeter la faute sur Korolev.

— Vous avez raison, capitaine, c’est une très bonne idée de coopérer, et si vous souhaitcz cxaminer la scène de crime, ne vous en privez pas. Travaillons dans un esprit de collaboration et de camaraderie.

Larinine tendit la main et après un moment d’hésitation Korolev la serra. C’était une poignée de main indécise et molle, sans aucun engagement de part et d’autre. Le regard de Larinine glissa vers Semionov, qu’il gratifia d’un petit signe de tête.

— Une association, dit-il au jeune inspecteur avant de revenir sur Korolev.

Son ton était un peu trop enjoué ; il n’arrivait même pas à faire semblant d’être sincère, pensa Korolev en lui lâchant la main. Mais le destin, ou bien le général, les avait réunis et s’ils devaient enquêter ensemble, il veillerait à l’utiliser au maximum.

— Dites-moi précisément où vous avez découvert le corps.

CHAPITRE 9

Durant le trajet qui les menait au stade Tomski, Semionov demeura muet et il semblait moins enthousiaste au volant. Korolev le remarqua à peine car il essayait de trouver ce qui pouvait relier le meurtre d'un Voleur et celui d'une religieuse étrangère. Les Voleurs étaient-ils impliqués dans l'exportation des objets d'art dérobés ? Était-ce le mobile du crime ? Ou bien ces meurtres étaient-ils, finalement, l'œuvre d'un psychopathe qui choisissait ses victimes au hasard ? Il fallait qu'il soit véritablement fou pour assassiner un Voleur : c'était comme fourrer sa tête dans la gueule d'un lion et lui balancer un coup de pied dans les couilles. Non. Personne n'était assez fou.

Si seulement il pouvait tout inscrire noir sur blanc, peut-être qu'il commencerait à y voir plus clair dans ce fatras d'informations qui lui donnait la migraine, mais Gregorine le ferait fusiller pour cette violation du secret. Cette affaire devenait un vrai sac d'embrouilles. Il laissa échapper un grognement.

— Ça ne va pas, Alexeï Dmitrievitch ?

— Si, si. Une légère migraine, c'est tout, répondit Korolev en se demandant si une balle dans la nuque le ferait souffrir.

Peut-être que tout était terminé avant même qu'on comprenne ce qui se passait. Il avala sa salive.

— Et des crampes d'estomac, ajouta-t-il.

— Je ne me sens pas très bien, moi non plus. Ce pauvre type avec son… vous voyez quoi. En temps normal, je dirais bon débarras. Mais personne ne peut souhaiter ça à quelqu'un.

— Non, dit Korolev et il ajouta un motif d'inquiétude supplémentaire à sa liste.

Et s'il tombait entre les mains du meurtrier ? Compte tenu du choix de ses victimes jusqu'à présent, et de ce qu'il leur avait fait subir, il était peu probable qu'il se montre plus clément avec un inspecteur d'un certain âge qui avait fait son temps. Finalement, l'idée de la balle dans la nuque commençait à lui paraître presque séduisante.

— En plus de ça…

Semionov n'acheva pas sa phrase, mais il poussa un long soupir. Si profond que Korolev se tourna vers lui.

— Qu'est-ce qui se passe ? demanda-t-il.

— Rien. C'est juste que… On est vraiment obligés de travailler avec Larinine sur cette affaire ? Je sais qu'il est très respecté au sein du Parti, mais je crois que je ne l'aime pas beaucoup. Et c'est quoi cette histoire d'enquête sur le général Popov ? Il a été décoré de l'ordre du Drapeau rouge et de l'ordre de Lénine ! Il est aussi fidèle au Parti que le camarade Staline !

Il y eut un moment de silence dans la voiture, tandis que les deux hommes réfléchissaient aux paroles de Semionov. Ce fut Korolev qui le brisa :

— Peut-être que…

— Oui, je sais. Comparer le général au camarade Staline…

— Alors qu'il est l'objet d'une enquête…

— Exact, dit Semionov, le rouge au front.

Ce n'était pas facile pour son jeune collègue, se dit Korolev. Être un bon communiste par les temps qui couraient, c'était comme obéir à un dieu despotique qui vous demandait de croire un jour que le blanc était blanc, et noir le lendemain. Cela n'avait de sens qu'à condition de se souvenir que le pays était entouré d'ennemis terrorisés par son existence. Face à des adversaires aussi implacables, le Parti prenait parfois des mesures qui semblaient contraires à son destin historique. Pour des travailleurs ordinaires comme Semionov et lui, c'était déroutant, mais chacun savait que le Parti devait aller de l'avant, quel que fût le prix à payer. Korolev croyait totalement en la ligne du Parti, même si cela réclamait de temps en temps des actes de foi. Après tout, l'unité était aussi importante que la vérité à certains moments ; c'était une chose qu'on apprenait dans les tranchées.

En regardant droit devant, il aperçut un attroupement devant un kiosque au toit enneigé d'aspect familier, sur lequel figurait un seul mot : « Snaks ». Même avec une mauvaise orthographe, il y avait là de quoi remonter le moral d'un jeune garçon en pleine croissance comme Semionov. En outre, Korolev connaissait ce marchand depuis longtemps. Chaque fois qu'il passait devant cette échoppe, il était soulagé de constater qu'elle n'avait pas succombé aux travaux de reconstruction de la ville et aux efforts constants pour limiter les entreprises privées. Les *blinchiki*, qui contenaient même parfois de la viande, étaient parmi les meilleurs de Moscou.

— Je meurs de faim, Vania. Arrêtons-nous là pour déjeuner. Je n'ai rien mangé de la journée.

Ils se garèrent le long du trottoir ; Korolev descendit de voiture et salua le marchand d'un petit signe de tête.

— Comment ça va, Boris Nicolaïevitch ? Deux, s'il te plaît.

Plusieurs hommes qui faisaient la queue lui lancèrent des regards noirs, mais en voyant la voiture et Semionov qui attendait à l'intérieur, ils en tirèrent la conclusion qui s'imposait. Deux d'entre eux remontèrent les cols de leurs manteaux et s'en allèrent. Korolev fit semblant de ne pas s'en apercevoir, son travail ne consistait pas à contrôler les papiers d'identité des passants. Pendant qu'il préparait les *blinchiki*, Boris Nicolaïevitch lui donna les dernières nouvelles. Il faisait partie désormais d'une cantine d'État située non loin de là, grâce à quoi il avait beaucoup moins de problèmes avec la bureaucratie ; hélas, il avait également beaucoup moins de latitude pour acheter des ingrédients.

— Ils gardent le meilleur pour eux, mais je me débrouille, expliqua-t-il en enveloppant les *blinchiki* pour les tendre à Korolev, en échange de quatre-vingt-dix kopecks.

— J'ai de la chance d'être le fils d'un balayeur des rues. Regardez ce pauvre Denisov, sur le trottoir d'en face. Le fils d'un patron d'usine. Vous ne pouvez pas imaginer les ennuis qu'il a. Dire qu'on est nés tous les deux en 1907. Qui aurait pu prévoir à l'époque qu'on finirait comme ça ?

Après avoir salué Boris Nicolaïevitch, Korolev remonta en voiture et tendit une des crêpes fourrées à Semionov. C'est seulement en voulant manger la sienne qu'il s'aperçut qu'elle avait été enveloppée dans une feuille de papier vélin dont l'encre ancienne avait imprimé sur le *blinchiki* une écriture slave à l'envers. On avait déchiré un livre saint pour emballer de la nourriture. Il se tourna vers son jeune collègue, occupé à mâchonner énergiquement une énorme bouchée qui lui gonflait les joues. Après un moment d'hésitation, il mordit à son tour dans la crêpe épaisse, en espérant qu'il ne commettait pas un péché. En tout cas, c'était délicieux. Il prit une deuxième bouchée en demandant au Seigneur de lui pardonner.

Le drapeau rouge et blanc du Spartak flottait mollement devant le stade Tomski. Il était écrasé par les gradins du Dynamo, de l'autre côté de la rue, mais la taille ne faisait pas tout. Le Spartak incarnait l'esprit de Moscou aux yeux de Korolev, alors que le Dynamo représentait la force qui contrôlait cet esprit. Il avait beau travailler pour le ministère, Korolev demeurait avant tout un garçon de Presnaïa, même s'il habitait maintenant à Kitaj-Gorod. On ne trahissait pas l'endroit où l'on était né, toujours selon lui. Semionov arrêta la Ford devant le bâtiment administratif. Korolev vit approcher un groupe de joueurs ; leurs corps portaient tous les signes de la fatigue et leurs souffles laissaient une traînée de fumée dans leur sillage, comme un train. À leur côté marchait un personnage familier, vêtu d'un vieux pantalon de flanelle grise, d'une veste de chasse verte et d'une écharpe rouge et blanc. Ses épais cheveux châtains coiffés en arrière dégageaient un visage aux angles saillants et les yeux couleur vieil argent le regardaient déjà avec un certain amusement. Un large sourire déforma les traits de Nikolaï Starostine quand Korolev le salua d'un geste de la main.

— Nikolaï ! Je vois que tu continues à faire souffrir l'équipe.

Quelques grognements approbateurs et bon enfant montèrent parmi les joueurs, notamment chez deux des frères Starostine : Alexandre et Andreï.

— À la douche, les gars ! ordonna l'entraîneur. Je dois parler à cet ancien joueur, même s'il a fait son temps.

Andreï Starostine salua gaiement Korolev, mais il s'éloigna avec ses camarades, dont certains lui adressèrent un signe de tête car eux aussi le connaissaient, comme il les connaissait.

— On ne te voit plus souvent aux matchs ces derniers temps. Tu as peur que les supporters t'en fassent baver ?

— J'ai du travail. Et puis je suis capable de me défendre. Je n'ai pas honte de mon métier.

— Oui, je sais. N'empêche, c'est moche. Quand on joue contre le Dynamo, c'est « À mort, les molosses ! » ou « Mort aux flics ! », et quand on joue contre l'Armée rouge, c'est « À mort, les garçons d'écurie ! ». Ça inquiète les autorités, ce qui n'est pas bon par les temps qui courent, et quand on bat leurs chouchous, on ajoute l'affront aux injures. Mais que peut-on faire ? Ils n'obéissent qu'à leurs propres règles. Ils braillent tout ce qu'ils veulent et advienne que pourra.

Korolev sourit, il connaissait l'ambiance à la fois bonhomme et sauvage des gradins quand le Spartak gagnait, et la fureur quand les choses tournaient mal.

— Alors, qui vas-tu aligner contre l'armée ? Ils ont une bonne équipe. Tu veux que je décroche mes crampons ?

Starostine sourit et se tapota l'aile du nez.

— Le secret sera dévoilé en temps voulu, Lyoshka. Mais si tu veux venir voir le match, je te trouverai un billet, dans les tribunes avec les gens civilisés, pas au bord de la pelouse. Tu verras mieux et puis je veux que quelqu'un surveille mes sœurs. Quand la situation tourne à notre désavantage, elles deviennent un peu turbulentes. Ce sont des filles de

Presnaïa jusqu'au bout des ongles. N'hésite pas à les arrêter s'il le faut ; je n'ai pas envie qu'elles aillent voir le maréchal Toukachevski pour lui dire que ses gars sont de sales tricheurs.

— Ce serait avec plaisir, dit Korolev.

Voyant Semionov qui les observait de l'intérieur de la voiture, il se souvint du but de sa visite.

— Un cadavre a été déposé ici la nuit dernière, Nikolaï. J'ai besoin que quelqu'un me montre l'endroit exact.

Starostine fronça les sourcils.

— Ah, oui. C'est le gardien qui l'a trouvé… Je peux te montrer l'endroit moi-même. Il m'a traîné pour que j'aille voir. C'était pas beau. Viens.

Korolev fit signe à son jeune collège. Celui-ci s'extirpa de la voiture avec un grand sourire, se mit au garde-à-vous et salua.

— Camarade Starostine ! dit-il d'une voix puissante.

Il rougit jusqu'aux oreilles quand le footballeur éclata de rire. Voyant l'embarras du jeune homme, Starostine s'arrêta immédiatement ; il s'avança vers Semionov, le prit par les épaules et l'entraîna vers l'entrée du stade.

— Ne soyez pas gêné, camarade, dit-il. Vous étiez un peu trop solennel devant mon vieil ami Alexeï Dmitrievitch, voilà tout. Alors vous êtes ici pour enquêter sur notre meurtre ?

— Il ne me salue jamais habituellement, et pourtant je suis deux grades au-dessus de lui, dit Korolev comme s'il se parlait à lui-même.

Mais il sourit en voyant l'air ravi de Semionov, fier de marcher aux côtés du célèbre Starostine.

— Êtes-vous un amateur de football, camarade ? Supporter du Spartak également ?

Semionov était incapable de mentir, mais il eut la décence de paraître honteux de sa préférence.

— Désolé, camarade Starostine… Le Dynamo.

— Il n'y a aucune raison de ne pas les encourager, c'est une bonne équipe. Je suis parti en tournée avec eux il y a quelques mois ; difficile de trouver une bande de garçons plus sympathique.

Semionov confirma d'un hochement de tête : c'étaient des garçons sympathiques. Bien qu'il ne les ait jamais rencontrés. Mais il venait de faire connaissance de Nikolaï Starostine. Il se frotta le menton, il était confronté à un dilemme.

— Maintenant que je vous ai rencontré, camarade, dit-il en réfléchissant à voix haute, peut-être que je pourrais soutenir le Dynamo et le Spartak.

Starostine rit de bon cœur.

— Les nouveaux supporters sont les bienvenus. Alexeï, il faudra que je te donne un autre billet pour notre nouveau passionné. Les rouge et blanc sont toujours heureux de voir des bons gars les encourager.

— Quand vous jouerez contre ces salopards de l'armée, camarade, soyez sûr que je serai derrière vous à cent dix pour cent ! Parole de Komsomol !

Il y avait dans la véhémence des propos de Semionov quelque chose qui fit rire les deux hommes, peut-être un peu plus longtemps que le voulait la courtoisie.

Pendant cette discussion, Starostine leur avait fait franchir les portes du stade ; il montrait maintenant la tribune qui se dressait à l'extrémité est de l'enceinte, et plus précisément les gradins à ciel ouvert.

— C'est là-bas que le gardien a découvert le corps. J'ai attendu avec lui jusqu'à l'arrivée de la

Milice pour que personne ne touche à rien. Il était salement estropié, le cadavre. Un salopard lui a…

— Oui, on sait. On a vu le corps à la morgue, l'interrompit rapidement Korolev ; il n'avait pas besoin qu'on lui rappelle les détails.

Il regarda l'endroit indiqué par le footballeur. Rien ne permettait de deviner qu'un corps avait été abandonné là, sauf peut-être le grand nombre d'empreintes de pas qui convergeaient vers un point où la neige était teintée de rose.

— L'endroit a été salement piétiné, commenta-t-il. Te souviens-tu s'il y avait des traces quand tu es arrivé sur place ? Comme si on avait traîné le corps, par exemple ?

— Non, je ne me souviens pas. Mais on peut demander à Sergueï Timofeevitch. Je vais le chercher ; il est à l'autre bout du stade. Attendez-moi ici une minute.

Starostine se dirigea vers le but opposé, là où des hommes étaient en train de déneiger le terrain. Korolev observait le méli-mélo d'empreintes d'un air dégoûté.

— Dieu sait ce qui a pu se passer ici. Au moins, Larinine a eu la présence d'esprit de faire prendre des photos. Mais j'aurais préféré qu'on voie le corps nous-mêmes.

— Pourquoi ?

— Parce qu'il y a du sang dans la neige. Pas beaucoup, mais ça pourrait vouloir dire que le corps a été déposé ici peu de temps après le décès, ou même qu'il était encore vivant. Si le meurtrier l'a déposé alors qu'il ne neigeait plus, il ne devait pas y avoir de neige sur le corps ; et s'il neigeait encore, on aurait peut-être pu calculer à quelle heure il a été abandonné ici, d'après l'épaisseur de la couche de neige. Les photographies nous aideront peut-être. À quelle heure s'est-il mis à neiger hier soir ?

Semionov le regarda, hébété.

— Travail de déduction ! Comme Sherlock Holmes. Excellent, Alexeï Dmitrievitch, vraiment excellent.

Korolev le fit taire d'un geste.

— Je ne plaisante pas.

Un peu vexé, Semionov sortit son carnet.

— Bon, la neige. Après minuit, j'en suis sûr. J'étais sorti avec des amis et je suis rentré vers cette heure-là. Il faisait un froid glacial, mais il ne neigeait pas encore. Je vérifierai auprès du service de météorologie quand on rentrera au bureau. Et aussi à quelle heure ça s'est arrêté, je suppose ?

Korolev acquiesça et se retourna pour accueillir le gardien qui venait vers eux. Ses bottes en feutre arpentaient rapidement le terrain enneigé et il tordait sa casquette entre ses mains gantées. Starostine marchait derrière lui, tout sourire.

— Je leur ai dit, aux premiers gars qui sont venus : « Attention aux traces de pas ! », mais ils m'ont pas écouté. Je les ai quand même obligés à faire le tour, et à mes gars aussi. Regardez là-bas… (Il montra une série de traces à moitié effacées allant dans leur direction, en provenance de l'entrée située dans le coin nord-est du stade, le plus éloigné de la route principale.) C'est horrible, horrible. Je suis arrivé de bonne heure en vue de préparer le terrain pour le match de la réserve demain. Mais le matin je fais toujours une tournée d'inspection pour voir si quelqu'un est entré dans la nuit. En été y a des gosses du coin qui viennent faire Dieu sait quoi ici. Ils sont jeunes, d'accord, et je l'ai été moi aussi, mais ils ne peuvent pas aller s'amuser ailleurs ? À croire que non. Et c'est moi qui passe mon été à faire la chasse aux petits voyous. En mars dernier, on a découvert deux poivrots morts gelés dans les buts. Comme ça…

Il grimaça et se contorsionna pour mimer approximativement la raideur cadavérique.

— C'était très traumatisant, reprit-il. Ils avaient les yeux grands ouverts, comme des poissons dans un bocal. Alors, quand j'ai vu quelqu'un allongé dans la neige, j'ai cru que c'était encore un ivrogne, et je me suis dit : ça recommence ! Mais non. C'était pire.

Le souvenir de la vision du cadavre mit fin au monologue de Sergueï Timofeevitch. Ses yeux étaient brillants de larmes, qu'il sécha avec son gant usé jusqu'à la corde.

— C'était horrible, camarades. Une chose pareille, ça ne devrait pas arriver, à personne…

Korolev profita de cette interruption :

— Sergueï Timofeevitch ? Je suis le capitaine Korolev et voici le lieutenant Semionov. Nous aimerions vous poser quelques questions.

— Allez-y. Je vous connais, Alexeï Dmitrievitch, même si vous ne vous souvenez pas de moi. Un fameux défenseur central en son temps, lieutenant. On le surnommait Korolev le Rouleau compresseur. Si Korolev vous taclait, vous ne vous releviez pas. Je peux le confirmer. Mais toujours dans les règles. Toujours.

Korolev observa le gardien et crut déceler, en effet, un visage familier, transformé par l'alcool et les années. Mais les yeux n'avaient pas changé.

— Akounine ? L'arbitre ?

— Oui, oui, c'est moi, dit le gardien, ravi. Enfin, c'était moi. Akounine l'arbitre. Dans le temps… Aujourd'hui, le camarade Starostine me permet d'être Sergueï Timofeevitch, le gardien. Je reste comme ça en contact avec le football et ce travail me plaît. Mais assez parlé de moi… Qu'est-ce que vous vouliez savoir ?

Du coin de l'œil, Korolev capta le sourire de Semionov et il en déduisit qu'avant longtemps son ancien surnom allait faire le tour du quartier général de la rue Petrovka. Il reporta son attention sur Akounine.

— Content de vous revoir, Sergueï Timofeevitch. Les joueurs ont toujours pensé que vous étiez un bon arbitre.

Le gardien était aux anges.

— Je n'étais pas mauvais, c'est vrai. Alors, en quoi puis-je vous aider ?

— Pour commencer, pouvez-vous nous montrer dans quelle position était le corps ?

— Évidemment, capitaine. Il était allongé sur le dos, avec les mains sur les côtés, comme ça. Mais son visage, le pauvre visage… Il semblait terrorisé. Les yeux étaient écarquillés. Impossible de détourner la tête pendant au moins une minute quand je les ai vus.

Akounine mima le cadavre étendu dans la neige avec son regard de fou et la bouche grande ouverte. Son imitation rappelait celle des ivrognes morts gelés.

— Et sa poitrine, reprit-il. Que Dieu lui pardonne ses péchés… Il y avait…

— Oui, oui, oui, l'interrompit Korolev. On sait tout ça, merci. Dites-moi plutôt s'il y avait de la neige sur le corps.

— Un peu. Il en est tombé environ dix centimètres la nuit dernière, comme vous pouvez le voir. Mais je dirais que le corps était juste saupoudré. Je vous ai parlé de la façon dont ses vêtements pendaient sur son corps ? On aurait dit qu'ils avaient été tailladés et lacérés, presque autant que lui.

— Merci, ça nous sera très utile. Avez-vous remarqué autre chose ? N'importe quoi.

— Uniquement les traces de pas. Elles ont été effacées par la neige, mais il y en avait deux différentes. Vous voyez ? Les unes derrière les autres.

— Regardez, Vania, dit Korolev en pointant le doigt vers le sol. Ces pas sont plus espacés. Ça signifie qu'un type était sans doute plus grand que l'autre, bien plus grand même.

Starostine regardait sa montre et Korolev comprit le message.

— Merci de nous avoir accordé un peu de votre temps, Nikolaï. Nous allons suivre les traces. Vous n'avez pas besoin de rester. En revanche, si vous pouviez nous accompagner, Sergueï Timofeevitch, cela pourrait nous aider.

Starostine prit congé et laissa les enquêteurs faire leur travail, suivis par leur assistant plein de bonne volonté, l'ancien arbitre. Korolev regarda encore une fois avec regret l'endroit où avait été abandonné le corps.

— J'aurais aimé le voir. On aurait peut-être découvert un indice, on ne sait jamais. (Il se retourna vers les deux autres.) Venez. Voyons si on peut trouver quelque chose.

Ils longèrent les deux groupes d'empreintes jusqu'à l'entrée nord-est du stade. Quelqu'un s'était attaqué à la grille avec une barre de fer ; la porte était entrouverte, la serrure éventrée.

— Encore du boulot, soupira le gardien.

— Attendez ! s'exclama Semionov en montrant la neige devant eux. Personne d'autre n'est venu par ici, n'est-ce pas, Sergueï Timofeevitch ?

— Non. Votre collègue, le petit gros, a dit qu'il faisait trop froid pour perdre son temps à cavaler dans la neige, tout ça pour un Voleur.

Le jeune inspecteur désigna un paquet de cigarettes en partie recouvert de neige et vide.

— Regardez, Alexeï Dmitrievitch. Est-ce qu'il n'a pas été jeté là par les meurtriers ? Vu qu'il y a de la neige dessous.

— Bravo. Voyons voir ça.

Semionov s'accroupit et prit soigneusement le paquet de cigarettes. Une petite tache humide apparut dans la paume de son gant en cuir.

— Hercegovina Flor. Pas donné. On en trouve dans les magasins réservés et les restaurants. Je connais une personne qui en fume.

Semionov ajouta cette dernière précision avec une certaine réticence.

— Une amie ?

— Des hommes en fument aussi, répondit le jeune homme sur la défensive.

— Oui, bien sûr. Vous avez quelque chose pour mettre le paquet ?

Semionov fouilla dans ses poches sans rien trouver qui pût convenir, alors il déchira une feuille de son carnet pour envelopper le paquet humide, avant de franchir la grille à la suite de son supérieur. Il y avait des traces de pneus, mais la neige recouvrait une étendue d'asphalte qui ne permettait pas de relever des empreintes identifiables ; uniquement des traces qui venaient et repartaient, en décrivant un cercle à l'endroit où la voiture avait fait demi-tour.

— Ah, dommage ! pesta Semionov en donnant un coup de pied dans la neige.

— Pas de quoi effectuer un moulage, mais apparemment il s'agissait d'une voiture et non pas d'un camion. Et combien de personnes ont accès à une voiture à Moscou ? Pas beaucoup. On se renseignera auprès du poste local de la Milice pour savoir si une de leurs patrouilles a aperçu un véhicule dans le coin la nuit dernière. Au fait, y a-t-il un veilleur de nuit, Sergueï Timofeevitch ?

— Oui, bien sûr. Mais généralement il reste dans les bureaux quand il neige.

— Merci. Dites-lui d'appeler le lieutenant dès qu'il arrivera. Ivan Ivanovitch vous donnera le numéro.

Korolev resta muet pendant le trajet qui les ramenait rue Petrovka ; il essayait de tirer des conclusions de leur visite au stade. Cette expédition n'avait pas été inutile, se disait-il. Maintenant, ils savaient que deux hommes étaient impliqués, que l'un était plus grand que l'autre, qu'ils avaient accès à une voiture et que l'un d'eux fumait probablement des Hercegovina Flor. Un progrès, assurément, mais à moins que le meurtrier ne frappe à nouveau, ils n'étaient guère plus avancés. Il grogna une fois encore sous l'effet de la frustration accumulée.

Semionov le regarda.

— Ce n'est rien. Regardez la route.

Le mobile était certainement la clé. Neuf fois sur dix, si vous découvriez le mobile d'un meurtre, vous découvriez également le meurtrier qui allait avec. Gregorine avait quasiment affirmé que le meurtre avait un lien avec un membre des services de l'Intérieur qui fourguait des œuvres d'art en douce. Donc, si la morte était une nonne, il était logique de penser qu'elle recherchait un objet possédant une signification ou une valeur religieuse. C'était ce que semblait suggérer Gregorine. Une relique peut-être. Une icône ? Un grand nombre de reliques et d'icônes avaient été détruites depuis la Révolution, comme les églises dans lesquelles elles étaient exposées.

Néanmoins cette piste méritait qu'on s'y intéresse. Et le Voleur assassiné alors ? *A priori*, ce n'était pas le genre d'individu qui s'intéressait aux icônes, sauf quand elles étaient tatouées à l'encre bleue. Tout cela était déroutant. Si le meurtrier n'était pas un malade mental, ou désormais un couple de malades mentaux, Korolev ne comprenait pas pourquoi les corps avaient été abandonnés dans des endroits publics. Les meurtres n'étaient pas si nombreux à Moscou pour que ces deux-là passent inaperçus. Et donc, même si les marques de brûlure et les signes de torture étaient les seuls points communs certains entre les victimes, il avait la conviction qu'il s'agissait du ou des mêmes meurtriers. Toutefois il serait peut-être intéressant de se demander s'il n'existait pas des mobiles différents. Remarquant que Semionov continuait à l'observer, il l'obligea à se concentrer sur la route.

Avec un peu de chance, Larinine, qui était retourné rue Petrovka pour essayer de dénicher le dossier du Voleur, trouverait quelque chose. Il existait forcément un dossier : il avait vu les doigts du mort. S'ils découvraient à quel gang il appartenait, ils pourraient embarquer certains de ses copains et les cuisiner. Même si les Voleurs refusaient de parler à la police, étant donné que toute forme de coopération avec l'État soviétique était interdite par leur code d'honneur. Le simple fait d'exercer un métier rémunéré était mal vu, à moins qu'il ne s'agisse d'une couverture pour une activité criminelle. Il se gratta furieusement la tête. Il avait l'impression d'être un chien au milieu d'un champ de lapins : il pourchassait des idées qui se reproduisaient devant lui. Qu'avait donc dit Gregorine au sujet de cette religieuse ? Que c'était une des deux femmes possibles ? Cela voulait-il dire qu'une autre Américaine se promenait dans Moscou ? Qu'est-ce qu'elles manigançaient ?

— Alexeï Dmitrievitch ? lança Semionov.

— Quoi ?

Korolev eut du mal à masquer son agacement.

— C'était un vrai monsieur, hein ? Starostine ? Et le fait qu'il nous donne deux billets pour la finale contre les troufions. Est-ce qu'on ira ? Ce sera un grand match.

— Je ne vois aucune raison de ne pas y aller. Je sens que cette enquête va bientôt déboucher sur une impasse.

— Ne dites pas ça, Alexeï Dmitrievitch. Vous me l'avez expliqué vous-même le premier jour : quand on a l'impression qu'il n'y a plus rien à faire, il faut revenir au point de départ et tout recommencer. Une framboise à la fois et le panier sera rempli. On a encore des voies à explorer.

— Oui, c'est vrai, il reste des choses à faire et des framboises à cueillir.

Korolev essayait de paraître optimiste, mais le cœur n'y était pas.

Ils roulaient dans la rue Okhotny et s'apprêtaient à tourner sur la place Teatralnaïa quand l'hôtel Métropole leur apparut. Il songea alors : Gregorine ne lui avait-il pas conseillé, à demi-mot, d'aller interroger cet Américain, Schwartz ?

— Arrêtez-vous, Vania. Je finirai à pied. Il faut que j'aille voir quelqu'un.

Semionov se gara le long du trottoir ; le changement de comportement de son supérieur ne lui avait pas échappé.

— Une framboise, Alexeï Dmitrievitch ?

— Peut-être. On verra. Commencez à vous intéresser aux voitures, Vania. Il ne doit pas y avoir plus de vingt voitures privées dans toute la ville. Alors renseignez-vous dans les usines, les grosses sociétés, les ministères. Essayez de savoir qui a pu disposer d'un véhicule la nuit dernière. C'est comme chercher une aiguille dans une botte de foin, mais on ne sait jamais. Et apportez ce paquet de cigarettes au laboratoire.

De quoi occuper Semionov et le maintenir à l'écart du Métropole, où grouillaient les étrangers, les gros bonnets, les spéculateurs en tout genre et aussi, par conséquent, les agents du NKVD.

CHAPITRE 10

Avec ses six étages, le Métropole n'était pas le plus grand immeuble de la rue Teatralnaïa, mais il était parfaitement situé, en face du théâtre du Bolchoï, de l'autre côté de la place, et par une journée nuageuse comme celle-ci les nombreuses fenêtres éclairées de l'hôtel projetaient une lueur accueillante. Le bâtiment, mélange de styles Art déco et impérial russe, avait conservé une élégance « fin de siècle », en dépit de cette inscription qui ornait depuis peu toute la longueur du dernier étage : SEULE LA DICTATURE DU PROLÉTARIAT PEUT LIBÉRER L'HUMANITÉ DU JOUG CAPITALISTE. V.I. LÉNINE.

Korolev était toujours frappé par l'aspect agressif de cette inscription étant donné que le Métropole accueillait principalement d'importants visiteurs étrangers et des spécialistes occidentaux, dont beaucoup étaient sans doute de fervents partisans de ce joug capitaliste, fortement opposés à l'idée de subir la loi du prolétariat. Quoi qu'il en soit, que cela plaise ou non aux capitalistes étrangers, même les citoyens soviétiques ordinaires comme Korolev pouvaient se rendre au Métropole et commander une bière, car malgré sa magnificence il appartenait à l'État, et l'État, c'était le peuple. Cette pensée lui donna de l'entrain, alors qu'il traversait la rue en direction de l'entrée, conscient que partout où il y avait des étrangers il y avait du danger, et que les individus lambda préféraient éviter cet endroit, laissant aux apparatchiks, aux cadres du Parti, aux comédiens célèbres et ainsi de suite le soin d'agiter le drapeau rouge à leur place. Car si l'hôtel appartenait au peuple, ça ne voulait pas dire que le peuple était assez fou pour y entrer.

Korolev salua d'un hochement de tête le grand portier et lui montra sa carte d'identité.

— Service des enquêtes criminelles. Milice de Moscou. Où est le bureau du directeur, camarade ?

Le portier, vêtu d'un uniforme plus chargé de galons et de glands dorés que celui d'un général du tsar, et arborant une magnifique barbe qui semblait soutenue par des fils de fer cachés, prit les papiers de Korolev et les examina avant de lui adresser un sourire, entre prolétaires.

— Prenez l'escalier et adressez-vous à la réception, camarade. Demandez à parler au directeur adjoint : Nikolaï Vladimirovitch. Ne vous laissez pas impressionner, c'est un type bien.

Le hall était immense, couvert de miroirs et de tableaux, au milieu d'une profusion de dorures et de cristal, le tout couronné d'un plafond bleu ciel, dont les coins et les bords s'ornaient de nuages peints. Korolev n'avait encore jamais mis les pieds au Métropole et, interloqué par la grandeur de ce décor, il s'arrêta net pour regarder autour de lui, tel, songeat-il, l'idiot du village qui assiste au défilé du 1er Mai pour la première fois. Le plus extraordinaire, assurément, c'était la grande piscine qui occupait le centre de la salle et dans laquelle des jeunes femmes aux lèvres exagérément rouges, coiffées de bonnets de bain constellés de brillants, exécutaient une sorte de ballet. Leurs maillots noirs moulants épousèrent les mouvements de leurs corps lorsqu'elles firent jaillir leurs jambes hors de l'eau dans un ensemble parfait. Korolev se découvrit instinctivement, par respect, même si les nageuses ne lui accordaient aucune attention ; leurs regards restaient fixés sur un point indéterminé au niveau des lustres.

Il se sentit rougir, mais il se ressaisit très vite pour se diriger vers le bureau de la réception, tout en lambris de chêne ornés. Il espérait que les étrangers payaient la peau des fesses pour tout ça, les salauds. Un bel individu en smoking l'attendait ; il ressemblait à une vedette de cinéma avec ses cheveux gominés et ses pommettes saillantes : de quoi donner à tout homme l'envie de frapper. Korolev déposa sa carte d'identité sur le sous-main.

— J'ai quelques questions à poser au directeur adjoint. Un certain Nikolaï Vladimirovitch, m'a-t-on dit.

Le réceptionniste examina la photo de Korolev avec une attention polie. Les femmes capitalistes devaient être folles de lui, se dit Korolev, qui éprouva une aversion instantanée pour ce type. S'il appartenait au prolétariat, Korolev voulait bien être pendu.

— Certainement, camarade. Je vais le chercher. Veuillez vous asseoir près de la fontaine, il va vous rejoindre dans un instant.

La vedette de cinéma lui désigna des sièges en velours rouge, à côté desquels des jets d'eau jaillissaient et scintillaient. Korolev alla s'installer sous une nymphe dorée à moitié nue portant une improbable étoile rouge. Il essaya de se détendre, mais il ne put s'empêcher de remarquer que ses *valenki* dégageaient une odeur âcre qui n'était pas sans rappeler du crin de cheval mouillé. En baissant les yeux, il découvrit une flaque de neige fondue qui s'étendait à ses pieds sur le sol de marbre. Au moins ce n'était pas jaune, se dit-il, de plus en plus mal à l'aise.

Au bout de quelques minutes, pendant lesquelles Korolev aurait voulu être ailleurs, un petit homme rondelet s'approcha, main tendue. Ses dents étincelaient sous sa fine moustache taillée avec précision. Un insigne du Parti brillait au revers de la veste de son costume trois pièces.

— Je suis venu dès que j'ai pu, camarade. Nikolaï Vladimirovitch Krylov, directeur adjoint. Suivez-moi, je vous prie. Je souhaite vous aider de mon mieux.

Korolev suivit les chaussures en cuir de Krylov qui claquaient sur le marbre vers ce qui semblait être un mur couvert d'un grand miroir. Le directeur adjoint poussa nonchalamment, et le miroir se transforma en une porte qui s'ouvrit sur un bureau confortablement aménagé. Outre la grande table en bois tapissée de vert, il y avait deux gros fauteuils et un canapé en cuir de style Chesterfield rassemblés autour d'une table basse. Krylov désigna le canapé.

— Voulez-vous un cognac, camarade ? Français, excellent.

Krylov prit une carafe.

Korolev s'apprêtait à décliner cette offre quand il avisa une pendulette en cuivre sur la cheminée. Il était déjà seize heures et la journée avait été longue.

— Français, dites-vous ? Pourquoi pas, après tout ?

— Parfait !

Krylov remplit deux petits verres à ras bord. Il en tendit un au capitaine et s'assit en face de lui, prudemment. Il leva son verre fragile.

— À votre santé, camarade !

— À la vôtre ! répondit Korolev.

Ils burent l'un et l'autre une grande gorgée, sans toutefois vider leurs verres. Ils étaient des citoyens soviétiques cultivés, pas des rustres.

— Eh bien, en quoi puis-je vous être utile, capitaine ? demanda Krylov en se penchant vers son interlocuteur.

Son visage au teint pâle affichait une inquiétude sans doute un peu excessive. Korolev se dit qu'il était inutile de tourner autour du pot.

— Vous avez parmi vos clients un dénommé Schwartz. J'aimerais lui parler.

Krylov hocha lentement la tête. Ses yeux étaient très foncés, remarqua Korolev. Cela expliquait peut-être l'absence de réaction visible à sa requête.

— Puis-je vous demander sur quoi porte votre enquête ? osa le directeur adjoint après une longue délibération. Si nous sommes toujours disposés à collaborer avec les représentants du ministère de l'Intérieur, nous avons un devoir de confidentialité envers nos clients.

Korolev s'aperçut qu'on était en train de lui rappeler, très poliment, qu'il empiétait sur le terrain du NKVD, lui, un simple capitaine de la Milice, et qu'il avait intérêt à avoir de bonnes raisons. Il fit tourner le fond de cognac dans son verre et le but d'un trait. L'alcool lui réchauffa l'estomac.

— Il s'agit d'un meurtre, camarade Krylov. Et c'est une personne appartenant au ministère qui m'a suggéré d'interroger le dénommé Schwartz.

Krylov se leva et prit la carafe pour remplir le verre de Korolev.

— Nous avons pour instructions de fournir à ce client, en particulier, une protection discrète. Croyez-vous…

Il n'acheva pas sa phrase ; Korolev avait compris le message.

— Puis-je utiliser votre téléphone, camarade Krylov ? Je vais appeler un collègue à l'Intérieur pour m'assurer que je ne marche pas sur les plates-bandes de quelqu'un.

Le directeur adjoint lui sourit, soulagé.

— Je vous en prie, faites comme chez vous. Demandez à une standardiste de vous mettre en communication. Et ne vous inquiétez pas, elle n'écoutera pas votre conversation. Elles ne sont pas bêtes. Mais évidemment…

Une fois encore il laissa sa phrase en suspens, se contentant d'esquisser un haussement d'épaules en sortant de la pièce, comme pour dire que même si la standardiste n'écoutait pas, quelqu'un d'autre s'en chargerait probablement. Un chic type, malgré son costume. Il décrocha le téléphone posé sur le bureau, demanda la Loubianka, puis le colonel Gregorine. Au bout du fil, la voix de Gregorine semblait fatiguée.

— Camarade Korolev ? Vous êtes au Métropole, je crois ? N'est-il pas un peu tôt pour faire la fête ?

— Je suis ici pour le travail, camarade colonel, répondit le capitaine en essayant de masquer sa surprise de constater que Gregorine savait où il se trouvait. J'ai pensé qu'il serait bon que j'interroge cet Américain dont vous m'avez parlé : Schwartz.

— Vous avez eu raison, Korolev. Mais interrogez-le, rien d'autre, c'est compris ? Expliquez-lui bien qu'il s'agit d'une enquête officielle et restez discret au sujet de la fille. Nous ne voulons pas froisser les Américains. Vous êtes dans le bureau de Krylov, je suppose. Passez-le-moi. Au fait, je vous retrouverai chez vous ce soir, à dix-neuf heures trente. Il faut qu'on vous présente à vos voisins.

Krylov prit la communication. Il se contenta d'approuver à deux reprises ce que lui disait le colonel, puis il raccrocha. Il se tourna vers le capitaine en souriant.

— L'homme que vous souhaitez rencontrer est M. Jack Schwartz. Un fidèle client. Un Américain de New York. Il est ici depuis dix jours. La profession indiquée sur son visa, un visa professionnel et non pas touristique, est « antiquaire ».

Korolev était reconnaissant à Krylov de cette précision. Un visa professionnel signifiait que Schwartz était un ami de l'État, au cas où Korolev n'aurait pas encore compris. En outre, le métier d'antiquaire correspondait à ce que lui avait dit Gregorine.

— Je vais voir s'il est dans sa chambre, dit le directeur adjoint. Voulez-vous quelque chose en attendant, un sandwich peut-être ?

— Non merci, camarade Krylov. Je n'ai pas faim, dit Korolev.

Dans sa bouche, le mensonge avait le goût des boulettes de viande.

— Tout va bien, camarade ? Vous êtes très pâle.

— Ce n'est rien. Quelques vertiges passagers. Peut-être que mon foie soviétique réagit mal à ce cognac bourgeois.

— Votre foie soviétique devrait être fier d'empêcher que ce cognac soit bu par des capitalistes étrangers. C'est un acte de dévouement !

Krylov quitta la pièce en faisant un clin d'œil et revint un moment plus tard.

— Vous avez de la chance, camarade. Il est justement assis dans le hall. Venez, je vais vous présenter.

M. Jack Schwartz de New York était parfaitement dans son élément au Métropole. Korolev dut admettre que le costume en laine grise de l'Américain était coupé et assemblé avec une précision qui faisait défaut aux tailleurs soviétiques, même celui de Krylov. Il éprouvait le désir, déconcertant, de caresser le revers de la veste juste pour palper le tissu. Rien qu'à le regarder, Korolev devinait qu'il était aussi doux que celui de la jupe de la morte. Il s'empressa de chasser cette pensée, se rappelant que les vêtements soviétiques seraient bientôt d'une qualité identique et même supérieure.

Schwartz était un jeune homme d'une trentaine d'années, séduisant, avec des lèvres charnues, une longue mâchoire et des yeux marron presque noirs, qui semblaient un peu trop grands pour son visage. Assis dans un fauteuil, il lisait un document dactylographié ; son manteau et sa mallette occupaient un des autres sièges disposés autour de la table.

— Eh bien, que puis-je pour vous, capitaine ? demanda-t-il dans un russe impeccable quand Krylov eut fait les présentations.

Korolev se demanda s'il portait une cravate rouge par politesse ou par conviction.

— J'enquête sur un crime, monsieur Schwartz, et je pense que vous pouvez peut-être m'aider. Ma démarche est tout à fait officieuse, naturellement, et j'espère que mes quelques questions ne gâcheront en aucune manière votre séjour à Moscou et en Union soviétique, où nous sommes très heureux de vous accueillir.

Un peu trop solennel peut-être, se dit Korolev, mais mieux valait prévenir que guérir. Schwartz montra d'un mouvement de tête un des fauteuils qui lui faisaient face.

— Asseyez-vous, capitaine. Je suis toujours ravi d'accomplir mon devoir de citoyen. Sur quoi enquêtez-vous ? Une affaire sérieuse, je suppose ?

— En effet, monsieur Schwartz. Un meurtre.

— Un meurtre ?

L'Américain parut presque amusé tout d'abord, mais il réfléchit quelques secondes et Korolev vit la lueur rieuse s'éteindre dans son regard.

— Qui a été assassiné ? demanda-t-il d'une voix terne.

— On ne sait pas exactement. Une jeune femme d'une vingtaine d'années, *a priori*. Jolie, avec des cheveux bruns courts. Yeux bleus, svelte, environ un mètre soixante-cinq. Ce signalement correspond à quelqu'un que vous connaissez ?

Korolev crut détecter une réaction chez Schwartz, une brève hésitation pendant qu'il rassemblait tous les éléments du portrait, puis une petite inspiration involontaire, immédiatement réprimée et masquée par la recherche d'un paquet de cigarettes dans ses poches. Des Hercegovina Flor. Il en prit une et en offrit une à Korolev, avant d'allumer les deux cigarettes avec un fin briquet en or.

— Non, ce signalement ne ressemble à aucune personne que je pourrais connaître à Moscou, répondit Schwartz, dont le visage était l'illustration parfaite de la perplexité. Qu'est-ce qui vous a laissé croire que ça pourrait être le cas ? Je viens ici deux fois par an, en effet, mais je ne reste qu'une semaine environ. Et tous les gens que je rencontre, ou presque, sont des relations de travail.

— Vous parlez parfaitement bien le russe, monsieur Schwartz. J'imagine qu'un homme séduisant comme vous l'êtes ne doit pas manquer d'admiratrices à Moscou, même au cours de séjours si brefs.

Si Korolev ne fréquentait pas le Métropole, il savait ce qui s'y passait. Il n'ignorait pas que des jeunes femmes russes se jetaient dans les bras d'étrangers, en quête d'une nouvelle existence dans une ville comme New York, où leurs rêves d'une vie capitaliste voleraient sans doute en éclats.

Schwartz fronça les sourcils.

— Mes affaires me prennent tout mon temps, hélas, capitaine. Mais, une fois encore, qu'est-ce qui vous fait penser que cette femme me connaissait ?

— Une tierce personne me l'a suggéré. Elle m'a également dit que vous pourriez me parler de l'exportation d'objets précieux, dont certains peuvent avoir un caractère religieux… Des icônes par exemple.

Comme précédemment Korolev observa attentivement Schwartz pour guetter une réaction, mais cette fois il n'en perçut aucune, excepté un rapide coup d'œil jeté à sa montre.

— Je crains que le signalement de cette femme ne me dise rien, capitaine. Toutefois je me ferai un plaisir de vous apprendre tout ce que je peux sur l'exportation d'œuvres d'art et autres. Mais il faut m'excuser, je dois me trouver à dix-sept heures à l'hôtel Moskva. Pouvons-nous convenir d'un autre rendez-vous ?

Il sourit en guise d'excuse, puis montra son manteau et sa mallette.

— Certainement. Ainsi que je vous le disais, il s'agit d'une conversation informelle. Ne vous mettez pas en retard.

— J'aimerais beaucoup pouvoir vous aider. (Schwartz le regarda comme s'il réfléchissait.) Écoutez… Pourquoi ne pas m'accompagner ? Vous m'en direz un peu plus sur cette affaire, peut-être que ça me rafraîchira la mémoire. Et moi, je vous parlerai du commerce des antiquités.

Une fois hors de l'hôtel, alors qu'ils traversaient la place Teatralnaïa, Schwartz se tourna vers Korolev.

— Comment est-elle morte, cette victime sans nom ?

— Dans des conditions pénibles. Êtes-vous sûr de vouloir connaître les détails ?

L'Américain hocha la tête.

— Oui, allez-y. Si vous en avez le droit, évidemment.

— Elle a été torturée. Atrocement. Et mutilée. On a également prélevé des parties de son corps et elle semble avoir été brûlée à l'électricité.

Schwartz ralentit le pas, puis s'arrêta. Il posa soigneusement sa mallette à ses pieds, enfonça les mains dans les poches de son costume et se tourna vers le théâtre Bolchoï. Il semblait perdu dans ses pensées.

— Savez-vous qui a fait ça ?

Sa réaction paraissait sincère. Korolev décida donc de l'inciter à coopérer.

— Nous ne sommes qu'au début de l'enquête et, malheureusement, nous n'avançons guère. Si ça continue comme ça, il est fort probable que le meurtrier échappe au châtiment… À vrai dire, nous manquons de pistes.

Schwartz, visiblement, réfléchissait.

— Il fait froid, hein ? fit remarquer Korolev après un moment de silence, convaincu désormais que le marchand d'antiquités savait qui était la défunte.

— Oui. À vrai dire, je suis venu sans prendre mes précautions. Je pensais échapper à l'hiver cette année, mais il est arrivé en avance.

Schwartz posa son regard sur Korolev. Celui-ci détourna la tête en se demandant s'il avait laissé transparaître ses soupçons.

— Vous savez que je suis citoyen américain, évidemment.

— Oui, répondit le capitaine, surpris par cette réflexion.

— Je viens ici deux fois par an pour acheter à l'État russe des objets qui possèdent une grande valeur historique ou artistique. Vous le saviez ?

— À qui d'autre pourriez-vous les acheter ?

Schwartz sourit, comme s'il s'agissait d'une plaisanterie cachée. Korolev nota sa réaction.

— Oui, sans doute. Bref, je verse de grosses sommes en devises et je traite avec le ministère de la Sécurité. Dont votre Milice fait partie, n'est-ce pas ?

— Exact.

— Je crois savoir qui est votre victime, et si vous voulez, je vais vous le dire ici, dans la rue, loin de tout micro ou de tout témoin. Mais si on me recontacte à l'avenir, je nierai tout. Autrement dit, je veux savoir si je peux compter sur votre discrétion. Évidemment, je pourrais passer un coup de téléphone et on vous ordonnerait de ne plus m'importuner, mais j'aimerais vous aider. S'il s'agit bien de la personne à laquelle je pense, c'était quelqu'un de bien. Je la connaissais à peine, mais elle ne méritait pas d'être assassinée de la manière que vous avez décrite. Alors, qu'en dites-vous ?

Korolev observa le jeune Américain et esquissa un hochement de tête.

— Dites-moi tout ce que vous savez, monsieur Schwartz, s'il vous plaît. Ça ne figurera pas dans le dossier.

Il tendit la main pour sceller leur accord. Schwartz la serra.

— Pour commencer, vous devez m'appeler Jack.

Korolev acquiesça, bien que cela lui parût un peu trop informel, étant donné qu'ils venaient de se rencontrer. Mais tout était sans doute différent en Amérique ; les capitalistes n'avaient pas besoin de politesse et de raffinement, ils n'étaient certainement pas aussi cultivés que les citoyens soviétiques.

— Bien, Jack. Dans ce cas, appelez-moi Alexeï, s'il vous plaît.

C'était une sensation étrange, mais la réciprocité lui paraissait nécessaire dans ces circonstances.

L'Américain consulta sa montre ; il donnait déjà l'impression de revenir sur leur accord. Il regarda Korolev d'un air dubitatif, soupira et se mit à parler très vite :

— Je pense que votre victime s'appelle Nancy Dolan, c'est une Américaine.

— Nancy Dolan ? répéta le capitaine en se demandant qui diable était cette personne.

Il avait vu les papiers de Mary Smithson, non ? Et la morte lui correspondait.

— Oui. Du moins, c'est le nom qu'elle utilisait la dernière fois que je l'ai vue. Écoutez, voici comment ça se passe. Lors de mes séjours ici, je représente un certain nombre de clients : galeries d'art, musées, collectionneurs principalement. Mais j'agis également pour d'autres personnes. Les gens de chez vous le savent et mes clients savent à qui j'achète, mais ce serait gênant pour tout le monde si cela venait à s'ébruiter.

— Désolé, je ne suis pas certain de comprendre.

— J'agis principalement pour des émigrés, d'anciens nobles, vous voyez. Mais aussi pour l'Église orthodoxe. C'est bien ce à quoi vous faisiez allusion, n'est-ce pas ? Quand vous avez parlé d'icônes ?

Korolev hocha la tête en espérant qu'il ne trahissait pas son étonnement.

— Parfois, reprit Schwartz, on m'envoie chercher une pièce particulière, qu'un de mes clients sait être entre les mains des Soviétiques. Un objet de famille, par exemple, un tableau, un bijou… S'il a de la valeur, si l'acheteur est disposé à payer en devises et à se montrer discret, vos représentants, eux, sont généralement disposés à vendre. Avec l'Église, c'est un peu différent. Ils sont à la recherche du patrimoine religieux, des icônes très souvent, mais aussi des reliques, des livres, des objets de culte. Je les informe de ce que vos compatriotes ont à vendre et ils me donnent des instructions. Mais il est rare qu'ils m'envoient à la recherche d'un objet précis. Vous me suivez ?

Ce n'était pas très différent de ce que lui avait raconté Gregorine, alors Korolev hocha la tête, bien que perplexe à l'idée que l'État puisse vendre des biens aux anciens oppresseurs du peuple.

— Bien. Donc, comme je le disais, il est rare que je cherche un objet particulier quand je travaille pour le compte de l'Église, sauf quand une offre a déjà été faite. Mais cette fois-ci c'est différent. Le ministère possède une icône particulière, d'après mes contacts au sein de l'Église, et l'Église la veut. Elle la veut absolument. Il est possible que Nancy Dolan soit venue ici pour chercher cette icône.

Korolev réfléchit à tout ce qu'il venait d'entendre. Quelle icône valait deux morts ?

— Parlez-moi de cette icône, s'il vous plaît… Jack.

Ce nom avait du mal à sortir de sa bouche.

— Je ne peux pas. J'aimerais bien, mais c'est une information sensible, c'est le moins qu'on puisse dire. D'une importance capitale, comme vous pouvez le deviner.

— Une icône miraculeuse ?

— Bien essayé, mais je ne peux rien vous dire de plus. Sauf que je suis prêt à l'acheter un bon prix, à moins qu'il s'agisse d'un faux grossier. Hélas, mes contacts ici refusent de confirmer qu'elle est en leur possession. Ils ont juste voulu reconnaître qu'ils étaient « au courant des rumeurs ». Je leur ai dit que j'avais de quoi payer. Ils m'ont demandé combien. Je leur ai indiqué une somme – une très grosse somme – et ils m'ont répondu que c'était une proposition intéressante, qu'ils la garderaient présente à l'esprit. Rien d'autre. À mon avis, toute cette histoire est une perte de temps.

— Que vient faire Nancy Dolan là-dedans ?

Schwartz sembla hésiter, puis il poussa un soupir.

— Quand je suis allé discuter de ma commission avec l'Église, là-bas, aux États-Unis, je suis quasiment sûr que c'est elle qui est venue m'ouvrir. C'était une jolie femme et je m'en suis souvenu, même si je l'ai juste entraperçue. Ensuite, je l'ai revue à Berlin il y a dix jours ; elle prenait le train pour Moscou, comme moi. Je ne sais pas si elle m'a reconnu et je ne lui ai pas dit que je la connaissais – vous savez comment ça se passe –, mais on nous a placés à la même table au wagon-restaurant pendant tout le voyage. Il s'agissait bien de la même femme, sans aucun doute. J'étais sûr qu'elle ne s'appelait pas Nancy Dolan à New York car elle parlait russe comme si c'était sa langue natale. Mais dans le train ? À peine *pozhahlsta* et *spasiba*. Quoi qu'il en soit, nous avons passé un bon moment. Je lui ai dit de venir me voir au Métropole parce qu'elle aimait le jazz, et si on aime le jazz, c'est là qu'il faut aller quand on est à Moscou. Elle m'a appelé il y a trois jours.

Que voulait-elle ?

— Je l'ignore. La conversation a duré environ trente secondes ; elle m'a juste dit qu'elle aimerait passer me voir. Je lui ai dit de venir quand elle voulait, et je n'ai plus jamais entendu parler d'elle.

— Il y a trois jours. Vous a-t-elle dit où elle logeait ? Ou autre chose ?

— Non, rien. Comme je le disais, la conversation a été très brève.

— Quelle était la raison officielle de sa présence ici ? Vous le savez ?

— Elle effectuait un voyage organisé. Par une agence soviétique. Intourist, je crois.

Korolev sortit un carnet de sa poche, puis se ravisa. Schwartz lui exprima sa gratitude d'un hochement de tête.

— Merci. Je préfère que rien de tout cela ne figure par écrit.

— Compris. A-t-elle évoqué une rencontre avec une personne précise durant son séjour ? Souvenez-vous du voyage en train. Le moindre détail peut être capital, Jack.

Il n'arrivait pas à s'y faire ; appeler Schwartz par son prénom ne lui paraissait pas naturel.

— Elle m'a dit que des amis à elle travaillaient pour le Komintern à Moscou, mais j'ai oublié leurs noms et l'endroit où ils logeaient. Des Américains, je pense.

— Autre chose ?

— Non. Croyez-le si vous voulez, mais nous avons passé presque tout le voyage à parler des *World Series*. J'avais assisté à la finale, les Yankees contre les Giants. C'était une adepte des Yankees.

— Les *World Series* ?

— C'est du base-ball. Vous savez, ce sport qui se joue avec une batte et une balle ? Un sport américain.

— Oui, je crois. Avec un grand cercle ? J'ai vu ça une fois aux actualités. Peut-être que les Ukrainiens y jouent. Nous, on joue au football, évidemment, et dans chaque usine il y a une équipe d'athlétisme.

— Nous sommes les seuls à jouer au base-ball, il me semble. Bref, les Yankees ont gagné. Elle était heureuse. Si vous venez à New York un jour, dites-le-moi. Vous devriez voir un match.

— Un jour peut-être, Jack.

Korolev sourit de l'improbabilité d'un tel voyage. C'est alors qu'une pensée lui vint.

— Par contre, si vous êtes toujours à Moscou vendredi, il y a un grand match de football, le Spartak contre l'Armée rouge. Ce sera une expérience culturelle intéressante, vous devriez venir.

Ils avaient presque atteint l'entrée de l'hôtel Moskva. Schwartz se tourna vers Korolev et lui tendit la main en souriant.

— Pourquoi pas ?

— Très bien, dit le capitaine, qui regrettait déjà son invitation. Le match est à quatorze heures. Je pourrais passer vous chercher au Métropole à... midi et demi ?

— Je suis impatient. Bon. Sur ce, je vais être en retard. Mais nous sommes bien d'accord, hein ? Vous me laissez en dehors de tout ça ?

— Évidemment, répondit Korolev en serrant la main de l'Américain.

Il le regarda pénétrer dans l'hôtel et secoua la tête, consterné. Quelle mouche l'avait piqué ? Inviter un étranger à un match de football. Cinq minutes plus tôt il n'aurait pas cru possible d'aggraver sa situation, eh bien, si. Il avait réussi. Il avait intérêt à demander au général ce qu'il en pensait. Et à s'assurer que Gregorine n'émettrait aucune objection. Bon sang !

N'empêche, Schwartz n'était pas un mauvais bougre. Optimiste, sûr de lui, chaleureux ; il dégageait une impression de fraîcheur et de propreté dans la grisaille de l'automne moscovite. Il se demanda si New York était à son image : brillant, un peu tape-à-l'œil. Peut-être que là-bas tout n'était pas aussi mauvais qu'on le prétendait. En Russie tout n'était pas aussi bien : ils n'arrivaient pas à cacher les famines dans les campagnes malgré leurs nombreux efforts. Il y avait même des gens qui mouraient de faim à Moscou ! Chaque jour, des hommes en uniforme ramassaient des cadavres dans les rues.

Il consulta sa montre. Il était dix-sept heures dix. Son bureau se trouvait à dix minutes de marche. Avec un peu de chance, il arriverait avant le départ de Semionov. Il prit la direction de Petrovka, et au moment où il se retournait, il entrevit un visage qu'il avait remarqué dans le hall du Métropole ; celui d'un jeune homme aux épaules carrées, avec des cheveux châtains très courts, un teint cireux et une moustache broussailleuse. Il semblait très intéressé par un groupe de Pionniers qui passait, leurs foulards rouges sortant de leurs manteaux d'hiver. Korolev laissa son regard glisser sur l'homme ; si c'était une filature, il ne voulait pas montrer qu'il se savait suivi. Il n'aurait pas été surpris d'apprendre qu'on les avait espionnés. Quelqu'un surveillait forcément Schwartz, étant donné la raison de sa présence à Moscou, et ils s'intéressaient à tous ceux qui lui adressaient la parole. Il balaya la place d'un regard faussement indifférent, sans repérer d'autre espion. Mais s'il s'agissait du NKVD, ils seraient au moins trois ou quatre et ils savaient y faire. Il inspira à fond. Peut-être était-il suivi, peut-être pas. Cela ne servait à rien de s'inquiéter, de toute façon.

Mais quand, cinq minutes plus tard, il découvrit qu'une jeune femme l'observait dans le reflet d'une vitrine du magasin Torgsin, il maudit le jour où Popov lui avait confié cette foutue affaire. L'enquête commençait à suivre son propre chemin et il n'était pas sûr d'apprécier ce qu'elle lui réservait.

CHAPITRE 11

Quand Korolev entra dans le bureau 2F, Semionov se leva d'un bond, avec un sourire rempli d'excitation. Cela suffit presque à lui redonner le moral, un court instant. Il posa son chapeau sur son bureau et s'assit.

— Alors ?

— Alors… (Semionov s'interrompit, comme pour s'obliger à se calmer.) Je n'ai peut-être pas trouvé la voiture à proprement parler, Alexeï Dmitrievitch, mais je crois que je peux vous donner la marque.

— Je vous écoute, dit Korolev en se débarrassant d'un mouvement d'épaules de son manteau sur le dossier de sa chaise.

— J'ai une intuition, en tout cas. Je suis retourné au stade. Chaque voiture a un rayon de braquage particulier, comme vous le savez, et je me suis dit : pourquoi ne pas le mesurer pour voir ce que ça donne ? Par exemple, la nouvelle ZIS 101 a un rayon de braquage de sept mètres sept, alors que celui de l'Emka n'est que de six mètres trente-cinq. Celui de la Ford T que nous avons conduite est encore plus réduit. Bref, j'ai mesuré les traces de pneus, en partant du principe que le chauffeur avait effectué un demi-tour le plus serré possible, et je pense que c'est le cas car, si vous vous souvenez bien, les traces de pneus étaient à moins de cinquante centimètres du mur du stade. Par conséquent, le rayon de braquage de cette voiture était d'environ six mètres quarante-cinq.

— Un peu plus large que celui d'une Emka, donc ?

Semionov sourit et leva la main, pouce et index écartés.

— Dix centimètres. Pas grand-chose. Mais ça élimine la ZIS 101. Ce n'est pas tout. Le veilleur de nuit était là quand je suis revenu. Il m'a dit qu'il avait vu une voiture noire toute neuve, avec une calandre étincelante, passer devant sa guérite un peu après minuit. Elle venait de derrière le stade. L'Emka possède une calandre chromée et on n'importe plus beaucoup de voitures neuves.

— Je suppose qu'il n'est pas sorti pour regarder de plus près, le veilleur de nuit ?

Semionov secoua la tête.

— Il a vu deux hommes dans une « corneille », il en a conclu que c'était une affaire qui concernait l'Intérieur et il n'a pas voulu s'en mêler. Il doit avoir cent cinq ans.

— Il vous a appris autre chose ?

— Il voulait que j'enquête sur son voisin qu'il accuse de spéculer sur les devises.

Semionov haussa les épaules. Désormais, tout le monde dénonçait tout le monde. Depuis que tous les gens appartenaient à la même classe, on avait l'impression que la solidarité de classe n'existait plus.

— Une Emka, dit Korolev comme s'il se parlait à lui-même en se demandant combien de ces voitures circulaient à Moscou.

On frappa à la porte derrière lui ; il l'entendit s'ouvrir. En se retournant, il vit la dactylographe de la veille au soir entrer avec une pile de documents. Elle regarda Semionov d'un air hésitant, puis reconnut le capitaine.

— Camarade Korolev ? Anna Solaïevna. Voici les comptes rendus des interrogatoires de la rue Razine, de la part du capitaine Broussilov. Un de ses hommes les a déposés. J'ai pensé que c'était peut-être urgent, alors je vous les ai apportés personnellement. Tenez.

— Merci.

— De rien, camarade. Surtout si cela peut vous aider à attraper le meurtrier de cette pauvre fille. (Elle esquissa un sourire.) Pardonnez-moi, camarade, mais vous m'avez précisé que ces documents ne devaient pas être confiés à mes jeunes collègues, alors je les ai tapés moi-même. Cette pauvre enfant… ce qu'il lui a fait.

Elle avait environ cinq ans de moins que lui, des cheveux châtain clair, un visage rond, des yeux marron ; elle paraissait quelque peu accablée de soucis, mais c'était une jolie femme.

— Nous faisons tout notre possible pour le retrouver, croyez-moi. Nous allons éplucher ce rapport, il contient peut-être des éléments utiles. Merci de me l'avoir apporté.

Elle hocha la tête et ressortit.

Hum, un service personnel. Certains pourraient dire que cela va un peu à l'encontre de l'esprit collectif.

Korolev se tourna vers Semionov et fronça les sourcils.

— C'est tout ce que vous avez comme informations ? Des mesures de braquage et les souvenirs d'un veilleur de nuit ivre ?

Le sourire du jeune inspecteur s'élargit.

— Non, il y a autre chose. Le paquet de cigarettes. Aucune empreinte, malheureusement, mais je sais où on les vend.

Il montra la feuille de papier devant lui et Korolev s'en saisit.

— Vous êtes un vrai travailleur de choc aujourd'hui.

À l'exception du Métropole et des autres grands hôtels, toutes les boutiques étaient réservées à des hauts membres du Parti ou à des experts privilégiés rattachés à un lieu de travail ou à un organe gouvernemental particuliers. Les boutiques du NKVD figuraient sur la liste, tout comme celles du Bureau central du Parti à Moscou.

— Votre ami doit avoir des relations haut placées, ou beaucoup d'argent, pour fumer des cigarettes de cette marque.

Semionov haussa les épaules.

— Il existe d'autres boutiques, évidemment, et cette marque a un certain prestige. Mais ces autres commerces ne sont pas véritablement « reconnus ».

— Bravo, commenta Korolev en se laissant fléchir. (Il parcourut la liste encore une fois.) Excellent travail d'enquête. Je ne suis pas sûr d'apprécier la direction qu'elle nous indique, mais ce n'est pas véritablement une surprise.

— Ça ne change rien, n'est-ce pas ? S'il y a une brebis galeuse à l'intérieur du Parti, il faut l'éliminer.

— Certes, certes. Mais nous devons avancer avec précaution, les choses ne sont pas toujours évidentes. J'ai découvert certains éléments, moi aussi, aujourd'hui, et il est bon que vous en soyez informé.

Korolev lui parla alors de Mary Smithson, de Nancy Dolan et de la mystérieuse icône.

— Le seul problème, ajouta-t-il, c'est que je ne sais pas trop où ça nous mène. Par contre, je sais que c'est une enquête dangereuse. Elle risque de marcher sur les pieds de quelques personnes, des pieds politiques. Celui qui se cache derrière tout ça est certainement un traître de la pire espèce. J'ai longuement réfléchi, camarade, et j'aimerais que vous envisagiez de prendre vos distances. Vous êtes trop jeune, Vania, je ne veux pas courir un tel risque.

— Oh, allons, camarade ! s'exclama Semionov, indigné. Quel âge aviez-vous quand vous êtes allé dans les tranchées ? Combattre les Allemands était certainement plus dangereux que d'enquêter sur un meurtre à Moscou, politique ou pas. Nous sommes en 1936, camarade, en Union soviétique, et nous sommes des inspecteurs de la Milice. Nous n'avons rien à redouter.

— La question n'est pas là. Et, en ce temps-là, la situation était différente.

La mâchoire de Semionov se crispa.

— J'ignore ce qui se passe au juste, Alexeï Dmitrievitch, mais peu m'importe qui sont les criminels. Personnellement, s'il s'avère que ce sont des membres du Parti, c'est encore mieux. Un membre du Parti qui commet un crime est pire qu'un criminel ordinaire car il est coupable de ce crime, mais aussi de trahison envers le Parti. Si je peux aider à capturer un tel traître, il faut m'en donner l'occasion. Tel est mon devoir et comme le dit le camarade Staline : « Le devoir avant tout. »

Korolev observa son collègue et constata que rien ne pourrait le faire changer d'avis. Il s'en doutait, mais s'il n'avait pas essayé et s'il était arrivé quelque chose à Semionov par la suite, il ne se le serait jamais pardonné. Au moins, il lui avait offert le choix. Il haussa les épaules et fit signe au jeune homme de s'asseoir.

— C'est d'accord, vous poursuivez l'enquête. Mais laissez-moi régler certaines choses en attendant que la situation s'éclaircisse. Ce n'est pas une insulte ni un manque de confiance, uniquement une question de bon sens. Inutile que nous prenions des risques tous les deux. Je pense avoir été suivi après ma rencontre avec l'Américain. Vous voyez, je suis peut-être déjà repéré ; pas la peine qu'ils vous ajoutent sur leur liste. N'ayez crainte, vous aurez un tas de choses à faire. Mais laissez-moi gérer les aspects politiques pour le moment.

Semionov réfléchit, puis s'exprima d'un ton posé :

— Très bien. Mais je veux vous aider au maximum, je n'ai pas peur des conséquences. (Il soutint le regard de son supérieur.) Quelle est notre prochaine étape ?

Korolev tapota sur les transcriptions d'interrogatoires posées devant lui.

— Commençons par éplucher tout ça.

— Entendu, dit Semionov avec un sourire.

Le capitaine saisit la moitié des feuilles et les fit glisser vers son jeune collègue.

— Prenez des notes au fur et à mesure… tout ce qui vous semble intéressant ou simplement insolite. Souvenez-vous : nous ne savons pas nécessairement ce que nous cherchons, alors cherchez ce qui ne devrait pas se trouver là.

Semionov acquiesça et ouvrit son carnet avant de lire le premier interrogatoire. Très vite, il commença à prendre des notes. De son côté, Korolev s'attaqua à sa propre pile, espérant découvrir une pépite dissimulée au milieu des ragots et des dénonciations qui composaient la matière des premiers interrogatoires. Pourquoi, dès que vous placiez un policier devant un Moscovite ces temps-ci, en profitait-il pour dénoncer la moitié des personnes qu'il connaissait ? Comme ce célibataire, apparemment sans travail, qui passait ses nuits dehors et habitait une grande chambre pour lui tout seul, alors que la citoyenne Ivanova, son mari et ses quatre enfants s'entassaient dans une pièce exiguë, qu'ils devaient partager avec un jeune couple et un bébé. Comment ce vaurien s'était-il débrouillé ? voulait savoir la citoyenne Ivanova. Un vendeur de drogue et un prostitué, répondait-elle. Korolev fut presque tenté d'enquêter, mais sans doute découvrirait-il que l'oncle de ce type était un haut membre du Parti ou quelque chose comme ça.

Il progressa laborieusement à travers la sinistre réalité de la vie soviétique, d'un bout à l'autre de la rue Razine. Des réchauds de camping qui avaient disparu des cuisines communes, l'ivrognerie dans le dortoir numéro 12 des ouvriers du métro, une mère célibataire qui recevait une suite ininterrompue de visiteurs… Les choses allaient bientôt s'améliorer, espérait-il. Pour la prochaine génération du moins. Soudain, une pensée lui vint et il passa en revue tous les interrogatoires pour avoir confirmation : nul n'avait songé à poser des questions aux gamins qui traînaient devant l'église. Ça vaudrait peut-être la peine de les retrouver ; les enfants remarquaient souvent des choses qui semblaient aller de soi aux yeux des adultes. Il le nota dans son carnet.

C'était un travail fastidieux, mais la meilleure façon d'aborder des comptes rendus d'interrogatoires consistait à lire avec une double optique. Bien évidemment, il fallait relever chaque détail, si insignifiant soit-il, et l'introduire ensuite dans le tableau d'ensemble. Les hommes de Broussilov avaient fait du bon travail. Korolev n'était pas surpris : vous ne restiez pas longtemps à ce poste si vous n'étiez pas à la hauteur. La Milice de Moscou avait toujours mené une lutte acharnée, mais depuis quelques années des flots de paysans étaient venus des campagnes, poussés par la faim et attirés par la perspective de travailler dans une des grandes usines ou sur un des innombrables chantiers de construction. Obtenir un permis de résident n'était pas chose facile, mais cela ne les décourageait pas : s'ils trouvaient un travail, ils obtiendraient certainement un permis, se disaient-ils. En vérité, obtenir un permis était un jeu d'enfant comparé à la difficulté qu'il y avait à dégotter un morceau de sol sec pour dormir à la fin de la journée. Des gens couchaient dans les escaliers, les tramways, le métro. Les agents en uniforme de la Milice les délogeaient quand ils les trouvaient, mais ils étaient si nombreux. En outre, les conditions de vie difficiles provoquaient d'autres problèmes. Les nouveaux arrivants tombaient dans l'excès dès qu'ils avaient amassé assez d'argent pour boire, même si les Moscovites de naissance ne valaient guère mieux, et l'ivrognerie menait à la violence, au viol et au meurtre parfois. Mais Broussilov faisait régner l'ordre sur la rue Razine et les environs, et les fauteurs de troubles évitaient ce secteur.

Pour cette raison, peut-être, les hommes de Broussilov avaient trouvé des citoyens serviables ou du moins très loquaces quand ils leur avaient demandé s'ils avaient remarqué quelque chose d'inhabituel la nuit du meurtre. Korolev réprima un sourire en lisant que l'occupante d'un appartement collectif affirmait que ses voisins, récemment arrivés d'un lointain village pour travailler à l'usine Octobre rouge, gardaient un cochon dans la salle de bains commune. Il était certain que cette histoire, hautement improbable, n'avait aucun lien avec son enquête, mais, à bien y réfléchir, il se dit qu'il avait entendu des choses bien plus abracadabrantes sur les appartements collectifs, où la folie faisait parfois son apparition après des années passées à partager l'intimité de personnes étrangères.

Toutefois, au milieu des accusations et des récriminations, deux des individus interrogés mentionnaient une voiture noire garée dans la rue Razine, à proximité de l'église. L'un des deux se souvenait uniquement de la couleur du véhicule, mais l'autre, un adolescent, affirmait qu'il s'agissait d'une GAZ M1. Le M faisait référence à Viacheslav Molotov, le numéro 2 du régime, et pour tout le monde cette voiture était devenue l'Emka, la lettre M en russe, celle avec laquelle, d'après Semionov, les meurtriers s'étaient rendus au stade Tomski. Korolev prit note. Il était étonné que quelqu'un ait parlé d'une « corneille », surnom donné à toutes les voitures noires associées aux services de sécurité, et particulièrement le NKVD, prioritaire. Généralement, Korolev refusait quand Morozov lui en proposait une ; la vieille Ford T avait peut-être le pare-brise fendu, mais au moins les gens ne détournaient pas la tête quand ils l'apercevaient, pas immédiatement en tout cas. Arrivé à la fin de sa pile, il leva les yeux vers Semionov, qui attendait patiemment.

— J'ai deux personnes qui ont vu une voiture noire ce soir-là, dit le capitaine. Une des deux a reconnu une Emka.

— Moi, j'ai une voiture noire garée près de l'église.

— Ça ne prouve rien, évidemment, mais je pense que nous devrions réinterroger ces témoins. Demandons-leur s'ils ont relevé un détail de la plaque d'immatriculation. L'adolescent qui a identifié une Emka se souvient peut-être de quelque chose ; il m'a l'air très enthousiaste. Autre chose ?

— Ce témoignage vaut peut-être la peine qu'on s'y intéresse : une vieille femme qui vit à quelques mètres de l'église a vu une fille ivre tenue par deux types en gros pardessus dans la rue Razine peu après minuit. Elle est sûre de l'heure car elle venait d'entendre *L'Internationale* à la radio, et comme elle habite tout près du Kremlin, elle entend aussi sonner le carillon de la tour Spassky. Qu'en pensez-vous ?

Korolev était inspecteur depuis trop longtemps pour s'étonner du fait qu'une vieille femme scrute la rue à minuit.

— Deux hommes… comme au stade. On a le signalement de la fille ?

— Manteau noir, cheveux courts… Ça pourrait être elle.

— Les meurtriers l'ont peut-être droguée avant de l'emmener dans l'église ? Où se trouvait cette vieille femme par rapport à la voiture noire ? Voilà ce qu'il faut essayer de déterminer. Il va falloir retourner interroger tous ces témoins. Et tracer un plan.

Korolev repoussa la pile de comptes rendus au bout de son bureau.

— Quelques miettes à se mettre sous la dent, c'est déjà ça. Je vais demander au colonel Gregorine s'il peut nous aider pour l'Emka, mais il nous faut absolument le numéro de la plaque.

— Et pour ce qui est de l'identification du Voleur ?

— Larinine passe en revue les dossiers et les photos d'identité judiciaire, mais si vous pouviez y jeter un coup d'œil, vous aussi, ça nous aiderait. Nous allons essayer d'obtenir un portrait que l'on pourra faire circuler dans tous les postes de police. S'il est passé par la Zone, il en reste forcément une trace.

— Entendu, Alexeï Dmitrievitch. Et merci. Je ne vous décevrai pas.

— Je sais. Rentrez chez vous maintenant. Je vais rédiger ce rapport et on en reparlera demain.

Semionov ne se le fit pas dire deux fois. Il prit congé après avoir salué rapidement Korolev. Celui-ci regarda le siège vide du jeune homme, puis chassa ses inquiétudes le concernant pour résumer par écrit les derniers développements. Ce ne fut pas long : rares étaient les informations du jour qu'il pouvait coucher par écrit. Le reste devrait être transmis oralement.

Il venait de terminer son rapport et traquait les fautes d'orthographe quand il entendit un coup de feu étouffé, mais qui semblait quand même venir de l'intérieur de l'immeuble. Il se leva, sortit le Walther de son holster, propulsa une balle dans la chambre, ôta le cran de sécurité et ouvrit lentement la porte du bureau. Les occupants des bureaux 2C et 2D, juste en face, sortaient dans le couloir eux aussi, arme au poing. Korolev montra le plafond avec son automatique et murmura à Paunichev, du 2C :

— C'était quoi, ça, Semion ?

Sans quitter des yeux le couloir dans lequel il avançait prudemment, Paunichev répondit à voix basse :

— On ne va pas tarder à le savoir.

Soudain, une voix puissante retentit du haut de la cage d'escalier.

— C'est bon, les gars ! Un simple accident.

Korolev reconnut la voix du général Popov. Il remit le cran de sécurité de son Walther, produisant un déclic auquel répondirent plusieurs autres dans le couloir. Il marcha ensuite jusqu'à l'escalier, où apparaissaient des visages intrigués à tous les étages. Le général les toisait du palier du troisième.

— Andropov a eu un accident, pas de quoi s'inquiéter. Une ambulance va arriver. (Son visage était blême dans la lumière électrique.) Retournez travailler ou allez dans un bar. Si vous restez tous dans l'escalier, il va s'écrouler.

Il y eut quelques rires et les miliciens se dispersèrent. Korolev en profita pour prendre le rapport qu'il avait rédigé et le descendre au secrétariat. Anna Solaïevna avait sorti la tête par le panneau coulissant du harem de dactylos ; son visage paraissait encore plus blanc dans la pénombre.

— Que s'est-il passé ? murmura-t-elle. J'ai entendu un coup de feu.

— Ce n'est rien. Un accident, je crois.

Mais aucun des deux n'y croyait.

Korolev regagna son bureau et relut encore une fois les comptes rendus d'interrogatoires, au cas où quelque chose lui aurait échappé, jusqu'à ce que la pendule lui rappelle qu'il était presque dix-neuf heures. Il était temps de rentrer. Après avoir récupéré son manteau et son chapeau, il s'arrêta à la cantine au premier pour prendre son colis alimentaire hebdomadaire. Il le coinça sous son bras, où il fut bientôt rejoint par le rapport journalier que lui remit une Anna Solaïevna très fière, au moment il passait devant le service de dactylographie. Elle avait dû taper comme une furie pour qu'il soit déjà terminé, pensa-t-il en la remerciant.

Dehors, la température était si glaciale que le froid lui piqua les yeux. Il remontait le col de son manteau quand il aperçut le général à côté d'une ambulance, dans laquelle on chargeait une civière. Une couverture masquait le corps, mais Korolev devina qu'il s'agissait d'Andropov. Un accident fatal, donc. Il continua d'avancer en murmurant une prière et en se découvrant, par respect pour le défunt. D'autres personnes qui quittaient leur travail s'étaient arrêtées, et cinq ou six d'entre elles formaient une masse de sombre solennité sur les larges marches qui ornaient le perron de l'immeuble. Elles attendirent que l'ambulance reparte. Nul ne prononça le moindre mot, il n'y avait rien à dire. Peut-être s'agissait-il véritablement d'un accident, mais désormais c'était un nouveau trou dans la chronologie, à éviter soigneusement. Korolev remit son chapeau et s'éloigna sans regarder les autres. À sa connaissance, le colonel Andropov était un homme heureux en mariage, avec deux enfants et un joli appartement. Un chanceux. Un événement s'était produit qui avait changé les choses, supposait-il.

Il regarda l'ambulance tourner au coin de la rue et se joignit aux grappes obscures de piétons silencieux qui marchaient dans la nuit moscovite.

CHAPITRE 12

L'Emka de Gregorine l'attendait lorsqu'il atteignit la rue Bolchoï-Nikolo-Vorobinski, et quand il s'approcha de la voiture, la portière s'ouvrit et Gregorine en descendit. Il se pencha à l'intérieur pour dire un mot au chauffeur, une imposante masse noire derrière le volant. Le colonel regarda sa montre et sourit.

— Plusieurs minutes de retard. Une journée chargée ?

Quelque chose dans son comportement enjoué faisait enrager Korolev. C'était une réaction si puissante qu'il sentait son visage déformé par un rictus. Il essaya de l'effacer, mais Gregorine le regardait déjà d'un petit air narquois.

— Un problème, camarade ?

— Non, aucun. J'ai vu une ambulance emporter le cadavre d'un collègue il y a moins d'une demi-heure. C'est peut-être ça.

— Vous m'en voyez navré. Que lui est-il arrivé ?

— Un accident, à ce qu'il paraît.

— Je vois. Il y a beaucoup d'accidents de nos jours. Votre amie Chestnova ne chôme pas.

— Oui, apparemment.

Gregorine haussa les épaules. Korolev devina alors ce qu'il pensait : ainsi allait la vie désormais.

— Avez-vous apporté votre rapport journalier ?

— Oui, répondit le capitaine en tapotant le devant de sa veste avec sa main libre.

Ils montèrent en voiture. Korolev déposa sa ration alimentaire à ses pieds. Gregorine alluma un petit plafonnier et montra le chauffeur pendant qu'il commençait à lire.

— Je vous présente Volodia. On peut parler devant lui.

Volodia se tourna vers Korolev. Tout en lui semblait boursouflé, à l'exception de ses yeux qui vous observaient à travers deux fentes. Une énorme main velue fit un signe incongru, le pouce dressé. Korolev répondit par un hochement de tête, conscient de l'odeur de saucisse qui montait du plancher de la voiture. De la saucisse de Cracovie. Il espérait que ce ne serait pas trop long.

— Intéressants, ces tatouages. Vous aurez un rapport d'autopsie complet dès demain ?

— Oui. Et peut-être qu'on l'aura identifié également, avec un peu de chance. Il a certainement un casier judiciaire ; sans doute même un classeur à lui tout seul si on se fie aux tatouages.

— Et la voiture ?

— Si c'est une Emka… il n'est pas facile de s'en procurer.

— Non, dit Gregorine avec un sourire plein de suffisance.

— Nous ferons de notre mieux, camarade colonel, mais peut-être que le NKVD pourrait la retrouver plus facilement.

— On va s'en occuper, évidemment.

Gregorine tourna la dernière page et éteignit le plafonnier.

— Et l'Américain ? demanda-t-il.

— Nous avons eu une conversation confidentielle, pour ce que cela vaut.

— Ne vous inquiétez pas, Schwartz nous est utile. Nous fichons la paix aux Américains, surtout ceux qui, comme je le disais, nous sont utiles.

L'air songeur avec lequel il prononçait le mot « utile » incita Korolev à se demander si Schwartz, en plus d'acheter quelques icônes de temps en temps, rendait d'autres services à l'Intérieur. Il hésita, se donnant l'illusion pendant un court instant qu'il avait le choix, puis il répéta à Gregorine tout ce que lui avait dit Schwartz. Peut-être aurait-il gardé certaines choses pour lui s'il avait eu un passeport américain et un billet d'avion pour New York en poche. Mais ce n'était pas le cas et la discrétion était un luxe qu'il ne pouvait pas se permettre.

Quand il eut achevé son compte rendu, Gregorine glissa la main à l'intérieur de son manteau et sortit son étui à cigarettes cabossé. Il en prit une pour lui, puis une pour Korolev et une pour Volodia. Bientôt, l'intérieur de la voiture fut envahi par un épais nuage de fumée.

— Vous avez raison, dit le colonel après un silence. Nancy Dolan n'est pas Miss Smithson. Elle s'appelle en réalité Lydia Ivanovna Dolina. Vous vous souvenez, je vous ai dit que la morte pouvait être l'une ou l'autre de deux candidates. Eh bien, la citoyenne Dolina était la seconde candidate. Même passé dans la Garde blanche.

— Ce n'est pas une nonne ?

— On ne sait pas, mais les renseignements fournis par Schwartz semblent indiquer qu'elle possédait des relations dans les milieux religieux, au minimum. Nos agents sont déjà sur le coup, je leur transmettrai ces informations.

— Schwartz a dit qu'elle faisait partie d'un groupe d'Intourist.

— Exact. C'est quand elle a disparu du groupe que sa couverture a commencé à se défaire aux coutures. Personne au Komintern n'a jamais entendu parler d'elle, même si on garde un œil sur les Américains, au cas où. Peut-être qu'elle a fini comme Miss Smithson. Dans le cas contraire, on la retrouvera tôt ou tard. Ce n'est pas facile de se cacher à Moscou.

— Vous la recherchez ? demanda Korolev entre deux toussotements.

On aurait pu fumer un poisson dans la voiture maintenant.

— Uniquement pour non-respect de la date d'expiration de son visa. On ignore quelle place elle occupe dans le tableau, alors on reste discrets. Je vous ferai passer sa photo, au cas où vous tomberiez dessus.

Korolev remercia d'un hochement de tête.

— Et cette icône ? Pouvez-vous m'en dire plus ?

Gregorine laissa échapper une volute de fumée et expulsa le reste par le nez.

— Une certaine icône a disparu d'une réserve de la Loubianka il y a quinze jours. Il pourrait y avoir un lien.

— La Loubianka ? Seigneur Christ !

Korolev aurait ravalé cette exclamation s'il avait pu. Gregorine se contenta d'en rire.

— Non, dit-il, je ne pense pas que ce soit lui. Il n'a pas le bras assez long. Mais d'autres, oui.

— Il existe un lien entre les meurtres et la disparition de cette icône ?

Korolev était surpris par le calme relatif de sa voix, alors que tout son corps était inondé d'une sueur glacée. Prononcer le nom du Christ devant un colonel tchékiste ! Il sentit ses orteils se crisper.

— Il semble évident que Nancy Dolan connaît cette icône si c'est elle qui a ouvert la porte à Schwartz à New York. Il est donc raisonnable de supposer que sa présence ici n'est pas sans rapport. Et je pense qu'il en allait de même pour votre religieuse assassinée.

Gregorine s'exprimait lentement ; il semblait peser chaque mot.

— Et si elle était impliquée, le Voleur aussi. Ils semblent avoir été torturés de la même manière.

— Quelle est donc cette icône… pour laquelle des gens meurent ?

Après un long silence, Gregorine secoua la tête.

— Désolé, camarade. Vous n'avez pas besoin de posséder cette information pour le moment. Vous devez vous concentrer sur ce Tesak et d'éventuels complices. Si en chemin vous trouvez Nancy Dolan, tant mieux. Mais laissez-nous nous occuper de l'icône.

— Je comprends.

Korolev ne comprenait pas vraiment, mais il savait qu'il valait mieux ne pas insister. Gregorine se pencha pour lui ouvrir la portière.

— Vous êtes attendu.

— Pardon ?

— Babel, l'écrivain, votre voisin. Il entretient de bonnes relations avec les Voleurs. Il pourra peut-être vous aider dans votre enquête. Je crains qu'une nouvelle affaire nous appelle, Volodia et moi. Mais je vous verrai demain soir, ou peut-être avant.

C'est seulement après être entré dans l'immeuble que Korolev constata qu'il ignorait dans quel appartement vivait Babel. Alors, après avoir laissé sa ration alimentaire dans sa chambre, il monta jusqu'au deuxième étage, espérant que Louborov, le manchot responsable du comité de gestion, pourrait l'aiguiller. Un peu essoufflé, il frappa à la porte et attendit. Il entendit un mouvement, puis des pas qui résonnaient sur le plancher.

— Qui est là ?

La voix de Louborov semblait tendue.

— Korolev. J'ai emménagé hier.

La porte s'ouvrit.

— Il est presque neuf heures, camarade. Vous avez besoin de moi comme témoin ?

Louborov faisait allusion à la pratique qui consistait à se faire accompagner par deux témoins indépendants pour les arrestations, particulièrement dans les affaires politiques.

— Non. Je veux juste savoir quel est l'appartement de Babel, l'écrivain.

Korolev savait que certaines personnes gagnaient leur vie en servant de témoins, mais c'était généralement un travail nocturne, et cela voulait dire passer une nuit blanche si vous travailliez dans une usine ou un chantier de construction. Sans doute était-ce plus facile pour Louborov, du fait de son infirmité et de sa position au sein du comité de gestion, mais quand même, ce n'était pas une façon agréable d'occuper son temps.

— Babel ? Il loge dans l'appartement de l'Autrichien. Je suis content que vous ne veniez pas me chercher, j'ai bien besoin d'une bonne nuit de sommeil. C'est très chargé tout à coup ; ça faisait longtemps que ce n'était plus comme ça. Bref, c'est la grosse porte noire à gauche, à l'étage du dessus. Le camarade Babel reçoit, hein ?

— Je ne sais pas. Il m'attend.

— J'ai cru voir des gens monter tout à l'heure. Il aime recevoir. Moi, il ne m'invite jamais, bien sûr. Rappelez-moi à son bon souvenir. Bonne nuit, camarade.

Louborov referma la porte.

Korolev resta sur le palier un instant ; il repensait à ce que venait de dire Louborov. Puis il monta l'escalier. Alors comme ça les témoins avaient repris du service. Nul n'avait jamais cru que les choses changeraient totalement, évidemment, les Moscovites n'étaient pas dupes, mais de toute évidence l'optimisme tranquille de ces derniers mois n'avait pas de raison d'être. Il haussa les épaules ; il n'y pouvait rien, après tout. C'était comme l'accident de ce pauvre Andropov : ce genre de choses arrivait, il fallait l'accepter et oublier.

Il frappa à la porte noire de Babel, imposante en effet. À travers, il entendait des rires et de la musique. Il frappa de nouveau, au cas où on ne l'aurait pas entendu, et la porte s'ouvrit. Une petite femme vêtue d'une robe noire, un foulard blanc noué sur ses cheveux gris, leva vers lui ses yeux marron emplis de tristesse. Son teint cireux et sa peau ridée trahissaient les peines endurées, autant que son âge. Korolev se découvrit. Quelque chose chez cette vieille femme lui donnait l'impression d'être un petit garçon.

— Qui êtes-vous ? Que voulez-vous ? demanda-t-elle d'une voix étonnamment profonde pour un corps si frêle.

Le disque de jazz qui servait de fond sonore s'arrêta en tressautant.

— Je suis le capitaine Korolev. Service des enquêtes criminelles. On m'attend, je crois.

— Un *ment* ? Je ne devrais pas poser cette question, je suppose. (Elle s'écarta en affichant une expression de dégoût.) Entrez, entrez. Vous laissez filer la chaleur. Vous croyez que nous avons les moyens de chauffer l'escalier ?

— Merci.

— Donnez-moi votre chapeau et votre manteau. Ne craignez rien, je ne vais pas les vendre à un spéculateur de passage. Je n'en tirerais pas grand-chose ; ils ont connu des jours meilleurs.

Elle prit ses affaires et les déposa en tas sur une chaise.

— Vous pouvez laisser votre mallette aussi. Vous avez dîné ?

Korolev n'avait rien avalé depuis le *blinchiki* en revenant du stade, mais ce n'était pas poli de manger la nourriture des autres. Alors qu'il y avait des queues devant les boulangeries depuis les mauvaises récoltes.

— Je n'ai pas faim, dit-il en espérant ne pas être trahi par son estomac.

— Non, évidemment. J'ai fait des boulettes de pomme de terre au fromage ce matin. Vous en voulez une assiette ?

Il secoua la tête, mais ses yeux durent le trahir. Elle lui pressa le bras.

— Oui, bien sûr, dit-elle.

Dans le salon, cinq personnes étaient assises autour d'une table basse sur laquelle étaient posés des verres, un cendrier plein et des bouteilles. Cinq paires d'yeux se levèrent vers lui à travers les couches de fumée.

— Qui est-ce ?

Un petit homme dégarni et trapu, costaud, en tailleur sur une banquette-lit, regardait les autres derrière ses lunettes rondes à monture dorée. Il portait une chemise sans col ouverte aux poignets et un vieux pantalon tenu par des bretelles. La chemise, d'une éclatante blancheur amidonnée, semblait capter toute la lumière de la pièce. Il sourit à Korolev. Une lueur espiègle brillait dans ses yeux marron.

— Un de tes petits amis, Shura ?

— Ah, Isaac Emmanuilovitch, tu aimes bien les plaisanteries. Je suppose que je ne peux pas te le reprocher, pauvre petit.

La voix grave de la vieille femme s'échappa de la cuisine dans un grondement.

— Il s'agit du capitaine Korolev, notre nouveau voisin. Je vous parlais justement de lui.

Valentina Nikolaevna se leva du fauteuil dans lequel elle était assise. Elle portait une robe du soir dont le décolleté dévoilait des clavicules finement ciselées et une peau d'une blancheur de cygne. Elle lui sourit ; ce n'était pas vraiment un sourire chaleureux, mais il ne contenait aucune hostilité. Babel décroisa les jambes et se leva à son tour, imité par les autres. Son sourire, par contraste, était aussi radieux que le soleil. Il désigna un fauteuil vide.

— Bienvenue, camarade. Vous connaissez déjà Valentina. Shura aussi, il me semble. Voici ma femme Antonina Nikolaevna – Tonya. Là, c'est Avram Emilievitch Ginzburg, le poète. Et sa femme, Lena Yakovlena. Shura, apporte un verre pour le camarade Korolev. Préférez-vous du vin ou de la vodka, camarade ? Nous avons les deux, comme vous le voyez.

Son rire laissa apparaître de belles dents blanches.

— Je veux bien un verre de vin si c'est possible.

— Laissez-moi deviner, capitaine. Vous rentriez tard chez vous après une longue journée passée à combattre le mal, vous avez entendu notre petite fête et vous avez décidé de venir vous présenter. Dieu soit loué ! Ce pauvre Ginzburg commençait à s'ennuyer.

Le petit homme au regard méfiant et à la barbe grise repoussa cette idée d'un geste, accompagné d'un sourire où perçait l'agacement, sans quitter Korolev des yeux. Il semblait prêt à s'enfuir, mais en tant qu'inspecteur c'était une réaction à laquelle on finissait par s'habituer. Autrefois, cela signifiait qu'une personne n'avait pas la conscience tranquille, mais ce n'était plus nécessairement vrai. Même si, après réflexion, quelque chose dans la pâleur et la fragilité de cet homme suggérait que la Zone ne lui était pas inconnue.

— Je suis navré de vous déranger, camarade, mais je pensais que vous m'attendiez. C'est le colonel Gregorine qui m'a suggéré de passer.

— Ah, oui. Gregorine.

— Il pensait que vous pourriez peut-être m'aider dans une enquête. Une affaire de meurtre.

— Un meurtre ? fit Babel en haussant les sourcils. Tu as entendu, Shura ? Je sais que tu écoutes. Shura aime bien un bon meurtre ; plus c'est horrible, mieux c'est. Ma belle Tonya n'a rien contre un homicide, elle non plus.

En disant cela, Babel posa une main possessive sur le genou de la jolie brune au long cou, qui démentit d'un petit mouvement de tête timide.

— Vous avez mangé ? demanda Babel.

— Je lui apporte des boulettes, tu vois bien, grommela Shura en sortant de la cuisine avec une assiette et un verre vide.

— Je vous avais dit qu'elle écoutait, murmura Babel.

La vieille femme se pencha pour lui donner une tape sur le bras.

— Ne le prends pas mal, Shura. Allez, assieds-toi. Nous allons écouter l'histoire du capitaine.

Babel versa du vin dans le verre de Korolev avant de croiser à nouveau les jambes.

— Hélas, je ne peux pas vous parler de cette affaire, dit Korolev, gêné.

— Ne vous en faites pas, capitaine. Je vous taquinais. Buvez, mangez, et quand vous aurez repris des forces, nous bavarderons. Avram nous parlait de l'Arménie.

Korolev porta à ses lèvres le verre de vin rouge et savoura son goût chaleureux ; il commença à se détendre, tandis que l'homme à la tête d'oiseau reprenait son exposé. Il regarda Valentina Nikolaevna et fut frappé par l'aspect tranchant de son profil et la façon dont elle écoutait Ginzburg. Elle le couvait d'un œil bienveillant, presque maternel, comme si elle voulait le protéger de l'époque dans laquelle ils vivaient. Son épouse, Lena, posa sur lui le même regard affectueux, mais lorsqu'elle se tourna vers Korolev, son visage se ferma.

Lorsque Ginzburg eut achevé son tableau des collines d'Arménie desséchées par le soleil, la conversation dériva sur Paris, où Babel avait passé une partie de l'été pour représenter la littérature soviétique dans un colloque d'écrivains, puis sur la construction du métro, à laquelle participait son épouse, Tonya, en tant qu'ingénieur. Sans savoir comment ils en étaient arrivés là, Korolev se retrouva en train de leur raconter l'histoire de Voroshilov, le violeur : la piste parsemée d'indices, le soulagement sur le visage du jeune homme au moment de son arrestation. Si Shura, appuyée contre la porte de la cuisine, demeurait impassible, il remarqua qu'elle le regardait fixement. Non pas ses yeux, mais sa bouche, pour ne laisser échapper aucune de ses paroles. Toutefois, ce fut Babel qui demanda comment était habillé le violeur, comment il avait réussi à se procurer une si belle paire de bottes, quels cours figuraient sur la liste qui avait causé sa perte, etc.

— Qu'est-il devenu, ce chien ? demanda Shura.

— Il va écoper d'une peine de huit à dix ans, d'après moi. En fonction du jugement du tribunal. C'est sans importance.

— Comment ça ? demanda Ginzburg.

Korolev était certain qu'il connaissait déjà la réponse. Il avait été envoyé dans la Zone, ou pas loin ; Korolev en avait la conviction maintenant. Il avait la pâleur carcérale d'un *zek*. Babel toussota et prit une bouteille de vin.

— Allez, les amis, finissons ça et on en ouvrira une autre.

— Expliquez-nous, capitaine. Pourquoi est-ce sans importance ? demanda à son tour la femme de Ginzburg d'un ton accusateur.

Peut-être qu'elle ne comprenait pas. Il se tourna vers Babel, qui haussa les épaules et servit le vin, les yeux fixés sur le flot de liquide rouge. Korolev soupira. Bah, s'ils voulaient vraiment savoir, pourquoi pas ? Aucun enfant n'était présent.

— Dans toute prison, même dans la cellule d'un poste de police, il existe une hiérarchie. Au sommet, on trouve le Voleur supérieur, l'« autorité », puis ses lieutenants, et ainsi de suite jusqu'aux apprentis. Après les Voleurs, il y a les autres prisonniers, puis les détenus politiques. Tout en bas, en dessous de tous les autres, on trouve les intouchables. Aucun

Voleur ni aucun autre prisonnier ne les toucheront, sauf pour commettre des actes de violence, parfois sexuelle. Ils dorment sous les couchettes, au cas où ils contamineraient un lit. Ils possèdent leurs propres couverts car une fourchette utilisée par un intouchable contamine celui qui s'en est servi après lui, et qui se trouve rabaissé au rang d'intouchable à son tour. On leur impose les tâches les plus répugnantes. Et ils ne font pas de vieux os. En tant que violeur, Voroshilov finira comme ça, à moins qu'il n'ait de la chance. Telle est la morale des Voleurs.

Shura esquissa un hochement de tête, un petit mouvement du menton, bouche crispée. Les paysans appliquaient la même justice. Sévère, brutale, mais juste à leurs yeux, et elle approuvait. Babel grimaça un sourire.

— Ils ont leurs propres règles, ajouta Korolev. Pour des gens cultivés, c'est difficile à comprendre.

Valentina Nikolaevna posa sur lui un regard perplexe.

— Comment peut-on tolérer ça ? Les Voleurs ne représentent pas la loi.

— Ils sont dans les camps et les gardiens ferment les yeux, dit Ginzburg, les yeux incandescents. Les Voleurs sont les chiens de garde, les autres sont les moutons. C'est comme ça que les Voleurs nous appellent, les prisonniers politiques et tout le reste : les moutons. Ils peuvent nous tondre quand bon leur semble, de la manière qui leur sied. Les intouchables sont là pour nous faire comprendre que ça peut toujours être pire. Et pour nous rendre complices car on se ligue tous contre les intouchables. Si on les aidait, on deviendrait l'un d'eux, n'est-ce pas ? C'est un microcosme de la société soviétique. Vous n'êtes pas de cet avis, capitaine ?

Dans le silence qui suivit, Korolev regarda le poète et remarqua qu'il avait levé le menton comme s'il attendait un coup. Il soupira et secoua la tête.

— Je suis un inspecteur de la police criminelle, citoyen. J'arrête les sales individus qui ont fait de sales choses et on les envoie dans un sale endroit. Et après ? Quant à la société soviétique, elle s'améliore. Nous savons qu'elle n'est pas parfaite. Le camarade Staline le dit lui-même. Il est dans la nature des bolcheviks de reconnaître leurs défauts. Ce qui compte, c'est où nous allons, pas où nous sommes.

— Nous savons où nous allons, capitaine. Nous allons…

Ginzburg se tut et se tourna vers sa femme, qui lui avait pris le bras et secouait la tête maintenant. Babel lui tendit un verre de vin, et un autre à Korolev. Il semblait soulagé de cette interruption, et quand tout le monde eut un verre en main, il leva le sien.

— Portons un toast, mes amis. À notre bel avenir !

Il tint son verre devant ses yeux ; on aurait dit qu'il contemplait cette perspective dans la couleur du vin. Chacun semblait plongé dans ses pensées et Korolev se demanda si, comme lui, ils imaginaient à quoi pouvait ressembler ce bel avenir.

— Vous avez séduit Shura, dit Babel une fois les autres invités partis et sa femme couchée. Elle aime les hommes qui ont bon appétit et quelques bonnes atrocités à raconter. Il faudra revenir ; elle voudra vous nourrir. Si vous ne faites pas attention, vous deviendrez obèse. J'étais maigre comme un clou quand elle a décidé de s'occuper de moi.

— Un clou bien gras, lança Shura de la cuisine.

Babel rit de bon cœur et se leva de la banquette-lit, difficilement.

— Venez dans mon bureau, capitaine. Nous pourrons parler en privé.

Babel l'entraîna dans le couloir jusqu'à une pièce où se trouvaient une table avec une machine à écrire, une chaise longue et un grand nombre de livres, sur des étagères ou empilés contre toutes les surfaces disponibles. Il ferma la porte derrière eux.

— Cette pièce n'est pas vraiment à moi, expliqua-t-il. Je partage l'appartement avec un ingénieur autrichien, mais il est à Salzbourg et on ne sait pas quand il doit revenir. Ça fait huit mois qu'il est parti, alors je m'installe peu à peu. À vrai dire, je crois qu'il ne reviendra pas. Mais je dis au responsable du comité de gestion que son retour est imminent, évidemment.

— Un Autrichien ?

Korolev ne put masquer son étonnement.

— Oui, un ingénieur. Il a dû penser qu'il n'aurait pas le courage d'affronter un autre de nos hivers. Il préfère rester chez lui dans les Alpes, à écouter Mozart en buvant du chocolat chaud. Ils ont sûrement un autre genre de neige là-bas, polie, douce.

— J'aurais cru que…

— Oui. C'est dangereux, mais j'ai besoin de place pour écrire. Cela étant, je vous assure que je ne suis pas un espion autrichien.

— J'en suis sûr.

— Vous pouvez. Mais le Parti en décidera peut-être autrement.

Il adressa un clin d'œil à Korolev, et un sourire en coin. Puis il fronça les sourcils.

— Ne faites pas attention à Ginzburg, il est au bout du rouleau. Les poètes à fleur de peau ne sont pas faits pour les plans quinquennaux et les purges.

Il porta son verre à ses lèvres et but en fermant les yeux.

— Bref, de quoi s'agit-il ? En quoi un pauvre écrivain peut-il aider les forces conjointes du NKVD et de la rue Petrovka ?

— Je ne peux pas tout vous dire, malheureusement, fit Korolev en guise de préambule et Babel hocha la tête.

— Je ne suis pas surpris. Je l'ai deviné quand Gregorine m'a contacté. Dites-m'en le moins possible si ça ne vous ennuie pas. J'ai une fille de deux ans qui dort au fond du couloir et une épouse avec qui j'ai l'intention de finir ma vie… mais je serai heureux de vous aider si je le peux.

Cette fois, ce fut Korolev qui hocha la tête.

— Deux meurtres ont été commis. Une des victimes est un Voleur. L'autre, une jeune Américaine née en Russie. C'était aussi une nonne orthodoxe, semble-t-il. Les deux meurtres sont certainement liés.

Korolev plongea son regard dans celui de Babel, puis il ouvrit sa mallette et sortit l'enveloppe qui contenait les pièces du dossier. Il choisit les photos de l'autopsie de la jeune femme.

Babel prit son temps pour les examiner ; on aurait dit qu'il absorbait chaque pore de la peau, chaque tache de sang séché. Il les tournait dans tous les sens pour mieux voir. Et quand il arriva à la dernière, celle du profil photographié par Guéginov, il soupira.

— Elle était très belle. On pourrait penser que le meurtrier a détesté lui faire ça. Mais peut-être pas… C'est un individu très méthodique. Regardez la façon dont les vêtements sont soigneusement pliés et les parties du corps disposées. Je m'interroge. Peut-être voulait-il envoyer un message.

Korolev se pencha pour regarder le corps de la fille, masse d'ombres et de lumières sur le cliché en noir et blanc.

— C'est aussi ce que j'ai pensé. Cette manière d'agencer l'oreille, l'œil et la langue…

— Oui. J'ai déjà entendu parler de ça. Mais je ne l'avais jamais vu. C'est un truc de Voleurs. À un mouchard. Ou un espion. Ça signifie que la victime a peut-être vu ou entendu quelque chose, mais elle ne dira jamais rien.

Babel releva la tête ; ses yeux étaient exorbités, comme s'ils essayaient de chasser l'image de la morte de leurs rétines.

— Mais je doute que des Voleurs profanent une église, ajouta-t-il. Ils déroberaient peut-être ce qui s'y trouve, mais ils ne feraient pas ça. En tout cas, pas tant que Kolya règne sur Moscou.

Korolev ne put cacher sa surprise. Il avait entendu parler du « comte Kolya », évidemment, mais la manière dont Babel en parlait indiquait qu'il connaissait personnellement celui dont on disait qu'il était le chef suprême de tous les Voleurs de la capitale. Ce n'était pas une fonction éligible, n'importe qui pouvait y prétendre. Mais personne ne défiait jamais le comte Kolya. Ou alors, si cela s'était produit, le conflit avait été réglé si rapidement, si sauvagement qu'il avait à peine troublé la surface de son règne. La Milice tentait de lui mettre le grappin dessus depuis sept ans, mais un mur de silence l'entourait, et chaque fois que ce mur semblait sur le point d'être franchi, l'indicateur, porteur de promesses, disparaissait ou bien il était retrouvé mort. D'ailleurs, maintenant qu'il y réfléchissait, Korolev se souvenait que l'un d'eux avait été mutilé de cette façon.

Babel se tapota le nez.

— Je suis né à Odessa, capitaine. Croyez-vous que j'ai inventé les histoires de Bénia Krik que je raconte ? J'ai changé son nom, mais si vous interrogez n'importe quel ancien milicien d'Odessa, il vous parlera de lui. Un Voleur courageux et honnête. C'est juste que sa vision de l'honnêteté diffère de la vôtre ou de la mienne, et de celle du Parti, assurément. Ils ont fini par l'avoir. Une balle dans la nuque, paraît-il. Mais une seule n'a sans doute pas suffi à l'achever. Et ses compagnons l'ont vengé, vous pouvez en être sûr.

— Vous connaissez le comte Kolya ? demanda Korolev.

L'écrivain poussa un long soupir, puis hocha la tête.

— Je lui parle parfois, quand je vais à l'hippodrome. Nous partageons la même faiblesse pour les chevaux. Vous ne le remarquez pas immédiatement, mais si vous regardez dans sa direction un peu trop longtemps, vous vous retrouvez entouré par trois ou quatre costauds aux doigts bleus, et soudain vous avez le sentiment qu'il est temps d'aller voir les chevaux de la course suivante.

— Vous connaissez le comte Kolya.

Ce n'était plus une question, Korolev exprimait une réalité stupéfiante.

— À votre avis, pourquoi Gregorine vous a-t-il envoyé ici ? Le NKVD m'utilise comme moyen de liaison de temps en temps, même si j'essaye de ne pas savoir de quoi ils discutent. Néanmoins, je peux vous dire une chose : jamais Kolya ne profanerait une église de cette façon. Il n'est pas croyant, du moins pas comme vous pouvez l'être, je suppose, mais il doit respecter un certain code, de même que tous les autres Voleurs. Si ce meurtre a été commis sur ses ordres ou avec son consentement… il ne restera pas longtemps chef suprême.

Babel semblait ne pas s'apercevoir que tout le sang de Korolev s'était concentré dans ses orteils.

— Moi, croyant, Isaac Emmanuilovitch ?

Babel leva les yeux et sourit.

— Je me trompe ? (Il se pencha en avant et posa la main sur le bras de Korolev sans cesser de sourire.) Camarade Korolev, pardonnez-moi de vous avoir offensé. Je dois faire erreur.

Korolev finit son verre de vin d'un trait et se demanda, ce n'était pas la première fois de la journée, comment il avait pu se fourrer dans ce pétrin. Il inspira à fond, reposa fermement le verre sur le bureau et réfléchit un instant.

— Je crois que je suis d'accord avec vous. S'il s'agissait d'un message, peut-être était-il adressé aux Voleurs. À Kolya lui-même. Le Voleur assassiné a été torturé, lui aussi. Vous voyez ces brûlures d'origine électrique sur le corps de la fille ? L'autre cadavre présente les mêmes.

Babel émit un sifflement.

— Je me demandais ce que c'était. On entend certaines choses, évidemment…

— Quel genre de choses ?

— Des choses. Sur la manière dont on interroge les gens de nos jours. On dit que l'électricité ne sert pas qu'à éclairer la lampe de Lénine.

Korolev soupçonnait Babel d'en tirer des conclusions sur le type d'individu qui se cachait derrière ces meurtres.

— Écoutez, camarade, dit Korolev en insistant sur ce mot, en y mettant toute la loyauté et l'espoir dont de vieux soldats comme Babel et lui avaient gardé le souvenir, dans ces cruelles années après la guerre contre l'Allemagne. Je sais que c'est beaucoup demander, mais quelqu'un tue des gens et je veux l'arrêter, si j'en ai la possibilité. Peu importe qui il est.

Babel fit tournoyer le vin rouge dans son verre et le laissa retomber avant de boire. Il pinça les lèvres pour montrer qu'il appréciait et reporta son attention sur le capitaine de la Milice.

— Il y a des courses demain. Des trotteurs et du plat. Un cheval que je suis y participe et il a de sérieuses chances. De toute façon, je pensais y aller. Si je vois Kolya, je l'aborderai. Je suppose que vous aimeriez connaître son point de vue, s'il me le donne. Évidemment, je serai obligé de lui dire qui pose la question.

— Il vaudrait peut-être mieux qu'il accepte un face-à-face. Ainsi vous ne serez pas obligé d'entendre des choses que vous ne souhaitez pas entendre.

L'écrivain haussa les épaules, comme pour dire : « Pourquoi pas ? »

— Ce n'est pas impossible. Il est vrai que même un homme comme moi préfère ne pas savoir certaines choses. Pourtant je suis curieux… Oh, Seigneur, ce que je suis curieux !

Il esquissa un sourire plein de conjectures et d'espièglerie.

— Il faudra procéder avec discrétion, bien entendu, reprit-il. La règle numéro 1 dans le monde des Voleurs est de ne jamais coopérer avec l'État soviétique sous toutes ses formes, vous le savez. Ce qu'a dit Ginzburg est faux. Même à l'intérieur du système pénitentiaire, les Voleurs s'en prennent aux moutons pour servir leurs intérêts, pas parce qu'on leur demande. Kolya a-t-il quelque chose à gagner dans tout ça ?

— Le corps du Voleur éventuellement ? Ses tatouages indiquent qu'il était connu sous le nom de Tesak.

C'était envisageable. Le général Popov donnerait son accord si cela pouvait leur procurer des renseignements. Sinon, le cadavre serait incinéré.

— Que font les Voleurs de leurs morts ?

— La même chose que nous, je suppose. Ils les enterrent et ils pensent à eux avec tendresse ou non, selon les cas. Mais si Kolya doit récupérer le corps de ce Tesak auprès de la police, il ne devra pas donner l'impression d'être un indic.

— Il peut bien le voler, je m'en fiche.

— Je lui en parlerai. Vous avez autre chose à lui offrir ?

Korolev réfléchit. Finalement, il décida que s'il devait courir le risque de se faire tuer, autant qu'il y ait une raison.

— Ça pourrait être une conversation à double sens. Peut-être serait-il intéressé par mes informations autant que moi par les siennes, surtout si cette mutilation était un message qui portait son adresse.

Babel but une gorgée de vin et soupira de nouveau.

— Vous savez, quand ils ont rouvert l'hippodrome après la guerre civile, j'y passais quasiment ma vie. C'est un endroit où je me sens heureux. Tout tourne autour des chevaux, et c'est très bien comme ça.

Un peu plus tard, quand la bouteille de vin fut vide, Korolev prit congé de Babel et descendit l'escalier en titubant, serrant contre sa poitrine un sac en papier contenant des boulettes au fromage de Shura. Il ferma la porte de l'appartement derrière lui, en redoublant de discrétion quand il entendit la voix enfantine de Natacha, puis celle de Valentina Nikolaevna, calme et rassurante. Il s'arrêta un instant dans la pièce commune et écouta le sifflement d'un train qui passait au loin, puis il s'approcha de la fenêtre. Dehors il neigeait, et une trace de pneus au centre de la chaussée commençait déjà à disparaître. Le lampadaire, sur le trottoir d'en face, projetait sa lueur jaune dans ce décor, et Korolev songea que cette scène paisible ressemblait à une vieille carte postale.

Il n'aurait pas aperçu l'homme sous la porte cochère si celui-ci n'avait pas bougé. C'était un simple mouvement dans la nuit, mais en regardant plus attentivement, en se protégeant les yeux avec sa main placée sur le côté du visage et en observant légèrement de biais – comme il l'avait appris dans les tranchées –, il fut certain de distinguer une silhouette humaine sous l'entrée voûtée. Il remarqua ensuite les empreintes de pas désordonnées. Le froid obligeait l'homme à marcher et à taper du pied de temps en temps pour se réchauffer. Ça ne devait pas être facile, pensa Korolev, de voir à l'intérieur de l'appartement tout noir, mais le guetteur avait peut-être repéré la lumière du couloir quand il était entré. En outre, ses yeux avaient eu le temps de s'habituer à l'obscurité et il n'avait pas commis l'erreur de regarder l'unique lampadaire qui éclairait cette portion de rue. Sans doute observait-il Korolev à cet instant ; il voyait son visage dans la lumière, qui enduisait d'un léger éclat argenté les surfaces de la pièce commune. Un nouveau mouvement furtif leva les derniers doutes. Il envisagea de descendre pour affronter le guetteur, puis se ravisa. Il n'était pas certain de vouloir savoir qui le surveillait. Au moins se contentaient-ils de l'épier pour le moment ; ils ne l'emmenaient pas à la Boutyrka.

Mais il n'alluma pas la lumière pour se déshabiller. Et quand il se coucha, ce fut avec la chaise appuyée contre la poignée de la porte et son Walther sous l'oreiller.

C'était fatigant, ce genre de travail, et le fait qu'il n'ait pas eu une véritable nuit de repos depuis presque une semaine n'arrangeait rien. Évidemment, c'était toujours difficile quand vous rentriez à la maison une fois votre tâche accomplie, et les périodes de pleine activité exacerbaient le problème. Vous ne pouviez pas vous coucher immédiatement après avoir terminé ; les êtres humains n'étaient pas des ampoules électriques que l'on pouvait éteindre en abaissant un interrupteur. Ils avaient besoin de temps pour s'adapter aux différentes situations. Comme ce soir, par exemple. Le contraste entre la vie de famille paisible de son foyer et ce qui s'était passé dans la maison vide était trop grand. Résultat, il savait qu'il devrait laisser venir le sommeil. Il devrait se montrer patient.

Au fil des ans, il avait fini par s'habituer aux tâches nocturnes. Il n'avait pas le choix ; il travaillait très souvent après minuit, c'était même la norme, à vrai dire. Évidemment, c'était l'idéal pour ce genre d'activité : à cette heure-là, les gens offraient moins de résistance, mentalement et physiquement. Mais c'était un être humain et il devait faire d'énormes efforts pour demeurer vigilant et dur, ne rien montrer, si ce n'est de la force, devant un prisonnier, surtout quand lui aussi était épuisé et au bout du rouleau. Et lorsque c'était terminé, il avait beau se sentir fatigué, il avait du mal à se relâcher. On le ramenait chez lui en voiture – ils savaient économiser son énergie –, et parfois il s'endormait pendant le trajet, mais rarement. Généralement, il regardait défiler les rues désertes en repensant à l'être humain qu'il venait de briser.

Ce soir, il gravit l'escalier prudemment, en évitant les marches qui grinçaient, et glissa sa clé dans la porte de l'appartement sans faire de bruit. Une fois rentré, il alla voir son fils dans son lit et caressa ses cheveux bouclés. Ses doigts semblaient rugueux sur la peau de porcelaine du jeune garçon, et il essayait de ne pas penser au sang qu'il avait versé plus tôt. Quand son fils bougea, il se recula ; l'enfant fronça les lèvres et les sourcils, mais sans se réveiller. Il s'en réjouit. Qui sait ce que son fils verrait dans ses yeux ? À cet instant, il aurait aimé que le garçon reste éternellement ainsi : innocent et protégé. Qui pouvait dire que son fils ne se retrouverait pas un jour dans une maison vide semblable à celle qu'il venait de quitter ? Et s'il se trouvait là, lui aussi ? Ils pourraient lui demander ça un jour : tuer son propre enfant. Ils lui avaient demandé tout le reste. Il soupira et remonta la couverture sur le petit corps endormi.

Il n'avait jamais faim quand il rentrait. Il aimait bien boire un verre, c'est vrai, mais il n'avait pas d'appétit. Certains oui, mais pas lui. Il s'asseyait dans la cuisine, comme ce soir, il se servait un verre de vodka et il lisait. N'importe quoi. À une époque il lisait les pièces de Shakespeare, mais c'était devenu difficile. Il y avait trop de bien et de mal, et il vivait dans un monde où ces considérations bourgeoises n'étaient d'aucun secours. Que signifiaient de prétendues vertus comme l'honneur, la compas-

sion et la justice dans le contexte d'une révolution ? Que leurs ennemis s'enlisent dans ces idioties ; elles n'avaient aucun sens vues à travers le prisme d'un changement historique inéluctable. Et pourtant elles posaient des questions dérangeantes, comme celles que posait sa femme avant la fin. Il se servit un autre verre. Elle l'avait vu veiller trop souvent pour nourrir des illusions sur le genre d'individu qu'il était. Lui aussi désormais. Voilà pourquoi il n'y avait aucun miroir dans la cuisine.

Encore deux vauriens ce soir. C'était plus facile avec deux. Le chauffeur les avait conduits bien au-delà de Lefertovo, puis sur une route sinueuse et enfin sur un chemin. Les deux Voleurs étaient ligotés comme des poulets dans le coffre. Quand on les avait sortis, ils avaient regardé autour d'eux d'un air hébété. Il s'était demandé si c'était la première fois qu'ils voyaient la lune à travers les branches nues d'une forêt ; on aurait dit qu'ils n'avaient jamais quitté la ville. C'était la dernière fois qu'ils verraient la lune, en tout cas, s'ils avaient pris la peine de saisir cette occasion.

À l'intérieur régnait le froid pénétrant d'une maison inoccupée depuis longtemps, mais il y avait trois pièces séparées par des portes, et une fois qu'il s'était mis au travail, il s'était vite réchauffé. Il les avait joués l'un contre l'autre, il avait utilisé la douleur de l'un pour convaincre les deux, transmis des informations d'une pièce à l'autre. La présence du chauffeur l'avait aidé, et pour une fois il n'avait pas eu à se soucier du bruit. Ça aussi, ça l'avait bien aidé.

Ensuite il les avait abattus dans la cave, et le chauffeur lui avait donné un coup de main pour les transporter jusqu'à la voiture. Cette fois-ci ils ne voulaient pas laisser de traces ; la Milice enquêtait sur les deux premiers meurtres, inutile de l'exciter avec deux macchabées supplémentaires. À vrai dire, cela l'inquiétait. Toutes les fois où il avait effectué ce genre de travail, les enquêtes n'étaient que de la poudre aux yeux. L'idée que celle-ci puisse être plus sérieuse le poussait à se poser des questions.

Il se rassurait en se disant qu'il avait suivi les ordres et qu'ils étaient désormais proches du but, manifestement. Ça ne devrait plus être très long : les deux Voleurs leur avaient fourni des informations utiles. N'empêche, c'était du travail bâclé. Il avait déjà participé à des opérations irrégulières, mais en temps normal il y avait une équipe, une préparation et une coordination, un objectif clair. Cette fois le soutien était quasiment inexistant ; ils ne savaient pas à qui ils pouvaient faire confiance au sein de cette organisation, disaient-ils, et par conséquent l'opération avait été réduite à ses composants essentiels : il n'avait pas reçu d'autre assistance que celle du chauffeur. Ils lui avaient expliqué que d'autres agissaient de leur côté, mais il n'avait remarqué aucun signe. Il n'existait pas de plan à proprement parler. Ils avaient un objectif, certes – récupérer l'icône et remonter jusqu'à la fuite –, mais tout semblait improvisé, chaque étape menait à la suivante, quelle qu'elle soit. Encore une chose à laquelle il n'était pas habitué.

Parmi les camarades de l'organisation, il y avait toujours un certain niveau de confiance et d'entraide, une fraternité qui acceptait les faiblesses et les excès passagers. L'organisation avait pleinement conscience de la pression qu'elle infligeait aux agents tels que lui, et elle se montrait indulgente. Elle veillait sur vous, elle s'occupait de vous, elle vous accordait une pause quand cela était nécessaire, elle prévoyait des rations de vodka supplémentaires quand vous étiez débordé, ce genre de choses. Il travaillait essentiellement dans le secteur de Moscou : la Boutyrka, la Loubianka, Lefertovo ; il était connu dans tous ces endroits. Ses collègues ne le méprisaient pas à cause de ce qu'il faisait ; ils comprenaient que des spécialistes comme lui étaient indispensables dans leur travail. Les méthodes traditionnelles d'interrogatoire avaient leurs limites, ils le savaient tous. Pour les affaires difficiles, il fallait un homme comme lui. Il pouvait mettre un prisonnier en pièces et le reconstituer ensuite, mais ce n'était toujours qu'une étape du processus. Il était un simple rouage de la machine, et chaque rouage dépendait des autres pour avancer. C'était le pouvoir soviétique en action, aucun détail n'était omis, aucun objectif hors d'atteinte.

Il était quand même étrange qu'ils veuillent agir discrètement désormais ; cela ressemblait à un changement de tactique depuis qu'ils lui avaient ordonné d'abandonner le corps mutilé de la fille sur ce fichu autel. Il s'agissait d'adresser un message public à quelqu'un, assurément ; il ne voyait pas ce que ça pouvait être d'autre. Cette fille, elle aussi, le troublait. Le dernier regard qu'elle lui avait lancé était toujours là, tapi à la périphérie de sa conscience, et il devait faire un effort de volonté pour la maintenir à l'écart de ses pensées.

Elle lui apparut à cet instant, malgré sa résistance, avec ce regard doux juste avant de mourir, et l'idée lui vint, accompagnée d'une sensation de vertige, que ce n'était peut-être pas une opération autorisée. Il allait peut-être se retrouver en plan, sans aucun soutien, aucune protection. Si jamais ça tournait mal, il ne serait plus le chasseur, mais la proie. Il préférait ne pas y songer. Il avait obéi aux ordres, il avait fait confiance à ses supérieurs, c'était tout ce qu'on lui demandait. Il repensa à son fils qui dormait dans la pièce voisine, à ses boucles blondes sur l'oreiller, et il espéra que c'était la fatigue qui lui jouait des tours ; il avait le sentiment que la fille lui avait jeté un sort avec ses yeux si doux.

Il vida le restant de la bouteille dans son verre et but.

CHAPITRE 13

Il n'y avait presque plus de traces dans la neige devant la porte cochère quand Korolev passa le lendemain matin. Mais sur les pavés, à l'intérieur de l'entrée voûtée, il remarqua trois tubes en carton de *papirosa* et un paquet vide de Belomorkanal froissé ; on apercevait malgré tout l'étoile rouge sur la carte du canal de la mer Blanche. Il ne s'arrêta pas pour les examiner. Cela ne prouvait rien, se dit-il. Même si quelqu'un avait passé la nuit à cet endroit, qui pouvait dire que c'était pour l'observer ? Il enfouit son menton dans son col et chassa cette histoire de ses pensées.

Quand il arriva rue Petrovka, des travailleurs étaient déjà en train d'enlever la neige, et la cour du numéro 38 était déblayée par un groupe d'élèves officiers au teint pâle, munis de larges pelles, qui l'ignorèrent tandis qu'il gravissait le perron. Une grande activité régnait dans le hall également : des hommes en bleus de travail sales installaient une statue de Lénine fraîchement moulée à l'endroit où se trouvait autrefois celle de Iagoda. Avec Vladimir Ilitch, on savait à quoi s'en tenir, songea Korolev dans l'escalier ; lui, au moins, ne risquait pas de tomber en disgrâce, vu qu'il était déjà mort, à l'abri.

En entrant dans le bureau 2F, il salua Yasimov d'un signe de tête et fut brutalement poussé sur le côté par une jeune femme visiblement stressée, coiffée d'un foulard blanc, qui venait d'entrer derrière lui. Il sourit pendant qu'elle déposait plusieurs enveloppes et des circulaires sur la table, avant de ressortir en coup de vent. Il finit de sourire à la porte qui se refermait.

— Aucune éducation, ces jeunes, dit-il en accrochant son manteau.

— Aucune jugeote en tout cas, dit Yasimov en montrant le rapport qu'il était en train de lire. Pour s'amuser, deux étudiants ont décidé de donner une demi-bouteille de vodka à l'ours du marché de Iaroslavl.

— Le vieux avec sa chaîne ? Quel gâchis !

— Oh, son grand âge ne l'a pas empêché d'apprécier. Il a brisé sa chaîne en deux, il a pris tout ce qui lui faisait envie sur les étals autour de lui et il a sérieusement grignoté un des étudiants. Des soldats ont dû abattre la pauvre créature. Je parle de l'ours, évidemment. Ils ont emmené l'étudiant à l'hôpital. Donner de la vodka à un ours ? Comment des jeunes ont-ils les moyens de faire de telles folies ? Voilà ce que j'aimerais savoir.

Korolev trouva dans la pile de courrier une enveloppe qui lui était adressée. Elle contenait une brève lettre dactylographiée et deux photos, dont une représentant Mary Smithson.

Cher capitaine Korolev,

Suite à notre conversation d'hier, je vous adresse les photos des visas de la citoyenne Maria Ivanovna Kuznetsova (*alias* Mary Smithson) et de la citoyenne Lydia Ivanovna Dolina (*alias* Nancy Dolan) afin de vous aider dans votre enquête. Nous avons eu confirmation que la citoyenne Dolina était également une religieuse. Comme convenu, vous ferez preuve de la plus grande discrétion dans toute recherche concernant ces deux personnes et, en cas de doute, vous me contacterez pour savoir de quelle façon procéder.

Colonel Gregorine.

Korolev examina la photo de Dolan. Jolie, comme l'autre : yeux presque noirs, un long cou et le teint pâle. Il y avait de l'humour dans son expression et, à en juger d'après ce cliché, elle possédait un tempérament joyeux. Son regard était tourné vers la gauche, comme pour échapper à l'objectif. Ses cheveux bruns formaient un élégant carré court, une coupe qui ne devait pas passer inaperçue à Moscou, où seules les épouses des cadres du Parti ou d'autres privilégiés pouvaient s'offrir les services de véritables coiffeurs. On racontait que les membres du Comité central devaient intervenir personnellement pour obtenir des rendez-vous chez maître Paul dans la rue Arbat. À vrai dire, cette fille ne ressemblait à aucune des religieuses qu'il avait pu voir, mais il se dit que l'information de Gregorine devait être exacte.

Il prit le paquet de Petite Étoile qu'il gardait dans le tiroir du haut de son bureau pour les moments comme celui-ci. Il s'apprêtait à en allumer une quand le téléphone sonna. Il décrocha.

— Korolev, j'écoute, dit-il du coin de la bouche.

— Alexeï Dmitrievitch ? Popov à l'appareil.

Le général semblait avoir été réveillé brutalement de son hibernation.

— J'ai lu votre rapport. Montez avec Semionov, je vous prie. Et Larinine aussi.

— Ils ne sont pas dans le bureau pour le moment, camarade général.

— Venez dès que ces sales fainéants seront arrivés. En attendant, envoyez-moi Yasimov. Dites-lui que j'espère qu'il a avancé avec cette saloperie d'ours.

— Certainement, camarade général.

Popov raccrocha et Korolev alluma sa cigarette avec un soupir qui contenait plus de tristesse que de satisfaction. Un général Popov furieux, ce n'était pas la meilleure façon de débuter la matinée, et ça lui ôtait une partie du plaisir de fumer. Il croisa le regard de Yasimov et pointa le bout incandescent de sa cigarette vers le plafond.

— Le patron veut un topo sur l'ours. Apparemment, ils sont de la même famille.

Une demi-heure plus tard, ce fut au tour de Korolev et de ses deux collègues. Le capitaine résuma les avancées de la veille et, à la demande du général, il informa Larinine de l'identité de Mary Smithson et de l'implication du NKVD. À mesure qu'il parlait, Korolev voyait blêmir Larinine. Il ressemblait toujours à un porc, mais pas à un porc heureux. À vrai dire, il ressemblait à un porc qui vient de découvrir comment on fabrique les saucisses.

— Camarade général…, dit-il, mais il n'alla pas plus loin.

— Ne perdez pas votre temps, Larinine. C'était votre Voleur, vous n'allez pas vous débiner. Je vous aurai à l'œil pour être sûr que vous n'essayez même pas. Des questions ?

Tous les regards se tournèrent vers Larinine. Celui-ci avait la bouche entrouverte, comme s'il tentait encore de parler. Finalement, il secoua la tête.

— Bien, dit Popov. Passons à aujourd'hui… Que suggérez-vous, Alexeï Dmitrievitch ?

— Il me semble que nous devrions essayer d'identifier la voiture. Nous pensons qu'il s'agit d'une Emka noire, mais le camarade Larinine pourrait peut-être se renseigner auprès de ses anciens collègues de la circulation pour réduire le champ des recherches. Si nous avions une idée du nombre d'Emka circulant à Moscou et des organismes auxquels elles sont attribuées, ça nous aiderait. Ensuite, cherchons si des véhicules reconnaissables ont été aperçus aux alentours du stade ou de l'église les deux soirs en question. Tout peut nous être utile.

Le général acquiesça.

— Par ailleurs, reprit Korolev, le camarade Semionov devrait poursuivre les interrogatoires des gens du quartier. Des gamins des rues traînaient dans les parages quand on a découvert le corps de la religieuse, je vais aller voir si je peux leur parler ce matin.

— Et l'ami Tesak ?

Semionov et Korolev se tournèrent vers Larinine.

— Je continue à passer en revue les photos d'identité judiciaire. Rien pour l'instant. Je montrerai les clichés de l'autopsie aux autres inspecteurs une fois qu'ils auront été développés, au cas où l'un d'eux le reconnaîtrait.

Larinine semblait épuisé.

— Et cette nouvelle fille, Dolina ? Ou Dolan, c'est ça ? demanda Popov.

— Je montrerai sa photo à Schwartz. (Korolev songea à ce qu'il allait dire ensuite.) Si elle a un lien avec Mary Smithson, nous devrions essayer de la retrouver, discrètement. C'est une Américaine, à ses yeux du moins, mais il est probable qu'elle ait pris une identité russe. Néanmoins, nous pourrions peut-être surveiller en douce les palaces fréquentés par les Américains. L'ambassade, les hôtels…

Popov l'interrompit d'un geste.

— Non. Ne pissez pas sur le lampadaire du NKVD. Ils le sentiront aussitôt, croyez-moi. Restez à l'écart des hôtels et des ambassades. Demandez à Gueginov de faire des agrandissements, si possible ; nous les ferons circuler dans les postes de police comme s'il s'agissait d'une personne disparue. On ne peut pas aller plus loin. Faites profil bas.

Korolev hocha la tête.

— Je le lui ai déjà demandé. Et concernant les indics au sein de l'Église ?

— Je verrai ce qu'on peut faire. Croyez-vous que votre ami écrivain pourra vous organiser une rencontre avec les Voleurs ?

— Ça vaut le coup d'essayer. Si le comte Kolya accepte de parler, il nous expliquera peut-être certaines choses. Au sujet de l'icône, pour commencer. Et pourquoi Tesak a fini comme ça.

— Un Voleur ne vous dira rien, intervint Larinine.

Korolev se tourna vers lui ; il s'attendait à voir du mépris dans son regard, mais son visage renfrogné semblait surtout marqué par le doute.

— Je pourrais lui offrir le cadavre de Tesak.

Le menton de Larinine s'affaissa des quelques millimètres qui le séparaient de son cou. Le général émit un grognement et pointa le doigt sur Semionov.

— Si une rencontre a lieu, emmenez-le avec vous. Et pensez à ôter vos crans de sûreté. Ne lui donnez le cadavre qu'en échange de renseignements valables. Autre chose ?

Korolev envisagea d'évoquer son guetteur nocturne et la filature qu'il avait repérée la veille, mais il se dit que c'était inutile. Après tout, il n'avait aucun élément concret à leur offrir, uniquement une impression, dont lui-même n'était pas trop sûr.

— C'est parti, déclara Popov, et les trois enquêteurs se levèrent comme un seul homme.

Larinine regarda Korolev au moment où ils quittaient le bureau. Il secoua la tête d'un air perplexe.

— Je vais continuer avec les photos d'identité judiciaire. Chaque chose en son temps.

Son visage pâle et triste rappelait celui d'un clown.

Le temps que Korolev et Semionov atteignent le poste de la Milice de la rue Razine, les nuages étaient passés du blanc au gris et ils noircissaient de minute en minute. Le crachin balayait les restes de neige, transformés en amas de glace sale, et le pare-brise cassé de la Ford avait trempé le manteau de Korolev. Il adressa un signe de tête à Semionov en descendant de voiture.

— Je vous retrouve là-bas, dit-il en essuyant la pluie sur son visage. Si les témoins ont vu des choses intéressantes, demandez à Broussilov de les garder jusqu'à mon arrivée.

Korolev se moquait de la pluie. De toute façon, que pouvait-on faire ? Le temps était comme il était. Peut-être que dans le futur la science soviétique serait capable de contrôler les éléments, de les mettre en marche ou de les arrêter, de les régler comme un radiateur. Mais pour l'instant c'était un facteur sur lequel seul Dieu pouvait jouer, et aujourd'hui

Dieu avait décidé de nettoyer le ciel de Moscou des fumées des usines et de les répandre dans les rues sous forme de flaques boueuses et de bouillasse noire. Korolev se disait que les chances de trouver les gamins des rues avec un temps pareil étaient maigres, mais il y avait près de l'église un poste de la Milice ouvert dans la journée, alors il décida de se renseigner, au cas où.

Le vieux sergent de faction à l'entrée examina attentivement ses papiers. Korolev le soupçonnait d'épeler les mots un par un dans sa tête.

— Ko-ro-lev ? dit-il en plissant le front, comme s'il n'était pas certain de la prononciation.

Un toit recouvrait la guérite, mais elle était ouverte sur les côtés et sa barbe grise, de même que ses sourcils, était grasse de pluie sale. On aurait dit un saint Nicolas trempé.

— De la rue Petrovka. J'enquête sur le meurtre commis en début de semaine.

— Ah ! fit le sergent avec dégoût. Où va le monde, camarade ? Quand on tue une jeune fille dans la maison de Dieu, c'est que ça va mal. On est tous athées, évidemment, mais il y a des choses qui ne devraient jamais arriver. C'est l'œuvre du diable. Ça me revient, maintenant que j'y pense. Vous étiez là le matin où on l'a trouvée. En uniforme, pas vrai ?

Un athée comme moi, pensa Korolev. Ils sont nombreux autour de nous.

— Oui, c'était moi. Écoutez, camarade. Il y avait des *besprizorny* devant l'église ce matin-là. Vous ne sauriez pas où je pourrais les trouver ? Ils étaient très jeunes, moins de dix ans, je dirais. L'un d'eux avait des cheveux roux, des yeux bleus, un visage émacié et une grosse veste matelassée. Ça vous dit quelque chose ?

— Ce petit-là, il est connu dans tout Moscou, camarade capitaine. C'est un voyou en herbe de première catégorie. Kim Goldstein, il s'appelle. Ses parents se sont retrouvés pris dans je ne sais quoi, vous savez comment c'est, et impossible de savoir où ils ont fini. Mieux vaut ne pas poser de questions, à mon avis. Bref, ils l'ont laissé livré à lui-même, et depuis ce vaurien fait les quatre cents coups. Je lui ai mis le grappin dessus une ou deux fois, mais je n'ai pas eu le cœur de l'embarquer. Peut-être que j'aurais dû, remarquez. Il n'a que la peau sur les os, et il ne passera pas l'hiver si je ne l'arrête pas, c'est sûr.

— Vous savez où je pourrais le trouver ?

— Oui. Et je vais vous le montrer de bon cœur, camarade. Juste le temps de prévenir les collègues que je quitte mon poste.

Korolev se demanda si les parents du garçon l'avaient prénommé ainsi en référence au personnage de Kipling ou à l'acronyme soviétique du Mouvement international des jeunesses communistes. Il espérait que c'était la première raison, vu le sort qui lui avait été réservé. Une dose d'ingéniosité lui serait utile.

Dix minutes plus tard, Korolev se tenait à l'entrée d'une ruelle et il contemplait des écuries délabrées qui devaient être prochainement détruites pour laisser place à un central téléphonique. En attendant, c'était le repaire des *besprizorny*. Il entendit le coup de sifflet du sergent lorsque celui-ci pénétra dans les écuries du côté opposé, et presque aussitôt surgirent dix ou douze jeunes enfants, et non les deux ou trois auxquels s'attendait Korolev. Ils se figèrent en le voyant et jetèrent des regards inquiets derrière eux, alors que le son du sifflet se rapprochait.

Une voix jaillit du fond :

— Hé, l'ancien ! Ne te dresse pas sur la route du collectif !

— Tu as entendu, grand-père ? Aucune forteresse ne peut nous résister !

Leurs voix étaient ridiculement juvéniles, mais leurs yeux remplis de fureur transperçaient l'obscurité humide comme des projecteurs. Korolev faillit dégainer son arme, mais cela aurait été ridicule. Il avait face à lui une bande de gamins qui braillaient des slogans entendus dans des films.

— Ne bougez pas, je suis un inspecteur de la Milice, dit-il d'un ton qu'il espérait ferme.

Mais au même moment le sergent apparut à l'autre extrémité des écuries et tout le groupe décampa dans la direction de Korolev. Celui-ci s'accroupit pour se mettre à leur hauteur et repéra Goldstein au milieu de la meute, puisqu'il fallait en choisir un. Il attrapa le garçon au niveau du ventre et sentit la veste matelassée gigoter entre ses mains ; à tel point que le garçon faillit s'en dépouiller et lui échapper, mais Korolev réussit à agripper une jambe. Il pensait que les autres allaient filer, mais, au lieu de cela, il fut assailli de coups de pied, des mains lui tirèrent les cheveux, pendant qu'un petit poing se déchaînait sur ses testicules. Il fit pivoter Goldstein à la manière d'un bouclier, tandis que le sergent poussait des rugissements et frappait avec sa matraque les enfants les plus lents.

— Vermine ! Vermine ! Vermine ! braillait-il aux gamins qui battaient en retraite.

Il s'appuya contre le mur de la ruelle, le souffle coupé.

— Ils agressent les ivrognes de cette façon, camarade. La nuit. Comme un essaim. Une fois que le pauvre gars se retrouve à terre, il n'a plus aucune chance. Un de ces jours, ils vont tuer quelqu'un. Regardez votre manteau si vous ne me croyez pas.

Une longue entaille partait de sous son aisselle. Korolev la sonda rapidement avec sa main libre. Pas de sang.

— Bon Dieu ! Comment je vais faire réparer ça ?

— Tu n'as qu'à le recoudre toi-même, vieille bique !

La voix provenait du paquet de tissu matelassé et de membres qu'il avait cloué contre le mur.

Comme s'il s'agissait d'un signal, des pierres et des morceaux de bois commencèrent à pleuvoir autour d'eux : les enfants, regroupés, avançaient pour récupérer leur prisonnier.

— Hé ! Arrêtez ça, bande de petits merdeux ! cria Korolev, laissant échapper sa colère provoquée par le manteau tailladé et les testicules endoloris. Je ne vous ferai pas de mal, sauf si vous m'y obligez. Je n'ai pas l'intention non plus d'emmener le jeune Goldstein. Je veux juste vous poser quelques questions. Je suis inspecteur, rue Petrovka.

Tout le monde connaissait la rue Petrovka et les garçons, parmi lesquels se trouvaient apparemment une ou deux filles, cessèrent leur bombardement. Korolev en profita pour remettre de l'ordre dans la tenue de Goldstein et dégager son visage.

— Vous voyez ? Il n'a rien, dit-il en gardant les mains à l'écart des dents du garçon et en coinçant ses jambes contre les briques pour l'empêcher de donner des coups de pied. Tu te souviens de moi ? Tu étais devant l'église où la femme a été assassinée.

— Qu'est-ce que vous voulez, *ment* ? demanda le garçon d'un ton rempli d'indignation.

Au moins avait-il cessé de gesticuler.

— Des renseignements. Vous pouvez gagner quelques roubles.

— On cafarde pas, nous autres.

Une exception, se dit Korolev, dans une ville où les dénonciations qui arrivaient quotidiennement rue Petrovka étaient si nombreuses qu'ils avaient une équipe de huit officiers pour les lire.

— Je recherche un meurtrier qui torture à mort des jeunes femmes. C'est un monstre, pas un habitant du quartier qui achète et revend des légumes au marché de la Soukharevka. J'ai besoin de votre aide.

Les enfants l'observèrent ; ils réfléchissaient à sa proposition.

— Comme les Irréguliers de Baker Street ? demanda une petite blonde.

Elle avait le visage noir de crasse et un manteau en laine aussi sale, mais bien coupé.

— Vous aimez Sherlock Holmes ?

Plusieurs enfants hochèrent la tête et l'un d'eux sortit de sa poche un exemplaire sauvagement mutilé du *Signe des quatre*.

— Eh bien, vous serez les Irréguliers de la rue Razine, si vous voulez. Un rouble en échange d'un renseignement de premier ordre.

— Un rouble ? Et puis quoi encore ?

Korolev toisa le visage méprisant du jeune Goldstein et remarqua son intérêt évident. Il sentit qu'il pouvait le lâcher, maintenant que c'était devenu une question de prix plus que de principe.

— Je pourrais être un peu plus généreux, dit-il en se demandant comment il expliquerait ça au général qui s'opposait à ce qu'on paye les indics, dans tous les cas.

— Cinq roubles.

— Si ça vaut vraiment le coup. Sinon, on verra.

Deux yeux pétillant de malice l'observèrent sous une tignasse rousse raidie par la crasse.

— Bon, fit le garçon, ce qui semblait s'apparenter à une acceptation de l'offre.

Les autres se rapprochèrent. Le sergent garda sa matraque à la main, prêt à s'en servir. Et Korolev prit soin d'avoir tous les enfants dans son champ de vision.

— Écoutez-moi, citoyens. Je m'appelle Korolev. Alexeï Dmitrievitch. Pour commencer... voici la femme qui a été assassinée. Quelqu'un la reconnaît ?

Il fit circuler la photo du visa de Mary Smithson, mais n'obtint aucune réaction, si ce n'est un intérêt macabre ou un sanglot étouffé de la part de la fillette blonde. Il enchaîna :

— Certains témoins l'ont peut-être vue vers minuit le soir en question. L'un de vous était-il encore debout à cette heure-là ? Il y avait peut-être une voiture garée un peu plus loin dans la rue. Quelqu'un l'a vue ?

— Y avait une Emka noire, c'est vrai. Vous vous souvenez, les gars ? Près du vendeur de cigarettes ?

C'était un garçon efflanqué, coiffé d'une casquette et vêtu d'un pull détendu et usé. Deux autres confirmèrent d'un hochement de tête.

— Je m'en souviens, c'était vers le Kremlin. Du même côté de la rue que l'église.

— Ouais, et y avait un gars assis au volant qui fumait.

— L'un de vous a-t-il vu son visage ?

— Non. On a cru que c'était le chauffeur d'un gros bonnet. Ou un *ment*. On s'est pas approchés, dit le garçon à la casquette.

Les deux autres acquiescèrent.

— Il avait remonté son col. On voyait juste la cigarette qui dépassait.

— Excellent.

Korolev glissa la main dans sa poche pour prendre son portefeuille. Il en sortit deux billets d'un rouble, puis se ravisa et en prit trois autres.

— J'aimerais que vous essayiez de retrouver quelqu'un pour moi, dit-il en produisant la photo de Nancy Dolan. Dix roubles si vous la localisez. Et cinq roubles à vous partager en attendant.

Goldstein lui arracha l'argent et tendit la main pour sceller le marché.

— On la retrouvera, vous inquiétez pas.

Il rejoignit ses camarades, leur fit un petit signe de tête et tous repartirent dans la ruelle comme un seul homme.

— Si vous voulez mon avis, c'est de l'argent gaspillé, grommela le sergent, mais sa moustache dissimulait mal un sourire.

Korolev tendit le menton dans la direction où étaient partis les enfants.

— Comment finissent-ils ?

— Le Seigneur les rappelle à lui très tôt, si l'État ne les jette pas dans un orphelinat avant. Je ne sais pas ce qui est préférable.

Korolev s'attendait à cette réponse. Il boutonna son manteau pour se protéger du crachin et fit glisser son doigt dans l'entaille, alors qu'ils regagnaient le poste de la Milice.

— Comment vous appelez-vous, sergent ? Pour que je sache, si vous m'appelez.

— Pouchkine.

— Vraiment ?

Le vieil homme hocha la tête, l'air résigné.

— Je vous en prie, camarade capitaine. Je n'ai pas choisi. Je suis né avec. On ne peut pas changer son nom de famille, pas vrai ? Oh, je ne me plains pas ; un nom, c'est rien qu'un nom. Le Seigneur l'a voulu ainsi. Je veux dire… c'est comme ça, et puis voilà. Le camarade Staline ne changerait pas son nom, hein ?

— Non, c'est exact, sergent.

Même si, évidemment, rusé Géorgien, le grand chef avait changé son nom. Staline, ça sonnait mieux que Djougachvili pour des oreilles russes.

CHAPITRE 14

Korolev marcha dans une profonde flaque d'eau devant le poste de la Milice de la rue Razine et poussa un juron. Broussilov l'attendait sur le seuil, fumant une cigarette.

— Korolev ! On dirait que vous avez traversé la Moskova à la nage pour venir ici. Qu'est-il arrivé à votre manteau ?

Korolev secoua la main de Broussilov, véritable battoir, tout en montrant le côté de son manteau entaillé.

— Un petit vaurien a essayé de me faire tâter de son rasoir. Y a-t-il un feu quelque part pour que je le mette à sécher ? Il est trempé.

Le visage de Broussilov semblait taillé dans la même pierre dure que les murs du poste, mais c'est avec un regard chaleureux qu'il montra un poêle en fonte au fond de la salle. Korolev fut ravi de pouvoir se débarrasser de son manteau imbibé d'eau. Le poste était encore plus délabré que dans son souvenir. Un assortiment de citoyens était assis sur un long banc qui occupait toute la longueur d'un mur ; leurs vêtements étaient mouillés et leurs visages hargneux, alors que face à eux des miliciens en uniforme, installés derrière trois bureaux, géraient le flot ininterrompu de plaintes, de convocations et de demandes d'assistance. Une ampoule électrique nue éclairait la scène. Broussilov suivit le regard de son collègue et secoua la tête.

— La moitié de notre temps est accaparée par la bureaucratie. Trois de mes hommes tamponnent des documents du matin au soir et la queue s'allonge de jour en jour. Bref, votre jeune gars est en haut avec la citoyenne Kardasheva, un sacré numéro celle-là. Ça vous ennuie si j'assiste à l'entrevue ?

— Faites comme chez vous, camarade. Plus on est de fous, plus on rit.

Semionov et Kardasheva étaient assis face à face, de part et d'autre d'une table en bois grêlée dans la salle d'interrogatoire. La peinture grise des murs s'écaillait et l'ampoule électrique de faible intensité peinait à atteindre les coins de la pièce.

— Ah, en voilà d'autres, commenta la femme en ajustant ses lunettes pour mieux voir Korolev et Broussilov. Vous m'arrêtez ou quoi ?

— Non, citoyenne. Nous voulons juste vous poser quelques questions sur ce que vous avez vu avant-hier soir.

Semionov semblait las, ce n'était visiblement pas la première fois qu'il débitait cette explication.

— Pourtant on est bien dans une cellule, non ? Y a des barreaux à la fenêtre.

Elle montra la petite ouverture dans le mur, face à la porte. La vitre était si sale que Korolev s'étonna qu'elle puisse apercevoir les barreaux à travers.

— Je ne suis pas l'architecte, citoyenne, mais il s'agit d'une simple salle d'interrogatoire, répondit Semionov. Et si je vous ai demandé de rester ici, c'est pour que vous décriviez précisément ce que vous avez vu au capitaine Korolev.

— Je croyais que c'était vous qui enquêtiez sur le meurtre.

— Oui, mais le capitaine Korolev chapeaute toute l'affaire.

La vieille femme renifla avec mépris, puis referma les pans de son antique manteau marron, en coinçant ses cheveux argentés à l'intérieur du col en velours élimé. Korolev lui donnait environ soixante-cinq ans ; son visage, aiguisé par la faim et un cynisme chronique, avait été beau.

— Merci pour votre coopération, citoyenne Kardasheva. Je crains que ce ne soit moi le fautif, dit Korolev. Je voulais entendre ce que vous aviez à dire de votre bouche.

— Eh bien, c'est pas juste. J'ai rien fait de mal et je pourrai m'estimer heureuse s'il reste des miettes de pain à la coopérative maintenant. Il va y avoir une queue d'une verste de long, tout ça pour du pain noir à un rouble et soixante-quinze kopecks le kilo. C'était plus facile avec les coupons. Mais allez-y, posez vos questions. Je vous dirai tout. Je suis une citoyenne honnête, que personne vienne vous dire le contraire.

— Je le vois bien, dit Korolev d'un ton apaisant. Je suis navré de devoir vous poser les mêmes questions encore une fois.

Le rictus sévère de Kardasheva s'adoucit et elle inclina la tête pour prendre note de cette marque de courtoisie de la part du capitaine.

— Le soir du meurtre, vous avez vu une jeune femme marcher en compagnie de deux hommes vers l'église où le corps a été découvert. Croyez-vous que vous seriez capable de reconnaître cette femme sur une photographie ?

— Peut-être. Ma vue n'est pas parfaite, mais je portais mes lunettes et la rue est bien éclairée.

Korolev déposa sur la table en bois la photo de Mary Smithson et la fit glisser vers Kardasheva. Une longue main fine se tendit pour la prendre ; elle la leva sous l'ampoule pour tenter de capter le maximum de lumière.

— Je crois. Il faisait nuit, mais je crois. En tout cas, je dirais pas que c'est pas elle.

Elle repoussa la photo et croisa les bras de nouveau. Broussilov se pencha pour prendre le portrait, qu'il examina avec le même soin.

Korolev reprit :

— Votre description des vêtements correspond également à ceux de la victime. Partons donc du principe que la femme que vous avez vue est bien la victime. J'aimerais que vous m'en disiez le plus possible sur les deux hommes qui l'accompagnaient.

La vieille femme plissa les yeux, comme si elle essayait de revoir cette scène nocturne.

— Un des deux était imposant. Pas vraiment grand, mais très costaud, un vrai bœuf à deux pattes. J'avais de la peine pour la fille. Je me suis dit qu'ils allaient lui faire quelque chose de mal.

— Pourquoi avez-vous pensé cela, citoyenne ? Vous ne l'avez pas précisé quand on vous a interrogée.

— On aurait dit qu'elle était ivre. Elle ne titubait pas vraiment, mais le gros balèze la tenait par les épaules, et j'avais l'impression qu'elle était pas libre d'aller où elle voulait. Ce type semblait capable de soulever une maison d'une seule main. Fallait voir sa carrure. Et c'était pas du gras. Que du muscle. Ça se voyait à sa façon de marcher.

— Combien mesurait-il, à votre avis ?

— Dans les un mètre quatre-vingts, à mon avis. Et la fille ? Je dirais que le type mesurait quinze centimètres de plus qu'elle.

Un mètre quatre-vingts. Une bonne estimation, se dit Korolev. La fille faisait un mètre soixante-cinq d'après le rapport d'autopsie.

— L'autre homme portait un feutre ; il était plus petit, mais quand même plus grand que la fille. Et il tenait une valise. Les deux types portaient de longs manteaux. De couleur sombre. Je voyais pas vraiment leurs têtes, mais le plus grand avait un visage large, comme son corps. L'autre, j'ai rien remarqué de spécial. C'est le costaud qui attirait mon attention. C'étaient pas des travailleurs ordinaires, voilà ce que je pense. Mais vous le savez mieux que moi.

— Que voulez-vous dire ?

— Je me comprends. C'étaient des hommes de la Milice ou de l'Intérieur, sauf erreur. Le costaud en tout cas. C'étaient pas des voyous ni des Voleurs. Ça se voyait, même de l'autre côté de la rue. Le clic-clic-clic des bottes neuves sur le trottoir. On entend pas beaucoup de bottes neuves dans la rue Razine cette année : on peut pas en acheter dans les magasins, même quand on a des relations. Et puis leur façon de marcher… comme si la ville leur appartenait.

Korolev connaissait les individus dont elle parlait : ils se faisaient remarquer volontairement, même en civil. Parfois c'étaient des inspecteurs, en effet, mais la plupart du temps c'étaient des tchékistes. Il regarda ses pieds, puis ceux de Semionov et de Broussilov : les deux autres miliciens portaient des bottes en cuir neuves. Était-il donc le seul flic de Moscou à patauger dans la gadoue cet hiver avec ses chaussures en feutre, nom de Dieu ? La vieille femme remarqua sa grimace de mécontentement.

— Eh oui, capitaine. Je ne suis pas sûre que vous profitiez pleinement de votre position.

— Un peu de respect, citoyenne.

Korolev ne parvint pas à masquer son irritation. Pourquoi est-ce que tout le monde avait des bottes en cuir neuves sauf lui ?

— Avez-vous d'autres raisons d'affirmer que ces deux hommes étaient des inspecteurs ?

— Oh, j'ai pas dit que c'étaient des inspecteurs. C'étaient des gros bras. Vous, vous êtes pas un gros bras, mon cher capitaine. Loin de là. Le garçon non plus.

Elle regarda brièvement Semionov, avec un tel dédain que le lieutenant rougit.

— Le camarade Broussilov ici présent, reprit-elle, pourrait en être un, mais c'est pas le cas. Les deux autres… c'était leur profession.

Des tchékistes à coup sûr, se dit Korolev. Il consulta ses notes, puis se tourna vers Broussilov, qui haussa les épaules. Semionov se joignit au consensus en hochant la tête. La vieille femme n'avait plus rien à leur apprendre.

— Vous pouvez partir, citoyenne. Et merci pour votre aide. Si par hasard vous apercevez un de ces hommes, contactez-moi rue Petrovka, je vous prie. Le standard vous passera mon poste directement. Ou bien contactez le capitaine Broussilov.

— Vous savez, j'ai pas peur de dire que deux tchékistes sont peut-être impliqués dans un meurtre.

Elle soupira, puis redressa le menton avec fierté, ou avec résignation.

— Peut-être que j'aurais peur si j'étais plus jeune, capitaine, mais j'ai vu ce que j'ai vu. Que puis-je faire ? C'est mon devoir de dire la vérité. C'est pas ce qu'on nous apprend à l'école ?

Avant la Révolution peut-être, pensa Korolev. Il montra la porte d'un mouvement de tête.

— Le lieutenant Semionov va vous raccompagner. Merci, citoyenne.

Quand la lourde porte se fut refermée sur eux, il se tourna vers Broussilov.

— Qu'en pensez-vous ?

— Impossible, non ? Quand les tchékistes ont besoin de faire ce genre de choses, ils ont la Loubianka, la Boutyrka et une demi-douzaine d'autres prisons. Ça me paraît improbable. Qu'est-ce que vous avez à part ça ?

Korolev lui parla de l'Emka noire, des brûlures à l'électricité et du Voleur mort. Broussilov l'écouta en passant sa grosse main sur son menton mal rasé.

— Je suis bien content que ce soit votre enquête et pas la mienne, dit-il après un long silence. Ça sent mauvais. Quoi qu'il en soit, on vous transmettra tout ce qu'on trouve. On continue à interroger les membres du Komsomol qui ont pénétré dans l'église.

Son haussement de sourcils indiquait qu'il considérait cela comme une perte de temps.

— Ça vaut la peine, dit Korolev en prenant une cigarette.

Il tendit le paquet à son collègue, qui refusa avec un soupir.

Broussilov changea brusquement de sujet :

— Vous avez entendu l'explosion cette nuit ?

Korolev réfléchit avant de secouer la tête.

— Encore une église. Ils en ont déjà déblayé la moitié. Pour faire de la place pour le grand défilé d'octobre.

Broussilov avait dit cela d'un ton neutre, sans trahir le moindre sentiment dans un sens ou dans l'autre.

— Peut-être que je vais prendre une cigarette, finalement.

Il était en train de l'allumer quand Semionov revint dans le bureau ; il tendit un mot à Korolev en le regardant d'un air plein d'espoir.

Rejoignez-moi à l'hippodrome à 13 h 30. Asseyez-vous dans les tribunes, au niveau de la ligne d'arrivée. Je vous trouverai. Notre ami veut vous rencontrer.

I.E. B.

CHAPITRE 15

Korolev avait toujours été frappé par le fait que l'extérieur de l'hippodrome de Moscou évoquait davantage un musée. Avec ses colonnes et sa magnificence, le long bâtiment blanc ressemblait à une relique d'une époque révolue ; un lieu destiné aux princes plus qu'aux prolétaires. L'entrée, sorte d'arc de triomphe, était surmontée d'un char tiré par des chevaux en bronze. Tout cela ne faisait guère soviétique, assurément, en dépit d'une large banderole qui exhortait les citoyens à réaliser avant l'heure les objectifs du plan quinquennal. D'ailleurs c'était peut-être à cause de l'élégance de ce bâtiment qu'aucune course n'avait été organisée pendant plusieurs années après la Révolution. L'entretien d'un hippodrome à l'aspect bien trop bourgeois n'apparaissait pas comme une priorité à une époque où la capitale souffrait de la famine, où les armées gagnaient et perdaient du terrain au gré des batailles. Néanmoins, une fois la guerre civile terminée et la paix conclue avec les Polonais, le champ de courses avait pu rouvrir ses portes. Après tout, les Moscovites aimaient toujours parier, même si, désormais, les casquettes avaient remplacé les hauts-de-forme.

Semionov arrêta la voiture à distance respectable des groupes de badauds rassemblés devant l'entrée et se tourna vers son supérieur.

— C'est suffisamment près ?

— Ça ira.

Korolev jeta un rapide coup d'œil autour de lui pour voir si quelqu'un les observait, puis il vérifia que son Walther était bien chargé, et il introduisit une balle dans le canon, au cas où. Semionov l'imita. Comme toujours, l'odeur de la graisse de fusil fit naître un frisson d'anticipation dans le dos de Korolev. Il ne pensait pas être obligé d'utiliser son automatique, mais mieux valait se tenir prêt, comme le lui avait conseillé Popov.

— Restez en retrait. Si j'estime avoir besoin d'aide, je sortirai mon mouchoir. Mais dans ce cas je ne veux pas que vous interveniez seul. Il y aura forcément des policiers en uniforme dans les parages ; alertez-les d'abord. Kolya sera sûrement accompagné.

Semionov regarda le mouchoir blanc du capitaine comme s'il voulait le mémoriser.

— Vous ne me verrez pas, Alexeï Dmitrievitch, mais je jure sur mon honneur de Komsomol que je ne vous perdrai pas de vue.

— Tant mieux. Laissez-moi prendre un peu d'avance avant de me suivre.

Korolev descendit de voiture et se dirigea vers l'entrée principale. Le Walther était une présence rassurante sous son aisselle.

Il tendit un billet de cinquante kopecks à l'employé du portillon automatique et entra dans le hall faiblement éclairé, dont les murs hauts s'ornaient de mosaïques dédiées à la gloire de la race chevaline, à peine visibles sous vingt ans de crasse. Ici, une charge de la cavalerie, avec des cosaques qui jaillissaient de l'obscurité au galop ; leurs montures avaient les naseaux dilatés et les dents en avant. Là, une colonne de chevaux d'artillerie traversait le désert. De tous les côtés, des chevaux labouraient, portaient, se battaient, défilaient, sautaient... en une succession d'images marbrées de poussière. Korolev n'avait pas mis les pieds aux courses depuis la guerre contre l'Allemagne et il était surpris par l'état de délabrement de l'hippodrome. Jadis, le spectacle valait le déplacement ; le parfum des femmes de l'aristocratie évoquait un champ de fleurs d'été. Désormais, c'était moins réjouissant. La plupart des ampoules du grand lustre étaient grillées, le plafond semblait fuir et des flaques d'eau constellaient le sol carrelé. Du moins, il espérait que c'était bien de l'eau, même si l'odeur permettait d'en douter. Des hommes à moitié dissimulés dans la pénombre l'observaient ; un ou deux détournèrent la tête, mais d'autres le dévisagèrent avec une étrange intensité. Il poursuivit son chemin, sans trop savoir ce que voulaient ces hommes. Il repoussa d'un mouvement d'épaule une main qui le tirait par la manche.

La salle suivante était mieux éclairée. Des femmes d'un certain âge à l'air morose se tenaient derrière une rangée de cabines vitrées, à côté de laquelle un homme très maigre, perché sur un escabeau, notait les cotes sur un tableau noir. Il y avait également un stand qui vendait à manger. En échange de soixante kopecks il eut droit à un *buterbrod*, une tranche de pain noir décorée de fines tranches de saucisse. Il mordit dedans et, se souvenant qu'il avait fumé sa dernière cigarette rue Razine, il en acheta un paquet au stand voisin. Après quoi il gravit les marches de marbre gris fendues qui menaient aux tribunes, en repoussant du coude un marin titubant qui reluquait sa tranche de pain avec avidité.

Malgré le crachin tourbillonnant, il poussa un soupir de soulagement quand il se retrouva dehors. Les tribunes étaient bondées ; plusieurs milliers de Moscovites s'entassaient sur les gradins et laissaient échapper un grondement d'excitation qui enflait à chaque seconde. Il se retourna et vit approcher une masse de jockeys vêtus de casaques aux couleurs vives, éclatantes sur le fond du ciel gris ardoise. Une immense gerbe d'eau et de boue les entourait, tandis qu'ils cravachaient leurs montures. Les rugissements de la foule couvraient le martèlement des sabots. Trois chevaux se détachèrent et une clameur s'éleva, où se mêlaient la joie et la consternation.

Une fois la course terminée, une grande partie de la foule se dispersa. Certains parieurs heureux agitaient les tickets gagnants, alors que d'autres se dirigeaient vers le fond des tribunes pour se consoler en buvant de la vodka. Korolev monta vers le deuxième niveau de sièges et avisa une place dans l'alignement du poteau d'arrivée, comme le lui avait demandé Babel. Il s'assit, à son aise, finit son pain et sa saucisse, puis alluma une cigarette et inhala la fumée avec un plaisir serein. Il se blottit à l'intérieur de son manteau, encore humide mais chaud, et essaya d'apercevoir la silhouette trapue de l'écrivain.

Il le guettait toujours quand Babel s'assit à côté de lui avec un sourire.

— Vous ne m'avez pas vu arriver.

— Je ne vous cherchais pas, mentit Korolev. Je me suis dit que ce serait moins fatigant si c'était vous qui me trouviez.

— Vous en avez une pour moi ? demanda Babel en montrant la cigarette.

— Bien sûr. (Korolev lui tendit le paquet qu'il venait d'acheter.) Alors, dites-moi un peu : comment ça s'est passé avec Kolya ?

— Pas trop mal. Je suis un remarquable entremetteur, semble-t-il. Vous attendez tous les deux votre premier tête-à-tête avec impatience. Il savait déjà tout de vous, d'ailleurs.

— Il savait tout de moi ? répéta Korolev, surpris qu'un Voleur comme Kolya puisse s'intéresser à un banal inspecteur comme lui.

— Apparemment.

— Il est au courant pour Tesak, peut-être ? Il sait que j'enquête sur ce meurtre ?

— Il sait que Tesak est mort, c'est sûr. Je vais vous expliquer comment ça s'est passé. Je l'aperçois près du pesage et je le salue en soulevant mon chapeau. Il me fait signe d'approcher. « Je voulais vous parler, me dit-il. – Moi, j'ai une proposition à vous transmettre, je lui réponds. – Allez-y. Je suis curieux de savoir ce que c'est. – Il s'agit d'un policier qui voudrait s'entretenir avec vous. – Korolev ? Votre voisin ? » me dit-il. Là, les bras m'en sont tombés. Kolya me fait un petit sourire, comme pour dire : « Je sais quand vous pétez dans votre bain, Babel. » C'était très déconcertant, croyez-moi.

— J'imagine, répondit Korolev sèchement.

— Je lui demande alors : « Vous êtes au courant pour Tesak ? Comment il est mort ? » Kolya hoche la tête, lentement, et je comprends que non seulement il est au courant, mais qu'il a l'intention de rendre la monnaie de sa pièce à celui qui a fait ça. « Korolev voudrait vous poser quelques questions, je lui dis. En échange, il vous fournira des renseignements. Et si vous voulez récupérer le corps, ça peut s'arranger. Vous n'aurez rien à craindre, il n'y aura aucun piège. Vous avez sa parole d'honneur. » Il me regarde d'un air coriace. Un regard qui pénètre au plus profond de vous et vous broie l'estomac, jusqu'à ce que vous ayez l'impression qu'il est vide. Il se demande s'il peut me faire confiance et il me fait comprendre, avec ses yeux, ce qui m'attend si jamais ça tourne mal. Un regard peut en dire long, vous savez. Bref. « Où et quand ? demande-t-il après m'avoir observé pendant des heures, me semble-t-il, comme si j'allais servir de repas à son chien. – À vous de décider, lui dis-je puisque c'est ce qu'on a convenu. Korolev comprend que vous vouliez vous sentir en sécurité ; il vous laisse donc choisir l'endroit et l'heure. » En entendant cela, il éclate de rire. « Je me sens toujours en sécurité, vous le lui direz. Aujourd'hui. Treize heures trente. Ici. On parlera. » Et voilà. Il m'a congédié.

— Vous avez été parfait, Isaac Emmanuilovitch.

— Oh, je vous en prie, appelez-moi Isaac. Et pour être franc, j'ai trouvé cette expérience très intéressante. Avez-vous un plan ?

— On verra bien s'il vient. Ensuite, j'improviserai.

Ils fumèrent en silence, regardant la foule qui regagnait les tribunes pour assister à la course suivante, des trotteurs. Des drivers assis dans des sulkys débouchèrent sur la piste et accélèrent dans le virage pour venir se placer au départ. Babel montra un jockey dont la casaque blanche s'ornait d'une étoile rouge.

— Ivanov devrait l'emporter. Force prolétarienne est favori. Je vois mal les autres venir l'inquiéter. Mais la cote n'est pas fameuse.

— Vous avez parié ?

— Sur le 4 Placé-gagnant. La cote était un peu meilleure.

Les gradins s'étaient remplis et Korolev vit plusieurs types qui se ressemblaient étrangement s'asseoir autour d'eux. Un gros dur au visage épais en partie masqué par le col relevé de sa veste en cuir et une casquette enfoncée sur son crâne prit place à côté de Babel. Mais la casquette ne cachait pas les doigts tatoués, jaunis par la nicotine, qui portèrent une *papirosa* à sa bouche.

— Je peux vous taper une clope, l'ami ? demanda un jeune gars à la peau transparente assis à la gauche de Korolev.

Celui-ci hocha la tête, glissa la main dans sa poche et lui tendit son paquet de Belomor.

— Ah, le canal blanc ! dit le jeune gars en tapotant avec son doigt bleu sur la carte qui décorait le paquet. Ils sont nombreux les chics types qui ont creusé leur propre tombe dans ce canal. Mais pas moi, *amigo*, pas moi. N'empêche, ils ont donné son nom à des bonnes clopes.

Korolev plongea son regard dans les yeux bleus délavés du jeune type ; ses pupilles ressemblaient à des têtes d'épingle et aucune étincelle de vie ne les illumina quand il décocha un sourire qui dévoila des dents ébréchées et jaunes. Son haleine empestait la pourriture et Korolev dut prendre sur lui pour réprimer un mouvement de recul.

— Ayez l'obligeance de me suivre dès que la course débutera, *señor*. Quand on arrivera dans le couloir derrière les gradins, vous me filerez votre flingue. Celui qui est planqué sous votre aisselle. J'aperçois la bosse. Discrètement, évidemment. Les braves gens n'aiment pas qu'on sorte la quincaillerie dans un lieu de distraction. Ne vous inquiétez pas, vous le récupérerez.

— Compris. Vous avez du feu ?

— Ouais.

Une allumette apparut dans la main du garçon. Il la frotta contre ses dents ; elle s'enflamma et l'éclair de soufre illumina son visage. Il était presque beau, pensa Korolev, mais son regard ferait fuir n'importe qui, à part un aveugle. Ce gamin éclaterait de rire en vous plantant un couteau entre les côtes, et ensuite il le remuerait dans la plaie, pour le plaisir.

— Vous avez parié ? Les canassons, ça me connaît. Je pourrais vous refiler un tuyau.

— On se lève dès que la course commence, hein ? demanda Korolev en ignorant la question.

— Hé, le prenez pas comme ça. C'est pas souvent que j'ai l'occasion de bavarder avec la flicaille dans une ambiance agréable. Si ça se trouve, peut-être qu'on va devenir potes. On ira voir jouer le Dynamo ensemble, on traînera avec les autres *ment*. Peut-être même que vous pourriez me remettre dans le droit chemin. Vous feriez de moi un enfant de chœur du Komsomol. Fini le vol pour Michka ; j'aurais trouvé un nouveau moyen de m'enrichir sur le dos de braves citoyens.

Son ricanement ne se propagea pas jusqu'à ses yeux, et à cet instant Korolev eut très envie de garder son arme, mais la course débuta et Michka se leva, tout comme le fumeur de *papirosa*. Korolev espérait que son visage ne trahissait pas la nervosité qui l'habitait, alors que trois autres balèzes se levaient à leur tour.

— Le scribouillard vient aussi, dit Michka et Korolev fit signe à Babel, hébété, de se mettre debout.

L'écrivain s'exécuta et regarda les Voleurs sans chercher à masquer sa curiosité ; l'ombre d'un sourire passa sur ses lèvres. Il aime ça, pensa Korolev, surpris. Il enregistre tout pour pouvoir écrire une de ses foutues histoires. Il y avait là quelque chose de tellement ridicule qu'il eut presque envie de sourire, lui aussi.

— À la bonne heure, *compadres*. On monte l'escalier et on y est. Accélérez un peu, il ne faut pas être en retard.

Dans le couloir, derrière les tribunes, Korolev écarta les pans de sa veste et Michka sortit le Walther de son holster. Il remit le cran de sécurité avant de le glisser dans sa poche. Un autre type fouilla Babel, puis Michka pencha la tête sur la gauche en leur faisant signe de marcher vers une porte située tout au fond du couloir. Il emboîta le pas à Korolev.

— Joli flingue. C'est de l'artillerie fiable, le Walther. Les Américains fabriquent les meilleures armes, évidemment. Un Browning ou un Colt, ça impose le respect aux morts, si vous voyez ce que je veux dire. Et la Thompson ? Ah, voilà un engin qui fait pencher la balance de votre côté… Ta-ta-ta-ta et on n'en parle plus. Mais les Allemands savent faire de bonnes armes, eux aussi. Ils s'y connaissent, question obusier.

Un des hommes de main frappa à la porte, deux fois, et celle-ci fut ouverte par un individu au crâne rasé que Korolev avait repéré dans le hall. Le type l'observa d'un air impénétrable et cracha par terre au moment où ils passaient.

— Faites pas attention. Il est indisposé : il s'est transformé en gonzesse quand il était dans la Zone, à ce qu'on raconte.

Ils descendirent un escalier en bois ; leurs pas résonnaient, le type au crâne rasé fermait la marche. À chaque tournant, Korolev jetait de rapides coups d'œil autour de lui et il parvint à la conclusion que ces hommes savaient très bien où ils allaient et ce qu'ils faisaient. Il espérait que Semionov s'en rendrait compte, lui aussi, et qu'il resterait en retrait.

Arrivés au rez-de-chaussée, ils sortirent du bâtiment et traversèrent une cour déserte jusqu'à une lourde porte à double battant, ouverte par un autre gros bras qui attendait. Ils pénétrèrent dans un couloir obscur envahi par la chaude odeur de terre des chevaux. Au-dehors Korolev entendait des voix qui hurlaient le nom de Force prolétarienne alors que la course s'achevait, et il se demanda si Babel avait gagné. Quand il se tourna vers lui, il ne fut pas étonné de voir briller une lueur d'excitation dans les yeux du petit homme malgré la pénombre. Il doutait fort que cela soit lié à la course. Le Voleur qui marchait devant s'arrêta devant une autre porte ; Michka suivit alors Korolev et Babel dans une sorte d'écurie avec des stalles ouvertes de chaque côté, et la porte se referma derrière eux. La seule source lumineuse provenait du coin le plus reculé, où un homme imposant était assis sous une lanterne ; ses épaules larges tendaient son gilet en cuir. Son visage disparaissait dans l'ombre, mais il possédait un physique de lutteur.

— Pas toi, le scribouillard, dit Michka. Uniquement le bras puissant de la justice prolétarienne, si ça ne t'ennuie pas. Tu dois attendre ici avec moi.

En passant, Korolev posa la main sur le bras de Babel dans un geste rassurant. Dehors on entendait le vacarme qui accompagnait la fin de la course, mais tout cela semblait à mille lieues du calme qui régnait dans l'écurie.

L'homme au gilet leva la tête quand Korolev approcha.

— Il paraît que vous voulez me parler.

Korolev fut surpris par sa voix, celle d'une personne cultivée, et son ton grave et clair, faisant penser à un acteur. Le surnom de « comte » venait peut-être de là, songea-t-il. Le visage de Kolya était large, pâle et rasé de près dans la lumière tremblotante, mais ses yeux étaient noirs, profondément enfoncés. Son cou musclé sortait d'une chemise blanche amidonnée, qui paraissait d'autant plus éclatante à côté du gilet de cuir. Il était beau comme le sont souvent les athlètes, avec des traits réguliers, bien dessinés, et des cheveux d'un noir profond, coupés ras. Le Voleur porta à son oreille des doigts bleuis par l'encre de la prison et tira sur son lobe d'un air songeur : lui aussi observait son vis-à-vis avec intérêt. Korolev avait l'impression d'être « calculé » : ajouté, soustrait et, finalement, résolu. Une expérience désagréable.

— Et il paraît que vous voulez me parler, répondit-il. Ça m'a étonné, ajouta-t-il quand le silence devint insoutenable.

— Il y a de quoi. Un homme comme moi qui parle à un capitaine du service des enquêtes criminelles de Moscou ? Je devrais me tirer une balle.

Une phrase accompagnée d'une trace de sourire.

Korolev remarqua le manteau à l'aspect coûteux qui était suspendu à un crochet, comme pour servir d'enseigne aux activités malhonnêtes de cet individu.

— Pourquoi alors ?

Kolya réfléchit avant de répondre, puis il haussa les épaules.

— On a estimé que la situation était exceptionnelle.

— Exceptionnelle ?

— Je crois que c'est le mot qui définit le mieux les circonstances, dit Kolya en hochant la tête comme s'il était d'accord avec lui-même.

Korolev eut l'impression que le Voleur venait de faire une mystérieuse plaisanterie.

— Vos hommes étaient d'accord pour dire que c'était exceptionnel ? Vous avez voté, c'est ça ?

— Ce ne sont pas *mes* hommes, capitaine. Je les *représente*, en effet. Mais si je ne les représente pas comme ils le désirent, la place revient à quelqu'un d'autre, et moi, j'ai droit à une balle dans la tête en guise de retraite. Mais vous avez raison, nous nous sommes réunis, les responsables du moins. Les « autorités », comme on dit. Et la décision a été collective. Vous connaissez le dicton : entre deux maux, il faut choisir le moindre. Alors nous avons décidé de vous parler.

— Pourquoi moi ?

— Vous avez une réputation d'intégrité, contrairement à la plupart de vos collègues. Et puis il s'est avéré que vous vouliez nous parler, vous aussi, ce qui est toujours un bon point de départ.

Korolev prit le temps de se remémorer ce qu'il attendait de Kolya et ce qu'il était prêt à lui donner. Il sentait que finasser ne servirait à rien.

— Je peux faire en sorte que vous récupériez le corps de Tesak, et je peux vous fournir certaines informations sur sa mort. Mais je veux d'autres renseignements en échange.

— Tesak ? De vous à moi, capitaine, il a eu ce qu'il méritait. Vous auriez pu fendre des bûches sur la tête de ce type sans qu'il s'en aperçoive. Mais nous aimerions bien récupérer son corps, c'est vrai. Sa femme est toujours parmi nous. L'échange d'informations est plus intéressant. C'est autorisé ?

— J'ai l'autorisation de vous parler, évidemment dans certaines limites. Le corps de Tesak, ça vient de moi. C'est à Dieu de juger ce qu'il a fait de sa vie, mais vous pouvez l'enterrer comme un chrétien, si telle est votre coutume.

Kolya hocha la tête et désigna une balle de foin à côté de lui.

— Asseyez-vous, camarade capitaine. Et buvez un verre.

Ils s'assirent et Kolya brandit sa flasque en argent, qui scintilla lorsqu'il l'agita doucement à la manière d'un leurre de pêcheur. Korolev la regarda, reporta son attention sur le chef des Voleurs et, une fois encore, il se demanda comment il avait atterri ici, à cet instant, avec cet individu, pour avoir cette conversation. Il soupira, prit la flasque et but une longue gorgée ; la brûlure de l'alcool le fit frissonner.

— Soit j'ai froid, soit le diable vient de marcher sur ma tombe. Étant donné que je trinque avec vous, je pense plutôt que c'est le diable.

Kolya ricana.

— J'ai entendu de pires insultes.

Korolev sortit ses cigarettes de sa poche. Elles semblaient un peu humides, mais il tendit malgré tout le paquet à Kolya, qui en prit une.

— Alors donc, tous ces meurtres sont liés à une icône ? demanda Korolev en soufflant lentement la fumée, tout en guettant une réaction à sa question.

Il sentait la nicotine et la vodka se répandre jusque dans ses orteils. Kolya hocha la tête, sans que Korolev puisse deviner s'il s'agissait d'une confirmation ou d'autre chose.

— Dites-moi où vous en êtes de votre enquête. De mon côté, je vous donnerai des renseignements. Vous avez ma parole.

— Je dois vous faire confiance ?

— Je ne suis pas du genre à me précipiter à la Tchéka pour moucharder, si c'est ce qui vous inquiète. Et nous avons tous les deux intérêt à ce que vous identifiiez les meurtriers, croyez-moi.

Bah, il fallait bien commencer d'une manière ou d'une autre. Korolev ne lui dit pas tout, mais il lui donna l'identité de la femme assassinée, il lui parla de Schwartz et de l'intérêt que le NKVD portait à l'enquête. En définitive, il lui en dit plus que prévu. Quand il eut terminé, Kolya lui tendit à nouveau la flasque.

— Les tortures… vous pensez que c'était un travail de spécialiste ?

— Oui.

— La Tchéka ?

— Comment savoir ?

— Ils ont parlé ?

— Possible. Peut-être pas la religieuse. Ce sont les tortures qui l'ont tuée. Tesak, lui, a été abattu, ce qui me laisse penser qu'ils en avaient fini avec lui.

Kolya sembla réfléchir à ce qu'impliquait le fait que Tesak ait effectivement craqué. Au bout d'un moment, il haussa les épaules et cracha par terre.

— Tesak avait la peau dure, mais le cœur tendre. À mon avis, il a parlé.

Il reporta son attention sur Korolev.

— Babel dit que vous êtes croyant.

— Je ne sais pas d'où lui vient cette idée.

Il ne put s'empêcher de tourner la tête en direction de la porte de l'écurie, se disant que s'il pouvait voir ce foutu écrivaillon, il lui lancerait un regard à lui faire dresser les cheveux sur sa grosse tête qui se mêlait de tout.

— Pourtant vous avez une bible sous votre plancher et vous dites que c'est à Dieu de juger ce que Tesak a fait de sa vie, ajouta Kolya.

Korolev se leva d'un bond, mais le Voleur lui fit signe de se rasseoir.

— À partir du moment où vous avez enquêté sur le meurtre de la nonne, puis sur celui de Tesak, il a fallu qu'on se renseigne sur vous. Vous devriez remplacer votre serrure : Michka est entré en moins de dix secondes.

Korolev sentait la fureur lui comprimer les côtes, comme l'air à l'intérieur d'un ballon sur le point d'exploser, mais il ne dit rien. Kolya le regardait droit dans les yeux, et Korolev soutint son regard, longuement.

— Cette affaire est très importante pour nous, reprit le Voleur. Très importante. Cette icône veille sur nous, depuis longtemps. Dans les livres on lit que saint Nicolas est le patron des voleurs, mais notre véritable protectrice, c'est Notre-Dame de Kazan. Telle est notre conviction.

— Notre-Dame de Kazan ? L'icône en question est Kazanskaïa ? Il en existe un million ! Dans le temps, tous les jeunes mariés en avaient une. Inutile de tuer quelqu'un pour ça.

Il s'interrompit en remarquant l'éclat dans le regard serein de Kolya et il attendit la révélation.

— Dites-moi que vous n'êtes pas en train de parler de l'icône de la cathédrale de Kazan. Elle a été détruite du temps du tsar… C'est impossible.

Le Voleur resta muet ; il observait Korolev pendant que celui-ci réfléchissait. Dans l'Église orthodoxe, les icônes avaient toujours été l'objet d'une vénération égale à celle des sujets qu'elles représentaient. Kazanskaïa était une icône de la Vierge Marie et de l'Enfant Jésus, qui portait le nom de la ville où elle avait été miraculeusement découverte par la jeune Matriona. Depuis ce jour, elle avait protégé la Russie dans les heures difficiles : Pojarski et Minine l'avaient exhibée avant leur victoire sur les Polonais au dix-septième siècle ; *idem* avant la bataille de Borodino, quand Napoléon avait été renvoyé chez lui. Et il se souvenait d'avoir défilé devant elle en partant combattre les Allemands en 1914. Il en existait effectivement des millions de copies – avant la Révolution chaque foyer en possédait une dans un coin –, mais l'original, la faiseuse de miracles, avait été volé au début du siècle, puis détruit par les malfaiteurs pris de panique. C'était du moins ce qu'il croyait. Il revit alors l'image de l'icône sur le corps de Tesak, et il comprit que s'il y avait une chose qui justifiait un meurtre, c'était Kazanskaïa : l'icône qui veillait sur la Russie.

— Seigneur, lâcha-t-il dans un souffle et il dut serrer le poing pour s'empêcher de faire le signe de croix. Par tous les saints de l'enfer ! se reprit-il. C'est vous qui l'aviez durant tout ce temps.

— Pas exactement. Mais vous savez des choses sur nous, je pense. Un *ment* nous comprend mieux qu'un simple citoyen. Dans notre monde, il y a tous les autres, et il y a nous. On s'en prend aux autres, mais jamais à nous.

Kolya s'arrêta et sembla réfléchir à ce qu'il venait de dire. Finalement, il fit un petit geste de la main qui semblait dire : « Pas trop souvent, en tout cas. »

Il but une gorgée de vodka et passa la flasque à Korolev.

— Nous avons des règles – plus strictes que n'importe quel Code pénal, croyez-moi – et si vous les violez, vous le payez cher. Un Voleur sait ce qu'on attend de lui. Par exemple, voler dans une église, c'est toléré. À l'époque où il y avait des choses à voler, bien sûr. Mais tuer un prêtre, c'est la peine de mort. Nous avons notre propre honneur ; nous sommes des gens raisonnables, d'après notre façon de voir. Vous comprenez ? (Korolev hocha la tête.) Les Voleurs qui se sont emparés de l'icône ont jeté la honte sur nous. On les a arrêtés, évidemment. Et on a retrouvé l'oklad de l'icône, sa protection. (Il porta la main à son cœur.) Ensuite on a appris qu'ils avaient brûlé l'icône, par peur. De vrais Voleurs se seraient suicidés avant de faire une chose pareille. Au lieu de ça, ils nous ont déshonorés, face au monde et face au ciel.

Il poussa un soupir et reprit la flasque à Korolev en tirant sur sa cigarette.

— On a dû supporter ce fardeau, peut-être pas tous, mais les hommes d'honneur, les gardiens de la tradition, parmi lesquels mes oncles et mon père. On voulait répandre le sang pour expier, alors on s'est mis en chasse. L'Okhrana avait retrouvé ceux qui avaient commis le larcin, mais il n'y avait pas qu'eux. Il y avait les hommes qui les avaient cachés, les femmes qui les avaient aimés, les enfants qu'ils avaient engendrés. On les a traqués.

Kolya parlait d'une voix monotone, mais Korolev imaginait sans peine la sauvagerie déployée. Le Voleur le regarda et sourit, comme s'il lisait dans ses pensées. Il n'y avait aucune douceur dans ce sourire.

— Et puis on l'a retrouvée. Presque par hasard. Dans un bordel, figurez-vous. Accrochée à un mur. La mère maquerelle avait reçu ordre de la protéger au péril de sa vie, mais, confrontée à ce choix, elle nous a raconté tout ce qu'elle savait et on l'a épargnée. Un miracle venait de se produire ; on était enfin pardonnés. On l'a cachée et on l'a protégée durant toutes ces années. Pendant que les prêtres étaient abattus dans les rues et les croyants emmenés Dieu sait où, pendant que les églises étaient profanées et pire encore, pendant que les cathédrales étaient dynamitées par les laquais de Satan portant l'étoile de sang qui marquait leur infamie, pendant tout ce temps nous l'avons protégée et gardée dans un lieu tenu secret. Et puis, il y a deux mois, la Tchéka a découvert la cachette. L'œuvre du diable.

Korolev se demanda si on n'était pas en train de le mener en bateau. Il dévisagea Kolya.

— Je n'y crois pas, dit-il finalement.

Peut-être était-ce l'alcool qui embrumait son cerveau, il n'arrivait pas à gober cette histoire.

— Vous avez vu le cadavre de Tesak ? Où était son tatouage ? demanda Kolya.

— Sur son bras. Le bras droit. Sur le biceps.

Le Voleur ôta son gilet et ouvrit sa chemise. La crucifixion s'étalait sur sa poitrine. Il dénuda son épaule, faisant apparaître une icône : la Vierge à l'Enfant. Kazanskaïa. Notre-Dame de Kazan.

— Seuls les Voleurs de haut rang savaient qu'on la protégeait, mais tout notre clan sait qu'elle nous protège.

— Même si c'est la vérité, en quoi cela me concerne-t-il ?

— Pas du tout, peut-être. Mais vous voulez arrêter le meurtrier, non ?

— Évidemment. C'est mon devoir.

— Même s'il appartient à la Tchéka ?

Korolev se dit, une fois de plus, qu'il était entraîné dans une histoire qui le dépassait, où la folie le disputait au danger. Mais avait-il le choix ? C'était un homme simple et il suivait son chemin. Son métier consistait à arrêter les criminels et à faire respecter la loi ; il n'allait pas reculer maintenant. S'il devait choisir entre son devoir et la mort… il prendrait une décision le moment venu, si c'était encore possible.

— J'enquête sur ces meurtres, répondit-il. Si cela est en mon pouvoir, je livrerai le ou les coupables à la justice.

— La justice soviétique ?

— Elle en vaut bien une autre. Le système n'est peut-être pas parfait, je ne suis pas aveugle. J'ai des yeux pour voir. Mais nous œuvrons pour l'avenir, un avenir soviétique. Et il est tout aussi équitable que n'importe quel foutu système judiciaire mensonger des capitalistes.

Il sentait sa jambe trembler contre la balle de foin. Était-ce de la colère ou une autre émotion ? Il n'était plus sûr de rien à présent. Mais s'il ne croyait pas que les dirigeants travaillaient pour l'avenir du peuple, que deviendrait-il ? Dans quel enfer se retrouverait-il plongé si tout se révélait n'être qu'un mensonge imbibé de sang ? Il cracha par terre pour repousser cette pensée et chercha ses cigarettes à tâtons. Il en coinça une entre ses lèvres et voulut prendre ses allumettes, mais Kolya tendait déjà son briquet.

— Merci, dit-il, conscient de son ton bourru.

Il offrit son paquet au voleur.

— Vous êtes un honnête homme. Et vous êtes croyant, n'est-ce pas ?

— Ça ne vous regarde pas.

— Peut-être. Mais si, à un moment donné, vous devez choisir entre votre loyauté envers l'Église et votre loyauté envers le camarade Staline ? Que déciderez-vous, à votre avis ?

— Je suis un citoyen loyal envers l'Union soviétique.

— Mais vous n'êtes pas membre du Parti. Écoutez, notre but est de retrouver l'icône et de faire en sorte qu'elle soit rendue à l'Église. On ne sait pas qui l'a dérobée dans les locaux de la Loubianka, mais on veut être sûrs qu'elle retrouve sa place légitime. On ne peut plus la protéger, on en est conscients désormais, et l'icône passe avant notre fierté. Mais on n'est pas les seuls à la chercher, comme vous le savez ; il y a ceux qui sont responsables de la mort de Tesak et de la religieuse, et d'autres. J'ai le sentiment qu'ils appartiennent à la Tchéka, ces gens-là, et rien ne les arrêtera. L'enjeu est important : cette icône vaut énormément d'argent. Si on est les premiers à la trouver, on la protégera en lui faisant quitter le pays. Vous devez prendre une décision maintenant. Allez-vous répéter à vos chefs ce que je vous ai dit ou bien le garder pour vous ?

— Je ne vois aucune raison de ne pas le répéter.

Kolya sourit.

— Voudriez-vous connaître le nom du tchékiste qui dirige les recherches ? Celui qui nous a pris l'icône ?

Korolev hocha la tête en soupçonnant qu'il connaissait déjà la réponse.

— Gregorine, dit Kolya, et Korolev comprit que le moment était venu de choisir entre le devoir et la vie.

CHAPITRE 16

Les Voleurs les ramenèrent dans les tribunes au moment où s'achevait une nouvelle course. Korolev sentit une main glisser son Walther dans sa poche ; il se retourna et vit Michka lui adresser un salut ironique en soulevant sa casquette, puis ses compagnons et lui disparurent, avalés par le tourbillon de la foule à moitié ivre, alors que les derniers chevaux franchissaient la ligne d'arrivée. Babel, lui, affichait le petit air réjoui d'un homme qui enregistrait le moindre détail de leur rencontre, et Korolev se sentit pris au piège en voyant cette ébauche de sourire, comme s'il évoluait au milieu d'une histoire en train de s'écrire et sur laquelle il n'exerçait aucun contrôle. Peut-être était-ce dû à ce sentiment d'impuissance, ou bien à quelque chose de plus sinistre, mais il prit soudain conscience d'un danger imminent. Regardant la foule autour de lui, il ne remarqua rien d'inquiétant, mais ce sentiment persista, et si sept années de guerre lui avaient appris une chose, c'était qu'il ne fallait pas négliger ce genre de mise en garde. Il saisit Babel par le bras, fermement.

— On fiche le camp d'ici, dit-il et il l'entraîna vers la sortie.

Visiblement choqué par la brutalité de Korolev, l'écrivain lui jeta un regard outré, que le capitaine choisit d'ignorer. Il poussa les dos qui se trouvaient devant eux en tirant Babel derrière lui. L'air affolé de celui-ci lui procura une certaine satisfaction.

— Hé, fais attention où tu vas, l'ami ! s'exclama quelqu'un, suffisamment fort pour que plusieurs personnes se retournent.

Ces paroles n'étaient pas destinées à un ami, constata Korolev. En levant les yeux, il découvrit un ouvrier en bleu de travail tout juste sorti de l'usine, qui lui adressait un sourire mauvais. Le visage marbré d'huile de moteur et de crasse, le géant avait posé sa main sale sur l'épaule de Korolev pour le retenir et celui-ci vit l'image des doigts imprimant leur empreinte dans le tissu. Après le coup de rasoir reçu un peu plus tôt, son unique manteau d'hiver passait une sale journée et Korolev sentit monter la colère. Il se tourna vers Babel, mais l'écrivain ne lui accordait aucune attention, ses yeux restaient fixés sur le colosse, avec une fascination pleine d'impatience.

— Laisse ce citoyen tranquille, *ment*. Espèce d'ordure, va. Vous êtes tous pareils. Vous abusez de votre pouvoir.

Korolev constata que le silence s'était fait autour d'eux. Voulant attirer l'attention de Babel, il lui serra le bras encore plus fort.

— Venez, Isaac Emmanuilovitch. Je vous le répète ! On sort d'ici.

Il fit demi-tour pour s'en aller, mais le colosse l'obligea à se retourner. Les yeux de Babel s'écarquillèrent derrière ses lunettes épaisses comme des culs de bouteille.

— T'as entendu ? dit l'homme en mangeant la moitié de ses mots. Je t'ai dit de foutre la paix à ce *moishe*. On s'occupera de ce qu'il a fait plus tard. Pour l'instant, j'te parle, sale fouille-merde.

Korolev accompagna le mouvement de rotation imposé, prenant le colosse de vitesse. Une fureur froide s'empara de lui, tandis qu'il agrippait le type par les épaules et renversait la tête en arrière, aussi loin que le lui permettait sa nuque. Du coin de l'œil, il vit la foule s'éloigner, puis il eut la vision fugitive de l'étonnement de son vis-à-vis juste avant qu'un bruit d'os broyé et une douleur aveuglante sous son crâne lui indiquent qu'il venait de briser le nez de ce type comme on casse une noix. L'ouvrier recula de quelques pas, le sang maculait déjà son menton, mais il parvint à rester debout. Il porta ses mains à son visage, puis les tendit devant lui pour se protéger. Il demeura dans cette position, les jambes écartées pour assurer son équilibre, visiblement hypnotisé par les taches de sang sur ses mains. Ignorant sa propre douleur, Korolev marcha vers lui. Cette fois, il le saisit par le col et lui décocha un coup de genou. L'ouvrier, toujours hébété, n'eut pas le réflexe de se protéger et le contact entre le genou de Korolev et ses parties intimes arracha un soupir collectif à la foule ; une réaction où la compassion semblait se mêler à la satisfaction. Le colosse se plia en deux, avec un râle semblable à un mugissement. Korolev leva le poing droit bien haut au-dessus de sa tête et l'abattit dans sa nuque à la manière d'une hache. Le coup de grâce. L'homme s'écroula au sol tel un sac de farine. Korolev vit les casquettes brunes et les étoiles rouges des uniformes de la Milice se frayer un chemin vers eux, mais son instinct continuait à lui crier de décamper.

— Hé, *ment* ! Pourquoi t'essayes pas avec moi ? lança une voix.

— Regardez ce qu'il a fait à ce pauvre homme, sans aucune raison. Venez, les gars, rattrapons-le !

Mais Korolev avait déjà parcouru vingt mètres, traînant un Babel au regard pétillant, et il fut soulagé de découvrir Semionov à son côté, très calme, une main dans la poche de son imperméable, sans doute refermée sur la crosse d'un pistolet, se servant de l'autre pour leur ouvrir un passage dans la foule. À vrai dire, Korolev avait un peu de mal à tenir sur ses deux jambes à cause du coup de tête, et quand Semionov saisit l'autre bras de Babel, le capitaine eut l'impression que c'était l'écrivain qui l'entraînait maintenant. Il parvint malgré tout à traverser le grand hall d'entrée à la suite des deux hommes et ils se retrouvèrent dehors. Apparemment, personne ne les suivait.

— Vite, à la voiture, dit Korolev.

L'air frais lui fit du bien, mais il était encore à moitié aveuglé par la douleur qui lui vrillait le front.

Semionov se précipita vers la Ford. Le moteur tournait déjà quand les deux autres l'atteignirent. À peine furent-ils montés à bord que Semionov donna un grand coup d'accélérateur ; la voiture fit un bond en avant, les pneus dérapèrent sur la chaussée mouillée.

— On est tirés d'affaire, c'est bon. Vous pouvez ralentir, dit Korolev en voyant par-dessus son épaule l'hippodrome rapetisser au loin.

Il sentait le sang couler lentement sur son visage. Il sortit son mouchoir.

— C'était quoi, ce bordel ? demanda Babel en réprimant une envie de rire.

— Pas étonnant qu'on vous surnomme « le Rouleau compresseur », Alexeï Dmitrievitch, dit Semionov avec un sourire de délectation. Sacré boulot de démolition, parole de Komsomol ! Pan, pan, pan ! Bonne nuit et adieu.

Korolev orienta le rétroviseur vers lui pour examiner sa blessure, en espérant que la plus grande partie du sang appartenait à l'autre type. Il y en avait beaucoup en tout cas. Il humecta son mouchoir avec de la salive et entreprit de se nettoyer.

— Peut-être était-ce simplement un provocateur ivre ou bien autre chose, mais je ne voulais pas rester au milieu d'une foule d'ouvriers affamés et bourrés pour essayer de le découvrir.

Du sang presque noir s'échappait d'une plaie profonde et violacée.

— Ah, diable ! J'ai besoin de points de suture. Il faut qu'on aille à l'Institut de toute façon. Chestnova va m'arranger ça.

Semionov prit la première rue à droite et ils roulèrent en silence. Korolev avait un peu la nausée et sa tête l'élançait, mais, malgré cela, il éprouvait une curieuse euphorie. Il repensait aux détails de cet affrontement, les relents de vodka dans l'haleine de l'homme, le contact rêche du col entre ses doigts, les yeux écarquillés par la surprise. Il avait gardé le contrôle de lui-même du début à la fin, sans le moindre doute. Il était en colère après cet ouvrier, certes, mais surtout parce qu'il se retrouvait pris au cœur de cette affaire ridicule. Tout le monde le tirait à hue et à dia : Popov, Kolya, Gregorine. Et Babel aussi, à sa manière. Assis à l'arrière, il jetait fébrilement des notes dans un carnet. Ils actionnaient tous des ficelles, lui désignaient de fausses pistes, l'observaient... Ils l'entraînaient vers une chute qui serait vertigineuse s'il n'y prenait pas garde. Gregorine n'avait même pas eu la correction de l'informer que c'était lui qui avait récupéré l'icône. Sur ce, voilà qu'un type taillé comme un bœuf décide de lui chercher des poux dans la tête ? Pas étonnant qu'il ait pris plaisir à briser le nez de cette brute épaisse. Le mécano avait choisi d'importuner le mauvais *ment*, le mauvais jour. Korolev continuait à tamponner sa blessure, en espérant que ce salopard avait le nez en bouillie.

— Alors, qu'est-ce que Kolya a raconté ? interrogea Semionov.

— Deux ou trois choses qui demandent à être vérifiées, rien de très utile.

Korolev s'efforça de prendre un air détaché. Crâne ouvert ou pas, il n'aimait pas du tout ce que lui avait dit le chef des Voleurs. C'était le genre d'information qui pouvait causer la mort d'un homme, et Semionov avait encore toute la vie devant lui.

Le jeune inspecteur franchit la grille de l'Institut et se gara à côté d'une ZIS maculée de boue, qui faisait partie du parc automobile de la Milice, constata Korolev. Plusieurs camions militaires stationnaient sur le gravier devant l'entrée ; leurs capots luisaient sous la pluie. UNITÉ DE DÉFENSE CONTRE LA GUERRE CHIMIQUE, pouvait-on lire en grandes lettres blanches sur le côté des bâches. Les chauffeurs étaient regroupés près de leurs véhicules ; ils tiraient sur leurs cigarettes mouillées d'un air rebelle. Ils regardèrent la Ford comme si elle apportait un nouveau lot de mauvaises nouvelles. Un vaste exercice de défense civile devait avoir lieu le lendemain dans toute la ville, et ces types y participaient sans doute. Les fascistes n'avaient pas encore utilisé les gaz en Espagne, mais Korolev supposait que ça viendrait tôt ou tard.

— Larinine doit être là, commenta-t-il en montrant la ZIS.

— Qui ça ? demanda Babel.

— Un collègue. Isaac Emmanuilovitch, voulez-vous bien attendre dans la voiture ? Le service d'autopsie est interdit au public, le Dr Chestnova pourrait avoir des ennuis. J'enverrai quelqu'un vous chercher en cas de besoin.

Il trouva Chestnova dans son bureau, les pieds sur la table, en train de lire *Sovietski Sport*.

— Que vous est-il arrivé ?

— Je me suis cogné dans une porte. Vous pouvez m'arranger ça ?

— Pauvre porte ! Laissez-moi jeter un coup d'œil… Bah, ce n'est pas si grave. Quelques points et un peu de désinfectant.

Elle lui montra, posée sur l'étagère près de la porte, une petite boîte en métal avec une croix rouge peinte dessus. Puis elle se dirigea vers l'évier installé dans le coin de la pièce et se lava les mains. Par curiosité, Korolev ouvrit le magazine qu'elle lisait.

— Ne vous inquiétez pas, Alexeï Dmitrievitch, je n'ai pas l'intention de me mettre à l'athlétisme.

— Il n'est jamais trop tard.

Korolev grimaça quand elle écarta la plaie.

— Où est Larinine, au fait ? demanda-t-il. J'ai vu sa voiture dehors. Vous ne l'avez pas jeté dans l'incinérateur, si ?

Chestnova fronça les sourcils.

— Esimov assiste votre très estimé collègue. J'ai jugé préférable de les laisser se débrouiller. Le magazine est à Esimov. Il profite de la compagnie de votre collègue et du Voleur mort, pendant que moi, je reluque des athlètes soviétiques torse nu et en short. Ce magazine vaut tous les cours d'anatomie, croyez-moi.

— Je trouve que c'est une bonne répartition des tâches.

— Ah… Arrêtez de bouger maintenant, comme un bon milicien.

Elle tamponna la plaie avec un morceau de coton imbibé d'un produit jaune puissant. Korolev eut les larmes aux yeux avant même qu'elle lui touche le front.

— Voilà. Ce n'est pas si terrible, hein ? dit-elle d'un ton moqueur.

— Posez-moi les points, qu'on en finisse.

Il sentait la sueur couler sous ses aisselles et il avait fortement envie d'être ailleurs. De vomir, aussi.

— Patience, patience, dit Chestnova en enfilant une aiguille. Ne bougez pas, s'il vous plaît.

— Je ne bouge pas, répondit Korolev en reculant devant la pointe de l'aiguille.

— C'est mieux. Ah, au fait, un cadavre intéressant est arrivé ce matin. Il a été découvert dans une église en démolition. Les explosifs n'ont pas fonctionné et en allant examiner les charges, ils ont trouvé un poivrot mort. Je me demande s'il y a un lien. Vu qu'on l'a découvert dans une église. Ce n'est pas là qu'on balance les cadavres habituellement.

— Vous avez fini ?

Elle lui tapota la joue et jeta l'aiguille dans un bol métallique.

— Plus ou moins. Je vous conseille d'être prudent pendant un jour ou deux, le choc a été brutal. Avez-vous des vertiges ? La nausée ? Mal à la tête ?

— Tout va bien, répondit Korolev, ignorant le sol qui tanguait sous ses pieds.

Pas question de perdre du temps à cause de cette foutue bosse.

Chestnova le regarda droit dans les yeux, puis elle leva la main.

— Combien de doigts ?

— Comptez-les vous-même, tout va bien.

Il ne voulait pas admettre qu'il en voyait six. Même dans son état, il savait bien que c'était trop.

— Une commotion cérébrale, c'est sérieux… À vous de voir, évidemment.

— J'ai déjà reçu des coups plus violents sur la tête, croyez-moi.

— Oh, je vous crois, répondit Chestnova avec un sourire en coin.

CHAPITRE 17

La morgue était déserte quand ils entrèrent et il suivit Chestnova dans la plus petite salle d'autopsie. Les stores avaient été baissés, mais une lumière grise filtrait dans la pièce, suffisante pour laisser voir un cadavre allongé sur la table en inox, les vêtements couverts de boue séchée et de sang. Quand Chestnova alluma la lumière, Korolev découvrit que le visage était noir d'hématomes.

— Est-ce qu'on pourrait le nettoyer un peu pour voir à quoi il ressemble ?

— Bien sûr. Mais d'abord aidez-moi à lui ôter ses vêtements.

Chestnova dut découper le tissu de sa veste de style militaire à plusieurs endroits pour l'enlever, puis elle fit de même avec la chemise. Lorsque le col se détacha de la croûte de sang qui recouvrait le cou, elle émit un sifflement.

— Tiens, tiens, dit-elle. Il a reçu une balle en chemin. Bizarre… On tue rarement les poivrots d'une balle dans la nuque. Que dites-vous de ça, capitaine ?

Elle se rapprocha pour examiner la petite blessure noire. La chemise avait arraché suffisamment de sang séché pour laisser apparaître un cercle de poudre calcinée qui s'était incrustée dans la peau.

— Diable ! dit Korolev et son estomac fit sentir sa présence. Voyons s'il a d'autres blessures intéressantes.

Chestnova hocha la tête. Le mort étant maintenant torse nu, elle entreprit de le nettoyer avec le petit tuyau.

— On peut dire qu'il a été réduit en bouilli. Et regardez ça… des brûlures de cigarette.

La légiste désigna plusieurs cercles de peau noircie : quelqu'un s'était donné du mal pour faire souffrir cet homme.

— Vous croyez que tout ça s'est produit à l'intérieur de l'église ?

— Comment savoir ? répondit Korolev, furieux que les policiers se soient contentés de déposer le corps à la morgue.

— Vos collègues avaient fini leur service et ils devaient sortir le cadavre de l'église avant qu'elle soit démolie, expliqua Chestnova en voyant la colère dans les yeux du capitaine. De nos jours, plus personne ne se soucie d'un ivrogne mort. On en voit arriver deux ou trois par jour ici. Souvent dans le même état. Mais la plupart du temps, c'est ce qu'ils ont bu qui les a tués, pas les coups. Le milicien qui l'a apporté se nomme Nikitine, si ça peut vous aider. J'ai un document là-haut qui indique dans quel poste il travaille.

Il manquait des dents dans la bouche du mort, mais ses ongles étaient propres, la paume et les doigts doux : des mains d'employé de bureau. Pas si fréquent chez les ivrognes, songea Korolev. Il remarqua alors que les poignets étaient à vif, comme ceux de la fille, et que plusieurs doigts étaient déformés.

— Regardez… Ah, maudit milicien ! Aucune photo ni rien. Et maintenant la scène de crime n'est plus qu'un tas de ruines. Quand est-il mort, à votre avis ?

Chestnova fit courir son doigt sur la peau du cadavre en réfléchissant.

— Il n'y a pas plus de quarante-huit heures. J'aurai une idée plus précise après l'avoir ouvert.

Korolev fouilla dans les poches de la veste, mais il ne trouva qu'un bout de crayon. Il revint vers le corps pour examiner le pantalon. Rien là non plus. Il n'aurait su dire ce qui l'incita à regarder les pieds, mais il remarqua immédiatement une forme à l'intérieur d'une des chaussettes. En la retirant, il découvrit un livret d'identité rouge et laissa échapper un grognement en voyant les quatre lettres noires en relief : NKVD.

— C'est un tchékiste, dit-il à voix basse en ouvrant le carnet. Nom : Mironov, Boris Ivanovitch. Grade : major.

Il compara la photo avec le mort. Aucun doute, c'était bien lui.

— Qu'est-ce qu'on fait ? demanda Chestnova.

Elle était presque aussi blanche que le cadavre.

— Je vais prévenir quelqu'un. Faisons en sorte que personne d'autre ne le voie jusqu'à ce qu'on reçoive des instructions fermes. Ne dites absolument rien. À qui que ce soit.

Compte tenu des circonstances, il n'y avait qu'une seule personne à appeler, et cette personne, c'était Gregorine. Peu importe ce qu'avait pu dire Kolya.

— Korolev ? (La voix de Gregorine semblait éteinte au bout de la ligne qui grésillait.) Que puis-je pour vous ?

— Je suis à l'Institut, colonel.

Il lui expliqua ensuite ce qu'il venait de découvrir à la morgue. Après, il y eut un long silence. Il crut détecter un soupir au milieu des parasites.

— Quelqu'un d'autre est au courant ? À part Chestnova et vous ?

— Je suis avec Babel et Semionov, mais ils sont restés dehors. D'autres ont peut-être vu le cadavre, mais pour eux il s'agit d'un vulgaire poivrot tabassé à mort par ses compagnons.

— Tant mieux. Je vais venir, mais cela peut prendre un certain temps, j'ai deux ou trois choses à régler avant. Ne laissez entrer personne dans la morgue avant que j'arrive. C'est absolument confidentiel, Korolev. Chestnova et vous devez bien avoir conscience des conséquences si jamais l'affaire s'ébruite. Compris ?

Avant que Korolev puisse répondre, la communication fut coupée. Il raccrocha. Il avait l'impression que sa tête allait se fendre en deux. Satanés tchékistes ! Pour eux, le secret s'apparentait à une perversion sexuelle.

Il aida la légiste à verrouiller la morgue, puis il se posta devant la porte pour attendre le colonel. Il renvoya Chestnova dans son bureau ; inutile qu'elle soit dans les parages lorsque Gregorine arriverait. Chaque fois qu'il plissait le front, la douleur devenait insoutenable, mais il ne pouvait pas s'en empêcher, et son froncement de sourcils s'accentua quand il vit Larinine déboucher dans le couloir.

— Ah, Korolev. Que se passe-t-il ? La morgue est fermée ?

Il semblait étrangement de bonne humeur.

— Uniquement pour une heure environ. Personne ne peut entrer.

Larinine hocha la tête. Apparemment, il se fichait pas mal d'en connaître la raison et Korolev s'en réjouit.

— Que vous est-il arrivé à la tête ?

— Une longue histoire. Mais c'est moins grave qu'il n'y paraît.

— Tant mieux. Ce n'est pas beau à voir. Remarquez, ce n'est rien à côté de ce pauvre Tesak, quand Esimov lui a ouvert le crâne pour récupérer la balle, croyez-moi.

— Ce n'est pas aussi grave en effet, répondit Korolev, mais si la douleur continuait à s'amplifier, peut-être reviendrait-il sur son jugement.

— Bref, j'ai une bonne nouvelle, dit Larinine. Mikhaïl Mitrofanievitch Smitine, *alias* Tesak, *alias* le Prêtre. J'ai trouvé son casier.

— Mitrofanievitch ?

— Fils de diacre. Son père est mort dans la Zone en 1929, mais le jeune Mikhaïl avait mal tourné bien avant. Il a fugué de chez lui et s'est embarqué sur un bateau de la Volga avant la guerre. À partir de ce jour, il n'a cessé de fuir et de se cacher pour ne pas apporter sa contribution à la société. Les dossiers sont sur votre bureau.

— Les dossiers ?

— Oui, il y en a plusieurs. C'était un individu très actif. Pour commencer, il a effectué trois séjours dans la Zone. La première fois, il s'en est tiré à bon compte ; il semblait avoir été rééduqué, mais après avoir été libéré, il est retombé dans le trafic et le vol. Les deuxième et troisième fois, il a écopé de deux et cinq ans. Un Voleur de premier ordre, comme vous disiez.

Korolev était surpris, non par ces informations car il s'y attendait, mais par la façon dont Larinine s'exprimait : il exposait les faits avec assurance, il semblait fier des avancées réalisées. Visiblement, il faisait un véritable effort – pour changer.

— Et la voiture ? demanda-t-il, encore déconcerté.

— Rien pour l'instant, mais je m'en occupe, déclara Larinine.

Son menton se dressa avec détermination. Son regard se posa sur la porte fermée et une expression songeuse traversa son visage.

— Vous savez, reprit-il, je n'ai pas vu beaucoup d'autopsies quand j'étais à la circulation. Des accidents de la route, ça oui. Et un tramway, ça fait de sérieux dégâts quand un pauvre citoyen a la malchance de passer dessous. Mais découper des crânes et sortir les cerveaux de cette façon ? Tout en sifflotant ? Ce n'est pas possible. Où est-il d'ailleurs ? Esimov ?

— Il n'est pas ici. Avez-vous été voir dans leur bureau ? Au premier. Demandez à n'importe qui.

Larinine le remercia d'un signe de tête et Korolev le regarda s'éloigner en direction de l'escalier. Apparemment, l'ancien flic de la circulation avait décidé d'essayer de devenir un véritable inspecteur, et Korolev ne pouvait s'empêcher de penser qu'il ferait sans doute un bon élément.

Korolev s'appuya contre le mur et repensa au tchékiste assassiné. Battu à mort et achevé d'une balle dans la nuque. Coïncidence ? C'était peu probable. Il aurait parié son dernier kopeck que cet individu était impliqué dans cette foutue histoire de Kazanskaïa. Faisait-il partie de la bande de Gregorine ou de celle des conspirateurs ? Telle était la question. Ce corps ne devait pas être découvert, c'était une certitude. Il devait disparaître sous des milliers de tonnes de gravats. Kolya l'avait mis en garde : les meurtres se poursuivraient jusqu'à ce que les assassins soient arrêtés ou que l'icône ait quitté le pays.

Il consulta sa montre. Gregorine n'allait pas tarder. Si le colonel voulait absolument garder le secret, cela signifiait peut-être qu'ils étaient sur le point de capturer les conspirateurs et de mettre fin à toute cette affaire. Il ne pouvait qu'espérer.

À cet instant, la double porte du hall d'entrée s'ouvrit et Gregorine s'engagea dans le couloir, flanqué de deux malabars qui semblaient capables d'arrêter des chars à mains nues. Certains avaient soulevé de la fonte dans la salle de gym du Dynamo, pensa Korolev en se redressant pour leur tendre la clé. Un des deux types ouvrit la porte et Gregorine jeta un coup d'œil à l'intérieur de la morgue sans trahir la moindre émotion. Korolev lui remit le petit sachet brun dans lequel il avait déposé les papiers du dénommé Mironov.

— Sa carte d'identité. Je crains qu'il n'y ait mes empreintes dessus.

— Elle était dans sa chaussette ?

Ce détail semblait contrarier Gregorine.

— Oui.

— Je vois… Personne n'est entré ?

— Non.

— Et le Dr Chestnova ?

— Elle est là-haut, dans son bureau.

— Bien. Que vous est-il arrivé à la tête ?

Instinctivement, Korolev décida de ne pas évoquer sa rencontre avec Kolya, pour le moment du moins. La mort du tchékiste changeait certaines choses et il avait besoin d'analyser la situation.

— Un accident, rien de grave, dit-il avec un petit haussement d'épaules.

Le colonel hocha la tête et l'espace d'un instant son air indifférent s'effaça. Korolev crut déceler de la fatigue dans son regard. Non pas une fatigue physique, mais plutôt une sorte de profonde lassitude face à ce monde.

— Merci, capitaine. Vous pouvez disposer. Nous prenons le relais. Je vous contacterai plus tard. Aucune allusion dans votre rapport, bien évidemment. Et pas un mot à quiconque, pas même à Popov. Compris ?

Korolev acquiesça, choisissant d'ignorer la façon dont les collègues de Gregorine le dévisageaient. Il s'attendait désormais à ce genre de regard scrutateur de la part du colonel, mais venant d'inconnus, cela le mettait mal à l'aise. Ils l'observaient comme des bouchers qui évaluent le poids de la viande sur pied.

Dehors la pluie avait cessé, mais le ciel était chargé de nuages noirs. Larinine attendait en compagnie de Semionov et de Babel. Ils tournèrent la tête quand Korolev approcha et Larinine avança d'un pas.

— Puis-je emprunter votre voiture, Alexeï Dmitrievitch ? Je dois assister à une réunion du Parti dans vingt minutes et la ZIS refuse de démarrer. Le mécanicien de Morozov sera ici dans dix minutes au maximum, alors, même si elle a fait son temps, vous pourrez prendre sa voiture…

Sa voix mourut. À l'expression de Korolev il semblait s'attendre à un refus, mais le capitaine avait une bonne raison de souhaiter le départ de Larinine. Finalement, il hocha la tête.

— Bien sûr, camarade. Prenez-la. À plus tard.

Bien que surpris par cette décision, Larinine n'hésita pas une seconde avant de s'installer au volant. Semionov, quant à lui, n'était pas fâché de voir partir la Ford et il tournait déjà autour de la ZIS pour la détailler avec un enthousiasme éhonté.

— Quelle voiture ! La classe internationale. Une vraie championne soviétique, la ZIS !

Le fait qu'elle était en panne ne semblait pas altérer son optimisme. Pendant ce temps, Larinine inspectait le pare-brise cassé de la Ford d'un air déçu, mais voyant qu'il n'y avait rien à faire, il enfonça son chapeau sur ses oreilles et remonta le col de son manteau pour affronter les éléments. Korolev n'aurait pas aimé être à sa place, alors que des gouttes commençaient à s'écraser sur le capot de la ZIS.

— Vania, pourriez-vous aller nous chercher quelque chose à manger à la cantine ? N'importe quoi.

Semionov regarda son supérieur, puis Babel, avant de hocher la tête pour indiquer qu'il n'était pas dupe. Les deux hommes le regardèrent se diriger vers l'entrée de la cantine en passant devant les camions de la défense chimique.

— Isaac, demanda Korolev, comment avez-vous connu le colonel Gregorine ?

En posant cette question, il songea qu'elle était excellente. Et si Babel était l'informateur de Gregorine ? Dans ce cas, Babel était un informateur qui valait son pesant d'or car Korolev n'avait jamais rencontré quelqu'un d'aussi transparent. Il ne masquait pas sa curiosité pour les gens et les choses, mais il le faisait avec un tel charme qu'il était presque impossible de s'en offusquer. On ne pouvait pas se comporter ainsi et trahir la confiance des gens. Non, Babel était peut-être un excentrique, mais ce n'était pas un mouchard.

— Je l'ai connu par l'intermédiaire d'une vieille amie, Evguenia Feinberg, répondit Babel après un moment de réflexion. Elle organisait des soirées auxquelles j'assistais, par curiosité essentiellement.

— Qui est cette Feinberg ? demanda Korolev.

La douleur dans son crâne le faisait parler d'un ton agressif.

— Je l'ai connue à Odessa, nous étions amis à cette époque.

La façon dont Babel s'attarda sur le mot « amis » laissait deviner qu'ils avaient été plus que ça.

— Maintenant qu'elle est mariée à Iejov, on rencontre des gens très intéressants chez elle, évidemment.

— Iejov ? Le nouveau commissaire du peuple à l'Intérieur ?

— Lui-même. En privé c'est un homme très agréable et j'avoue que j'aime observer de près tous ces protecteurs de l'État. Ça ne doit pas être facile de faire ce qu'ils font, et pourtant on ne peut pas s'en douter quand on les voit avec un verre d'Abrau-Durso qui pétille dans leur main. Quel raffinement ! On pourrait les croire comptables dans une entreprise d'État, mais rien de plus. Tous ces interrogatoires et le reste, ça transparaît à peine.

Korolev se surprit à secouer la tête : une réaction qui trahissait son immense perplexité. Babel n'espionnait pas pour le compte du NKVD. Babel espionnait le NKVD !

— Dites-moi un peu, Isaac Emmanuilovitch. Avez-vous bien connu Mme Iejov dans le temps, quand vous étiez « amis » ?

Cette question sembla mettre l'écrivain mal à l'aise. Ce qui était une réponse en soi.

— Il sait ?

Cette fois, Babel éclata de rire.

— Je crois qu'il s'en fiche. Après tout, c'est du passé, tout ça. Et puis il n'est pas innocent dans ce domaine, lui non plus.

— Sait-il ce que vous écrivez ?

Babel se retourna pour vérifier qu'on ne les entendait pas.

— De quoi parlez-vous, Alexeï Dmitrievitch ? Je n'ai jamais dit que j'écrivais.

Korolev sentit ses sourcils se dresser sous l'effet de l'étonnement. C'était douloureux. Babel jeta un regard inquiet en direction du bâtiment situé derrière eux.

— Je prends quelques notes, rien de plus. Vous ne pouvez pas nier que c'est intéressant. Et ça soulève des questions. Se peut-il qu'il y ait autant d'ennemis ? Et si les tchékistes eux-mêmes étaient infiltrés ? Et si la peur des agents étrangers, des espions, des fascistes et tout le reste se nourrissait d'elle-même ? Vous savez, comme une machine qui, une fois mise en marche, ne peut plus s'arrêter et qui continue à fonctionner jusqu'à ce qu'il ne reste plus personne. Ils me racontent des choses, les tchékistes. Des choses qui défient la logique. Ils ont des quotas, Alexeï Dmitrievitch. Comme dans une usine. Chaque district doit identifier un certain nombre de contre-révolutionnaires et d'espions. Savez-vous ce que ça signifie ? Les soupçons ne sont même plus nécessaires de nos jours ; il y a des quotas à remplir, et n'importe qui fera l'affaire. À remplir ou à dépasser si le chef local veut progresser dans sa carrière, ou éviter d'alimenter lui-même les prochains quotas imposés d'en haut. Alors oui, peut-être que j'écris des choses, mais uniquement pour les tiroirs. On ne peut même pas envisager d'essayer de les publier, évidemment, car le fond du problème, c'est que, en tant que pays, nous sommes véritablement en danger. Ces camions là-bas, ils serviront un jour, et ce ne sera pas juste un exercice. Une guerre se prépare et on en fera partie. Mais quelques mots pour un tiroir, ça ne peut pas faire de mal, hein ?

Korolev plaqua sa main sur la bouche de Babel.

— Ne parlez jamais de ça, Isaac. À personne, vous entendez ? Ne dites jamais ce genre de choses. Surtout pas à moi.

Babel semblait désorienté.

— Pourtant vous n'êtes pas comme eux.

— Vous me connaissez à peine, l'ami. Je suis un membre de la Milice et un citoyen soviétique loyal. Ne l'oubliez pas.

L'écrivain lui adressa un sourire de conspirateur.

— Oui, bien sûr, je comprends.

— Parfait. Que ce soit bien clair, dit Korolev en décidant d'ignorer ce sourire. J'ai une autre question. Avez-vous rencontré un tchékiste nommé Mironov dans ces soirées ? Boris Ivanovitch Mironov. Un major ?

— Ce nom me dit quelque chose. Je pourrais me renseigner.

— Il vaudrait mieux, pour vous comme pour moi, que Gregorine ne sache pas que nous avons posé des questions au sujet de cet homme, croyez-moi.

— Vous êtes trop inquiet. Après ces dernières années, j'en suis arrivé à la conclusion que plus vous vous inquiétiez, plus vous essayiez d'éviter le danger, plus vous étiez en danger. Ils sentent la peur en vous. Un jour le téléphone cesse de sonner et les amis changent de trottoir pour vous éviter, et puis boum, un matin on découvre des scellés sur la porte d'un appartement, de la cire rouge au bout d'une ficelle, et on n'entend plus jamais parler de vous. J'ai bien réfléchi. S'ils doivent vous emmener, ils vous emmèneront. À quoi bon les aider ?

Korolev l'observait d'un air hébété, mais Babel semblait ne pas s'en apercevoir.

— Bref, reprit-il, je crois savoir à qui m'adresser ; un type bien, avec des relations au sein de l'organisation, sans être en première ligne. Je l'ai connu à la guerre ; je peux lui parler d'homme à homme, ça n'ira pas plus loin.

— Il faut l'espérer, dit Korolev.

Babel lui sourit, amusé. Leurs pas crissèrent sur le gravier lorsqu'ils regagnèrent l'entrée de l'Institut. Des hommes en blouse blanche sortaient des civières d'un camion. On avait l'impression que l'exercice du lendemain n'en était pas un.

Le chauffeur était venu le chercher à l'improviste. Un travail devait être effectué immédiatement ; il servirait de renfort au cas où les choses ne se dérouleraient pas conformément au plan. Même s'il ne semblait pas y avoir de véritable plan. Le chauffeur conduisait un camion à moitié rempli de gravats venant d'on ne sait où ; un accident devait être organisé dans les plus brefs délais. Il fit ce qu'on lui demandait, il monta sur le siège du passager. Ils traversèrent la ville, puis s'arrêtèrent le long du trottoir. Le chauffeur descendit pour téléphoner ; quand il revint, il lui tendit une photo et lui expliqua ce qu'il fallait faire.

— Ce ne sera plus très long maintenant, ajouta-t-il en consultant sa montre.

Au bout d'un moment, une voiture franchit une porte de l'autre côté de la rue et le conducteur lui adressa un signe de tête. Cinq minutes plus tard, une autre voiture apparut, une vieille Ford, et ils la suivirent, en gardant d'abord leurs distances. Il n'était pas un saint, Dieu le savait bien, personne ne pouvait avoir fait les choses qu'il avait faites sans en être affecté. Mais cette fois ça semblait pire que les fois précédentes. De loin.

Il ne pouvait pas se plaindre : il avait eu la possibilité de refuser au début, il y avait très longtemps. Il n'y aurait eu aucune honte, mais il savait que quelqu'un devrait dire oui tôt ou tard, alors il s'était sacrifié pour l'avenir, dans l'espoir d'une société nouvelle où le crime n'existerait pas, où travailleurs et paysans du monde entier s'uniraient dans un labeur joyeux, où la guerre et l'exploitation des masses seraient des choses du passé que les élèves étudieraient en cours d'Histoire. Il regarda le chauffeur et fut pris de nausées. S'il s'agissait d'une opération non autorisée, les excuses qu'il avait refusées aux ennemis de l'État seraient les seules qui lui viendraient à l'esprit pour se justifier. Il n'avait pas l'intention de faire quelque chose de mal, il s'était laissé fourvoyer par les autres, il pensait agir dans l'intérêt du Parti. Il vaudrait mieux ne rien dire du tout.

En vérité, c'était une tragédie. Ils lui avaient appris à travailler pour le bien commun ; ils lui avaient expliqué que l'individu était faible, mais que la collectivité était une force puissante capable de changer l'Histoire elle-même. Or il s'avérait qu'il avait toujours été un individualiste égoïste. Il avait le choix en fait, il pouvait dénoncer les dénonciateurs, mais ce n'était pas vraiment un choix, il se ferait tuer également. Ou condamner à vingt-cinq ans dans la Zona, ce qui revenait au même. Tenir aussi longtemps, c'était impossible. Il savait comment ça se passait là-bas : les hommes qui dormaient dans la neige et qu'on retrouvait gelés, collés les uns aux autres le lendemain, quand ils passaient la nuit. Voilà pour la théorie ; là, c'était la réalité.

Il n'arriverait certainement pas jusqu'au camp, évidemment, les autres zeks le liquideraient dans le train. Ils sentiraient l'odeur des sous-sols de la Lou-

bianka et lui se réveillerait avec un trou à la place de la gorge. Et son fils ? Dieu pourrait peut-être l'aider, si ce scélérat existait encore, mais il serait le seul. Son fils pourrait s'estimer heureux s'il finissait affamé et couvert de poux dans un orphelinat. Plus vraisemblablement, on le retrouverait mort sous un pont : encore un enfant abandonné et inconnu à jeter dans un incinérateur. C'était la logique, la logique soviétique. C'était un traître et toute sa lignée devait être éradiquée, sa famille cesserait d'exister et plus personne ne prononcerait son nom. Ses anciens camarades se battraient pour son bel appartement, ils s'arracheraient ses affaires et il n'y aurait même pas un murmure pour accompagner son décès.

Ils roulaient derrière la voiture maintenant, sur la voie de droite, alors que la voiture restait sur celle de gauche. À l'intérieur, il n'y avait qu'un seul homme : ce n'était pas le gamin et ça ne pouvait pas être l'écrivain, pas dans un véhicule de la Milice. Le visage du conducteur était pâle dans la lumière déclinante du début de soirée ; ses yeux ressemblaient à des balles noires et on sentait son excitation physique. Voilà un type qui appréciait son travail, apparemment. Un convoi d'énormes camions venait vers eux dans un grondement et il comprit qu'il devait se préparer.

Les camions se rapprochèrent et le chauffeur se porta à la hauteur de la voiture. Ils étaient si près que le fracas métallique de la Ford couvrait le rugissement de leur moteur. Puis le chauffeur fit une embardée, percutant le véhicule de la Milice qui bascula sur deux roues, et l'espace d'un instant il contempla le regard atterré de l'occupant de la voiture, à moins d'un mètre. Imagina-t-il le hurlement du milicien parmi le vacarme ? Peut-être. Tout se déroula en quelques microsecondes. La Ford heurta de plein fouet le camion de tête et se plia tel un accordéon, puis le camion lui monta dessus et la voiture fut broyée comme si elle était en papier.

Il essaya d'apercevoir le milicien dans le rétroviseur, mais il ne vit qu'un amas de métal tordu, d'éclats de verre et de tissu lacéré. En revanche, le visage l'accompagna. Et ce n'était pas celui de la photo.

CHAPITRE 18

Posté à sa place habituelle, le général contemplait la rue Petrovka en tirant sur sa pipe d'un air songeur. Le lampadaire éclairait les rafales de pluie, transformant les gouttes en traînées blanches qui frappaient les fenêtres et crépitaient contre les carreaux. Korolev se réjouissait d'être assis là, au chaud, et non pas dehors, recroquevillé à l'intérieur de son manteau trempé, le visage ruisselant, coincé dans une queue qui s'étendait sur deux pâtés de maisons pour acheter du pain.

— C'est affreux. La moitié des gamins de ce pays n'ont même jamais vu un tracteur, et encore moins un camion, là-bas dans leurs kolkhozes. Puis ils dégotent un travail dans le bâtiment, ici à Moscou, on les fait monter dans un camion et on leur demande de conduire. Parlez-en aux gars de la circulation, ils vous raconteront des histoires à pleurer. Quand ils vous donnent un boulot de conducteur de poids lourds dans cette ville, ils feraient bien de prendre vos mesures pour un costume en bois. Ou plutôt c'est les piétons qu'il faudrait mesurer.

« Le conducteur qui l'a percuté était assez expérimenté, d'après les agents. Ils pensent qu'un autre camion roulant du même côté que Larinine l'a poussé vers les véhicules arrivant en face et qu'il ne s'est même pas arrêté pour ramasser les morceaux. Car il n'y avait plus que ça, des morceaux.

« Mais pourquoi s'arrêterait-il ? Il a vu ce qui est arrivé derrière lui sur la route, n'est-ce pas ? Et ce qu'il a vu, c'est dix ans pour sabotage, conformément à l'article 58. Quelqu'un a-t-il relevé son numéro ? Non. Donc c'est un accident. Laissons courir. Le type n'a sans doute même pas vu Larinine du haut de sa cabine. Et qui sait ? Larinine était peut-être en tort. Les agents de la circulation vont enquêter, rassurez-vous. Ils vont fureter à notre place, et s'ils découvrent quelque chose, ce sera une autre histoire.

Korolev ouvrit la bouche pour parler, mais s'arrêta quand il vit Popov secouer la tête et montrer le plafond. Il brandit le rapport du jour, deux pages seulement. Il songea alors que le général affirmait avec un peu trop d'insistance que la mort de Larinine était accidentelle, or s'il y avait des micros dans le bureau, ça s'expliquait. Il hocha la tête pour dire qu'il comprenait et Popov reporta son attention sur la première page du maigre compte rendu rédigé par le capitaine.

Le rapport était bref pour une bonne raison : Korolev n'avait rien noté concernant la mort du tchékiste car on le lui avait interdit. Quant à la rencontre avec Kolya, il l'évoquait, mais uniquement pour indiquer qu'il s'agissait d'une perte de temps. En définitive, l'identité de Tesak était la seule information substantielle qu'il contenait.

— Alors, comme ça, Kolya n'avait rien à dire. C'est déjà intéressant qu'il vous ait rencontré.

Popov marqua une pause après ce commentaire et Korolev s'agita nerveusement sur son siège.

— Et maintenant ? Que comptez-vous faire pour notre enquête ?

— Nous allons tout mettre en œuvre pour retrouver la fille et la voiture. Continuer à chercher d'autres témoins. Broussilov poursuit ses investigations à l'intérieur de la cellule du Komsomol. Nous pouvons également nous intéresser à quelques complices connus de Tesak. Peut-être que la chance nous sourira, peut-être pas. Mais, évidemment, l'Intérieur peut récupérer toute l'affaire.

— Espérons-le, dit Popov. L'avis de personne disparue a fait le tour de tous les postes de police… ça peut donner quelque chose.

Les deux hommes échangèrent un regard morose.

— J'ai l'impression que nous allons déboucher sur une impasse, ajouta Popov.

— C'est peut-être mieux ainsi. Après tout, on sait bien qu'il existe une enquête parallèle.

Korolev s'aperçut maintenant qu'ils parlaient tous les deux en s'adressant à un éventuel micro.

— Tout à fait d'accord, dit le général. En tout cas, on ne peut rien faire de plus ce soir. Rentrez chez vous.

Korolev se leva, mais se rassit aussitôt ; ses jambes n'arrivaient pas à le porter. Les contours de la pièce lui semblaient mous tout à coup et il dut déglutir plusieurs fois pour repousser des vagues de nausée. Il avait l'impression que toute l'énergie de son corps avait fui par ses pieds.

— Excusez-moi, parvint-il à articuler.

— Que vous arrive-t-il, Alexeï Dmitrievitch ? Ça ne va pas ?

— Juste un instant, camarade général. Pardonnez-moi.

Il sentit la main de Popov se refermer sur son épaule et, au prix d'un gros effort, il réussit à focaliser son regard sur la table devant lui, pendant que le reste de la pièce tanguait à la périphérie de son champ de vision. La sueur coula sur son front et il déglutit une fois de plus. Puis ce fut comme si la poigne de Popov lui fournissait un point d'ancrage sur lequel il put se reposer pour se ressaisir.

— Merci, murmura-t-il après ce qui lui parut une éternité. Je me sens un peu mieux.

En disant cela, il s'aperçut que le général lui avait parlé, mais il n'avait pas entendu un seul mot.

— Pouvez-vous vous lever ?

Korolev se pencha en avant pour prendre appui sur le bureau, puis il se mit debout.

— Bien, dit Popov en lui donnant une tape dans le dos. Mais je pense que je ferais mieux de vous ramener chez vous en voiture. Vous ressemblez à un cadavre de deux jours.

Korolev voulut protester, mais la perspective de devoir se battre dans le tramway pour avoir un peu d'espace vital le fit changer d'avis.

— Vous êtes sûr, camarade général ?

— Évidemment. C'est parti ! Allez chercher vos affaires et retrouvez-moi à l'entrée. Ça va aller ?

— Oui, camarade général, répondit Korolev en imaginant la douce chaleur de la voiture.

Cinq minutes plus tard, Korolev ouvrait la portière de la ZIS du général dans la rue Petrovka et montait à bord. Popov lui sourit alors qu'il démarrait.

— Mon bureau est peut-être sur écoute ou peut-être pas, dit-il, mais j'entends dans mon téléphone un sifflement qui n'y était pas il y a trois jours.

— Je vois. Toutefois ce n'est peut-être rien.

— Peut-être. Mais il y a une nouvelle réunion du Parti demain soir.

— Je croyais que c'était aujourd'hui.

— Exact, mais celle-ci portera principalement sur le manque de vigilance de la cellule du Parti et les défaillances potentiellement contre-révolutionnaires. En tant que militant expérimenté, je devrai prendre part à l'indispensable autocritique.

Le profil du général ne trahissait aucune émotion quand Korolev tourna la tête pour le regarder et il s'exprimait d'un ton neutre, mais le capitaine savait de quelle manière se déroulait ce genre de réunions, la plupart du temps en tout cas. C'était comme voir un ours déchiqueté par des chiens. Les questions jaillissaient, denses, rapides et d'une agressivité inimaginable, et personne ne se souciait des réponses. Si vous parveniez à maîtriser un chien, deux autres attaquaient sous un autre angle. Et les spectateurs les encourageaient, sachant que s'ils ne le faisaient pas, ils risquaient d'être les prochains sur la sellette.

— Je reconnaîtrai mes erreurs, je m'en remettrai à l'indulgence du Parti. Je suggérerai que l'on m'affecte à d'autres fonctions en raison de mes échecs. Je ne me battrai pas. Si le Parti estime que la langue trop bien pendue de Mendeleïev est un coup de poignard dans le dos à un moment où l'État est menacé, je ne dirai pas le contraire. J'aimais bien Torgnole, c'était un bon travailleur, un flic coriace, pas un membre du Parti, mais un milicien qui a manqué de jugeote. Si on m'avait demandé de le punir avant que la décision soit prise, j'aurais tenu compte de son dossier. Mais aurait-ce été la bonne chose à faire ? Le Parti pense que j'ai ignoré l'aspect politique pour ne m'occuper que du côté pratique, et il a raison. Je croyais que c'était ce qu'on attendait de moi : laisser le politique aux tchékistes. J'avais tort, évidemment.

« Plus d'une fois, j'ai versé le sang pour le Parti, Korolev, et je recommencerai s'il le faut. Nous connaissons tous le contexte international. Les camarades espagnols sont en train de perdre contre les fascistes, les Allemands ont écrasé le Parti chez eux et ils étendent leurs frontières, les Italiens défilent dans le sang en Afrique. Tôt ou tard, ils s'en prendront à nous ; ils préparent déjà la voie avec leurs espions et leurs provocateurs. Le Parti le sait. Nous ne pouvons pas baisser la garde ; ils se jetteront sur nous immédiatement. Si le Parti a besoin d'un exemple pour le rappeler au ministère, je serai ravi d'être cet exemple.

Korolev ne savait pas quoi dire. C'était la vérité : même à l'est, les Japonais faisaient pression sur les frontières soviétiques, ils reluquaient la Sibérie. Il en avait toujours été ainsi, bien sûr. Les ennemis encerclaient l'Union soviétique depuis sa création, mais désormais ils étaient plus forts que jamais.

— Moi aussi, j'ai échoué.

Le général fronça les sourcils.

— Ne recommencez pas avec ça. Laissez le Parti en décider et, en attendant, faites profil bas. Compris ?

Korolev hocha la tête à contrecœur et le visage du général se détendit légèrement.

— Maintenant dites-moi ce que vous ne pouviez pas dire là-haut.

Le capitaine inspira à fond avant d'évoquer l'opinion de la citoyenne Kardasheva concernant la profession des assassins de la rue Razine, et le fait que Gregorine avait pu mener le raid ayant permis de récupérer l'icône.

— Je vois. Mais Gregorine ne vous a jamais caché que des éléments appartenant à la Tchéka se cachaient peut-être derrière cette sombre histoire.

— Il ne m'a pas dit qu'il avait mené le raid contre les Voleurs.

— Non. Mais si tel est le cas, c'est peut-être pour cela qu'on lui a confié l'enquête. Qu'en pensez-vous ? Ce n'est quand même pas lui qui est responsable de la disparition de l'icône dans les entrepôts de la Loubianka, si ?

— Non, je ne crois pas.

Le général sembla réfléchir à cette nouvelle information. Korolev se demandait ce qu'il penserait du tchékiste mort et comment il réagirait s'il lui disait que l'icône en question était Kazanskaïa. Il enverrait certainement la voiture dans le décor.

— Alors, que dois-je faire ?

— Faire ? Que pouvez-vous faire ? Vous ne pouvez pas tourner le dos au problème, n'est-ce pas ? Où iriez-vous ?

Il s'engagea dans Bolchoï-Nikolo-Vorobinski et dut rétrograder car la voiture avait du mal à gravir la pente glissante. La pluie avait charrié de la boue dans les rues et le capot de la ZIS tanguait. La chaussée pavée était marron dans la lumière des phares.

— C'est une sale nuit. La *rasputitsa* est arrivée. Vous vous souvenez de la boue d'automne durant la guerre ? J'ai vu des hommes s'y noyer. On peut remercier le Parti pour les bonnes routes et un tas d'autres choses.

Korolev approuva d'un hochement de tête, tandis que le général s'arrêtait devant le numéro 4. La pluie martelait le toit de la voiture.

— Où est votre chauffeur ce soir, camarade général ?

Popov haussa les épaules.

— Il est malade, à ce qu'il prétend. Écoutez-moi bien. Vous devez continuer comme s'il s'agissait d'une enquête ordinaire. C'est le plus sûr. S'il y a des traîtres à l'intérieur de la Tchéka, ils auront bientôt ce qu'ils méritent, et il semblerait que Gregorine soit sur leurs traces. Peut-être servez-vous de leurre, en effet, ou peut-être pas, mais dans un cas comme dans l'autre vous devez effectuer votre devoir. C'est peut-être même vous qui arrêterez les coupables. Et, bien sûr, il peut toujours s'agir d'un fou, rien de plus. Qui sait ? Avec un peu de chance, on s'en sortira peut-être tous sains et saufs.

Korolev hocha la tête et salua le général, dont la main enveloppa la sienne pour lui broyer brièvement les doigts. Le seul fou dans cette affaire, évidemment, c'était celui qui croyait qu'elle n'avait rien à voir avec les services de l'Intérieur. Korolev regarda le général s'éloigner, les roues de la voiture patinaient sur la boue. Il entendait le sang cogner dans ses oreilles et se demanda s'il avait déjà eu une pareille migraine. C'était comme si on lui avait tiré dessus, ça lui apprendrait à se battre avec des ouvriers d'usine. À son âge, c'était un comportement ridicule, mais il fut envahi par une bouffée de plaisir en revoyant le regard que lui avait jeté Semionov ensuite.

Il demeura immobile un instant, puis il sentit soudain le trottoir se dérober sous ses bottes. Il fit un pas vers la porte de l'immeuble, mais c'était comme si la rue se refermait sur lui, et la panique lui dilatait les narines. Son estomac donna l'impression de remonter dans sa poitrine et seul l'instinct le poussa à faire trois pas vers le mur. Il s'y appuya, sans se soucier de la cascade provenant d'une gouttière brisée qui s'abattait sur son bras et trempait son manteau.

Son estomac se souleva de nouveau et Korolev se plia en deux, sans cesser d'agripper le plâtre rugueux pour garder l'équilibre ; il vomit contre le mur. La nourriture à moitié digérée se dissipa presque aussitôt sous la pluie battante. Deux haut-le-cœur suffirent à le vider et à saper ses dernières forces. Il avait le plus grand mal à garder les yeux ouverts, et encore plus de mal à tenir debout ; malgré tout il parvint à se redresser, avec une infinie lenteur, et à porter une main à son visage pour s'essuyer la bouche. Il promena sa langue sur ses dents et cracha. Cet effort le plia en deux encore une fois et son estomac se souleva de nouveau. Sous ses pieds le sol était tour à tour net et flou, et il se demanda si on l'avait empoisonné, mais il ne se souvenait pas d'avoir avalé quoi que ce soit au cours de ces dernières heures. Il inspira profondément, puis plaqua sa main libre sur sa poitrine pour tenter de contrôler les frissons qui secouaient tout son corps. Il regarda le reflet du lampadaire dans la flaque devant lui. On aurait dit la dernière lumière sur terre. Il poussa un juron, les mots se transformèrent en écume sur ses lèvres. Centimètre par centimètre, appuyé contre le mur, il avança vers la porte ; il tremblait si violemment que son bras cognait contre le plâtre. Au moins, s'il parvenait à entrer dans l'immeuble, il ne mourrait pas noyé dans la rue comme un chien. Il sentait le poids de chaque fibre de son manteau imbibé et priait pour qu'on lui accorde un sursis.

— Protège-moi, Seigneur, murmura-t-il.

Les mots sortirent dans un grognement et déchirèrent la boule de douleur sourde qui enveloppait son crâne.

Quand il entendit un bruit de pas, il était trop faible pour lever la tête et il se maudit. La voilà, pensa-t-il, la balle gravée à mon nom… et je l'accueille avec plaisir, j'accueille cette libération. Mais la dernière chose qu'il vit, ce fut quelqu'un qui le retenait juste avant qu'il tombe.

CHAPITRE 19

De tous côtés le paysage était plat, jusqu'à la ligne bleu foncé de l'horizon ; un immense champ de blé qui ondoyait, les épis caressant ses coudes alors qu'il progressait lentement. C'était comme une mer, agitée et aplatie par les bourrasques, tour à tour dorée et sombre quand les nuages gris la survolaient ; les rafales de vent marquaient leur progression sous forme de dépressions ondulantes. Les seuls bruits étaient le croassement grinçant d'un corbeau qui tournait en rond et le bruissement du blé qui se balançait.

Le fusil était lourd et il le laissait pendre à hauteur de la taille, son pouce caressait le cran de sécurité et son index était posé délicatement sur la détente. Le Polonais était là, quelque part devant lui, sans doute en train de ramper, essayant de ne pas troubler la surface au-dessus de lui. Korolev cherchait à repérer une anomalie qui signalerait la progression de l'éclaireur. Il devait se diriger vers l'ouest ; c'était de là qu'il venait et c'était là que devaient se trouver les autres. Il se demandait s'il était blessé. Le cheval du Polonais se trouvait cent mètres derrière, il agonisait, haletant, ses yeux regardaient le ciel pour la dernière fois, le sang épais séchait déjà sur sa poitrine déchiquetée par la rafale de mitrailleuse. Il s'arrêta et tendit l'oreille, mais il n'entendait que le corbeau qui continuait à tournoyer au-dessus du cheval en rameutant ses compagnons pour le festin.

Chaque pas réclamait la plus grande précaution : du bout du pied, il cherchait un endroit où prendre appui sans faire de bruit, avant de lancer l'autre jambe. Il entendait le chaume craquer sous ses bottes, mais pas l'homme qui se trouvait devant lui. Le fusil du Polonais était resté accroché à la selle du cheval mourant, mais Korolev aurait parié que le type possédait un pistolet. Les officiers n'avaient-ils pas toujours un pistolet ? Sinon, comment pourraient-ils abattre leurs propres hommes ?

Il s'arrêta et fit pivoter lentement tout son corps vers la gauche, en balançant son poids d'une jambe sur l'autre. Il avait perçu un bruit, tout près. La baïonnette produisit une ondulation argentée à la pointe de l'arc de cercle du fusil. Un nouveau bruit le fit s'immobiliser ; son pouce vérifia que le cran de sécurité était ôté. Il envisageait de tirer au milieu des épis de blé s'il apercevait un morceau de tissu kaki, lorsque le Polonais jaillit, l'épée d'abord, puis le bras, la casquette, les yeux, les dents grises tordues et la bouche grimaçante, les épaulettes, l'éclat sombre de la ceinture Sam Browne, les boutons étincelants de la veste d'uniforme, tout cela se jeta directement sur la baïonnette qu'il avait projetée en avant. La pointe entra juste au-dessus de la boucle de la ceinture croisée et s'enfonça à travers le tissu et la peau, comme du papier. Le fusil tourna entre ses mains lorsque la lame rencontra une côte, puis une deuxième, avant de franchir l'obstacle pour pénétrer dans les poumons et heurter encore une côte en cherchant la lumière du jour de l'autre côté. Mais l'épée continuait à s'abattre vers lui et il tira, instinctivement, une fois, deux fois. Les balles repoussèrent l'homme planté à l'extrémité du fusil. La surprise se lut dans ses yeux déjà morts.

Korolev demeura figé, tremblotant, le sang brillait sur la lame de la baïonnette ; il écoutait les hurlements en sachant que c'était sa propre voix.

— Là, là. Calmez-vous. Vous faites peur à l'enfant.

La voix était grave et calme. Il essaya d'ouvrir les yeux, mais ses paupières semblaient collées et elles se séparèrent difficilement. La lumière suffit à raviver la douleur et il referma aussitôt les yeux, de toutes ses forces, en ressentant cet élancement familier au niveau du front. Puis il les rouvrit brusquement, en grand. Une paire de lunettes le toisait.

— Commotion cérébrale, déclara la paire de lunettes. Voilà de quoi il s'agit. Commotion cérébrale.

— Il va s'en remettre ? demanda une voix féminine.

Elle semblait très jeune, curieuse plus qu'inquiète. Korolev fut soulagé : aucune trace de peur dans cette voix.

— Oui, évidemment. Regardez-le, il est fort comme un bœuf. Il va s'en tirer. (Les lunettes brillaient d'un éclat approbateur.) Ce qu'il lui faut, c'est une bonne nuit de sommeil et un peu d'attention. Mais tout ira bien. Ne t'inquiète pas, petite.

Korolev cligna des yeux. Il était à Moscou, dans son nouvel appartement. L'officier polonais appartenait au passé, ce n'était qu'un souvenir, impossible à différencier des autres horribles souvenirs de cette époque. Il déglutit. Il avait la bouche sèche ; quelqu'un approcha un verre de ses lèvres. Il fit tournoyer l'eau dans sa bouche avant de boire, il la sentit couler dans sa gorge.

— Là. Vous voyez, il ne va pas si mal. Un coup sur la tête, rien de plus. Combien voyez-vous de doigts, camarade ?

L'homme aux lunettes montra trois doigts.

— Trois, dit Korolev d'une voix qui semblait vieille et cassée.

Il n'avait plus la force de plaisanter.

— Bien. Mais vous devez quand même rester allongé sur le dos pendant une journée.

— Je ne peux pas, s'entendit répondre Korolev.

— Bien sûr que si. Je n'ai jamais rien entendu d'aussi ridicule. Semion Semionovitch ?

— Au moins une journée. Nous devons prendre soin de nos meilleurs travailleurs. La consigne vient directement du Comité central.

Il reconnut la voix de Popov, mais il ne le voyait pas : l'homme aux lunettes se tenait si près de lui qu'il masquait le reste de la pièce.

— Alors, qu'avez-vous à répondre à ça ?

Korolev s'aperçut qu'il fronçait les sourcils. Autant qu'il pouvait en juger, il était allongé sur le canapé en cuir dans la cuisine commune. Il parvint à se dresser sur un coude et, grâce à l'aide de l'homme aux lunettes, il put s'asseoir. Il laissa pendre sa tête sur sa poitrine et fixa son regard sur les lattes du parquet qui tanguaient à ses pieds jusqu'à ce qu'elles se stabilisent, et l'envie de vider le peu qui devait rester dans son estomac reflua. Alors il leva les yeux vers les personnes réunies dans la pièce. Shura se tenait sur le seuil, la mine sombre. À son côté se trouvait Valentina Nikolaevna ; ses yeux bleus cherchaient à capter les siens, sa bouche n'était qu'un trait. Elle avait la main posée sur l'épaule d'une jolie fillette. Il devina qu'il s'agissait de Natacha, la fille de Valentina. Âgée de huit ans environ, elle avait des cheveux blond foncé, les yeux de sa mère et un foulard rouge de Pionnière noué autour du cou. Elle lui souriait timidement. Popov, posté près de la fenêtre, se frottait le nez avec sa pipe éteinte.

— Que s'est-il passé ? demanda Korolev, qui ne comprenait pas comment il avait pu se retrouver dans l'appartement au milieu de ces gens, alors que dans son dernier souvenir il était plié en deux, en train de cracher ses tripes dans une rue inondée de pluie, tandis que les pas d'un tueur approchaient à toute vitesse.

Mais peut-être ce souvenir lui-même était-il incertain.

— C'est le général Popov qui vous a amené, expliqua Natacha sans le quitter des yeux. Il a cogné à la porte jusqu'à ce que j'ouvre. Vous dormiez par terre. Il m'a dit que vous étiez malade et qu'il vous fallait un médecin. Il vous a fait entrer.

Shura enchaîna :

— Elle est montée et j'ai appelé le Pr Goldfarb. Il habite au cinquième. Il a interrompu son dîner et on vous a installé là.

— Le dîner peut attendre, déclara le professeur en ôtant ses lunettes pour les nettoyer.

— Et le camarade inspecteur ? demanda Shura. Ça va aller ? C'est une sale blessure qu'il a à la tête, pas vrai ?

— Je vous le répète, il va s'en remettre.

— Vous étiez blanc comme une feuille de papier, on aurait cru un fantôme, dit Natacha avec un soulagement évident.

— Que s'est-il passé ? (Valentina Nikolaevna fit un pas en avant et tendit la main comme pour toucher les points de suture.) C'est grave, on dirait.

— Un accident, répondit Korolev en balayant d'un geste l'inquiétude générale, alors que sa voix semblait très faible, même à ses propres oreilles. Une commotion cérébrale, dites-vous ? demanda-t-il au professeur en essayant d'adopter le ton sec et professionnel d'un homme qui s'adresse à un autre homme.

Valentina Nikolaevna, encore sous le choc, secoua la tête.

— Vous auriez dû voir l'appartement quand je suis arrivée, plein de gens et vous au milieu, tel un cadavre ; on aurait dit une pièce de théâtre. Vous pouvez avaler quelque chose ?

Shura dressa la tête comme un chien de chasse et il n'eut pas le cœur de refuser.

— Un peu de soupe peut-être, dit-il.

Peu de temps après, Valentina Nikolaevna et Shura se disputaient à voix basse dans la cuisine au sujet de la préparation du potage. Natacha lui adressa un petit sourire en déposant un coussin sur une chaise en bois. Puis elle s'assit à table et ouvrit un cahier d'exercices. Des devoirs, pensa Korolev. La vision de cette enfant qui étudiait et le bruit des femmes dans la cuisine l'emplirent d'un sentiment de bien-être et de sécurité. Il se rallongea et ferma les yeux. Quand il les rouvrit, Popov l'observait, penché au-dessus de lui. Il paraissait plus petit qu'en temps normal.

— Comment vous sentez-vous, Alexeï Dmitrievitch ? demanda-t-il d'une voix à peine audible.

— Comme si on m'avait rempli la tête avec du béton, mais ça peut aller, je crois. Une chance que vous m'ayez ramassé sur le trottoir.

— Votre carnet était tombé de votre poche dans ma voiture. Je suis revenu pour vous le donner.

— Merci, camarade général.

Popov chassa ces remerciements d'un geste.

— Le professeur dit que vous avez besoin de vingt-quatre heures de repos au minimum. Je convoquerai Semionov et Gregorine demain et nous prendrons des décisions concernant l'enquête. En tout cas, vous allez lever le pied pendant un jour ou deux.

Korolev ouvrit la bouche pour protester, mais le général le fit taire avec lassitude d'un geste de la main.

— C'est un ordre, Alexeï Dmitrievitch. Camarade professeur, veuillez confirmer votre diagnostic, je vous prie.

— En effet. Une commotion cérébrale exige de garder le lit au moins vingt-quatre heures. En fait, vous n'êtes pas obligé de rester couché, mais pas question d'aller travailler. Vous avez besoin d'un peu de calme et de beaucoup de sommeil. Oh, et pas de vodka. Pas même de la bière. Ce qu'il vous faut véritablement, c'est du repos. Dans l'idéal, quelqu'un devrait rester près de vous en permanence. Simple précaution, mais c'est important. Valentina Nikolaevna ?

Celle-ci hocha la tête sans sourire.

— Bien entendu, camarade professeur. Si c'est nécessaire, je peux changer mes horaires.

Si le général n'avait pas semblé aussi épuisé, Korolev aurait peut-être protesté. Au lieu de cela, il s'autorisa une grimace d'agacement, pour la forme, et hocha la tête.

— Bien, dit Popov en se levant. Professeur, nous allons prendre congé, je pense.

— Oui. Bonne nuit. Valentina Nikolaevna, voici mon numéro à l'université demain si vous avez besoin de me joindre.

Le professeur griffonna sur une feuille de calepin, qu'il arracha pour la tendre à Valentina.

Korolev voulut se lever, mais quand il essaya de faire basculer le poids de son corps sur le côté, il s'aperçut que c'était impossible. Il se contenta d'un signe de tête alors que les deux hommes s'en allaient et il se laissa retomber dans le canapé.

— Tenez, camarade inspecteur, dit Shura en déposant un bol de soupe sur la table à côté de Natacha. Puis-je vous aider à vous lever ?

Il hocha la tête, alors la vieille femme et Valentina Nikolaevna le prirent chacune par un bras pour le porter jusqu'à la table. L'odeur du potage, du chou avec des restes de poulet, fit saliver sa bouche sèche. Il prit la cuillère et souffla sur la soupe avant de la goûter.

— C'est trop chaud, camarade inspecteur ? demanda Shura.

— Je vous l'avais bien dit, répliqua Valentina Nikolaevna. Donnons-lui du pain. Il pourra le tremper dedans en attendant que ça refroidisse.

— Non, c'est parfait. Je vous en prie. Merci à toutes les deux. C'est délicieux.

— Moi, j'ai pas le droit de tremper mon pain, dit Natacha en détachant les yeux de son cahier d'exercices, l'air indigné. Pourquoi il le fait, lui ?

— Parce que c'est un inspecteur, Natacha. Il a besoin de prendre des forces pour attraper des meurtriers et des gens comme ça, expliqua Shura avec un mélange de conviction et de reproches qui sembla satisfaire la fillette.

Celle-ci replongea le nez dans ses devoirs et les deux femmes regardèrent avec satisfaction Korolev finir sa soupe.

— Il a un solide appétit, le camarade inspecteur, n'est-ce pas, Valentina Nikolaevna ? fit remarquer Shura quand il inclina le bol pour en racler le fond avec sa cuillère.

— Où sont mes vêtements ? demanda Korolev, constatant qu'il portait un vieux pull et son pantalon d'uniforme.

— Vous étiez trempé jusqu'aux os. Ne vous inquiétez pas, on n'a pas regardé, dit Valentina Nikolaevna, provoquant chez Shura et Natacha un éclat de rire qu'elles cachèrent derrière leurs mains.

— Pas étonnant qu'il ait un tel appétit, commenta Shura à voix basse, et Korolev sentit le rouge lui venir aux joues.

Il n'était pas habitué à avoir autant de femmes autour de lui et elles n'étaient pas aussi raffinées que les gens le croyaient.

— Eh bien, quoi ? Il n'y a pas d'autre divertissement à Moscou ? dit-il. Pourquoi me dévisagez-vous toutes les trois comme si j'étais une girafe au zoo ?

Sa colère n'était pas feinte, mais elle semblait ridicule dans ce contexte, aux yeux des femmes comme aux siens, et cette fois elles ne prirent pas la peine de cacher leurs gloussements. Il se surprit à esquisser un sourire, ce qui les ravit encore plus.

— Il faut que je remonte, dit Shura. Isaac Emmanuilovitch ne va pas tarder à rentrer. Mais je redescendrai plus tard, Valentina Nikolaevna, si vous avez besoin de moi.

Après avoir salué la vieille femme, ils restèrent là, à se regarder : Korolev, Valentina et la fillette. Celle-ci fut la première à briser le silence :

— J'ai fini mes devoirs.

— Bien, dit Valentina. Va te préparer pour te mettre au lit, Natacha. J'arrive tout de suite.

La fillette prit ses cahiers d'exercices, son crayon, et, jetant un regard timide à Korolev, elle laissa les deux adultes en tête-à-tête. Korolev essayait de regarder ailleurs, mais ses yeux revenaient sans cesse se poser sur Valentina.

— Natacha s'est bien débrouillée, parvint-il à dire après avoir rejeté plusieurs autres façons de briser un silence devenu trop intime.

Valentina sembla réfléchir à cette remarque, les poings serrés à s'en blanchir les jointures.

— Elle est très mûre pour son âge. Comme tous les enfants de nos jours. On l'exige d'eux. Vous avez vu son foulard de Pionnière ? On prépare même les élèves de l'école primaire à la guerre. (Elle se tapota le front avec son index, entre les sourcils.) Mais pas de malentendu, surtout.

— Non, n'ayez crainte. Je sais que vous êtes une citoyenne loyale.

Il aurait aimé dire autre chose, mais peut-être voulait-elle juste être réassurée.

Elle leva les yeux vers lui et secoua la tête, comme effarée par sa propre bêtise.

— J'espère que vous me pardonnerez si j'avoue que ça me rend nerveuse, que vous partagiez cet appartement avec nous. Supposons que je dise quelque chose sous le coup de la colère ? Vous comprenez ? Je vois que Natacha vous aime bien. Je ne sais pas pourquoi, peut-être parce qu'elle vous a aidé. Mais ça me rend nerveuse. Votre présence ici, en permanence, c'est comme si on était surveillées.

— Je suis inspecteur. Je ne suis pas un tchékiste. Je suis un simple milicien.

Elle rit sèchement.

— Vous croyez que la Milice ne s'occupe pas des affaires de sécurité intérieure ? Que tout cela est du ressort de la Tchéka ? Vous savez que ce n'est pas le cas.

En effet. Il savait qu'une grande partie des arrestations effectuées en vertu de l'article 58 l'était par des officiers de la Milice, sous la direction du NKVD généralement, mais souvent de manière indépendante. Assis dans sa tour d'ivoire de la rue Petrovka, il parvenait plus ou moins à ignorer cette réalité en s'occupant des meurtres et des voies de fait. Mais il n'était plus surpris quand des témoins de crimes sur lesquels il enquêtait en profitaient pour dénoncer des voisins, des collègues et même des membres de leur famille soupçonnés de délits politiques. Les gens de la rue savaient mieux que lui que la Milice se chargeait également des affaires politiques, même s'il s'accrochait à cette conviction que lui ne s'intéressait qu'aux crimes purement crapuleux.

Il hocha la tête.

— Je comprends. Mais que puis-je faire ? On m'a attribué cet appartement. Si un autre se libère, je déménagerai. Cependant vous savez que c'est peu probable. J'essaierai de rester dans ma chambre. Ne vous inquiétez pas, je ne suis pas ici pour vous espionner.

Valentina repoussa cette idée d'un geste.

— Ce n'est pas non plus ce que je voulais dire. Vous habitez ici, c'est comme ça. J'essayais juste d'expliquer…

Elle s'interrompit et le dévisagea.

— J'essayais d'expliquer ma réserve.

Elle se leva et lui offrit une poignée de main. Korolev trouva ce geste très masculin.

— Je suis contente que nous ayons pu parler en toute franchise.

Il lui serra la main avec un sentiment confus. Il ne savait pas trop quel sens donner à cette conversation, mais il acquiesça d'un mouvement de tête.

— Vous devriez aller vous coucher, dit-elle. Demain, je resterai ici pour veiller sur vous.

— Merci.

— Natacha compte sur moi ; vous êtes le chien errant qu'elle a récupéré sous la pluie. Voulez-vous que je vous aide à regagner votre chambre ?

— Je crois que je peux y arriver.

Il se leva du canapé, lentement, en prenant appui sur une chaise. Il tituba un instant, sourit à Valentina, puis marcha jusqu'à sa chambre à petits pas hésitants.

— Vous voyez ? Je vais beaucoup mieux.

Il la salua d'un hochement de tête, referma la porte derrière lui et y appuya son épaule pendant que sa main droite glissait le long de la moulure arrondie à la recherche de l'interrupteur. L'ayant trouvé, il hésita. Finalement, il alla à la fenêtre et regarda dans la rue. L'ombre d'un homme se détachait nettement dans l'entrée de l'immeuble d'en face. Il portait une toque en fourrure et un long manteau, sans doute en cuir à en juger par la façon dont il reflétait la lumière du lampadaire. Qui était-ce ? Un Voleur ? Un prêtre ? Un tchékiste ? Un espion étranger ? Si ce scélérat était encore là demain, il lui ferait une petite surprise, mais ce soir il s'estimerait heureux de pouvoir atteindre son lit. Il ferma le rideau et, sans allumer la lampe ni même se déshabiller, il s'approcha de la chaise sur laquelle on avait mis son manteau à sécher. Son holster en cuir était posé sur l'assise. Il sortit le pistolet automatique, vérifia que le cran de sécurité était mis et le glissa sous son oreiller, avant de s'enrouler dans les couvertures.

Pendant quelques instants, il perçut les bruits de l'immeuble – une conversation entre Valentina et Natacha dans leur chambre, quelqu'un qui marchait au-dessus, de l'eau qui coulait dans une canalisation – puis la pièce, l'immeuble et même Moscou s'effacèrent quand le sommeil l'emporta enfin.

CHAPITRE 20

Korolev dormit comme un mort, aurait dit sa mère si elle-même n'était pas morte depuis quinze ans. Il ne fut pas réveillé par l'aube qui s'infiltra par les côtés du rideau, ni par les coqs qui s'apostrophèrent d'une rue à l'autre. Il n'entendit pas non plus la meute de chiens qui poursuivait une charrette sur la chaussée, ni les claquements de fouet du conducteur qui tentait de les chasser. Les sirènes des usines qui appelaient les ouvriers à prendre leur service ne parvinrent pas, elles non plus, à troubler son sommeil. Pour la première fois depuis de nombreuses années, il dormit au-delà de sept heures, et même de huit heures. Il ne réagit pas davantage quand Valentina Nikolaevna ouvrit la porte avec le plus grand soin pour l'écouter ronfler paisiblement. Natacha et elles l'observèrent un instant, lui confia Valentina par la suite, et décidèrent finalement de le laisser dormir. Si aucune des deux n'évoqua l'étrange affection qui assombrissait leurs visages dans la pénombre de la chambre, c'est sans doute parce qu'elles-mêmes n'en avaient pas conscience. Ou peut-être que le spectacle d'un homme qui dort profondément réveille l'instinct maternel de n'importe quelle femme, si tant est qu'elle en possède un. En fait, il fallut attendre que Babel, venu lui rendre visite, le secoue par l'épaule afin de voir sa réaction pour que Korolev se réveille en sursaut. Ses yeux étaient encore à moitié fermés quand Babel se retrouva nez à nez avec le canon du pistolet automatique. L'écrivain réagit avec un large sourire.

— C'est moi, Alexeï Dmitrievitch. Babel. C'est un Walther ? Je peux regarder ? Où avez-vous déniché un flingue pareil ? J'en ai eu un, il y a très longtemps. Ah ! 1917… Un modèle 7. Ils ont arrêté de le fabriquer à la fin de la guerre, évidemment. Les Allemands, je veux dire. Une arme d'officier. Prise de guerre ?

— Un Polonais.

La sécheresse de sa réponse et sa voix encore enrouée par le sommeil sonnèrent comme une condamnation à mort de l'ancien possesseur, même aux oreilles de Korolev. Babel tressaillit et s'empressa de lui rendre le pistolet, puis il regarda ses mains, comme pour s'assurer qu'elles n'étaient pas souillées par le sang du mort.

— Vous avez bien dormi ? demanda l'écrivain en jetant un coup d'œil par-dessus son épaule à une Valentina Nikolaevna rieuse, appuyée contre la porte.

Korolev remit le Walther sous son oreiller, bâilla et passa sa main sur son cuir chevelu. Il vit la lumière du jour qui éclairait le seuil de la pièce commune.

— Quelle heure est-il ?

— Presque dix heures.

Il consulta sa montre. Il l'approcha de son oreille pour s'assurer qu'elle fonctionnait encore et sentit le contact froid du verre contre la chaleur de sa joue.

— En temps normal je ne dors pas si tard, dit-il.

— En temps normal, dit Babel, vous n'essayez pas d'ouvrir le crâne des gens avec votre propre tête. Enfin, j'espère.

— Ah ! fit Valentina Nikolaevna en réussissant à mélanger la déception, la moquerie et un soupçon de reproche dans cette seule syllabe.

— C'était de la légitime défense, lança Korolev.

— Vous voulez dire : « C'est lui qui a commencé. » Oui, évidemment, fit-elle en secouant la tête pour exprimer un désabusement plein d'ironie. J'ai déjà entendu cette excuse.

Korolev fut tenté de disparaître sous les couvertures pour faire comme s'il était seul.

— Un citoyen n'a plus droit à un peu d'intimité ? Je suis partisan de la vie en collectivité, comme tout le monde, mais faut-il que les réunions se déroulent dans ma chambre ?

Son embarras fit sourire Valentina, qui mima un salut militaire et laissa la porte se refermer derrière elle. Après son départ, Korolev reporta son attention sur Babel.

— Et vous ? Vous ne voulez pas me laisser seul cinq minutes ?

— Si, bien sûr, répondit l'écrivain en s'asseyant dans le fauteuil qu'il avait approché du lit.

— Eh bien ? demanda Korolev, voyant que Babel ne semblait pas disposé à s'en aller.

— Eh bien, quoi ? Voulez-vous entendre ce que j'ai à vous dire, ou pas ?

Korolev réfléchit, puis il désigna la fenêtre.

— Accordez-moi au moins une minute, le temps d'enfiler une chemise propre.

— Vous êtes pudique ? J'étais dans l'armée, moi aussi. Dans la cavalerie rouge, il n'y avait pas de pudibonderie le jour du bain. Croyez-moi.

— Regardez dans la rue, s'il vous plaît, Isaac Emmanuilovitch.

Babel grogna, se leva et alla se poster devant la fenêtre à contrecœur.

Korolev balança ses pieds sur le plancher. Sa vision mit un certain temps à s'adapter au changement de perspective et il retint son souffle. Il se tourna vers Babel, qui l'observait avec intérêt.

— Vous êtes devenu gris d'un seul coup. C'est un phénomène fascinant. Vraiment, en un clin d'œil. Alors que vous étiez tout rouge l'instant d'avant.

Korolev parvint à agiter la main dans la direction de l'écrivain.

— Tout va bien, dit-il sans grande conviction. Regardez par la fenêtre, si ça ne vous ennuie pas.

S'il n'y prenait garde, ce foutu scribouillard allait décrire ses fesses molles dans *Novy Mir*. Quoi qu'il en soit, un citoyen devrait avoir droit à un moment d'intimité, pénurie de logements ou pas. Il tendit la main vers le fauteuil et s'en servit pour se redresser ; il sentit le sang affluer dans ses pieds. Après quelques secondes de repos, il fit deux pas vers la penderie.

— Vous semblez encore plus mal en point. Vous ne voulez pas un coup de main ?

Korolev s'aperçut qu'il devait faire appel à toute sa concentration pour conserver le contenu de son estomac. Parler était hors de question ; il ne pouvait même pas tourner légèrement la tête pour lancer à cet insupportable intrus un regard qui aurait fait fondre ses lunettes sur son nez. Il dut se contenter d'un petit geste qui, espérait-il, suffirait à exprimer son agacement face aux interventions de l'écrivain. D'un dernier pas il parvint à agripper la penderie à deux mains et il s'autorisa à appuyer sa joue contre le bois lisse pendant une ou deux secondes. L'odeur du vernis sembla le revigorer et un semblant d'énergie irradia dans tout son corps, lui permettant d'espérer que les risques de vomissement étaient écartés, pour le moment du moins. Avec un grognement il fit passer le pull par-dessus sa tête, il déboutonna son pantalon et laissa tomber ses vêtements en tas à ses pieds.

Il attrapa sa dernière chemise propre, glissa ses bras dans les manches, non sans mal, ferma un nombre respectable de boutons, avant d'enfiler un autre pantalon en prenant appui contre le mur. Il remonta les bretelles sur ses épaules.

— Ah, c'est déjà mieux.

— Vous deviez regarder par la fenêtre.

— Je suis écrivain. Nous nous intéressons à ces instants. Votre démarche, la couleur de votre visage, la façon dont vous enfilez votre chemise. Je prends des notes mentalement.

Korolev essaya de lancer ce fameux regard noir, mais cela semblait au-dessus de ses forces à cet instant. Finalement, il s'assit sur la chaise la plus proche.

— Alors, qu'avez-vous découvert ?

— Pas grand-chose, j'en ai peur. Le type à qui j'ai parlé connaissait Mironov de nom, mais il m'a juste dit qu'il faisait partie du septième département, et que poser des questions à propos du septième département de nos jours, ce n'était pas très malin.

— Le septième département ?

— L'ancien département étranger.

— Je vois, dit Korolev.

Tout ce qu'il avait entendu au sujet du département étranger avait été prononcé à voix basse. Il savait que ce service était chargé des opérations de renseignement à l'étranger et que sa réputation de dureté et d'obsession du secret dépassait même les critères en vigueur au NKVD. Intéressant néanmoins.

Le département étranger perd un homme la semaine où une émigrée américaine est retrouvée morte, alors que la moitié de Moscou recherche une icône qui risquerait de franchir les frontières.

— Une purge se prépare, vous le savez, ajouta Babel. Ce n'est pas un scoop. Les tchékistes sont dans tous leurs états.

— Ils ont déboulonné la statue de Iagoda au siège de la rue Petrovka l'autre jour. Ils l'ont même brisée en morceaux.

— On raconte qu'il va être arrêté d'un jour à l'autre. En attendant, il reste assis dans son bureau, seul, et le téléphone ne sonne pas. Il erre dans les couloirs du ministère tel un fantôme ; personne ne semble le voir. Dire qu'il y a quelques semaines encore c'était l'homme le plus craint d'Union soviétique. Sa chute sera brutale et les factions tchékistes courent dans tous les sens pour faire en sorte de ne pas tomber en même temps que lui. Ce qui m'amène à Gregorine.

— Qu'avez-vous découvert sur lui ?

— Il n'est pas très aimé des Géorgiens, c'est certain, bien qu'il soit lui-même géorgien. À moitié du moins : son père était russe. Ça sent les vieilles querelles. À mon avis, il a piétiné quelques plates-bandes là-bas, à Tbilissi. Et, évidemment, c'était un protégé de Iagoda, ce qui n'est pas très sain par les temps qui courent. Toutefois Iejov semble l'avoir à la bonne, alors il pourrait s'en tirer, même si les Géorgiens l'emportent. Comme ce sera probablement le cas. Ils sont proches de Staline, ils tiennent le même discours. Il y a de fortes chances qu'ils finissent vainqueurs.

— Il m'a donné l'impression de travailler directement pour Iejov, voire quelqu'un de plus haut placé.

— Possible. Néanmoins j'ai eu le sentiment qu'il n'était pas en très bonne posture, bien qu'il ne soit pas en danger dans l'immédiat. Autrement dit, il est comme tout le monde.

— Encore des recherches pour le tiroir ?

— Comme vous dites… Un tiroir très secret.

Babel descendit du rebord de la fenêtre sur lequel il s'était assis et étira les bras.

— Il faut que j'aille écrire avant les exercices de cet après-midi. J'ignore si je serai encore en état de faire quoi que ce soit après une demi-heure passée sous un masque à gaz.

— C'est mieux que de tout avaler dans les poumons. J'ai vu des hommes être gazés et j'espère bien ne jamais revoir ça.

— Oui, et je ne crois pas que les fascistes largueront des bouquets de fleurs de leurs bombardiers si jamais la guerre éclate. Autant se préparer. Il paraît que Staline a ordonné que les stations de métro soient aussi profondes à cause des raids aériens. Si on est prêts à recevoir des bombes… pourquoi pas les gaz ?

— Vous pensez vraiment qu'ils viendront ?

— Ils sont déjà en chemin, mon ami. On leur tire dessus à Madrid, ils répliquent et ça ne s'arrêtera pas là. (Babel haussa les épaules.) Staline l'a compris. Il veille à ce qu'on soit prêts.

— Oui, dit Korolev en songeant à l'homme d'acier qui s'attendait à ce que tout le monde soit fait du même métal.

Babel prit congé et Korolev retourna s'allonger. L'espace d'un instant, il sentit le poids de ses quarante-deux années. La perspective d'une nouvelle guerre, avec les horreurs et les privations que cela implique, était comme une masse qui le clouait au matelas. Contre les Allemands et les

Autrichiens, ç'avait été terrible ; il revoyait encore les visages de ces jeunes hommes morts. Il aurait pu être à la place de chacun d'eux. Des milliers de morts, des millions à la fin de la Grande Guerre, et deux fois plus encore durant la guerre civile. Cette fois, ce serait pire, avec les nouveaux chars et bombardiers, des mitrailleuses capables de décimer un bataillon entier en deux minutes. Il se battrait, évidemment, le moment venu. Il connaissait son devoir aussi bien que n'importe qui.

Sans doute se rendormit-il car, soudain, il découvrit Valentina Nikolaevna sur le seuil de la chambre ; ses cheveux avaient la couleur de l'or dans le soleil pâle qui se déversait par la vitre ouverte. Elle semblait tout droit sortie d'une affiche de film.

— Comment vous sentez-vous ? demanda-t-elle.

— Pas trop mal. Mieux. Je n'ai pas l'habitude de rester couché comme ça, et je crois que je suis capable de me lever maintenant.

— Tant mieux. Je vais vous apporter du thé du samovar. Votre collègue Semionov est en chemin pour venir vous voir. Le colonel Gregorine a appelé, lui aussi : il espère que vous serez bientôt rétabli.

— Merci.

Il se demanda ce que pensait Gregorine du fait que sa marionnette avait brisé ses fils.

— Tous les hommes ont besoin qu'on s'occupe d'eux de temps en temps. Ça ne me gêne pas.

Elle lui sourit, puis quitta la chambre, et dès que la porte se referma, Korolev s'autorisa à imaginer qu'il tenait Valentina Nikolaevna dans ses bras. Elle y paraîtrait toute petite, mais forte malgré tout. Ses cheveux auraient le parfum des fleurs et sa peau l'odeur du pain frais, il en était sûr.

Le thé qu'elle lui apporta lui donna la force de se lever. Il marcha vers la fenêtre, ravi de constater que le plancher et les murs ne tanguaient plus. Les bras croisés, il regarda le ciel bleu, vierge de tout nuage. En bas, un long cortège de femmes portant des masques à gaz, vêtues de bleus de travail trop larges et chaussées de grosses bottes en caoutchouc, poussait des charrettes à bras de la défense civile. Celles-ci semblaient remplies d'une sorte de poudre blanche. Il se demanda de quoi il s'agissait. D'après son expérience personnelle, la meilleure riposte contre le gaz, c'était de courir le plus vite possible ; et les masques n'étaient pas très utiles contre le gaz moutarde, ça, il le savait. Quel que soit ce truc dans les charrettes, il espérait que c'était efficace.

Son régiment était de réserve quand les Allemands avaient largué du gaz moutarde sur les tranchées russes en 1917. Au début, les soldats avaient cru à une erreur : des centaines d'obus qui s'écrasaient sur la forêt, dans la boue, sans provoquer d'explosions. Seul signe inquiétant : une légère odeur d'ail. Quelques heures plus tard, des cloques couvraient toutes les parcelles de peau exposées. Mais pas seulement. Le gaz s'était infiltré à travers les uniformes, pour atteindre les entrecuisses, les aisselles, les poitrines, les ventres… toutes les parties du corps. Qui sait combien d'hommes étaient morts ? Des milliers de soldats aveuglés erraient sur le champ de bataille en suppliant qu'on les aide. Les Allemands les avaient abattus comme des rats, et ceux-là étaient les plus chanceux. Son régiment avait été chargé d'aller combler le fossé dans la ligne de front, et même si Dieu avait pardonné aux quelques Prussiens tombés entre leurs mains, eux ne l'avaient pas fait.

L'immeuble trembla quand un escadron de bombardiers le survola, et l'un d'eux envahit momentanément le ciel au-dessus de la rue, si bas que Korolev apercevait les rivets de la soute ouverte. Les carreaux de la fenêtre vibrèrent et un chien courut se mettre à l'abri en aboyant. La puissance brutale de l'appareil lui donna du baume au cœur et provoqua même un frisson qui le parcourut de la tête aux pieds. Cette fois, ils seraient prêts à affronter tout ce que leur enverraient les fascistes.

Il inspira profondément et marcha vers le bureau, sur lequel il s'appuya. Il vit le sang sur le col de son manteau et l'affaire revint s'immiscer dans ses pensées. Il songea que si les traîtres essayaient de vendre l'icône à l'étranger, cela pouvait expliquer que Mironov soit impliqué : qui était mieux placé qu'un major du département étranger pour faciliter sa sortie ? Mais peut-être essayait-il, au contraire, d'empêcher que l'icône passe à l'Ouest. Il maudit Gregorine. Peu lui importait de se laisser entraîner dans des impasses et manipuler comme un idiot si c'était dans l'intérêt général, mais les révélations de Kolya selon lesquelles Gregorine avait mené l'opération destinée à récupérer l'icône le troublaient. L'idée lui vint que Gregorine se servait peut-être de lui pour retrouver l'icône car il était responsable de sa disparition, pour cause d'incompétence ou pire. Si tel était le cas, la vérité éclaterait tôt ou tard, et s'il était encore en vie à ce moment-là, alors il traquerait cette vermine et lui arracherait le cœur à mains nues.

Korolev était encore en train de contempler ces mains nues quand on frappa à la porte. Semionov entra.

— Comment allez-vous, Alexeï Dmitrievitch ? Le général m'a dit que vous souffriez d'une commotion cérébrale. Vous vous sentez mieux ?

Son sourire semblait plus moqueur que compatissant et Korolev serra les dents. Quelle mouche l'avait piqué ? Donner un coup de tête à un koulak géant ? Il aurait dû faire preuve de plus de maturité, être un modèle pour son jeune collègue. Il était censé lui apprendre les ficelles du métier, et, au lieu de cela, il se retrouvait avec le crâne ouvert, incapable de faire sa part de travail. Quelle humiliation !

— Ça va, grogna-t-il. Ne restez pas planté là comme un lampadaire. Asseyez-vous donc, ça reposera vos pieds. Et donnez-moi les nouvelles.

— Chaque chose en son temps. Je transmets d'abord les salutations du général Popov à son inspecteur de choc préféré.

— Écoutez-moi bien, petit avorton. J'ai un terrible mal de crâne, alors si vous savez où est votre intérêt, gardez vos provocations pour plus tard.

Semionov haussa un sourcil et Korolev se demanda si les jeunes d'aujourd'hui se souciaient de quoi que ce soit. Par-dessus le marché, il avait remis ce foutu imperméable ! Ses cheveux étaient lissés en arrière avec une sorte de crème. Korolev songea qu'il ne déparerait pas au milieu de ces types qui revendaient des billets de train à la sauvette à la gare de Kiev.

— Allons, Alexeï Dmitrievitch, ne vous apitoyez pas sur votre sort. Cela aurait pu être pire… Pensez à ce pauvre Larinine. J'ai vu la Ford : deux camions sont passés dessus l'un après l'autre. On dirait une crêpe. Ils ont dû sortir Larinine par petits bouts. Et ce pauvre Pavel Timofeevitch pleure sa voiture comme s'il avait perdu sa fille. Alors, si vous n'avez pas de peine pour le camarade Larinine, vous devriez en avoir pour le camarade Morozov. Pauvre Larinine, fauché au sommet de sa carrière d'inspecteur ! Tous ses collègues le pleurent.

— Vraiment ? se surprit à demander Korolev avec une incrédulité évidente. Ils le pleurent ?

— Non, pas vraiment. (Semionov laissa transparaître un petit sourire sur son visage sérieux.) Même si, à titre personnel, je lui suis reconnaissant d'avoir pris la voiture. Peut-être que les freins étaient foutus ou qu'un pneu a éclaté. Quoi qu'il en soit, ça aurait pu nous arriver, à nous, on serait allés percuter les voitures venant en sens inverse. C'est pourquoi je conserverai un souvenir ému de Larinine. Mais je n'en dirai pas plus sur ce sujet.

Semionov tira sur ses manches de chemise, si bien qu'elles dépassèrent de celles de son imperméable.

— Évidemment, ajouta-t-il au bout d'un moment, il est regrettable que le camarade Larinine ait été écrasé par ces deux camions.

— En effet, fit Korolev d'un ton neutre qui lui valut un regard pénétrant de Semionov.

— Mieux vaut lui que nous, non ?

Korolev l'observa et perçut chez lui un manque de confiance inhabituel. Il en vint à se demander si Semionov était entièrement convaincu de la nature accidentelle de la collision. Quelque chose dans la manière dont il avait énuméré les explications possibles – les freins, les pneus – l'incita à penser que son jeune collègue cherchait à être rassuré. Qu'il cherche ailleurs. Qu'ils soient dans la merde ou pas, ils devaient continuer à nager. Il soupira et frictionna le bandage qui lui enveloppait le crâne.

— Même si j'ai l'impression que ma tête appartient à quelqu'un d'autre, je ne peux qu'être d'accord, mon petit Vania. Ce n'est pas si mal d'être en vie. D'autres messages pour moi, de la part du général ?

— Pour nous deux, répondit Semionov en reprenant son air grave. On nous retire l'affaire.

Korolev mit un certain temps à assimiler la nouvelle et Semionov guetta sa réaction.

— Elle a été confiée à quelqu'un d'autre ? demanda-t-il finalement, surtout pour briser le silence.

— Paunichev. On nous confiera une nouvelle affaire lundi matin. C'est à cause de votre blessure, a dit le chef. Il ne voulait pas briser l'élan de l'enquête. Il m'a repris le dossier et tous les rapports ce matin.

— Qui ?

Korolev avait du mal à se concentrer sur ce que lui disait Semionov et il sentait une veine palpiter sur son front. Il s'obligea à conserver un ton calme, mais son estomac se remplissait d'acide.

— Le camarade Paunichev. Ordre du patron. Il n'y avait rien à faire. Le général m'a demandé, par ailleurs, de ne pas parler de la seconde Américaine. Si l'enquête concernant les personnes disparues donne quelque chose, le général avisera à ce moment-là.

— Vous avez eu le droit de transmettre des informations à Paunichev ? Sur le fait que la dénommée Smithson était une religieuse ? Sur les renseignements fournis par Schwartz ? Ou même sur Gregorine ?

Semionov fit non de la tête et Korolev frappa dans sa paume.

— Alors ça veut dire qu'ils vont s'en tirer sans être inquiétés. Popov vous a réellement ordonné de ne rien dire à Paunichev ? Quels mots a-t-il utilisés ? Les mots exacts, je vous prie.

— Il a dit que toutes les informations provenant du général Gregorine avaient été classées secret d'État. En aucun cas nous ne devons les transmettre à quiconque sans autorisation expresse. Il ne m'a pas ordonné de ne rien dire à Paunichev ; il m'a ordonné de ne rien dire à qui que ce soit.

— Et ce que m'a confié Schwartz ?

— *Idem.* On est débarqués de l'affaire, Alexeï Dmitrievitch. Je pensais que cela vous ferait plaisir.

Korolev se renversa dans son siège et regarda le plafond. Dans un coin, une énorme araignée se tenait au centre de sa toile ; sans doute l'observait-elle en songeant : il me suffirait d'avoir une toile plus grande. À son grand étonnement, un éclat de rire jaillit du plus profond de lui-même.

— Oui, vous avez raison. On devrait être contents. Et Paunichev trouvera un coupable parfait pour le meurtre de l'église. Ce ne sera pas le bon meurtrier, évidemment, mais les statistiques s'en fichent.

Semionov le regardait comme s'il venait de péter pendant un ballet. Korolev se tapota le crâne en guise d'excuse.

— Pardonnez-moi, Vania. Je suis encore souffrant. Sûrement que je ne suis pas dans les meilleures dispositions pour entendre ce genre de nouvelles.

— Inutile de vous excuser, Alexeï Dmitrievitch. Ils disent que c'est pour cette raison que vous êtes un bon inspecteur… les autres enquêteurs. Parce que vous traitez chaque affaire comme si la victime était votre mère. Mais si vous me permettez un petit conseil, vous devriez endurcir votre cœur, camarade. « Les voies du Parti ne sont pas toujours évidentes pour des gens ordinaires comme nous, mais il faut les suivre. »

— Staline ?

— Non, camarade. Vous.

Korolev acquiesça avec un sourire triste. Cette affaire appartenait au passé, il n'y avait rien à ajouter. Alors ils burent une tasse de thé pour faire passer ce goût désagréable et ils parlèrent d'autre chose.

Semionov s'était rendu au parc Gorki avec des amis et il avait grimpé au sommet de la tour du saut en parachute. En échange de quelques kopecks, il s'était retrouvé harnaché et il avait flotté jusqu'au sol, comme un vrai parachutiste. Sauf que le parachute n'était déjà plus très blanc, avait-il noté avec une pointe de déception. Il était plutôt gris après la pluie et la neige de ces derniers jours. Désormais, on aurait dit que tout devenait sale en peu de temps à Moscou.

Ils demeurèrent assis en silence, écoutant un convoi de véhicules militaires qui remontait la rue dans un grondement en direction de Vorontsovo Pole, tandis que l'exercice se poursuivait autour d'eux.

— J'ai un autre message pour vous, dit le jeune homme. La réunion du comité a lieu ce soir et le général ordonne que vous n'y assistiez pas.

Ces paroles flottèrent dans l'air comme une odeur désagréable.

— Que va-t-il se passer à votre avis ? demanda Korolev d'une voix qui lui paraissait appartenir à quelqu'un d'autre.

— Difficile à dire. Le général est très respecté, mais Mendeleïev est un mauvais élément qui nuit au département et « vigilance » est le mot du moment. Mon sentiment, mais je reconnais manquer d'expérience pour ces affaires-là, c'est que les activistes craignent que les choses s'emballent et leur échappent. L'accident d'Andropov a choqué les gens. La bonne nouvelle, c'est que je ne détecte aucune pression externe, dans un sens comme dans l'autre. Je dirais donc qu'une autocritique publique devrait suffire. Toutefois, s'il y avait d'autres Mendeleïev, la situation serait différente.

Chose étrange, Semionov sembla vieillir de cinq ans pendant qu'il parlait et sa voix descendit d'une octave. Korolev n'ignorait pas que le jeune homme était un militant du Komsomol, mais les informations qu'il détenait semblaient venir de plus haut. En outre, il s'exprimait avec la clarté et l'assurance d'un initié. Korolev n'avait jamais songé à mettre en doute ce que disait Semionov, mais il nota que celui-ci n'avait rien d'un candide quand il s'agissait des méthodes du Parti.

— Et vous ? Vous y assisterez ? demanda-t-il.

— J'ai été choisi pour représenter le Komsomol au comité. Hier. Je soutiendrai le général si la situation l'exige. C'est évident. Mais vous devez rester ici pour vous reposer. Sinon, vous serez trop fatigué pour assister au match demain. (Semionov sourit.) Tout se passera bien, Alexeï Dmitrievich. Faites-moi confiance. À quelle heure dois-je venir vous chercher ?

— Le match est à quatorze heures.

— On emmène l'Américain ?

— Pourquoi pas ? Nous avons l'autorisation de Gregorine, et il est de notre devoir de lui montrer que le sport soviétique surpasse celui des pays capitalistes. Babel viendra, lui aussi. On va bien s'amuser.

— Morozov a dit qu'il pouvait nous laisser une voiture.

— On prendra le tram. Offrons-lui une expérience complète.

Cette occasion manquée de pouvoir conduire arracha un soupir à Semionov.

— D'accord pour le tram. À vrai dire, Morozov n'était pas très chaud. Je crois qu'il m'en veut pour la Ford. Il n'aurait jamais réparé le pare-brise, en fait. Au mois de janvier, on serait morts gelés sur les sièges. À cet égard, c'est peut-être mieux ainsi.

Après le départ de Semionov, Korolev demeura assis dans le silence, puis il se leva et fit courir son doigt sur les tranches de sa maigre collection de livres. Il s'arrêta en arrivant sur les lettres en or à moitié effacées : *Un héros de notre temps*. Habité par un agréable sentiment d'attente, il l'ouvrit et lut les premières lignes :

Je voyageais en malle-poste depuis Tiflis. Mes bagages, à bord de ma petite voiture sans ressorts, se composaient d'une seule valise à moitié remplie de notes prises au cours de mes voyages en Géorgie. La plus grande partie d'entre elles, heureusement pour vous, avait été perdue ; alors que la valise, et ses autres contenus, heureusement pour moi, était intacte.

Korolev hocha la tête avec satisfaction. Lermontov, quoi qu'on puisse dire à son sujet, était un homme qui savait dans quelle direction pointer un pistolet et comment commencer un roman.

CHAPITRE 21

Le lendemain matin Korolev se réveilla à l'heure habituelle, reposé, ayant récupéré presque toute son énergie. Dehors le ciel était encore noir, mais il n'alluma pas immédiatement la lumière. Il alla à la fenêtre : la rue était déserte. Avec un mélange de regret et de soulagement, il sentit que l'enquête devenait déjà un souvenir. Gregorine l'avait appelé la veille au soir, il l'avait remercié pour tous ses efforts et lui avait souhaité un prompt rétablissement – et voilà. Pas une question au sujet de son dernier rapport ou de Kolya ; aucune remarque à propos de la mort mystérieuse de Larinine. On aurait dit que le colonel se désintéressait totalement de cette affaire, ce qui, d'une certaine façon, arrangeait bien Korolev, persuadé que Gregorine aurait flairé quelque chose dès qu'il aurait ouvert la bouche. Tant que le colonel continuait à afficher cette indifférence, lui-même pouvait oublier cette histoire, à commencer par l'icône.

Abandonner une enquête inachevée était toujours déprimant, mais, curieusement, Korolev se surprit à chantonner alors qu'il attaquait ses exercices matinaux. Peut-être n'était-il pas trop déçu finalement ?

La rue accueillait les premiers véhicules de la journée quand, ayant achevé sa dernière série d'étirements, il laça ses chaussures d'été, usées, mais solides. Avec un peu de chance elles lui feraient encore une année et elles étaient parfaites pour la maison. Mais il devrait bientôt se renseigner pour savoir où trouver une nouvelle paire. Cela faisait des mois qu'il n'en avait pas vu dans les magasins ; cela ne voulait pas dire qu'il n'y en avait pas, cela signifiait simplement que pour trouver une paire à sa taille il faudrait du temps et de l'énergie. Quant aux bottes de cuir pour remplacer celles en feutre… peut-être devrait-il demander à ses collègues comment s'en procurer. De toute évidence il existait un moyen, peut-être pas totalement légal, et peut-être serait-il obligé de ravaler sa fierté s'il voulait avoir les pieds au sec cet hiver.

Korolev éprouva un vif sentiment de gêne un peu plus tard dans la journée, quand Babel passa le chercher : Valentina Nikolaevna voulut l'obliger à mettre une écharpe ayant appartenu à son défunt mari, ce qu'il estimait inutile.

— Isaac Emmanuilovitch, dit-elle sans aucun respect pour la fierté meurtrie de Korolev, je vous demande de veiller sur ce pauvre Korolev aujourd'hui. Je sais à quoi ressemblent ces matchs de football. Faites en sorte qu'il évite les ennuis, pas de bagarre avec des ouvriers. Et qu'il n'enlève pas son écharpe.

— Je suis capable de prendre soin de moi.

Korolev jeta un regard noir à Babel, dont le visage rayonnait d'une hilarité contenue.

— Ne vous inquiétez pas, Valentina Nikolaevna, je me ferai un plaisir de surveiller attentivement le camarade Korolev.

Babel s'inclina devant le capitaine.

— Voulez-vous me donner le bras pour descendre, camarade ?

— Allez au diable ! Je peux descendre tout seul. Et effacez ce foutu sourire, misérable scribouillard !

— Vous voyez, Valentina Nikolaevna, sa blessure l'a rendu maussade, mais je lui pardonne, dit Babel, image même de l'innocence indifférente. Je vous attends en bas, Alexeï Dmitrievitch. N'oubliez pas l'écharpe.

— Salopard ! marmonna Korolev alors que la porte se refermait derrière l'écrivain.

Valentina Nikolaevna haussa un sourcil.

— Oh, pardonnez-moi. J'ai été grossier. Mais j'ai eu l'impression que son ton était impertinent.

Ces paroles étaient à peine sorties de sa bouche qu'il eut envie de les ravaler.

— Impertinent ?

Elle prononça ce mot comme on sort une rapière de son fourreau. Ses yeux bleus autoritaires le regardaient avec une habile confusion et il sentit la nasse se refermer sur lui.

— Ah, et puis zut ! grogna-t-il comme s'il se parlait à lui-même. Je suis condamné à subir des provocations toute la journée, visiblement.

D'un pas lourd il marcha jusqu'à la porte, si tant est que l'on puisse marcher bruyamment avec des bottes en feutre, et tira violemment sur la poignée, regrettant qu'elle ne lui offre pas davantage de résistance.

— Au revoir, Valentina Nikolaevna ! lança-t-il par-dessus son épaule et il fit de son mieux pour ignorer ce qui ressemblait fort à un rire provenant de la cuisine.

Semionov les attendait dehors et, après une brève discussion, ils décidèrent de marcher. C'était une journée ensoleillée, avec un petit vent vif, très agréable sur la peau après la pluie et la neige des semaines précédentes. Ils avançaient au rythme de Babel, qui échangeait quelques mots avec des mendiants, des vendeurs de journaux, des balayeurs, des revendeurs de tickets au marché noir, mais aussi des actrices ou des fonctionnaires du Parti. Korolev profita que l'écrivain était occupé pour interroger Semionov sur la réunion du comité.

— Ça s'est bien passé. J'ai assumé ma responsabilité pour n'avoir pas su déceler le moindre comportement suspect chez l'ancien membre du Parti Mendeleïev et ils ont admis que le manque de vigilance était une erreur collective.

— Vous connaissiez à peine Torgnole.

— Je ne risquais donc pas grand-chose, répondit Semionov avec un petit sourire en coin.

Korolev se surprit à poser son bras sur les épaules du jeune homme pendant qu'ils continuaient à marcher, et ce geste lui parut naturel. Toutefois il eut le sentiment que cette relation n'était pas paternelle, comme il aurait pu le croire quelques jours plus tôt. Semionov était un garçon habile ; la façon dont il avait réussi à entrer au comité après seulement quelques semaines demeurait un mystère. Korolev l'observa en douce. Évidemment, il avait la tête de l'emploi avec ses yeux bleus très clairs et ses cheveux dorés. Mais il n'y avait pas que la beauté : ce garçon était un solide gaillard qu'il était bon d'avoir derrière soi en cas de bagarre, sans aucun doute. À vrai dire, il n'en revenait pas que Semionov ait si peu d'expérience ; il se comportait souvent comme un homme qui avait roulé sa bosse.

Quand ils arrivèrent enfin au Métropole, Korolev fut rassuré de constater qu'il n'avait rien perdu de son opulence au cours des derniers jours. Il songea que les touristes devaient être impressionnés par cette incarnation vivante du grand rêve socialiste. De plus, il était ouvert à tout le monde, contrairement à ce qui se passait dans les pays capitalistes où un laquais muni d'un fouet chasserait certainement un homme ordinaire tel que lui, avec une balafre sanglante dans le dos en guise de souvenir. Avec une fierté de propriétaire, il se retourna pour observer les réactions de Semionov et de Babel, mais il fut déçu. L'écrivain était comme indifférent à son environnement, pour une fois ; il tapotait une cigarette contre un étui émaillé et semblait avoir perdu son enthousiasme matinal. Semionov eut au moins la courtoisie de paraître intéressé par les nageuses dans la piscine, mais Korolev devinait que ses motivations étaient plus charnelles qu'esthétiques. Dans le cas de Babel, il comprenait : l'écrivain se rendait à Paris presque chaque mois, à ce qu'on racontait. Mais de la part de Semionov, c'était une nouvelle surprise. Peut-être était-il déjà venu ici, avec sa petite amie qui fumait des Hercegovina Flor.

Schwartz était installé au restaurant, en train de parcourir les *Izvestia*, mais son expression laissait deviner qu'il les lisait plus pour s'amuser que pour parfaire son éducation politique. En voyant approcher Korolev, il se leva, l'air un peu gêné, et posa le journal derrière lui.

— Camarade capitaine, heureux de vous revoir ! Magnifique journée pour assister à un événement sportif.

Il s'était fait beau pour l'occasion. Il portait un pull noir sous un manteau bleu trois quarts au col relevé et la coupe de son pantalon gris était si impeccable qu'il semblait appartenir à un musée de la confection. On ne pouvait qu'imaginer la réaction des fans du Spartak. Schwartz montra une casquette à visière posée sur la table.

— J'ai même trouvé un couvre-chef. Vous pensez que je ferai couleur locale ?

Korolev regarda la casquette en se demandant où il l'avait trouvée. Dans une des boutiques où l'on payait en devises, assurément.

— Très jolie. Et pratique. Vous en aurez besoin, il fait frais dehors.

Il s'abstint d'ajouter que cette casquette serait également du plus bel effet sur sa propre tête. Schwartz répondit par un sourire, puis il se pencha en avant, le visage sérieux, pour demander à voix basse :

— Et l'enquête ? Ça avance ?

— Je ne travaille plus sur cette affaire, dit Korolev en montrant sa tête bandée. J'ai dû prendre quelques jours de repos, alors ils l'ont confiée à quelqu'un d'autre. Mais j'ai une bonne nouvelle pour vous. Nous avons identifié la victime : ce n'est pas votre amie. Évidemment, si elle vous contacte, prévenez-moi. Elle pourrait nous fournir des informations utiles.

Mais son ton manquait de conviction. Après tout, si les tchékistes mettaient la main sur une religieuse américaine qui vadrouillait dans Moscou avec un faux passeport, son excursion touristique risquait de se prolonger sous la forme d'un long séjour en Sibérie. C'est alors qu'il fut frappé par une autre pensée : Schwartz ne trahit ni soulagement ni étonnement en apprenant cette nouvelle. Il se contenta de hocher la tête. Se désintéressait-il du sort de son amie rencontrée dans le train ?

— Si elle me contacte, je lui conseillerai de se mettre en relation avec vous, répondit l'Américain sur le ton poli et prudent d'un diplomate. Au fait, à propos de notre précédente conversation ?

— C'est resté entre nous, évidemment, répondit Korolev, surpris de la facilité avec laquelle il avait énoncé ce mensonge.

Une idée lui vint soudain. Il se retourna pour voir si Babel et Semionov étaient à portée de voix.

— À vrai dire, reprit-il, j'aimerais prolonger un peu cette conversation, si ça ne vous ennuie pas… Maintenant que je sais de quelle icône il s'agit.

Schwartz sembla réfléchir à la meilleure façon de réagir. Une fois encore, il ne parut pas surpris, à peine un peu troublé.

— Je croyais qu'on vous avait retiré l'affaire ?

— Pour le moment, oui. Mais lundi je reprendrai sûrement le travail. (Qui pouvait dire ce qui l'attendait lundi, hein ?) Je vous demande juste quelques minutes de votre temps.

Korolev avait deviné à la réaction de Schwartz que celui-ci savait déjà que la religieuse assassinée n'était pas son amie, Nancy Dolan. Comment était-ce possible ? Il ne pouvait pas se montrer trop insistant, compte tenu de l'importance de l'Américain pour les finances de l'État, mais son devoir lui imposait de l'interroger, au cas où il pourrait lui apprendre des choses intéressantes sur cette icône. D'ailleurs Korolev était certain que le général comprendrait. Enfin, presque certain.

— Je ne vois aucune raison de refuser, dit finalement Schwartz après avoir encore longuement réfléchi. À condition que les termes de notre accord demeurent inchangés.

— Entendu.

En se retournant, ils découvrirent Semionov et Babel qui contemplaient, un sourire lubrique aux lèvres, la piscine dans laquelle seize jambes luisantes aux ongles peints en rouge se dressaient vers le lustre monumental. L'espace d'un instant, ces membres mystérieux semblèrent suspendus à des crochets dans un abattoir.

— Après le match ? fit Schwartz.

Babel leur jeta un regard en indiquant sa montre. Korolev adressa un hochement de tête à l'Américain.

— Après le match, ce sera parfait.

— Je n'ai jamais pris le tram, dit Schwartz alors qu'ils débouchaient sur la place Teatralnaïa. Pas à Moscou du moins.

— Ce ne sera peut-être pas pour aujourd'hui, commenta Babel en voyant arriver un tramway rouge et blanc qui semblait sur le point d'exploser sous la pression des passagers tassés à l'intérieur. De jeunes hommes étaient accrochés aux portières, en appui précaire sur les marchepieds ; leurs écharpes du Spartak imitaient les énormes drapeaux rouges qui claquaient au vent de chaque côté du tramway. Celui-ci passa à toute allure devant la foule massée à l'arrêt situé sur le trottoir opposé.

— Ce voyou ne s'arrête même pas ! pesta Semionov, faisant écho à la colère des autres citoyens qui injuriaient le conducteur et brandissaient le poing en direction de la contrôleuse, qui, elle, haussait les épaules en signe d'impuissance.

— Si on y allait à pied ? suggéra Schwartz, visiblement inquiet à l'idée de risquer sa vie en s'accrochant aux portières d'un tramway lancé à pleine vitesse.

Certains étaient déjà en quête d'autres moyens de transport, et Korolev allait proposer de faire de même quand un autre tramway apparut. Comme le précédent, il était orné de drapeaux et de slogans célébrant l'anniversaire imminent de la révolution d'Octobre, mais celui-ci semblait disposé à s'arrêter.

— De la discipline, citoyens ! cria le conducteur en vain lorsque la foule déferla.

Décidant que c'était chacun pour soi, Korolev se fraya un passage, sentant la présence de Schwartz juste derrière lui, et ensemble ils parvinrent à se faufiler dans le wagon à l'atmosphère lourde et humide. Korolev se retrouva plaqué contre une fenêtre, face à Semionov qui se trouvait de l'autre côté. Le jeune inspecteur serrait de toutes ses forces la poignée en aluminium à l'extérieur.

— On dirait que Semionov a choisi le trajet touristique, dit Schwartz. Bonne idée, ajouta-t-il en essayant de tourner le dos à l'aisselle d'un soldat ivre qui avait collé la main au plafond pour assurer son équilibre.

Babel parvint à les rejoindre en se faufilant parmi les passagers, alors que le tramway repartait en gémissant. Les gens reprirent leurs bavardages bon enfant.

Ils roulèrent ainsi en direction du stade dans un vacarme d'enfer, acclamant le conducteur lorsqu'il évita de justesse de séparer une charrette à pain des deux chevaux fourbus qui la tiraient, entonnant des chants et commentant à voix haute les mérites des différents joueurs. Il régnait une vive effervescence, mais Korolev savait que l'ambiance pouvait changer très vite, surtout dans un match comme celui-ci, où le Spartak avait la possibilité de remporter le championnat national nouvellement créé. De fait, quand ils arrivèrent aux abords du stade, plusieurs bagarres avaient déjà éclaté entre supporters. Aux « Viande ! Viande ! Viande ! » scandés par les fans du Spartak répondaient, avec la même intensité, les « Armée rouge ! Armée rouge ! Armée rouge ! ». Des miliciens à cheval patrouillaient deux par deux, s'interposant parfois entre groupes opposés. Au milieu de toute cette agitation, descendre du tramway se révéla presque aussi difficile que d'y monter.

— Pourquoi crient-ils « Viande ! » ? demanda Schwartz.

— Le sponsor du Spartak est Promkooperatsya, le syndicat des travailleurs de l'industrie alimentaire. Alors les supporters chantent : « Qui sommes-nous ? On est la Viande ! » C'est pas mal.

— Mais parfois, les supporters d'en face les appellent « les Porcs », ajouta Babel.

— Seulement les petits voyous incultes. Vous êtes dans quel camp aujourd'hui, Isaac Emmanuilovitch ?

— La Maison centrale de l'Armée rouge, évidemment. En tant qu'ancien soldat de la cavalerie rouge, c'est mon devoir.

— Moi aussi, j'ai été soldat dans le temps. Mais, bien avant, je jouais pour le Presnaïa, dit Korolev, un peu froissé.

— Même les porcs peuvent choisir de quitter leur porcherie, répliqua Babel avec un sourire innocent.

Korolev s'apprêtait à répondre sur le même ton quand il vit un groupe de jeunes gens à l'air déterminé prendre position devant les grilles du stade, chacun tenant d'une main la ceinture de celui qui le précédait. Les deux plus costauds et patibulaires avaient été placés devant.

— Je crois qu'on devrait attendre un peu, Jack.

— En effet, dit Babel. Le train va partir.

Schwartz regardait le groupe d'un air amusé.

— Ils vont forcer les portes ?

— On appelle ça la « locomotive à vapeur ». Ah, les contrôleurs des billets les ont repérés.

Mais ceux-ci arrivaient trop tard pour dresser un barrage efficace et le serpent humain chargea, écartant de son chemin les curieux et les contrôleurs à coups de pied et de poing, allant même jusqu'à piétiner l'un d'eux. La chaîne demeura entière jusqu'à ce que deux contrôleurs et un milicien, ensanglantés et furieux, saisissent le dernier maillon par le bras et l'arrachent aux autres. Mais leur triomphe fut de courte durée car les compagnons du resquilleur capturé se rassemblèrent sous forme de triangle compact et replongèrent dans la mêlée. Ils récupérèrent leur camarade et laissèrent derrière eux un contrôleur assis par terre, qui crachait du sang dans sa main. La foule qui attendait à l'extérieur poussa des hourras et les jeunes gens levèrent les bras en signe de victoire, avant de battre en retraite devant les renforts de la Milice. Les acclamations redoublèrent quand une meute de gamins des rues hirsutes s'engouffra dans la même brèche en se faufilant entre les jambes des contrôleurs déboussolés. Une fillette chétive fut attrapée par les cheveux et repoussée violemment derrière les grilles ; elle s'écroula au sol comme une poupée de chiffon. La foule gronda et s'avança comme un seul homme, l'œil fixé sur le coupable, un milicien bâti comme un lutteur dont la tête ressemblait à un chou écrasé. Korolev prit Schwartz par le bras.

— Essayons une autre porte, dit-il au moment où la première brique rebondissait contre le grillage et où la foule s'élançait dans un rugissement.

Leur dernière vision du milicien, juste avant qu'il disparaisse dans un tourbillon de casquettes et de poings dressés, fut son visage paniqué. Ses collègues auraient du pain sur la planche pour lui éviter de finir à la morgue, songea Korolev sans beaucoup de compassion, tandis que des hommes accouraient de partout pour prendre part au désordre.

— Ils aiment les enfants, on dirait, commenta Schwartz.

— Ils aiment surtout l'idée d'envoyer un milicien à l'hôpital, répondit Babel.

C'était exact, pensa Korolev. À vrai dire, ils auraient sans doute piétiné la gamine pour atteindre leur proie. Il se souvint d'avoir entraperçu une touche de cheveux roux au milieu de la déferlante d'enfants et il se demanda si c'était la bande de vauriens de Kim Goldstein qui venait de prendre d'assaut les grilles.

Korolev éprouva un sentiment de soulagement quand ils atteignirent le calme relatif de la tribune sud. Il n'imaginait pas que le général, et encore moins Gregorine, puisse lui pardonner d'avoir entraîné Schwartz dans une émeute de stade. Ils s'installèrent sur les gradins en béton et regardèrent les joueurs se faire des passes et tirer au but pour s'échauffer. L'équipe du Spartak se tenait d'un côté du terrain, en maillots rouges ornés d'un large cercle blanc sur la poitrine, tandis qu'en face les joueurs de l'équipe de l'Armée portaient des maillots bleus et des shorts rouges. Ils semblaient bien plus costauds.

— Ils vont filer une raclée à nos gars, à mon avis. J'espère qu'Alexeï Starostine a pensé à enfiler deux paires de chaussettes, dit-il.

Un homme d'un certain âge, qui avançait dans la travée inférieure, leva la tête vers eux et s'arrêta longuement, avec une expression de stupéfaction. Il ne portait aucun signe permettant de deviner pour quelle équipe il était et Korolev ne comprenait pas de quelle manière il avait pu l'offenser. Il montra le plus imposant des joueurs de l'Armée rouge.

— Allons, camarade. Vous ne croyez tout de même pas que les bidasses ont fait appel à cet empoté pour ses talents de footballeur, si ?

L'homme approuva d'un hochement de tête sans se départir de son air ébahi. C'était un type tout à fait ordinaire, sans doute un comptable d'une usine ou un petit bureaucrate, se dit Korolev, mais quand on s'attardait sur son visage, on y décelait une certaine force. Il prit place devant eux, à côté d'un garçon d'une dizaine d'années. Il entreprit de lui montrer les joueurs un par un en lisant leurs noms dans le programme. Il parlait d'une voix étranglée et le garçon levait vers lui un regard interrogateur, mais le petit employé continua à énumérer les noms. Korolev se tourna vers Babel et haussa les épaules. C'était une drôle de réaction de la part d'un inconnu, mais peut-être que son pansement sur le crâne lui donnait l'air d'un hooligan. Babel, quant à lui, observait l'homme comme s'il essayait de le remettre. Finalement, il secoua la tête et sortit de sa poche une flasque de cognac, et ils portèrent un toast en l'honneur d'un joli match. Schwartz se joignit à eux avec enthousiasme.

Les gradins étaient maintenant bondés, et soudain la foule se leva en chœur et Korolev dit adieu à son siège pour se joindre aux acclamations qui accompagnèrent le coup d'envoi.

La première mi-temps fut très disputée. Comme l'avait prédit Korolev, les défenseurs de l'Armée ne firent aucun quartier, mais le Spartak sut leur rendre la pareille. Les attaques se succédaient de part et d'autre, mais le Spartak semblait dominer, jusqu'à ce que, un peu avant la pause, un centre bien placé permette à un joueur de l'Armée d'expédier le ballon au fond des filets. Les supporters du Spartak laissèrent échapper leur colère, tandis que, dans les gradins nord, les partisans de l'Armée braillaient leur joie. Le Spartak se rua à l'assaut du but adverse, sans succès, et ils ne purent revenir au score avant la fin de la première mi-temps. Leurs supporters furieux accusaient les fautes de jeu de l'Armée et la faiblesse de l'arbitre.

Korolev observa la foule entassée comme des bûches sur un tas de bois et proposa à contrecœur d'aller chercher des pâtés de viande en croûte à la buvette. Il voulait que l'Américain fasse la véritable expérience d'un événement sportif à Moscou, et dans son esprit cela incluait les pâtés de viande en croûte. Il regretta sa décision dès qu'il se retrouva sous les gradins. Le local de la buvette empestait les corps sales, l'urine et le tabac froid des *papirosa*, et la seconde mi-temps était déjà commencée quand vint son tour d'être servi. Alors qu'il regagnait sa place, la petite silhouette rousse qu'il avait aperçue précédemment surgit à son côté. Kim Goldstein fit signe à Korolev de le suivre et celui-ci s'exécuta, en voyant d'autres enfants se faufiler à travers la foule dans la même direction. Moins d'une minute plus tard, ils se retrouvèrent dans un endroit calme derrière les tribunes. Là, le gamin tendit la main.

— Dix roubles, dit-il, la mâchoire crispée par la détermination.

— Dix roubles ? Qu'as-tu à m'offrir pour une telle somme ?

— On a trouvé la femme que vous cherchez, camarade inspecteur.

Korolev regarda les autres enfants rassemblés autour de lui. La gamine qu'il avait vue propulsée dans les airs se trouvait parmi eux ; un filet de sang coulait dans son cou et ses yeux étaient rougis. Il lui adressa un petit signe de tête pendant qu'il essayait d'assimiler ce que venait de lui dire Goldstein. Là encore, son devoir l'obligeait à établir où se trouvait cette Nancy Dolan, non ? Enquête ou pas enquête.

— Où est-elle ?

— À l'Arbat. Dix roubles, vous aviez dit. On vous conduira après le match.

— Très bien. Voici cinq roubles en guise d'acompte. Je dois ramener un étranger à son hôtel, mais je vous retrouverai ensuite avec l'argent. Vous connaissez le cinéma Prague ?

— Évidemment. On le connaît très bien.

Les enfants échangèrent un sourire et Korolev devina qu'ils avaient trouvé un moyen d'entrer en douce.

— À dix-huit heures, dit-il en comptant cinq billets. Vous y serez ?

— À vos ordres, camarade inspecteur, répondit Goldstein en exécutant un salut moqueur.

Korolev se demandait comment il allait pouvoir regagner son siège lorsque la cohue qui se trouvait devant lui se dissipa si brutalement qu'il faillit basculer vers l'avant. L'explication se trouvait sur le terrain : des centaines de spectateurs avaient franchi les cordons du service d'ordre et se répandaient sur l'herbe telle une lame de fond boueuse. Les joueurs vinrent se placer dans le rond central, autour de l'arbitre, comme pour le protéger. Mais la foule n'était pas hostile ; on aurait dit que les gradins, ayant dépassé leur capacité d'absorption, débordaient sur le terrain, tout simplement.

Quand Korolev rejoignit les autres, il découvrit Babel debout sur son siège pour mieux voir, tandis qu'un alignement de miliciens à cheval commençait à repousser les gens vers la touche. Un des chevaux était entièrement blanc et Korolev se surprit à suivre sa lente et patiente progression face à la foule aux vêtements sombres qui refluait peu à peu vers les lignes.

— Vont-ils pouvoir terminer le match ? demanda Schwartz, plissant les yeux à cause du soleil qui projetait maintenant des ombres allongées sur le terrain.

— Je pense, répondit Babel. Il suffit d'un peu de patience de la part des *ment*… Oh, pardon, Alexeï Dmitrievitch, je voulais dire de la Milice. Au moins, ils réagissent sans agressivité. Regardez, ils les ont presque tous repoussés sur les côtés.

De fait, la foule commença à applaudir la Milice, un phénomène si rare que Korolev et Semionov se lancèrent un regard.

— Bien joué, commenta Schwartz en se joignant aux applaudissements.

Au même moment, le speaker réclama sur un ton amical la coopération des spectateurs, et une vague de bonne humeur se propagea dans les tribunes et atteignit les joueurs qui échangèrent des poignées de main. Korolev distribua les pâtés de viande en croûte en faisant mine de ne pas remarquer l'expression méfiante de Schwartz.

— Vous voyez, Jack. C'est ça, les Soviétiques. Un jeu brutal, mais toujours avec un bon esprit.

Il se demanda si l'Américain avait déjà vu un pâté de viande en croûte. De nouveaux applaudissements fusèrent lorsque les spectateurs présents sur le bord de touche se donnèrent le bras pour former une barrière humaine ininterrompue autour de l'aire de jeu. Korolev sentit sa poitrine se remplir de fierté et il se tourna vers ses compagnons, rayonnant.

Peu après la reprise du match, une attaque soutenue du Spartak se solda par un but d'Alexeï Starostine. La foule déferla encore une fois et la cage du gardien de l'Armée fut renversée, ce qui entraîna une nouvelle interruption, le temps que les employés du stade la redressent. Korolev vit l'arbitre discuter avec les deux capitaines et les entraîneurs au centre du terrain ; il imaginait sans peine ce qui se passait dans leurs têtes. La foule se montrait assez disciplinée pour le moment, mais si le match était définitivement interrompu, l'ambiance risquait fort de dégénérer. Lui-même sentait monter la colère à l'idée que le Spartak dût rejouer ce match pour remporter le titre de champion. Heureusement, après une nouvelle salve de poignées de main, la partie reprit et les joueurs du Spartak repartirent à l'attaque. Le volume des encouragements ne cessait d'enfler dans les tribunes, et quand vint le deuxième but, on aurait dit que c'était la foule elle-même qui propulsait le ballon dans un coin des filets. Les supporters du Spartak s'étreignirent et tapèrent du pied en scandant : « Viande ! Viande ! Viande ! » Le fils du petit employé de bureau lança sa casquette en l'air, obligeant son père à la chercher désespérément par terre. Korolev la ramassa dans la travée derrière lui, mais quand il tapota sur l'épaule de l'homme, celui-ci se retourna brusquement comme si on l'avait frappé, avant de rougir jusqu'aux oreilles en découvrant la casquette dans la main de Korolev.

— Merci, camarade, dit-il en détournant le regard.

Korolev, mis en joie par ce nouveau but, ébouriffa les cheveux du garçon.

— De rien. Un dernier pour être tranquilles, hein ? En attendant, tu ferais bien de ranger ça dans ta poche, petit. L'hiver risque d'être long sans casquette.

— Oui, dit l'homme avec un sourire crispé. Un dernier pour être tranquilles.

Juste avant la fin du match, le troisième but tant espéré fut marqué, pour le plus grand bonheur des supporters du Spartak et au grand désarroi des admirateurs de l'Armée. L'arbitre accorda encore une minute de jeu aux deux équipes, tandis que les drapeaux rouge et blanc s'agitaient furieusement sur le bord de la touche, face au mince alignement de miliciens de plus en plus nerveux. Enfin, il siffla la fin du match et la pelouse fut de nouveau envahie, dans un chahut bien plus joyeux que précédemment. On voyait flotter au-dessus de la foule les cercles blancs des maillots des joueurs du Spartak portés en triomphe tout autour du terrain.

Alors qu'ils quittaient le stade, Korolev se demandait quelle était la meilleure façon de traiter l'information fournie par Goldstein. La logique, évidemment, voudrait qu'il contacte Paunichev et le laisse se débrouiller, mais cela signifierait désobéir aux ordres du général car il devrait expliquer à Paunichev qui était Nancy Dolan, et son lien avec cette affaire. Il pouvait aussi emmener Semionov avec lui, mais il se disait que c'était trop dangereux d'impliquer le gamin. Ou Babel d'ailleurs. En tout cas, il n'envisageait même pas d'informer Gregorine. Et voilà, songea-t-il, Kolya avait sa réponse : manifestement, sa loyauté envers l'État n'était pas absolue. Il pouvait toujours se rendre seul à l'Arbat. Avec un peu de chance, un simple coup d'œil lui permettrait de voir si la situation méritait que l'on fasse appel à quelqu'un d'autre, et à qui. Après tout, l'Arbat était un endroit sûr ; il imaginait mal qu'il puisse lui arriver quelque chose de fâcheux. Puis il repensa aux événements de ces derniers jours et il se ravisa. Peut-être qu'il devrait appeler Yasimov. Il habitait tout près.

Schwartz interrompit ses réflexions :

— Voulez-vous venir boire un verre au Métropole pour fêter ça, messieurs ? Je pourrai ainsi vous remercier chaleureusement pour cette authentique expérience soviétique vécue en excellente compagnie.

— Présenté de cette façon, impossible de refuser, répondit gaiement Babel.

— Je suis bien d'accord, camarade Babel. L'honneur nous oblige à accepter.

Le large sourire de Semionov était contagieux et, Schwartz insistant, ils prirent un taxi pour retourner dans le centre de Moscou. Peu de temps après, installés au bar du Métropole, ils regardaient un barman en veste blanche servir des bières à la pression dans des verres incroyablement hauts. Derrière eux, un orchestre de jazz s'accordait pour sa prestation du soir.

— Ils ne sont pas mauvais, ces gars-là, commenta Semionov. C'est l'orchestre d'Utyosov, mais le maestro refuse de se produire dans les hôtels. Un véritable artiste : uniquement les salles de concert.

Il croisa le regard d'un des musiciens et le salua d'un geste. Celui-ci lui répondit par un petit sourire et Semionov s'excusa et alla bavarder avec lui.

Korolev regarda autour d'eux. Babel était parti à la recherche des toilettes. Il était seul avec Schwartz.

— Alors, Jack, c'est vrai ? Au sujet de l'icône ? C'est l'authentique Kazanskaïa ?

Il parlait tout bas pour que d'éventuels micros ne captent pas ce qu'il disait.

— Possible, répondit Schwartz après un moment de réflexion. Mais je ne le saurai qu'en la voyant, et encore. Sans doute pourrai-je uniquement la dater. Et déterminer où elle a été peinte, avec un peu de chance. La qualité sera l'élément crucial. Vous devez bien comprendre que cette icône a été copiée des millions de fois. Mais si la qualité est là et si j'arrive à établir qu'elle est suffisamment ancienne, je saurai alors que nous sommes très probablement en présence de ce qu'ils affirment.

— Vous ne l'avez pas encore vue ?

Schwartz l'observa d'un air interrogateur, comme s'il essayait de deviner le sens de cette question. Korolev s'efforça de demeurer impassible.

— Allons, Alexeï Dmitrievitch, soyez franc. Que se passe-t-il ?

Korolev haussa les épaules. Il avait déjà tellement d'ennuis qu'une petite indiscrétion de ce genre ne changerait pas grand-chose. En outre, il était curieux de voir la réaction de l'Américain.

— Je crois savoir que l'icône a disparu de nouveau.

Visiblement surpris, Schwartz sortit une feuille de papier de sa poche de veste.

— J'ai une visite prévue demain. Leur représentant a appelé pendant notre absence.

Quelque chose dans la façon dont il avait prononcé le mot « représentant » et son étonnement évident attirèrent l'attention de Korolev.

— Ce n'est pas un de vos contacts habituels ?

Schwartz ouvrit la bouche pour répondre, puis se ravisa, le temps de réfléchir.

— Non, dit-il finalement. Ce n'est pas un de mes contacts habituels, c'est un colonel du NKVD. En temps normal, je traite avec des grades inférieurs. Mais cette affaire dépasse le cadre de leurs compétences, c'est compréhensible.

— Un colonel ? répéta Korolev.

Il voulut s'empêcher de prononcer le nom, mais celui-ci sembla sortir de sa bouche par sa propre volonté.

— Gregorine ? Le colonel Gregorine ?

— Vous le connaissez ?

— Je l'ai croisé. Un homme très compétent.

— Oui, apparemment, dit Schwartz. C'est un négociateur coriace.

— De quel ordre ?

— Un million de dollars, en liquide.

— En roubles, ça fait combien ?

L'Américain éclata de rire.

— Une grosse somme. Une très, très grosse somme.

CHAPITRE 22

Avant de quitter le Métropole, Korolev montra ses papiers à l'employé de la réception et appela Yasimov chez lui. Il dut attendre deux minutes, le temps que celui-ci se rende jusqu'au téléphone commun, mais Yasimov accepta volontiers de le retrouver à l'endroit habituel pour boire un verre, et il ne posa aucune question quand Korolev lui demanda de venir avec son meilleur ami. « Le meilleur ami d'un inspecteur, c'est son arme », aimait-il à répéter au moins une fois par semaine, et l'endroit où ils se retrouvaient habituellement pour boire un verre après le travail, c'était la Cave d'Arbat, un bar de nuit situé non loin du cinéma Prague, qui serait vide à cette heure-ci. Même si quelqu'un écoutait cette conversation téléphonique, songeait Korolev, il ne comprendrait pas grand-chose.

Une fois dehors, sur la place, il traversa la rue et monta dans un tramway. Il se sentait rassuré par cette présence lourde et dense sous son aisselle. Emporter le Walther au stade lui avait paru idiot sur le moment, mais maintenant… il aurait au moins la possibilité de truffer de plomb quiconque semblerait disposé à lui faire subir le même sort. Il sauta du tramway plusieurs arrêts avant sa destination, car il avait décidé d'utiliser le réseau de passages, de ruelles et de cours qui se déployait le long de l'artère principale afin de déjouer une éventuelle filature, et tandis qu'il marchait, en demeurant dans l'ombre et en changeant constamment de direction, son esprit ne cessait de reculer et d'avancer, comme un boulier dans une boulangerie.

Si Gregorine était corrompu, les choses prenaient une mauvaise tournure, or Korolev sentait viscéralement que Gregorine était pourri jusqu'à la moelle. Et pire encore, il l'avait manipulé. Korolev s'accrochait à un dernier espoir en se répétant qu'un tchékiste si haut placé ne pouvait pas être derrière ces meurtres ; il était inconcevable qu'il soit impliqué dans le vol de l'icône, mais il y avait trop de coïncidences, trop d'éléments qui prouvaient le contraire. Son instinct lui disait que Gregorine était un sale traître, prêt à poignarder le Parti et ses collègues dans le dos. Il maudit sa vilenie.

Il pénétra dans une cour intérieure où du linge était suspendu d'un mur à l'autre, presque jusqu'au toit, puis il se baissa pour passer sous une voûte qui donnait sur une autre ruelle. « Comment ai-je pu me retrouver dans ce pétrin ? » Il s'aperçut en voyant le regard que lui lança un vieil homme occupé à décharger du charbon dans une remise qu'il avait posé la question à voix haute. L'homme détourna rapidement la tête en découvrant le visage de Korolev, et celui-ci se dit qu'il devait ressembler à un fou qui surgissait des passages obscurs, un bandage sur la tête et parlant tout seul. S'il possédait un peu de bon sens, il rentrerait chez lui, il se préparerait à manger et, si nécessaire, il boirait jusqu'à ce qu'il oublie tout. Mais s'il faisait ça, Gregorine pourrait s'envoler pour Berlin ou Paris, ou n'importe quelle autre Gomorrhe capitaliste, afin de dépenser ses biens mal acquis. Un colonel du NKVD, ce serait une belle prise pour des services de renseignement étrangers. Ce Judas détenait sans doute bien des secrets d'État qu'il pourrait vendre s'il le souhaitait. Ce salopard avait protégé Staline, nom d'un chien ! Ils l'accueilleraient comme une manne céleste.

Korolev regarda sa montre : il lui restait encore quelques minutes avant de rejoindre Yasimov, alors il se glissa dans une embrasure de porte d'où il pouvait voir les deux extrémités de la ruelle dans laquelle il avait échoué. S'il était suivi par un ou plusieurs individus – mais rien ne le prouvait –, ils devaient être en train de cavaler dans tous les sens pour essayer de le rattraper après ces tours et ces détours. C'était le bon moment pour s'arrêter, se cacher et laisser passer ses éventuels poursuivants. Cela lui permettrait également de remettre de l'ordre dans ses pensées. Il alluma une cigarette et réfléchit à la situation.

Évidemment, il était toujours possible que Gregorine soit honnête, auquel cas tout allait bien. Mais, dans le cas contraire, qu'est-ce qui avait poussé le colonel à tuer et à dérober des biens d'État d'une grande valeur ? Un million de dollars, ça ne vaudrait pas grand-chose s'il finissait dans la Zone. Korolev laissa échapper un filet de fumée entre ses lèvres. Commence par le début, se dit-il. La première victime avait été la religieuse américaine : Mary Smithson. Tout le monde s'accordait à penser qu'elle se trouvait à Moscou à cause de l'icône ; Gregorine l'avait dit, et Kolya semblait l'avoir confirmé. Même les confidences de Schwartz au sujet de Nancy Dolan étayaient cette affirmation. Alors pourquoi l'avait-on torturée à mort ? De toute évidence, son bourreau voulait des informations.

Lesquelles ? De quoi pouvait-il bien s'agir, sinon de l'endroit où se trouvait l'icône ? Kolya, Gregorine ainsi que Schwartz confirmaient que la Tchéka avait eu l'icône en sa possession après le raid sur la cachette des Voleurs. Or inutile de torturer la fille si l'icône se trouvait toujours à la Loubianka, n'est-ce pas ? Elle avait donc bel et bien été volée, et celui qui avait torturé la religieuse devait penser que l'Église était responsable, ou du moins qu'elle savait où était l'icône. À en juger par le niveau de violence et la quantité de sang versé, si sœur Mary connaissait la vérité, elle avait refusé de parler. Korolev frissonna en revoyant la scène de la sacristie.

Les tortures infligées à Tesak et le meurtre qui avait suivi étaient sans doute également motivés par la recherche d'informations. Tesak avait probablement parlé, lui. Mais avait-il permis aux meurtriers de se rapprocher de l'icône ? C'était une autre question. À en croire Kolya, les Voleurs voulaient s'assurer que la peinture sacrée soit rendue à l'Église, mais il affirmait ignorer où elle se trouvait désormais. Les meurtriers semblaient persuadés du contraire, non sans raison peut-être. Il jugeait Kolya parfaitement capable de lui mentir sur ce point, même si, bizarrement, il accordait foi au reste de son récit. Il ne savait pas quel rôle Mironov, le tchékiste, jouait dans cette affaire, si tant est qu'il soit impliqué. Il avait été tué d'une manière différente, mais lui aussi avait été torturé et on avait découvert son corps dans une église. Il était donc plus que probable que sa mort soit liée aux autres. Korolev devinait que le lien était à chercher du côté de son appartenance au département étranger.

Mais qui étaient les meurtriers ? Ce pouvait être la bande de Kolya, cependant il était difficile de concevoir que les Voleurs aient assassiné une religieuse ou l'un des leurs sans une excellente raison. D'un autre côté, si Mironov trempait réellement dans ce sac de nœuds, Korolev imaginait sans peine Kolya liquidant le tchékiste pour des raisons personnelles. Mironov mis à part, donc, le chef des Voleurs semblait au-dessus de tout soupçon. De même, Korolev ne pouvait pas croire que l'Église fût capable de massacrer quelqu'un dans une sacristie. Ne restait donc que le NKVD. Gregorine avait avoué que les services de sécurité de l'État cherchaient l'icône, en toute logique. Mais se pouvait-il que le NKVD torture des gens dans des lieux de culte et éparpille dans Moscou des cadavres, au vu des citoyens ordinaires ? Ça ne tenait pas debout. Tesak et la religieuse auraient pu disparaître à l'intérieur du système pénitentiaire soviétique, personne n'aurait plus jamais entendu parler d'eux. Le secret n'était pas un problème pour la Tchéka. En outre, pourquoi le NKVD aurait-il précipité les choses, alors qu'il disposait des installations et du temps nécessaires pour procéder à des interrogatoires et se débarrasser ensuite des corps à sa guise ?

Korolev sentit un frisson glacé lui parcourir l'échine. S'il ne s'agissait pas du NKVD, il restait encore les tchékistes : le complot auquel avait fait allusion Gregorine. La seule question était de savoir si le colonel était impliqué dans ce complot, et Korolev commençait à penser que c'était fort probable. Il tira une dernière bouffée et écrasa sa cigarette contre le mur. L'heure était grave. Très grave. Si Gregorine était un traître et s'il projetait de filer avec le fruit de la vente, cela voulait dire que l'icône et le colonel allaient se retrouver à l'étranger. Pas besoin d'être devin pour prévoir la réaction des tchékistes si Kazanskaïa réapparaissait à New York, accompagnée d'histoires de religieuses héroïques, mortes en martyres pour la sauver de l'oppression soviétique.

Le tout agrémenté d'un membre éminent de la Tchéka. Toutes les personnes liées de près ou de loin à la trahison de Gregorine auraient des comptes à rendre : Popov, Semionov, Babel et surtout un certain capitaine Alexeï Dmitrievitch Korolev. Staline en personne indiquerait de quelle manière il fallait traiter cette affaire et Korolev ne pouvait imaginer une réaction mesurée de la part du secrétaire général.

Tout compte fait, il devait interroger cette Nancy Dolan s'il voulait espérer connaître le fin mot de l'histoire. Il dégaina son Walther et vérifia le contenu du chargeur. Il était plein. Cinq minutes s'étaient écoulées et personne n'avait pointé le bout de son nez dans la ruelle, il pouvait donc repartir sans risque. Il rangea le pistolet automatique dans son holster et marcha vers le lieu du rendez-vous.

Pénétrer dans la Cave d'Arbat, c'était un peu comme descendre dans une grotte souterraine. Il faisait sombre, ça empestait l'humidité et des années d'alcool renversé, de sueur et de fumée de cigarette. Les murs, blancs jadis, étaient, après des milliers et des milliers de *papirosa*, couverts d'une pellicule brun orangé sur laquelle vous pouviez écrire votre nom si l'envie vous en prenait. Dans un coin de la salle, un vieux Noir émacié jouait des mélodies plus ou moins familières sur un piano cabossé ; ses doigts fins semblables à des araignées couraient sur le clavier, tandis que ses yeux contemplaient le vide. Encore un camarade étranger échoué sur les rivages de Moscou, pensant à l'endroit qu'il avait quitté et se demandant s'il pourrait tenir un hiver de plus dans ce « paradis des travailleurs ». La Cave n'offrait pas son meilleur visage en tout début de soirée, mais plus tard elle s'animerait. Car elle présentait l'avantage de rester ouverte tard et de servir de la véritable vodka fabriquée dans une usine, pas un tord-boyaux artisanal.

Assis au bar, Yasimov commanda deux verres d'un petit geste, pendant que Korolev se perchait sur le tabouret voisin. Ils trinquèrent et burent d'un trait.

— Il ne faut pas que je rentre tard. La sœur de Lena est arrivée de Tver. D'un autre côté, j'ai bien besoin d'un remontant après les avoir écoutées papoter toute la journée.

Yasimov adressa un signe de tête au barman, qui vint remplir leurs verres, accompagnés cette fois d'une tranche de pain de seigle.

— C'est pour un petit boulot, presque rien, expliqua Korolev en espérant que ce fût la vérité.

Yasimov haussa un sourcil.

— Je vois. Tu as des ennuis, si je comprends bien.

— Possible. Je te demande juste de me suivre. Tu n'interviens pas, tu observes. Et s'il se passe quelque chose, tu préviens Popov ou Semionov. Ils sont au courant de tout.

— Je repars comme si de rien n'était ?

— Oui. Ne t'en mêle pas. En aucun cas.

Korolev hésita tandis qu'il arrachait un morceau de pain.

— Il se peut que ce soit politique, ajouta-t-il. J'ai besoin d'en avoir le cœur net, ce qui implique de prendre des risques.

— Et ça ? demanda Yasimov en tapotant la poche de sa veste dont le tissu était déformé par une bosse de la taille d'un pistolet.

Comme promis, il avait amené son meilleur ami.

— C'est pour toi, pas pour moi. J'ai le Walther. Quelques éléments indésirables sont impliqués. Des Voleurs. Si l'un d'eux vient vers toi, descends-le et pose-lui des questions après. Il se pourrait que l'Intérieur soit également dans les parages, mais ils ne marchent pas de la même manière.

Yasimov sourit. C'était vrai : les Voleurs avaient une démarche bien à eux, une façon particulière de traîner les pieds, avec les orteils tournés vers l'intérieur. L'équivalent d'une poignée de main maçonnique. Korolev fit signe au barman de servir un autre verre à Yasimov et déposa des roubles sur le comptoir.

— Je serai au Prague à dix-huit heures. Suis-moi et observe. Semionov et Popov rassembleront les pièces du puzzle. Si tu ne sais rien, tu cours moins de risques.

Yasimov hocha la tête.

— Tu m'as sauvé la peau plus d'une fois, je te dois bien ça, mon frère. Mais si ça tourne mal, tu ne m'as jamais vu, tu ne m'as jamais parlé. Promets-le-moi, pour Lena et les garçons. Je veillerai à ce que Semionov et Popov soient avertis.

Korolev acquiesça et les deux hommes échangèrent une poignée de main. Inutile de discuter davantage. Juste avant de sortir, Korolev capta le reflet du visage pâle de son ami dans un miroir : il but d'un trait le verre que lui apporta le barman et en réclama un autre.

Dehors, il faisait nuit et la rue était animée. Sur les trottoirs, les piétons écumant les magasins de la rue Arbat à la recherche de quelque chose à acheter se frôlaient. Une vitrine présentait des bustes de Lénine et Marx et des boîtes en carton poussiéreuses, mais rien à vendre apparemment. Devant le Prague, une longue file de jeunes affalés contre le mur attendait la prochaine séance ; les garçons grelottaient dans leurs imperméables et leurs pantalons de golf, alors que les filles ignoraient le froid qui fouettait leurs genoux nus et rouges. Ils paraissaient maigres et affamés dans la lumière bleue de l'enseigne du cinéma.

Appuyé contre un lampadaire de l'autre côté de la rue, Korolev essayait de résister à l'envie de fumer. Alors il se concentrait sur l'affiche du film, les mains enfoncées dans les poches. Le Prague donnait *Les Marins de Kronstadt* : trois nobles marins face à une rangée de baïonnettes, torse bombé, prêts à affronter les lames. Ça ne se passait pas très bien pour eux, et les pierres accrochées à leurs cous par des cordes suggéraient que ça n'allait pas s'arranger. Cédant à la tentation, il sortit le paquet de cigarettes de sa poche. Il n'en restait qu'une, et, après l'avoir allumée, il se rendit au kiosque situé au coin pour en acheter. Quand il baissa les yeux, il découvrit une fillette de six ou sept ans, jolie, avec un nœud dans les cheveux, qui ne ressemblait pas du tout aux jeunes Irréguliers de la rue Razine. Elle tira sur son manteau.

— Donnez-moi la main, dit-elle avec un sourire.

Korolev se pencha et sentit les petits doigts chauds de la fillette se refermer autour des siens. Elle l'entraîna à l'écart du cinéma. Ils marchèrent dans la rue Arbat, un père et sa fille qui se promènent un vendredi soir. Ils n'étaient pas les seuls dans ce cas, et il se dit une fois de plus que Goldstein était un petit malin, destiné à une longue et belle carrière… s'il réussissait à survivre. La fillette s'arrêta à côté d'un étroit passage voûté qui menait à une petite place. Korolev aperçut la tignasse rousse de Goldstein tout au bout. La fillette fit demi-tour et s'enfuit.

— Un type vous suit, dit le gamin lorsque Korolev le rejoignit.

— Dégarni, petite moustache, gros pardessus noir ?

— C'est lui.

— Pas de quoi s'inquiéter.

Goldstein jeta un coup d'œil dans le passage que venait d'emprunter Korolev.

— Vous êtes sûr ? Je vous file un tuyau gratuit, camarade inspecteur : y a un tas de doigts bleus qui traînent dans le quartier ce soir. Vous devriez faire gaffe.

— Des Voleurs ?

— C'est pas des Pionniers, ça, c'est sûr. Prenez la première à droite. Vous verrez un grand immeuble blanc avec une porte verte et, à côté, une maison plus petite en bois avec deux arbres dans le jardin. Elle est à l'intérieur, au rez-de-chaussée. Mais y a des types avec des vraies têtes de bandits devant, alors soyez prudent.

Korolev sortit dix roubles de sa poche. C'était plus que la somme convenue, mais si les choses tournaient mal, il n'aurait plus besoin de son argent.

— Merci.

Goldstein prit les roubles sans exprimer ni étonnement ni gratitude.

— Je m'inquiète pour nos futures relations commerciales, c'est tout, dit-il.

— Je verrai ce que je peux faire pour qu'elles se poursuivent.

— J'en demande pas plus, répondit le gamin d'un air grave, et il le salua avec les billets avant de s'en aller.

Des formes se déplacèrent dans l'obscurité lorsque les autres Irréguliers se regroupèrent autour de leur chef ; ils s'éloignèrent en silence, d'un pas décidé. Korolev se sentit rassuré ; Goldstein avait un plan pour cet hiver, il en était désormais convaincu. Ils tiendraient jusqu'au printemps. La plupart, du moins.

En débouchant au coin de la rue, Korolev aperçut trois jeunes types qui semblaient correspondre au signalement, regroupés autour d'un baril d'essence transformé en brasero pour se réchauffer les mains. Leurs visages étaient rougis par les flammes et leurs yeux brillèrent d'un éclat noir quand ils se retournèrent vers lui. Parmi eux, Korolev reconnut Michka. Celui-ci le salua d'un petit signe de tête dès qu'il approchait ; les lèvres fines du jeune dur à cuire dessinaient un croissant sombre dans la lumière vacillante.

— En voilà une coïncidence, *muchachos* ! Le camarade capitaine en personne. Qu'est-ce qui vous amène dans ce coin paumé, mon vieil ami ?

— Je me promène, c'est tout. Comme vous, je suppose, répondit Korolev en continuant d'avancer.

Les deux autres Voleurs se déplacèrent lentement pour l'encercler. Korolev tapota la poche dans laquelle il avait transféré son Walther.

— Restez devant moi, les gars. Que je vous voie. On est entre amis, n'est-ce pas, Michka ?

Les deux types regardèrent Michka, qui hocha la tête.

— Bien, dit celui-ci en glissant la main dans sa poche de manteau.

— Bien, répondit Korolev et il attendit.

Il avait mal aux paupières à force de s'empêcher de ciller. Michka soutint d'abord son regard avec son absence d'expression habituelle, puis il le gratifia d'un sourire indolent. D'un mouvement de son pouce bleui, il montra la maison aux deux arbres.

— Je suppose que vous voulez entrer là ?

— Peut-être. Vous allez essayer de m'en empêcher ?

— Pourquoi je ferais ça ? On est dans un pays libre, non ? Une démocratie socialiste, comme ils disent. On peut faire tout ce qu'on veut ici, je suppose. Aucun de nous n'essaiera de vous arrêter, c'est sûr. Ce serait barbare.

— Je vois.

Korolev repartit vers la maison, une construction en bois faite d'énormes rondins bruts taillés grossièrement, en se demandant comment diable les Voleurs avaient été avertis de sa venue. Il sentit chaque fibre du tissu tendu sur ses épaules quand il leur tourna le dos, mais pas question de regarder en arrière, jamais de la vie.

La vieille porte en bois était conforme au reste de la maison, mais elle semblait solide. Korolev frappa trois coups, et ensuite seulement il s'autorisa à jeter un coup d'œil en direction de Michka et de ses sbires. Ils l'observaient, bien évidemment, et Michka lui adressa un signe de la main. Korolev demeura impassible ; il se retourna vers la porte en entendant un bruit de pas à l'intérieur.

— Oui ? demanda une femme.

La voix était celle d'une personne âgée et distinguée.

— Capitaine Korolev, enquêtes criminelles de la Milice de Moscou, citoyenne. Ouvrez, je vous prie.

Il y eut un silence. Korolev examina les gonds en se demandant s'il pourrait enfoncer la porte d'un coup de pied. Cela semblait peu probable, et il se disait que ça ne vaudrait pas la peine d'essayer étant donné qu'il avait des bottes en feutre.

— Citoyenne ? dit-il.

— Oui ?

La femme ne paraissait pas effrayée.

— Je n'ai pas envie d'être obligé d'enfoncer la porte.

— Je n'en ai pas envie non plus.

— Dans ce cas, vous pourriez peut-être avoir l'obligeance d'ouvrir, dit Korolev en enveloppant ses paroles d'un peu de miel.

— Que voulez-vous ?

— Parler à la sœur, rien de plus. Je suis venu seul. Et je repartirai seul. Je veux juste discuter.

— Discuter ?

— Oui. C'est important.

— Je vais demander. Korolev, vous dites ?

Les pas s'éloignèrent de la porte, il perçut l'écho d'une conversation, puis les pas revinrent. Une clé tourna dans la serrure, la porte s'ouvrit. Une femme mince d'une soixantaine d'années apparut. Elle semblait calme, mais elle ne souriait pas.

— Par ici, je vous prie, capitaine.

Elle montra un couloir au fond duquel la lumière jaune d'une ampoule électrique éclairait un encadrement de porte.

Dans la cuisine, une femme était assise devant une table ; elle leva vers lui un regard rempli d'une curiosité lasse. Si sa mémoire était bonne, il s'agissait bien de la seconde religieuse américaine, Nancy Dolan. Elle paraissait plus âgée que sur la photo de son visa et elle avait perdu cet air joyeux qu'il avait décelé sur son visage, mais une semaine passée à Moscou pouvait avoir cet effet sur n'importe qui. Derrière elle, adossé au mur, il découvrit le comte

Kolya. Celui-ci le salua d'un hochement de tête. Sa main gauche était cachée dans sa poche et Korolev jugea plus prudent d'en conclure qu'il était armé.

— Bonjour, capitaine. Prenez un siège. Un verre de thé ? Ou autre chose peut-être ?

Kolya montra le samovar posé sur la table. Un filet de vapeur s'échappait du bec verseur.

— Un verre de thé, pourquoi pas ? Vous permettez que je m'assoie, ma sœur ?

— Faites, dit Nancy Dolan. Pelagia Mikhaïlovna, vous voulez bien surveiller la rue ?

Son russe était parfait, mais sa façon de s'exprimer était celle d'une personne plus âgée. Le russe parlé aujourd'hui était plus pragmatique, plus direct. Elle avait un accent que les gens cachaient désormais.

— Elle n'est au courant de rien, précisa-t-elle, alors que la vieille femme refermait la porte de la cuisine derrière elle.

— Évidemment, répondit Korolev en se demandant si l'Américaine le croyait totalement naïf. Je ne m'intéresse pas aux vieilles femmes, citoyenne Dolina. Je ne m'intéresse même pas à vous en particulier.

Korolev avait insisté sur le mot « citoyenne ». La religieuse ouvrit la bouche pour dire quelque chose, mais aucun mot n'en sortit. Elle devait bien savoir qu'elle était loin des États-Unis.

— J'ai passé un moment avec Jack Schwartz aujourd'hui, reprit Korolev. Je crois que vous avez fait sa connaissance dans le train, au départ de Berlin.

— Dans le train ? Berlin ?

Elle semblait décidée à nier l'existence de cette rencontre et en premier lieu de ce voyage, puis elle leva les yeux vers Korolev et, redevenue calme, elle demanda :

— Comment va Jack ?

— Je suis sûr qu'il m'aurait chargé de vous saluer s'il avait su que je vous verrais. Nous avons cru pendant un temps que la religieuse retrouvée morte dans l'église de la rue Razine, c'était vous. Il a été ravi d'apprendre que non.

Elle tressaillit et Korolev fut frappé de constater à quel point elle paraissait petite à côté de la masse imposante de Kolya.

— Pouvez-vous me dire ce qui lui est arrivé ? demanda-t-elle. Je sais qu'elle est morte, mais c'est tout. Kolya a dit que c'était mieux ainsi.

Ses yeux étaient d'un bleu très clair.

Korolev se tourna vers Kolya, qui haussa les épaules.

— Elle a été torturée à mort, ma sœur.

Il avait décidé que Nancy Dolan devait savoir dans quoi elle était impliquée.

— Il existe de meilleures façons de mourir, ajouta-t-il. J'aimerais retrouver celui ou ceux qui l'ont tuée, sincèrement.

— Je comprends. (Elle fit le signe de croix.) Que Dieu ait son âme !

— Un des hommes de Kolya a lui aussi été torturé et assassiné, sans doute par les mêmes personnes.

— Oui, je sais, il m'a dit qu'il y en avait eu d'autres.

La religieuse semblait apathique, ou peut-être résignée.

— Un de mes collègues est mort également. Dans un accident de voiture, qui n'en était peut-être pas un. Un tchékiste aussi : le major Mironov. Bref, on peut dire qu'une longue traînée vous suit dans tout Moscou.

— Non, elle ne me suit pas. Ce n'est pas moi qu'ils veulent.

Kolya changea de position ; un mouvement qui suffit à attirer l'attention de Korolev.

— Écoutez, Alexeï Dmitrievitch, si on ne voulait pas que vous soyez ici, vous n'y seriez pas. Ce petit morveux de Goldstein le *moishe* sait de quel côté se couche le soleil, et il sait aussi qu'il ne le verra plus jamais briller s'il me dénonce. Alors parlons comme des amis.

Korolev hocha la tête ; peut-être se montrait-il un peu trop agressif. Et si Kolya pointait une arme sur lui, dans sa poche, ce n'était pas prudent.

— Elle est ici ? demanda-t-il. L'icône ? Sachez que l'étau se resserre. On nous a retiré l'enquête, je pense que c'est mauvais signe.

— Elle est à l'abri, dit Kolya. Mais si vous n'êtes plus sur cette affaire, Korolev, puis-je me permettre de vous demander ce que vous faites ici ?

— Je veux finir ce que j'ai commencé. Je veux connaître le fin mot de cette histoire. Voyons les choses en face : nous sommes tous dans le même bain désormais, en quelque sorte.

Kolya ne protesta pas. Au contraire, il esquissa un hochement de tête, comme pour reconnaître cette vérité et autoriser les questions.

— Avez-vous tué le tchékiste, Mironov ? demanda Korolev qui décida d'aller droit au but.

— Non. J'ai la conscience tranquille au sujet de Mironov.

— Que Dieu ait son âme ! murmura Nancy Dolan.

— Pourtant il était impliqué d'une certaine manière. Je me trompe ? Je pense que sa mort a un rapport avec l'icône. Mais lequel, au juste ? Apparemment, il n'a pas été tué par la même personne que les autres.

— Le major Mironov était un croyant, dit la religieuse d'une petite voix.

Kolya lui jeta un regard étonné, mais il ne l'interrompit pas.

— Il a récupéré l'icône au nom de l'Église. Ceux qui l'ont tué sont les mêmes qui ont tué les autres. Peut-être pas la même personne, mais le même groupe de gens.

— Du NKVD ?

— Oui, mais ils ne font pas ça par amour de Staline, intervint Kolya. Gregorine et sa bande agissent pour leur propre compte.

— Comment pouvez-vous être sûr que c'est Gregorine ? demanda Korolev.

Même s'il avait déjà des soupçons, cette confirmation était un choc.

— Le camarade Gregorine est proche de Iagoda, ce qui n'est pas une bonne nouvelle pour lui, maintenant que ce Iejov a pris le pouvoir. Mais voilà que l'icône lui tombe dans les bras. Un des types arrêtés lors du raid a dû jacasser. Gregorine s'est dit que c'était trop beau pour être vrai. Il s'est renseigné, il a découvert ce qu'elle pouvait valoir, et il a décidé que c'était peut-être son billet pour l'Ouest. Mironov travaillait au département étranger et Gregorine l'a contacté dans le but d'établir un plan de fuite. Comme le major Mironov refusait de le croire, Gregorine l'a conduit à l'entrepôt, et elle était là : Kazanskaïa. Alors Mironov a accepté de l'aider à obtenir des visas de sortie en échange d'une part du butin. Au départ Gregorine devait vendre l'icône à l'Église, ce qui était parfait, mais une tierce personne s'en est mêlée. Quand il est apparu que l'icône risquait d'être cédée au plus offrant, le major a agi.

— Il a subtilisé l'icône dans l'entrepôt, devina Korolev.

— Oui, dit la religieuse.

— Gregorine est donc un traître depuis le début. Il s'est foutu de moi.

— Exact, dit Kolya. Mais ils sont sûrement plusieurs dans la combine. À eux tous, ils dépouillent Moscou. Croyez-moi, les meurtres dont vous avez connaissance ne représentent qu'une petite partie. J'ai perdu deux autres hommes. Voilà, vous savez tout.

— Vous disiez que l'icône était à l'abri. Dans ce cas, pourquoi Gregorine a-t-il promis à Schwartz de la lui montrer demain ?

— Quand a-t-il dit ça ?

— Aujourd'hui, je crois. Schwartz n'est pas entré dans les détails.

À cet instant, Korolev vit sur le visage de Kolya une marque d'inquiétude, ou ce qui pouvait s'en approcher le plus pour un homme tel que lui. Le chef des Voleurs digéra l'information et échangea un regard avec la religieuse. Il semblait sur le point de dire quelque chose quand il fut interrompu par des coups frappés à la porte : deux petits coups rapprochés, un silence et un dernier coup sec. Le pistolet de Kolya sortit de sa poche.

— Il faut y aller, petite mère, dit-il d'un ton doux.

— Où ça ? demanda Korolev en se levant.

— Désolé, capitaine. Vous ne pouvez pas venir avec nous.

Il entendit des pas dans son dos et remarqua le signe que Kolya adressa à la personne qui venait d'entrer. La dernière chose qu'il vit, ce fut le regard horrifié de la religieuse.

CHAPITRE 23

Quand Korolev se réveilla, la première chose dont il prit conscience, ce fut la lumière intense qui semblait l'écraser à travers ses paupières closes. Il déplaça la tête sur le côté et demeura étendu, sentant les aspérités d'un mur de briques contre sa joue et maudissant la douleur qui dilatait son crâne.

Il savait où il était, il n'avait pas besoin d'ouvrir les yeux. Les prisons avaient toujours plus ou moins la même odeur : un mélange de pisse, de moisissure, de chou pourri, et la puanteur des hommes sales et effrayés. Même s'il ignorait laquelle, il savait qu'il était dans une prison, sans aucun doute. Il déglutit doucement et sentit le goût du sang dans sa bouche, puis, cil par cil, il brisa la croûte qui les scellait. Il lâcha un juron. Il se trouvait dans une cellule exiguë d'environ trois mètres sur deux, au bout de laquelle une petite table et un tabouret étaient vissés au sol. Les murs étaient recouverts d'une peinture bleu ciel brillante, dont la surface lisse était balafrée jusqu'aux briques par des noms, des dates et des messages gravés. Il n'avait pas besoin de les lire pour savoir où il était. Les petits carreaux de bois, à peine visibles sous l'épaisse couche de crasse, lui fournissaient la réponse. La Loubianka était le siège d'une compagnie d'assurances avant la Révolution, et les parquets avaient la réputation d'avoir survécu au saccage des bureaux lambrissés et à leur remplacement par des cellules et des salles d'interrogatoire. Il savait bien dès le début que cette affaire était maudite.

En colère contre lui-même et couché dans une position inconfortable, il prit appui sur le plancher crasseux avec son épaule, roula sur le dos et parvint à libérer son bras gauche coincé sous son corps. Son bras était totalement ankylosé, comme s'il appartenait à quelqu'un d'autre. Il leva la main, difficilement, et remua les doigts ; il ne sentit absolument rien au début, jusqu'à ce que des picotements lui indiquent que le sang revenait. Au prix d'un autre effort, il se redressa en position assise et s'adossa au mur, assailli par la nausée et les vertiges. Un banc assez large pour s'y allonger était rabattu contre le mur ; son objectif était de s'y hisser, mais tout son corps lui faisait mal, et plus particulièrement sa tête où un amas de cheveux formait une croûte autour d'une plaie boursouflée et collante. Un salopard lui avait donné un autre coup sur le crâne et nul doute que cela n'avait pas dû arranger sa commotion cérébrale. Sa ceinture avait disparu, tout comme son manteau d'hiver et ses bottes en feutre. Il espérait que ce sale brigand de Kolya n'avait pas fichu le camp avec. Cette pensée le fit sourire. Kolya n'avait que faire d'une loque rapiécée et bouffée aux mites. Seuls les honnêtes gens portaient des manteaux semblables à celui de Korolev. Ses bottes et son manteau l'attendraient dehors s'il sortait de cette pièce, c'était sûr. Et s'il n'en sortait pas, il n'en aurait plus besoin.

La petite plaque métallique qui couvrait le judas se souleva et un œil bleu clair l'observa. Korolev leva la main instinctivement pour saluer, mais le judas se refermait déjà. Il écouta le garde s'éloigner dans le couloir. Au moins, ils savaient qu'il était réveillé maintenant. Peut-être qu'il allait se passer quelque chose. Il laissa ses paupières se refermer.

Quand il revint à lui pour la seconde fois, il constata qu'il avait assez d'énergie pour déplier le banc en bois afin de s'y asseoir. Sur la table était posée une couverture très fine qu'il n'avait pas remarquée précédemment. Il la plaça entre lui et le mur avant de s'y appuyer. Il y avait un seau dans un coin, entouré d'urine séchée et d'autres substances plus solides auxquelles il ne voulait même pas penser. De toute façon, il n'avait pas besoin de l'utiliser pour l'instant. Il soupira. La Loubianka, rien que ça. Pas la Boutyrka ni la Novinskaïa. Ni Lefertovo, ni aucune des autres prisons de Moscou. La Loubianka. Ils n'y envoyaient que les huiles du Parti ou les étrangers. Zinoviev. Kamenev. Celui qui avait assassiné ce pauvre Kirov. Des espions britanniques. Voilà le genre de traîtres qui se retrouvaient à la Loubianka, des membres du Comité central et des agents étrangers, pas un vulgaire capitaine de la Milice à moitié mort. Sans doute devrait-il s'estimer privilégié. Cette réflexion suffit à le faire sourire, mais sans humour.

Que s'était-il passé, nom d'un chien, dans la maison de la rue Arbat ? Un des hommes de Kolya l'avait probablement assommé par-derrière, mais s'il avait échoué, ça ne pouvait pas être à cause de

Kolya, si ? Les seuls liens que le chef des Voleurs entretenait avec les autorités étaient de nature à l'envoyer lui-même en prison. Non, la bande de Kolya avait dû l'abandonner sur place après l'avoir mis KO. On l'avait découvert et conduit ici. Cela ne serait pas arrivé s'il avait eu affaire à la Milice ou même à la Tchéka ordinaire ; ils l'auraient interrogé et, malgré cela, il n'aurait pas fini à la Loubianka. Gregorine devait être derrière tout ça. Au moins, ils ne l'avaient pas abattu. Pour le moment.

La plaque de métal se souleva en grinçant et l'œil bleu l'observa de nouveau. Korolev le regarda à son tour, mais l'œil ne cilla pas. Le judas se referma et le gardien marcha vers la cellule voisine. Korolev se leva lentement et appuya ses mains sur le mur d'en face, les yeux fixés sur les briques peintes devant lui. « Pardonne-moi, mon épouse adorée », avait gravé un pauvre bougre. Il pensa à Zhenia et au garçon à Zagorsk. Peut-être que Yasimov pourrait veiller sur eux. Ou peut-être pas. Le garçon souffrirait, évidemment. Avoir pour père un ennemi du peuple serait pour lui un fardeau, même si ce père ne l'avait pas vu depuis presque un an. Mais soudain il songea que si c'était Gregorine qui l'avait découvert, il n'y aurait pas de procédure judiciaire. S'il était encore en vie, et ici, il y avait une bonne raison. Le colonel voudrait savoir ce qu'il avait trouvé, et ce serait terminé. Il ne pouvait pas le relâcher. Pas avec tout ce qu'il avait appris. Cette pensée lui donna des sueurs froides : voilà pourquoi ils l'avaient conduit à la Loubianka. Pour lui soutirer toutes les informations qu'il détenait, avant de le liquider.

À cet instant des pas approchèrent de la cellule, des clés firent entendre une mélodie discordante et la porte s'ouvrit en grinçant. Trois gardiens apparurent. Deux étaient des jeunes types aux épaules larges et au visage épais, presque semblables à vrai dire, mais leurs yeux évoquaient des poissons morts. Les jumeaux entrèrent dans la cellule et soulevèrent Korolev. Le troisième était plus grand, plus âgé, son crâne rasé brillait d'un éclat gris et des bourrelets de graisse écartaient ses oreilles comme des anses de tasse. Au moins, son visage trahissait une expression, même si c'était du mépris. Il examina le dossier qu'il tenait entre les mains, puis leva les yeux vers Korolev.

— Prisonnier, vous parlerez seulement quand on vous posera une question. Votre réponse devra être brève et directe. Répondez par oui ou par non, de préférence. Toute tentative de vous adresser aux gardiens sera considérée comme une agression physique et punie en conséquence. Compris ?

Korolev fut surpris de découvrir que le chauve possédait les intonations d'un homme cultivé, malgré son physique de brute. Pendant un instant il envisagea de leur parler de Gregorine, puis il renonça. Le passage à tabac viendrait bien assez tôt, inutile de le réclamer.

— Oui, répondit-il.

— Pouvez-vous marcher ?

— Je crois.

— Oui ou non, prisonnier ?

— Oui.

— Je passerai devant. Un devant, un derrière. Commencez par le menotter. Regardez droit devant vous, prisonnier.

Les jumeaux le retournèrent vers le mur, lui attachèrent les mains dans le dos, puis le poussèrent dans un étroit couloir peint de la même couleur bleu ciel que la cellule. De lourdes portes métalliques bordaient le passage éclairé par des ampoules nues de forte puissance suspendues au plafond à intervalles réguliers. Dans une des cellules, quelqu'un sanglotait comme un enfant : un bruit irréel qui semblait provenir d'une radio. Ils se mirent en marche quand le gardien chauve eut vérifié leurs positions. Il agitait ses clés à la manière d'une cloche. Les traînées brunes sur le sol et les murs peints ressemblaient à du sang séché aux yeux de Korolev. Dans ces circonstances, il s'étonnait de ne pas éprouver de la peur. Au contraire, une fois le choc initial passé, il se sentait très calme.

Ils atteignirent un escalier et descendirent quatre étages. Les fenêtres avaient été murées pour repousser la lumière et les sons du dehors, et par conséquent il avait l'impression de se trouver sous l'eau. Les seuls bruits concrets étaient ceux de leurs pas, et eux-mêmes semblaient déformés. Tous les autres étaient étouffés, lointains ; ils provenaient d'autres parties du bâtiment et, à l'instar des sanglots dans la cellule, ils avaient un côté artificiel. Korolev en vint à se demander s'il ne s'agissait pas d'un rêve, aussi fut-il presque soulagé quand ils débouchèrent dans une pièce meublée très simplement d'un robuste fauteuil en métal placé devant un bureau ; des sangles de cuir étaient fixées aux bras et aux pieds. Ce décor dégageait le parfum âcre de la réalité.

— Asseyez-vous, prisonnier.

Korolev obéit et les jumeaux lui ôtèrent ses menottes avant d'attacher fermement les sangles de cuir, comme des garrots. Il ne pouvait plus bouger que la tête et il regarda autour de lui pour voir dans quel endroit il avait atterri.

— Regardez devant vous, prisonnier.

— Mais…

Il ne dit rien de plus. Un des jumeaux lui assena sur l'oreille gauche un coup qui explosa à l'intérieur de son crâne comme un coup de feu. Pendant un instant, il ne sut plus où il était. Puis sa vision s'éclaircit et la pièce redevint plus ou moins nette. Il crut être sourd, jusqu'à ce que le gardien chauve reprenne la parole :

— Mettez-lui la cagoule. Vous, restez avec lui en attendant l'arrivée du major.

On lui enfila sur la tête une sorte de petit sac de toile. Il empestait le vomi et une autre odeur, pire encore, qu'il mit un certain temps à identifier. Puis il reconnut la chair pourrie. Aussitôt, il se retrouva projeté au milieu des corps brisés, décomposés, éparpillés dans une tranchée reprise à l'ennemi, quelque part en Ukraine. Il agrippa les bras du fauteuil et essaya de respirer par la bouche. Et il se mit à compter, n'importe quoi pour penser à autre chose. Tout d'abord, il n'entendit que le bruit de sa respiration et il éprouva l'envie de hurler ou d'essayer d'enlever la cagoule, mais il savait que cela lui vaudrait une volée de coups. Alors il s'obligea à se concentrer sur les nombres. Soixante-quinze, soixante-seize. Il était arrivé à quatre cent soixante-deux quand la porte s'ouvrit.

— Vous pouvez disposer. On vous a dit que vous ne deviez jamais parler du prisonnier, en aucun cas, pas même avec vos collègues ou vos supérieurs. Veuillez confirmer que vous avez bien compris et vous engager à remplir ce devoir envers l'État.

— Compris, camarade, répondit le gardien.

— Il est solidement attaché ?

— Oui.

— Ce sera tout. L'accès à ce couloir est interdit jusqu'à nouvel ordre.

Le gardien referma soigneusement la porte, si bien que Korolev n'entendit qu'un petit clic, des pas qui s'éloignaient, puis une autre porte, au loin, qui se fermait avec un fracas métallique et, finalement, plus rien, si ce n'est le bruit des feuilles qu'on tourne.

— Savez-vous pourquoi vous êtes prisonnier ici ?

La voix était mesurée, tout juste une petite accentuation sur le mot « prisonnier » qui parvint à transmettre une sorte de déception teintée de résignation.

— Je n'ai commis aucun crime.

— Tout le monde a commis un crime, prisonnier. (Le ton était empreint de lassitude.) Il suffit juste de découvrir lequel. Voulez-vous que je vous enlève cette cagoule ?

— Évidemment.

— Dans ce cas, peut-être pourriez-vous m'expliquer ce que vous faisiez évanoui dans l'appartement d'un opposant connu, adepte du culte orthodoxe ?

Nouveaux bruissements de papier.

— J'enquêtais sur une affaire criminelle et c'est alors que j'ai été agressé.

— De quelle affaire s'agit-il ?

— Une série de meurtres. Dont celui de la citoyenne Kuznetsova, alias Mary Smithson, une religieuse américaine. J'enquête sous les ordres du colonel Gregorine, du NKVD.

Il entendit l'homme s'approcher de lui et il se prépara à recevoir un coup, mais à la place il sentit une main arracher la cagoule et la lumière crue de la salle d'interrogatoire le submergea.

— Ce n'est pas très agréable, cette cagoule, dit l'homme, dont la voix indifférente venait maintenant de derrière Korolev.

Celui-ci ne commit pas l'erreur de se retourner.

— C'est fait exprès, évidemment. Souvent, c'est aussi efficace que des méthodes plus traditionnelles. En tant qu'inspecteur, vous savez comment ça se passe. Un interrogatoire brutal, c'est épuisant. Certains finissent en aussi mauvais état que le prisonnier. Mais la cagoule, c'est efficace.

L'homme semblait parler tout seul.

— Personnellement, dit Korolev, je n'arrache pas d'aveux par la violence. Je trouve cela contre-productif.

Une main lui tapota l'épaule, sans qu'il pût dire si c'était un signe d'approbation ou de compassion.

— Qui vous a agressé, dites-vous ?

La voix s'était déplacée sur la gauche de Korolev. C'était déroutant de n'avoir personne à regarder. Bien sûr, c'était probablement le but recherché.

— Je ne l'ai pas vu. Il m'a assommé par-derrière. Pourquoi suis-je retenu prisonnier, camarade ? Je n'ai rien fait de mal.

Il y eut un moment de silence pendant que l'homme regagnait son bureau, avant de se retourner. Korolev eut un choc quand il le reconnut. C'était le type du match de foot. Ses yeux bleus larmoyants semblaient fatigués et son visage plus gris que dans le souvenir de Korolev, mais c'était bien lui, vêtu maintenant d'un uniforme de major du NKVD. Il sourit en voyant qu'il avait été reconnu : une petite crispation des lèvres, le sourire d'un homme qui n'est pas habitué à sourire.

— Oui, étrange coïncidence, admit-il. J'étais étonné de vous voir au match.

— Vous saviez qui j'étais ?

Le major réfléchit, puis secoua la tête comme s'il estimait qu'il était dangereux de répondre à cette question.

— Revenons à ce qui nous préoccupe. Prisonnier, nous sommes ici pour déterminer votre degré d'implication dans un complot concernant le vol d'un bien d'État. À ce stade, l'objectif prioritaire de l'enquête consiste à récupérer le bien en question.

Il s'interrompit, puis ajouta, comme après coup :

— L'ampleur de votre culpabilité sera déterminée ultérieurement. Mais votre coopération sera considérée comme une circonstance atténuante.

— Un complot ? Je n'ai participé à aucun complot ni à aucun vol.

Korolev sentait la colère bouillonner en lui. Le major l'observa, puis montra le dossier d'un mouvement de tête. Son visage n'exprimait aucune émotion, sauf peut-être de la mélancolie. Il s'exprimait à la manière d'un comptable qui parlerait de la production d'une usine de chaussures, calmement, avec le poids impitoyable des faits pour confirmer ses paroles.

— Je vais vous expliquer la situation, dit-il d'une voix si faible que Korolev, à cause de son oreille endommagée, dut se pencher en avant pour l'entendre. Vous pouvez me dire ce que je veux savoir, de votre plein gré, ou bien je vous briserai comme une branche gelée. Et vous finirez par me dire ce que je veux savoir de toute façon. Ensuite, vous serez exécuté, votre ex-femme sera envoyée dans la Zone et votre fils se retrouvera en train de mendier dans les tramways. Vos amis en pâtiront, eux aussi.

Il consulta ses notes avant de poursuivre :

— Popov, Semionov, Chestnova, Yasimov, Babel, Koltsova…

Sur un ton monocorde il énuméra les noms des amis, parents et connaissances de Korolev, d'une voix de plus en plus faible. Quand il fit claquer le dossier sur la table, le bruit résonna comme le coup de poing du gardien dans son oreille.

— Dois-je continuer ?

La colère brûla dans son regard l'espace d'un instant, puis sa voix redevint un murmure.

— Il y a là cinquante noms, vous savez forcément comment ça se passe. Ces gens seront arrêtés et emprisonnés, puis ce sera au tour de leurs familles et de leurs amis d'en pâtir, et ainsi de suite. Une vague va balayer Moscou. Des centaines de personnes seront emportées, l'une après l'autre. Tout ça parce que vous avez refusé de coopérer. Quel conseil vous donneraient-ils, pensez-vous, s'ils étaient là, à vos côtés ? Vous demanderaient-ils de ne rien dire ? De défier l'État ? D'agiter le petit drapeau de votre honneur égoïste à l'intérieur de votre château de sable individualiste assiégé ? Soyez raisonnable, prisonnier. Soyez charitable, surtout. Leurs vies sont entre vos mains.

Le major secoua la tête et Korolev eut l'impression que la lumière captait un éclat humide dans ses yeux vaincus. Puis il sortit de sa poche un paquet de cigarettes. Des Hercegovina Flor. Les cigarettes retrouvées sur le terrain de football enneigé où avait été découvert le corps de Tesak. Il en alluma une et s'approcha de Korolev pour la lui glisser entre les lèvres. Celui-ci tira dessus pendant que le major en allumait une autre. Korolev montra d'un mouvement de tête le bureau vide du sténographe et demanda, en parlant du coin de la bouche :

— Pas de dactylo ? Il ne s'agit pas d'une enquête officielle, n'est-ce pas ?

Le major soupira.

— Allons, capitaine. Je pose les questions, vous y répondez. Ce n'est pas une conversation. Dois-je vous faire entrer ça dans le crâne par la force ? Coopérez, Korolev, dans votre intérêt. Vous finirez par tout me dire, croyez-moi.

Depuis qu'il s'était retrouvé dans cette prison, c'était la première fois qu'on s'adressait à lui en citant son nom ou son grade. C'était presque intime, et le demi-sourire que lui adressa le major ouvrit une fissure dans laquelle Korolev s'engouffra, presque sans réfléchir.

— Avec l'électricité ? Comme vous l'avez fait avec Kuznetsova ?

Il n'avait pas vraiment dit cela au hasard, mais il fut presque aussi surpris par ses paroles que le major. Évidemment, c'était une possibilité – voilà un homme qui le connaissait de vue, qui menaçait de le torturer devant un bureau de sténographe vide, avec un paquet de Hercegovina Flor posé sur la table à côté de lui –, et pourtant, aux yeux de Korolev, le major ressemblait plus à un prêtre qu'à un psychopathe.

Mais tous les doutes s'envolèrent quand le visage du major devint exsangue. Korolev l'observait avec fascination ; on aurait dit un animal traqué. Au bout d'un moment, il parut se contrôler enfin et il se mit à chuchoter furieusement, deux taches rouges apparurent sur ses joues blêmes.

— Qu'est-ce que vous racontez ? C'est quoi, ces absurdités ? Comment osez-vous accuser un tchékiste d'un tel crime ? Sale chien ! Sale chien galeux calomniateur ! Je vous arracherai la peau centimètre par centimètre.

Il se leva et pointa le doigt sur Korolev, sa voix monta comme un cri.

— Fermez votre gueule puante !

Mais Korolev avait dépassé, temporairement du moins, le stade de l'intimidation.

— Voilà une étrange réaction, si je peux me permettre, camarade. Et je suppose que ce bien d'État que vous cherchez n'est évidemment pas une certaine icône ? C'est pour ça que vous l'avez torturée. N'est-ce pas, espèce de traître ? Pour trouver l'icône.

— Vous savez où est l'icône, prisonnier, dit le major, plus calme. Vous savez également qui est le véritable traître, infâme chien.

— Que pensera votre fils quand vous arriverez en Amérique ? En apprenant que son père a trahi le peuple soviétique ? Ce ne sera pas facile pour lui. J'ai bien vu qu'il vous regardait avec respect. C'est un Pionnier, n'est-ce pas ? Vous mettrez son foulard rouge dans sa valise ?

Le major plissa les yeux sous l'effet de la confusion, puis les paroles de Korolev semblèrent lui procurer un certain réconfort et il se détendit ; il repoussa ces piques d'un petit geste.

— Je n'irai nulle part, imbécile. Vous, en revanche, vous serez fusillé dans l'heure si vous refusez de coopérer. Et c'est en enfer que vous irez.

— Peut-être. Mais pourquoi avoir tué votre camarade Mironov, du département étranger ? Parce qu'il n'était pas d'accord pour vendre l'icône au plus offrant ?

Là encore, le major ne put dissimuler son étonnement, et Korolev se dit alors : cet imbécile n'a peut-être pas compris que le complot a été organisé par Gregorine. Peut-être a-t-il été dupé, lui aussi.

— Vous n'êtes pas au courant pour Mironov, n'est-ce pas ? Ils sont allés le trouver pour obtenir des visas. Mais pour vous pas de visa, apparemment. Vous vous retrouverez seul pour porter le chapeau, pendant qu'eux porteront un toast à la statue de la Liberté avec du champagne français, sur le pont d'un paquebot. Moi au moins, j'ai compris à temps. Si je dois être fusillé, je veux mourir les yeux ouverts.

— Qu'est-ce que vous racontez ?

— On s'est fait rouler, camarade. L'icône a été reprise aux Voleurs au cours d'un raid mené par Gregorine, puis elle a été volée de nouveau ici même, dans ce bâtiment. Vous le savez, n'est-ce pas ?

Le major confirma d'un haussement d'épaules. Au moins il ne menaçait plus de lui arracher la peau, se dit Korolev. C'était un progrès.

— Ce que vous ignorez, reprit-il, c'est que l'icône était un secret. Seuls Gregorine et deux ou trois autres personnes connaissaient son existence. Il n'a jamais expliqué à ses supérieurs tout ce qu'elle représentait ; au lieu de cela, il a pris contact avec des ennemis étrangers pour la vendre. Mironov devait les aider à obtenir des visas, mais il avait d'autres projets pour l'icône, et ils ont dû la récupérer. Ils savaient que la religieuse était entrée en Union soviétique, et il était possible qu'elle soit là pour l'icône. Alors ils vous ont envoyé vous occuper d'elle, au cas où elle l'aurait en sa possession. Vous me suivez pour l'instant ?

Comme le major ne l'arrêtait toujours pas, Korolev continua. Les pièces s'emboîtaient à mesure qu'il parlait.

— Quand nous l'avons trouvée, nous autres, pauvres inspecteurs de la Milice, nous avons cru qu'il s'agissait d'un meurtre de plus. Puis Gregorine a commencé à s'intéresser à l'affaire et il nous a confié que la Tchéka enquêtait sur des vols d'objets d'art et que ce crime était certainement lié. Nous avons découvert, grâce à ses plombages et à ses vêtements, que la femme assassinée était une étrangère, mais sans lui nous n'aurions jamais su que c'était une nonne et nous n'aurions pas eu vent de cette histoire d'icône volée. Vous meniez votre enquête de votre côté, en utilisant vos méthodes, et moi je menais la mienne, sur vos traces, mais nous cherchions l'un et l'autre l'icône, en dansant comme des marionnettes manipulées par Gregorine. Vous comprenez maintenant ?

Le major regarda longuement son poing. Finalement, il leva la tête et fronça les sourcils.

— Non. Tout était approuvé, évidemment, au plus haut niveau. Parfois un tchékiste doit accomplir des tâches désagréables, mais nous sommes le fer de lance du Parti et il ne nous appartient pas de choisir la nature du coup que nous devons porter. Personne n'aime les exécutions, mais parfois elles sont nécessaires, pour infliger un châtiment en dehors du processus judiciaire. Et ce Mironov ? Que vient-il faire là-dedans ? Un tchékiste meurt… Beaucoup d'entre nous sont prêts à subir le même sort. Cela n'a aucun rapport avec cette affaire.

— Faux.

Korolev réfléchit un instant et sa détermination s'en trouva renforcée. Après tout, si Mironov avait été assassiné, c'était parce que Korolev savait déjà qu'il avait repris l'icône.

— Ils ont proposé à Mironov une part du gâteau en échange des passeports et des visas, mais il a volé l'icône et l'a restituée à l'Église. D'où la présence de la religieuse. Cela m'a été confirmé ce soir même par les croyants. Vous comprenez maintenant ?

— Mironov ? fit le major, songeur. Je n'ai pas eu vent qu'un tchékiste avait été tué. Quand est-ce arrivé, dites-vous ?

— On l'a trouvé il y a quatre jours. Quant à savoir quand il est mort, c'est une autre question. Une chose est sûre : son cadavre ne devait pas être découvert ; ils l'avaient déposé dans une église promise à la démolition. Par hasard, quelqu'un est tombé dessus ; et, par hasard, je l'ai identifié. Gregorine a récupéré le corps à la morgue et, à mon avis, il est enterré au fond des bois maintenant.

Le major secoua la tête en grimaçant, et dans le silence Korolev entendit une porte métallique grincer au fond du couloir et un bruit de pas qui approchait. La porte s'ouvrit dans son dos et le major se mit au garde-à-vous.

— Eh bien ? demanda une voix.

— Vous aviez vu juste, colonel. Il a été retourné par les croyants.

Le major posa sur Korolev un regard chargé de dégoût qui le glaça jusqu'aux os. Celui-ci voulut se retourner, mais ses liens l'en empêchaient. Finalement, le colonel pénétra dans son champ de vision. Un sourire triste donnait à son visage un air presque doux. Gregorine. Korolev aurait payé cher pour avoir l'usage de sa main droite et assez de place pour décocher un coup de poing.

— Pauvre Korolev ! dit Gregorine d'un ton compatissant. Vous êtes perdu, n'est-ce pas ? Les questions politiques sont complexes, toutes dans des nuances de gris, alors que vous voyez les choses en noir et blanc. Vous avez nagé dans des eaux profondes où les ennemis de l'État vous guettaient. Le Parti ne cesse de nous mettre en garde. « Soyez vigilants ! nous répète-t-il. Ce ne sont pas des imbéciles, ces contre-révolutionnaires. » Non, en effet, ce sont des spécialistes de la duperie et de la supercherie, et des citoyens se laissent encore surprendre par leur fourberie. Tel ou tel était membre du Parti depuis trente ans, le bras droit de Lénine, comment a-t-il pu trahir ? se demandent-ils. Nous combattons une hydre à plusieurs têtes, Korolev, avec une patience infinie et une maîtrise incomparable, ses agents sont partout. Votre Mendeleïev par exemple, loyal serviteur de la Révolution pendant de nombreuses années en apparence, voilà qu'il propage des messages fascistes sous couvert d'humour. Une dupe peut-être, ou alors il était simplement en hibernation et attendait cette crise pour libérer son poison ? Et vous ? Avez-vous participé volontairement à cette tentative pour dépouiller l'État ou bien avez-vous été manipulé cyniquement sans même vous en apercevoir ? Comment s'appelle le fils de Korolev ?

Le major consulta son dossier.

— Youri.

— Ah oui, Youri. Pauvre enfant ! Vous connaissez les orphelinats d'État, n'est-ce pas ? Ils sont en pleine transformation, évidemment. Bientôt, les enfants ordinaires envieront les orphelins pris en charge par l'État. Hélas, de nos jours la situation n'est pas fameuse. Avez-vous entendu parler de ce petit garçon qui a été crucifié parce qu'il avait fait pipi au lit ? Crucifié ? Cloué au mur de son dortoir pour servir d'exemple aux autres enfants ? Rendez-vous compte ! Bien entendu, les coupables ont été punis quand cela s'est su ; malgré tout, ces choses arrivent encore trop souvent. De plus, c'est un joli garçon, votre fils. C'est une honte, mais certains employés sont des dégénérés. Ils parviennent à s'infiltrer malgré tous nos efforts. Bah, il faut espérer que tout se passe bien.

— Pourquoi n'y a-t-il pas de sténographe, colonel ?

Gregorine sourit, dévoilant ses dents blanches, et Korolev eut l'image, une fois encore, d'un prédateur qui joue avec sa proie.

— Je vous l'ai dit, Korolev. Il s'agit d'une affaire confidentielle. Et ça vient d'en haut. De très haut. Vous savez comment sont les paysans avec les icônes ; on ne peut pas se permettre de provoquer leur mécontentement à cause de Kazanskaïa, surtout en ce moment. Pas l'année où la cathédrale qui porte son nom sur la place Rouge a été réduite en mille morceaux. Ce ne serait pas raisonnable, je trouve. Et vous ? (Sa voix perdit son ton amusé et se durcit.) Alors, pas de sténographe et aucune clémence si vous ne nous dites pas tout ce qu'on veut savoir. Ni pour vous, ni pour quiconque vous connaît. Ce n'est pas une menace, Korolev. C'est un serment.

— Expliquez-moi pour Mironov, c'est la seule chose que je ne comprends pas. Pourquoi tuer l'un des vôtres ?

Le regard du colonel glissa vers le major, et à cet instant Korolev eut la confirmation que Gregorine était un escroc, ce qui n'était sans doute pas le cas du major.

— Mironov faisait partie du complot, le problème devait être réglé de manière expéditive et discrète. Je ne peux rien dire de plus. Le major Chaïkov ici présent ne peut avoir accès à ces informations, et vous non plus, bien évidemment. Sachez seulement que Mironov a trahi la confiance du Parti trop longtemps et qu'il a eu ce qu'il méritait. Néanmoins, ajouta Gregorine avec un sourire, je vous ai tiré mon chapeau quand vous avez localisé son corps. Vous n'êtes peut-être pas très intelligent, mais vous avez le don de vous trouver au bon endroit au bon moment.

— Je ne vous crois pas. Même si Mironov agissait pour le compte des croyants sous l'influence d'une foi dévoyée, vous êtes encore pire que lui. Vous ne vous intéressez qu'à l'argent.

Gregorine secoua la tête pour manifester son désaccord.

— Non, capitaine. J'ai suivi les ordres. On vous a donné des ordres à vous aussi – ne pas vous mêler de cette affaire –, mais vous les avez ignorés comme le sale petit individualiste que vous êtes. Votre intervention maladroite a fait capoter l'opération de la rue Arbat. Nous avons fait une descente dans cette foutue baraque en espérant trouver l'icône et un groupe de traîtres. Nous n'avons trouvé qu'un imbécile inconscient allongé sur le sol de la cuisine avec une bosse sur la tête. Apparemment, ils vous ont retourné, ils vous ont soutiré les informations dont ils avaient besoin et vous ont assommé. Peut-être que vous pensiez réellement obtenir des renseignements utiles. Qui sait ? Il se peut que nous vous pardonnions, en admettant que vous avez été plus stupide que malintentionné. Nous pourrions même épargner vos amis et votre famille. Si vous coopérez pleinement, en toute honnêteté.

Korolev sentait les regards froids des deux hommes posés sur lui ; il estima qu'il n'avait plus de cartes dans sa manche. En écoutant les explications de Gregorine, il avait été presque convaincu. Il avait pu se tromper, même si son instinct lui criait, plus fort que jamais, que le colonel était un escroc de la pire espèce. Mais Chaïkov semblait avoir tout gobé ; cela voulait dire que la marge de manœuvre de Korolev était réduite. Le moment était venu de changer son fusil d'épaule. Après tout, qui protégeait-il en gardant le silence ? Kolya, qui l'avait abandonné à son triste sort ? La religieuse, une femme qu'il n'avait vue qu'une fois ? Par égard pour Yasimov et Babel, il devait taire leurs rôles dans cette affaire, mais les autres pouvaient aller au diable. Au moins, de cette façon, son fils et ses amis auraient peut-être une chance. Alors il raconta ce qui s'était passé dans la maison de la rue Arbat.

— Tout cela est très intéressant, Korolev, dit Gregorine quand il eut terminé, mais où est l'icône ?

Elle était là-bas, bien sûr, mais où l'ont-ils emportée quand vous les avez prévenus de notre arrivée ?

— Je n'ai pas vu l'icône. Elle était peut-être là, mais je ne l'ai pas vue. Je vous ai répété la conversation que j'ai eue avec Kolya, mot pour mot, et ça n'a pas été plus loin. Si je savais qui la détient maintenant, je vous le dirais. Pour moi, ce n'est qu'un vulgaire morceau de bois peint.

Ce n'était pas tout à fait exact, mais le moment était mal choisi pour s'étendre sur la nature de ses croyances religieuses.

Gregorine l'observa ; il n'y avait plus aucun charme dans son expression, uniquement du calcul. Et Korolev s'aperçut que, dépouillés du vernis de la séduction, ses traits affichaient la malveillance froide d'un serpent. Le colonel fronça les sourcils et se tourna vers le major.

— Il ment. Faites-le parler.

— Bien, camarade colonel.

— Vous avez quatre heures. Ne vous fatiguez pas à me dire que ce n'est pas suffisant. Nous devons mettre la main sur cette bondieuserie avant qu'ils lui fassent quitter le pays. Interdiction d'échouer, je n'accepterai aucune excuse. Mon bureau saura où me trouver.

Il reporta son attention sur Korolev.

— Le major est très talentueux. Dans votre intérêt, capitaine, parlez maintenant. Où est cette foutue icône ?

— Je l'ignore, colonel.

— Ce n'est pas un jeu. Le major ne va pas seulement vous frapper. Il va vous détruire... À la fin, vous prierez pour qu'on vous tire une balle dans la tête.

Korolev n'en doutait pas et il sentit son corps essayer de disparaître dans la chaise. Mais il ne pouvait pas leur dire ce qu'il ignorait.

— Juste une chose, colonel, lança-t-il alors que Gregorine lui tournait le dos.

— Oui ? fit celui-ci, agacé.

— Qu'arrivera-t-il si vous ne récupérez pas l'icône avant demain ? Aurez-vous de quoi payer les visas ? Est-ce que l'étau se resserre ? C'est ce qui explique votre précipitation ? Vous n'obtiendrez pas un million de dollars en échange d'une promesse.

Le colonel était un homme costaud et ses poings portaient les stigmates des coups qu'il avait distribués, alors peut-être que Korolev n'aurait pas dû être surpris par la violence du direct qui projeta sa tête contre le dossier métallique. Le sang chaud qui se mit à couler au-dessus de son œil l'aveugla.

— Espèce d'imbécile, vous méritez le sort qui vous attend, cracha Gregorine. Quand vous en aurez fini avec lui, Chaïkov… Salle H.

La porte claqua derrière lui.

Quand la porte située au fond du couloir se fut refermée à son tour, le major s'approcha de Korolev et se pencha pour lui essuyer le front avec un mouchoir. Il tapota délicatement la plaie. Il lui maintint la tête en arrière pendant qu'il le regardait droit dans les yeux.

— Vous souffrez d'une commotion cérébrale.

— Les gens n'arrêtent pas de me frapper.

— Peut-être que vous les provoquez.

— Écoutez, je ne sais rien. Mais si je savais quelque chose, j'aimerais mieux me flinguer plutôt que de coopérer avec un scélérat comme Gregorine.

— J'emmerde ce sale rat de Géorgien, murmura Chaïkov en passant le mouchoir sur le visage de Korolev avec une expression presque rêveuse. J'emmerde sa mère. J'emmerde sa sœur. (Le mouchoir était imbibé de sang.) J'avais des soupçons, mais j'ai décidé de les ignorer. Je me suis laissé mener par le bout du nez, comme un porc qu'on conduit à l'abattoir. Quel sort attend mon fils ? Dites-le-moi.

Korolev le regarda d'un air stupéfait, en se demandant s'il s'agissait d'une ruse pour l'amadouer. Une larme roula sur la joue du major.

— Regardez ce que je suis devenu. Regardez-moi. Il a fait de moi un ennemi.

La porte au fond du couloir s'ouvrit dans un grincement métallique, des bruits de pas précipités résonnèrent dans le couloir. Que va-t-il se passer maintenant ? se demandait Korolev au moment où la porte s'ouvrit avec fracas dans son dos.

— Contre le mur ! Un seul geste et je tire. Mains en l'air !

Chaïkov leva la tête calmement, sourit et glissa la main dans sa poche. Aussitôt, trois fortes explosions retentirent et le major se trouva projeté sur la table par la puissance des balles.

— Mince ! lâcha une voix facilement reconnaissable à travers le bourdonnement dans les oreilles de Korolev.

CHAPITRE 24

Korolev avait très mal à la tête. C'était une douleur intense qui lui faisait serrer les dents. Il songea que toutes les personnes, ou presque, qu'il avait rencontrées au cours de ces derniers jours, que ce soit le tchékiste, l'ouvrier ou le Voleur, lui avaient laissé une bosse sur la tête en guise de souvenir. Conséquence, peut-être, de tous ces coups reçus sur le crâne, il n'était pas tout à fait sûr d'être réellement assis dans un bureau chauffé, dans un fauteuil confortable, un verre de vodka à la main, entouré de visages qui, s'ils n'étaient pas particulièrement amicaux, ne semblaient pas pour autant décidés à lui infliger de nouveaux sévices. Mais si la réalité était différente, il ne voulait pas en entendre parler.

Les points de suture que le médecin était en train de lui poser au-dessus de l'œil l'aidaient à se convaincre qu'il ne s'agissait sûrement pas d'un rêve car il sentait pénétrer dans sa peau chaque millimètre de l'aiguille. Semionov, assis sur le bureau, regardait le médecin opérer ; il paraissait réellement inquiet, ce qui était plutôt gratifiant, mais comme Korolev s'était trompé sur toute la ligne à son sujet, il ne pouvait pas non plus se fier à cette impression. La preuve, il venait d'abattre un camarade tchékiste de trois balles dans la poitrine et il semblait parfaitement détendu.

Le véritable patron de Semionov, le gros et agressif colonel Rodinov, ne se préoccupait visiblement que du temps que mettait le médecin.

— Vous n'avez pas encore fini ? aboya-t-il.

— Un dernier point… une seconde… voilà.

Le médecin banda le crâne de Korolev pour protéger la plaie, puis se redressa pour examiner son travail. Il hocha la tête d'un air approbateur. Korolev était, lui aussi, bien content qu'il ait terminé.

— Du vent ! dit le colonel en pointant son pouce boudiné vers la porte.

Le médecin, un homme d'une cinquantaine d'années, commença à s'incliner avant de se rappeler où il était. Alors, plutôt que d'achever un geste bourgeois qui pouvait vous expédier dans un camp pendant cinq ans, il marcha vers la porte à grands pas, le dos voûté. Korolev trouva qu'il ressemblait à une autruche.

— Reprenez là où vous en êtes resté, ordonna le colonel.

Il avait le teint rosé et une légère pellicule de sueur faisait briller son crâne chauve. Korolev lui avait déjà raconté presque tout ce qu'il savait, hormis le fait que l'icône en question était Kazanskaïa. Il avait décidé de garder cette information pour lui. Autant qu'il pût en juger, tous ceux qui connaissaient l'identité de l'icône étaient morts ou bien avaient de bonnes raisons de se taire. Et Korolev avait le sentiment que si Rodinov connaissait la vérité, la situation allait vite devenir incontrôlable.

— Donc, reprit-il en cherchant désespérément, mais en vain, un nouvel élément utile, Gregorine nous a guidés pas à pas dans cette affaire. Tout cela pour servir son objectif ultime. Ou celui du complot, s'il s'avère qu'il y a eu un complot.

— Il s'agit bien d'un foutu complot. Il n'a reçu aucun ordre de quiconque, à part lui-même. Quand Semionov a commencé à me parler de votre enquête, j'ai trouvé ça louche, mais dans notre métier le secret est souvent indispensable.

Le colonel s'interrompit comme s'il réfléchissait, puis il décrocha le téléphone, écouta un instant avant de dire :

— Rodinov. Dites à Sharapov de m'appeler pour me tenir au courant.

Et il raccrocha. De toute évidence, on pouvait se dispenser des règles de politesse quand on était le colonel Rodinov. Il reporta son regard glacial sur Korolev.

— Mais Chaïkov… Cet homme a pataugé dans le sang pour servir le Parti. Gregorine, je peux comprendre, mais Chaïkov… Il n'était pas armé, évidemment.

— Gregorine s'est servi de lui. Quand il a compris qu'il avait été manipulé et qu'il avait participé à un crime contre l'État… peut-être qu'il a cherché à se faire tuer.

Rodinov secoua la tête d'un air navré.

— Je n'aurais jamais imaginé ça. J'ai vu ce type décharger trois pistolets en une journée pour liquider des ennemis ; il a vidé les barillets les uns après les autres. Je ne comprends pas pourquoi il n'a pas mis les mains en l'air. Un manque de vigilance, certes, mais quel travailleur ! Bah… En tout cas, capitaine, il semblerait que vous ayez mis au jour un nid de vipères. Vous aussi, Semionov. Si vous n'étiez pas venu me trouver quand Gregorine a conduit le camarade Korolev ici, jamais nous n'aurions découvert le fin mot de cette histoire. Le commissaire Iejov lui-même exige d'être tenu informé heure par heure. Une fois que nous aurons mis la main sur Gregorine, nous saurons tout, ce n'est plus qu'une question de temps.

— Pour moi, il était inconcevable que le capitaine Korolev soit un traître, camarade colonel.

— Si vous devez procéder à une arrestation..., commença Korolev.

Rodinov haussa un sourcil.

— Vous voudriez y participer ?

— Si c'est possible.

— Nous verrons. Nous devons d'abord le retrouver. Cette affaire relève de la Tchéka, mais compte tenu des circonstances je doute que le commissaire Iejov s'y oppose. Et je suis sûr qu'il y a certaines choses que vous aimeriez lui dire. À votre place, c'est ce que je ferais. (Il se tourna vers Semionov.) Un coriace, votre inspecteur. Regardez son front. On dirait une gare de triage avec tous ces points de suture.

— Le camarade Korolev m'a appris énormément de choses durant les quelques mois que j'ai passés dans la Milice du peuple, colonel. J'ai été impressionné par son sens du devoir et son approche logique, pratique, des problèmes.

— Que d'éloges, Korolev ! De la part d'un jeune homme suivi de près par le camarade Iejov en personne. Oui, que d'éloges !

L'aube teintait les silhouettes des dômes des églises de Moscou quand Semionov ramena Korolev chez lui. Ils auraient pu rentrer plus tôt, mais ils avaient mis du temps à retrouver ses affaires car il refusait de partir sans son gros manteau et ses bottes en feutre. Finalement, un des jumeaux, privé de sa ceinture et pieds nus lui aussi désormais, une expression de stupéfaction horrifiée sur son visage sévèrement contusionné, les avait conduits à une boîte en carton qui contenait les biens de Korolev, y compris son Walther et ses papiers. L'envie de distribuer quelques coups de poing au gardien le démangeait – il avait encore l'oreille qui bourdonnait –, mais il estima que le destin l'avait suffisamment vengé. D'ailleurs c'était peut-être l'autre jumeau qui l'avait frappé à l'oreille.

— Conduire cette Ford, ça me rappelle le bon vieux temps, dit Semionov alors que la Loubianka rapetissait dans le rétroviseur du modèle T qui ressemblait étonnamment à celui dans lequel Larinine avait trouvé la mort.

— Attention aux camions, marmonna Korolev, et Semionov sourit.

Il paraissait mal à l'aise et Korolev trouvait également cette situation anormale, aussi roulaient-ils en silence. Aujourd'hui devait avoir lieu le défilé de la révolution d'Octobre, c'est pourquoi les tramways et les bus étaient ornés d'affiches vantant les succès du plan quinquennal, la puissance du Parti et la sagesse de Staline. Des groupes de travailleurs nettoyaient les rues et une colonne de soldats s'était postée sur le boulevard Yauzski ; ils brandissaient d'énormes ballons représentant des bâtiments de kolkhoze. On reconnaissait la boutique coopérative, le bureau du Parti et, derrière, une forge… en tout, plus d'une quarantaine de structures gonflables qui se balançaient dans la brise. Le souffle des soldats et la fumée des cigarettes donnaient l'impression de voir flotter un village sur un tapis de brume. Plus loin étaient rassemblés des Pionniers, en carrés, avec de gros manteaux et des foulards rouges ; leurs drapeaux et leurs banderoles frôlaient les dernières feuilles mortes encore accrochées aux arbres. Derrière eux, des chars alignés faisaient vrombir leurs moteurs et crachaient une fumée noire. Korolev se demanda comment les professeurs allaient réussir à maintenir le calme parmi les Pionniers au cours des heures d'attente précédant le début du défilé. Peut-être les chars étaient-ils là justement pour faire régner la discipline dans les rangs des petits camarades.

— Avez-vous été surpris ? demanda Semionov.

— D'apprendre que vous étiez un tchékiste ? Oui, même si, rétrospectivement, je me dis que j'aurais dû me douter de quelque chose. Vous faites jeune, mais vous avez une vieille tête sur les épaules.

— J'obéissais aux ordres. On peut avoir l'impression que je ne me suis pas conduit de manière très confraternelle en dissimulant mon identité, je le sais bien, mais les ordres l'exigeaient.

— J'en suis sûr. Quel que soit votre objectif, annoncer que vous étiez un agent du NKVD aurait certainement nui à votre mission. Je ne me plains pas, Vania. Un simple inspecteur adjoint de la Milice n'aurait pas pu me faire sortir de la Loubianka. Alors je me réjouis que vous soyez un capitaine de la Tchéka.

— Remerciez Yasimov. Il m'a appelé pour me donner le numéro d'immatriculation de la voiture. Quand je suis remonté jusqu'à Gregorine, j'ai demandé à Rodinov de s'en mêler. L'histoire de Gregorine s'est écroulée presque aussitôt ; il jouait avec le feu en espérant que les gens auraient trop peur pour poser des questions. Mais sans Yasimov on ne vous aurait jamais retrouvé. Quand Gregorine a ordonné à Chaïkov de vous conduire dans la salle H, cela voulait dire : exécution immédiate.

Sur le coup, dans la salle d'interrogatoire, Korolev avait eu conscience de frôler la mort, évidemment, mais depuis l'intervention de Semionov et des autres les explications et les activités s'étaient enchaînées. Maintenant qu'il s'autorisait à analyser la situation, il trouvait qu'il était passé très près de la fin, beaucoup trop près à son goût.

— Yasimov est un bon ami, je vous suis reconnaissant à tous les deux.

Sa reconnaissance allait au-delà des mots, à vrai dire.

— Je ne mentais pas tout à l'heure devant Rodinov. J'ai beaucoup appris avec vous.

Korolev ne savait pas comment réagir. L'affection qu'il avait éprouvée pour l'ancien Semionov existait encore, mais il ne cessait de repenser à ses propres indiscrétions, il se demandait si elles figuraient dans le rapport du jeune homme. Et les propos tendancieux que Semionov lui-même avait tenus de temps à autre ? Avaient-ils pour objectif de les inciter, lui et d'autres, à formuler des déclarations condamnables ? Il ne voulait pas savoir ce que Semionov manigançait rue Petrovka, mais sans doute espionnait-il, d'une manière ou d'une autre, le service des enquêtes criminelles.

C'était comme si le jeune homme lisait dans ses pensées :

— Au fait, j'ai pris la défense de Mendeleïev, j'ai dit à Rodinov que je n'avais découvert aucune preuve de trahison ou de dissidence au sein du service, uniquement les rumeurs habituelles que des mouchards comme Larinine aiment propager. Popov a choisi la bonne tactique : une complète autocritique et des excuses adressées au Parti. Rodinov n'est pas un exalté, il n'exigera pas de nouveaux procès, j'en suis sûr. Surtout après ce qui s'est passé.

Korolev lui fit signe de se taire.

— S'il vous plaît, Vania…

Il s'interrompit, se demandant si l'emploi du diminutif de Semionov était approprié dans ces circonstances, puis il décida d'enchaîner :

— Vous m'avez sauvé la vie là-bas. Tout le reste est sans importance. Croyez-moi, quand nous nous reverrons, ce sera en tant qu'amis.

Semionov se tourna vers lui. Le sourire satisfait qui éclairait son visage franc et ouvert appartenait au Semionov d'avant. Mais Korolev devinait que le NKVD ferait bientôt de lui un être plus dur, sans doute plus cruel. Dans le cas contraire, il était probable que le garçon devienne une victime à son tour.

Semionov tourna dans Bolchoï-Nikolo-Vorobinski et se gara devant l'immeuble de Korolev. Il lui tendit la main.

— Amis alors, Alexeï Dmitrievitch.

— Amis, Ivan Ivanovitch.

Comme il n'y avait rien à ajouter, ils échangèrent un sourire. Korolev savait que le sien était sincère, en guise de remerciement et en souvenir des trois mois pendant lesquels ils avaient travaillé ensemble, mais il ne pouvait s'empêcher de s'interroger au sujet de Semionov. Comment savoir ce qu'il pensait, vu la manière dont les choses avaient tourné ?

CHAPITRE 25

C'est un Korolev en sueur qui ouvrit la porte de l'appartement, aussi discrètement que possible, au cas où Valentina Nikolaevna dormirait encore. À peine eut-il fait deux pas qu'il sentit un objet froid et métallique appuyer juste au-dessus de son oreille gauche.

— C'est un pistolet que je braque sur votre tempe, capitaine Korolev. Pas un mot. Mains en l'air, je vous prie, et avancez d'un pas, lentement.

Korolev obéit et l'arme se déplaça en même temps que lui, comme si le canon était collé à ses cheveux. Il entendit le petit bruit sec de la porte qui se refermait derrière lui et quand ses yeux se furent habitués à la pénombre, il découvrit Gregorine assis sur une chaise. La lumière pâle du petit matin qui filtrait par l'interstice entre les rideaux conférait un léger brillant à son manteau de cuir. Le colonel regardait le capitaine de la Milice avec dégoût.

Une main experte palpa Korolev de la tête aux pieds ; elle trouva rapidement le Walther et s'en saisit. Après cela, on le poussa vers le centre de la pièce. Gregorine le salua d'un hochement de tête.

— Korolev. Je commençais à me demander si vous viendriez, mais apparemment ça valait la peine d'attendre.

Korolev laissa son regard dériver sur le côté. L'homme qui tenait le pistolet était Volodia, le chauffeur du colonel.

— La chance est une chose stupéfiante. Quand elle est de votre côté, vraiment rien ne peut vous arrêter… même un gros pédant incompétent tel que vous. N'est-ce pas ?

— Si vous le dites, colonel.

— Je le dis. Je l'ai dit quand Volodia ici présent a expédié votre voiture dans le décor et qu'on a découvert qu'un autre type conduisait. Je l'ai dit quand vous avez découvert par hasard le corps de Mironov. Et voilà que la chance vous a souri une fois de plus. C'est extraordinaire. Évidemment, ce n'est pas une question d'intelligence, vous avez une veine de pendu, c'est tout. Mais cette fois la chance a tourné.

Korolev ne dit rien. Que dire quand un type taillé comme un bœuf appuie un pistolet sur votre tempe ? S'il frappait Volodia avec la table, c'est la table qui perdrait.

— Chaïkov, hein ? reprit Gregorine, songeur. Il n'aurait jamais coopéré s'il avait su, mais je pensais qu'une fois impliqué dans cette affaire il n'aurait plus le choix. Il y avait toujours un risque s'il découvrait la vérité.

— Il n'y a pas que lui. Un collègue m'a suivi jusqu'à la maison de la rue Arbat. Il a noté le numéro d'immatriculation de votre voiture. Quand les gens ont commencé à demander pourquoi vous m'aviez arrêté, votre plan est tombé à l'eau.

— Si je comprends bien, on me cherche partout.

— Oui.

Gregorine haussa les épaules.

— Nous n'avons pas encore dit notre dernier mot, même si cela complique les choses, en effet. En un sens je m'étonne que la vérité ait mis si longtemps à apparaître, mais quand l'icône a disparu, nous avons dû agir rapidement. Iagoda m'a mis en cause, paraît-il ; je n'allais pas attendre que le couperet tombe. Cette icône était un don du ciel, et pourtant je ne suis pas croyant.

— Vous n'aviez aucune chance de réussir.

— Ah bon ? Pour tout le monde, ce n'était qu'une icône comme les autres. Moi seul savais, au départ du moins. Quand le Voleur arrêté lors du raid m'a dit de quoi il s'agissait, je n'en croyais pas mes oreilles. Il n'était pas difficile d'imaginer la valeur de cet objet. Et je savais à qui m'adresser. Mironov était le seul obstacle.

— Alors vous l'avez tué… Ce n'était pas Chaïkov.

— C'était Volodia en fait. Chaïkov était obéissant, mais même lui aurait cherché à savoir pourquoi il interrogeait un major du NKVD. Heureusement, Mironov n'était pas aussi résistant que la religieuse américaine. Quelques doigts brisés et il a tout déballé.

— C'est donc la sœur Dolan qui détient l'icône, finalement ?

Gregorine soupira.

— N'essayez pas de jouer au plus malin avec moi, Korolev. Je suis fatigué et je n'ai pas de temps à perdre. Vous avez parlé à la religieuse, vous me l'avez dit, vous savez donc où est l'icône. Dites-le-moi.

Volodia appuya plus fort le canon du pistolet contre la tempe de Korolev, qui grimaça. À cause de la douleur, mais aussi parce que la main de Volodia semblait trembler. Il espérait que le colosse n'avait pas ôté le cran de sécurité.

— J'ignore où elle est, je vous l'ai déjà dit à la Loubianka, et c'est la vérité.

— Je vous en prie, Korolev, ne me prenez pas pour un idiot.

Gregorine sortit un automatique de sa poche ; le métal gris luisait d'un éclat soyeux dans la pénombre. Il le pointa sur le capitaine et adressa un signe de tête à Volodia.

— Va les chercher.

Le colosse rangea son arme dans sa poche et entra dans la chambre de Valentina Nikolaevna. Il fit d'abord sortir Natacha, qui paraissait minuscule dans ses bras épais. Bien qu'elle eût les pieds et les mains liés, elle se débattit, mais Volodia n'y prêta pas attention. Il la déposa sur le canapé. Elle était bâillonnée également et ses yeux étaient écarquillés de terreur. Il amena ensuite la mère de la fillette en la soulevant par les aisselles. Korolev remarqua sur le côté de son visage un hématome violacé en partie dissimulé par la bande de coton qui tirait sa bouche en arrière en un rictus ensanglanté. Volodia l'assit sur le canapé également, comme s'il disposait des poupées pour jouer à la dînette.

— Écoutez, Korolev. Je crois vous connaître maintenant. Vous êtes un dur à cuire, mais vous avez un cœur tendre. Vous pensez certainement que je vais vous liquider quoi qu'il arrive, et si je vous menace, vous allez m'envoyer au diable. Mais ces deux là peuvent encore s'en sortir indemnes.

Gregorine se pencha en avant pour caresser le visage de Natacha avec son automatique. La fillette émit une sorte de bourdonnement à travers le bâillon, tandis que sa mère baissait la tête en signe de supplication, les yeux remplis de larmes.

— La gamine en premier, je pense. Comprenez-moi bien, Korolev, je ne fais pas ça de gaieté de cœur. Vous me forcez la main. Cette icône m'appartient désormais et je l'aurai. Si je parviens à quitter ce foutu pays, je ne veux pas vivre dans la misère. Volodia non plus. N'est-ce pas, Volodia ?

Celui-ci colla de nouveau son arme sur la tempe de Korolev. Il confirma en appuyant avec le canon. Valentina s'était tournée vers Korolev ; ses yeux semblaient le supplier. Face à un tel regard, il n'avait pas le choix.

— C'est Schwartz qui l'a. Dans sa chambre au Métropole.

— Quoi ? s'exclama le colonel sous l'effet de la surprise.

Il réfléchit et la colère ne tarda pas à apparaître sur son visage.

— Le salopard. Évidemment… il nous a manipulés. Il s'est servi de vous également pour nous tromper, sans aucun doute.

— C'est la religieuse qui me l'a dit.

Alors même qu'il prononçait ces paroles, Korolev songea que l'implication de l'Américain dans l'exportation d'icônes pour le compte de l'Église était plus que probable, même s'il inventait au fur et à mesure.

— Schwartz m'a dit que l'Église l'avait contacté en Amérique, vous vous souvenez ? Il travaille pour elle depuis le début.

Après un moment d'intense réflexion, Gregorine leva les yeux vers Korolev, puis il reporta son attention sur Valentina Nikolaevna et sa fille. Il sembla hésiter, avant de prendre une décision. Il pointa son arme sur la mère.

— Vous irez nous la chercher. Si vous échouez ou si vous essayez de nous jouer un sale tour, je ne tuerai pas seulement votre fille. Regardez Volodia, il n'a pas eu de femme depuis des heures. Cette gamine est peut-être un peu jeune pour lui, mais il n'est pas difficile. Ça ne t'embête pas, hein, Volodia ?

— Non, répondit le colosse de sa voix caverneuse, avec une pointe d'amusement.

Natacha pleurait maintenant et l'hématome de Valentina ressortait de manière encore plus éclatante sur la pâleur de son visage, ses pupilles étaient deux grands disques noirs. La tension ressemblait à une force électrique qui bourdonnait d'une personne à l'autre. Quand un grincement se produisit dans le couloir, devant la porte de l'appartement, ce fut comme un fouet qui claque.

D'abord tout se figea. Au-dehors, une charrette qui tressautait sur les pavés résonna comme un tank dans le silence. Puis un autre bruit leur parvint du couloir : on aurait dit que quelqu'un marchait vers la porte avec la plus grande prudence. Gregorine avait les yeux aussi écarquillés que ceux de Natacha et il se décolla lentement de son siège, les bras tendus devant lui. Avec son pistolet il enjoignit à Korolev de se placer dans le coin, à l'écart de la porte, puis il adressa un signe de tête à Volodia et fit mine de tourner une poignée invisible. Le colosse traversa la pièce pour prendre position, pendant que le colonel pointait son arme sur la porte. Korolev, accroupi contre le mur, aurait aimé être beaucoup plus petit. Tout le monde attendit.

Quand la porte s'ouvrit à la volée, elle entraîna le poignet de Volodia, qui se trouva projeté vers l'avant. Korolev se laissa tomber à genoux, pendant que des coups de feu éclataient de tous les côtés, projetant des éclairs jaunes sur les murs de la pièce sombre. C'est ainsi que Korolev vit Volodia s'écrouler et son arme glisser vers Gregorine, toujours debout, alors que Valentina essayait de protéger Natacha grâce au rempart de son corps. Puis on n'entendit plus que les sanglots de Natacha et un étrange martèlement étouffé, comme si on tapait sur un tambour avec une chaussette.

L'odeur âcre de la cordite flottait dans l'air, tandis que Korolev se redressait en voyant Gregorine pointer son arme sur lui.

— Ne bougez pas !

La voix du colonel lui parvenait de très loin ; les détonations l'avaient rendu à moitié sourd.

— Non ! Allez vers Volodia. Mais gardez les mains en l'air.

Le colosse gisait sur le flanc, face à Gregorine ; sa jambe gauche agitée par un spasme involontaire frappait contre le mur. Voilà donc d'où venait ce bruit. Ses yeux, pris dans un rayon de lumière poussiéreuse provenant de la fenêtre, regardaient Korolev sans comprendre. Il y avait des trous noirs dans son manteau et une flaque sombre s'étendait lentement autour de lui.

— C'est grave ? chuchota le colosse.

Korolev ne répondit pas ; son attention était accaparée par Semionov qui avait été projeté contre le mur du couloir. Le sang giclait sur son menton d'une longue entaille écarlate qui laissait voir l'os blanc de sa mâchoire. Il avait également été touché à l'épaule et à la poitrine, et sa respiration formait des bulles rouges dans sa bouche ouverte. Apparemment, il n'en avait plus pour longtemps.

— C'est grave ? répéta Volodia un peu plus fort. Je sens plus mes jambes.

Korolev se pencha vers lui et haussa les épaules.

— Mauvais.

— Korolev ! rugit Gregorine. Retournez où vous étiez.

Korolev se redressa et recula vers le coin de la pièce à pas lents, sans quitter des yeux le colonel. Celui-ci marcha vers Volodia, s'arrêtant en chemin pour ramasser son arme et la mettre dans sa poche. Il avançait difficilement, en faisant porter le poids de son corps sur le côté droit, et quand il se baissa pour récupérer l'arme, Korolev remarqua que la jambe gauche de son pantalon était imbibée de sang. Bravo, Semionov ! pensa-t-il. Il avait touché cette ordure.

Quand le colonel arriva devant son chauffeur, celui-ci leva les yeux vers lui, rasséréné, et soupira lentement.

— Faites-le. Vous ne pourrez jamais me traîner dans cet état, je le sais bien. Il n'y a plus qu'une seule issue possible pour moi maintenant.

Gregorine l'observa longuement.

— Désolé, mon vieux, dit-il.

Il pointa son arme, ferma les yeux et tira. Le corps de Volodia tressaillit et les coups de pied cessèrent. La flaque rouge s'élargit un peu plus vite autour de lui.

Entre-temps, le dos de Korolev avait rencontré le mur et il ne pouvait pas aller plus loin. Il se redressa et pria en silence pour demander au Seigneur de lui pardonner ses péchés. Puis le canon de l'arme de Gregorine prit l'apparence d'un trou noir pointé au milieu de son front.

— Tout ça, c'est votre faute, dit le colonel.

Korolev ferma les yeux et attendit la balle. Il espérait qu'il ne sentirait rien, que le Seigneur entendrait ses prières et qu'il épargnerait Valentina et Natacha.

Clic-clic-clic.

Il ouvrit les yeux en entendant le pistolet tirer à vide. Le colonel observait son arme d'un air hébété. Il regarda Korolev et secoua la tête, incrédule. Finalement, il laissa tomber par terre l'automatique déchargé et marcha vers la porte en boitant. Au moment où il quittait l'appartement, Korolev le vit sortir de sa poche l'arme de Volodia et la tenir le long de sa jambe blessée. Au loin, un sifflet de la Milice émit un son strident et Korolev se demanda pourquoi diable le colonel ne l'avait pas abattu.

Totalement immobile, il écouta décroître les bruits de pas dans le couloir, puis dans l'escalier. Ce n'était pas tant la peur que la stupéfaction d'être toujours en vie qui l'empêchait de bouger. Mais s'il était en vie, cela signifiait qu'il devait agir. Alors il se ressaisit, se rendit dans la cuisine et ouvrit le tiroir dans lequel Valentina rangeait un couteau aiguisé.

— Valentina Nikolaevna, écoutez-moi bien, dit-il en tranchant la corde qui lui entravait les poignets, après quoi il glissa entre ses mains le manche du couteau. J'ai besoin que vous fassiez plusieurs choses.

Elle hocha la tête, même si ses yeux étaient encore écarquillés de terreur.

— Tout d'abord, vous devez appeler la Loubianka et demander à parler au colonel Rodinov. Dites-lui que le colonel Gregorine a abattu Semionov. Qu'il envoie une ambulance. Informez-le que Gregorine se rend peut-être au Métropole et que je suis à ses trousses. Après, mais seulement après, occupez-vous de Semionov et de Natacha. Compris ?

— Oui, parvint-elle à articuler quand il lui ôta son bâillon et l'effort qu'elle dut fournir pour parler sembla la calmer.

Il posa sa main sur son visage, et quand elle tourna la tête, ses lèvres rencontrèrent son poignet. Ils échangèrent un regard, puis Korolev se redressa.

Il réussit à retourner Volodia en soufflant et récupéra son Walther dans la poche de manteau du chauffeur mort. Semionov leva la main au moment où il quittait l'appartement ; Korolev s'arrêta et se pencha vers lui.

— Sa voiture… Une Emka… Dans Vorontsovo Pole. C'est comme ça que j'ai su… Je suis revenu.

Les mots sortaient sous forme de bulles de sang qui rougissaient ses lèvres.

— Les secours arrivent, Vania. Tenez bon, mon ami.

Korolev dévala l'escalier quatre à quatre en voyant défiler des visages blêmes dans les embrasures de portes entrouvertes, puis il déboucha sur le trottoir et jeta un coup d'œil vers le bout de la ruelle, en direction de l'église qui lui donnait son nom. Il crut voir Gregorine tourner au coin, sans en être certain. Deux agents de la Milice en uniforme accouraient vers l'immeuble ; il leur montra ses papiers.

— Korolev, rue Petrovka. Vous, venez avec moi. Vous, il y a un blessé au premier étage. Veillez à ce qu'on s'occupe de lui. Il y a aussi un mort.

Un des miliciens se précipita à l'intérieur de l'immeuble, pendant que son collègue restait là, la main sur son holster. Korolev se tourna vers les quatre ou cinq curieux qui étaient sortis des maisons voisines et dit d'une voix puissante :

— Un homme brun avec un manteau de cuir a franchi cette porte il y a moins d'une minute. Qui a vu par où il est parti ?

La vieille Lobkovskaïa, sa voisine d'en dessous, se détacha du petit groupe et montra l'église.

— Il est parti par là, Alexeï Dmitrievitch.

La silhouette boitillante avait disparu, mais Korolev remarqua une piste de gouttes rouges presque noires dans la ruelle.

— Votre arme, sergent. Soyez prêt à vous en servir.

D'une main tremblante l'homme en uniforme souleva le rabat de son holster, tandis qu'il suivait son supérieur. L'église se dressait dans toute sa splendeur poussiéreuse sur le côté droit et Korolev essayait de réfléchir alors qu'il se précipitait dans sa direction, son Walther pointé vers le ciel, le cran de sécurité ôté. Semionov avait dû tourner au bout à gauche s'il revenait vers la rue Petrovka ou à la Loubianka, conclut-il, c'était donc là qu'il avait aperçu l'Emka de Gregorine. Le colonel voulait certainement regagner sa voiture pour s'enfuir. À pied, il n'irait pas très loin avec une balle dans la jambe.

Korolev se déplaça sur le côté gauche de la rue en arrivant à l'intersection. De nombreux piétons se dirigeaient déjà vers la place Rouge pour assister à la parade et une longue file de cars et de bus ornés de slogans stationnait sur la droite après avoir déposé des cargaisons de militants et de travailleurs. Quelques chauffeurs s'étaient rassemblés ; l'un d'eux le montra du doigt quand il s'arrêta au coin. Le sergent de la Milice vint se poster près de lui, à bout de souffle.

— Que se passe-t-il, camarade ? haleta-t-il.

— Un criminel a tué un homme et blessé un tchékiste. Il ne doit pas s'échapper.

Pendant que le sergent assimilait cette information, Korolev s'accroupit et laissa à son Walther le soin de franchir le coin de la rue avant lui. À la périphérie de son champ de vision, il discernait les chauffeurs de car qui reculaient et les passants qui couraient se réfugier sous des portes cochères, affolés par la vision de deux hommes armés.

Quand la rue lui apparut dans son ensemble, Korolev découvrit une Emka garée à une trentaine de mètres de là, et une silhouette avachie au volant. Mais aucun bruit de moteur. Il se tourna vers le sergent.

— Il y a une Emka sur la gauche. Je crois que c'est notre homme.

Le milicien en uniforme hocha la tête. Il avait plus ou moins l'âge de Korolev, un visage épais sous sa casquette et des yeux bleus plissés qui scrutaient la rue avec sang-froid. Avec son revolver il indiqua un kiosque.

— Si je courais jusque-là, capitaine ? Comme ça, on aura deux angles de tir.

— Je vous couvre, dit Korolev.

Il visa l'Emka, bien que la silhouette voûtée eût disparu. La portière était ouverte. Il se redressa pour mieux voir, et quand le sergent fut en position, il avança le long du mur vers la voiture, son Walther tendu devant lui. Le siège de l'Emka était vide, à l'exception de quelques éclats de verre brisé et de taches de sang. Volodia avait gardé les clés, évidemment. Il fit signe au sergent d'avancer et au moment où il se retournait, une balle s'écrasa contre le mur derrière lui, faisant jaillir des débris de pierre et de plâtre. Il mit un genou à terre en essayant de déterminer d'où venait le coup de feu. L'arme du sergent aboya à deux reprises. Un autre tir lui répondit et Korolev entendit un cri derrière lui. Le milicien en uniforme serrait fort son bras droit, son gros revolver gisait à ses pieds et la douleur déformait son visage. Il s'était réfugié derrière le kiosque.

— De votre côté. Une entrée de cour. À une quarantaine de mètres ! cria-t-il.

Korolev hocha la tête pour indiquer qu'il avait compris. En entendant des bruits de pas précipités, il se retourna et vit d'autres miliciens arriver au trot, arme au poing. Il leur fit signe de rester à couvert et parcourut les derniers mètres qui le séparaient de la voiture. Il s'accroupit derrière. Il sentit vibrer la carrosserie quand une balle s'enfonça dans l'aile.

Derrière lui, des miliciens se déployaient dans la rue désormais déserte ; on n'entendait plus que le ronronnement du moteur d'un camion qui tournait au ralenti. Korolev se coucha à plat ventre sur la chaussée pour observer l'entrée de la cour. Il aperçut une botte tachée par une traînée sombre. Il visa soigneusement et tira. La botte et sa jumelle bondirent à l'écart du nuage de poussière qui jaillit du mur juste à côté. Il se releva pour tirer à nouveau et entendit une balle siffler à son oreille, en même temps qu'un bruit de verre brisé derrière lui. S'il était un chat, pensa-t-il en se jetant à terre, il aurait bientôt épuisé son capital de vies.

Dans le silence qui suivit cet échange de coups de feu, il entendit se rapprocher les agents en uniforme et le rythme syncopé du pas d'un boiteux qui se met à courir. L'espace d'un instant, allongé sur le sol, il envisagea de laisser faire les miliciens, puis il songea que si Gregorine parvenait à atteindre le boulevard Yauzski, il risquait de disparaître dans la foule. Cette pensée suffit à le motiver. Le colonel détalait avec une rapidité étonnante et au moment où Korolev se remit debout, il regarda par-dessus son épaule en levant son arme. Tout en courant, Korolev tira en direction de Gregorine, ne serait-ce que pour lui rappeler qu'il était toujours là, et il eut le plaisir de le voir se baisser pour esquiver le projectile. Mais Gregorine avait presque atteint la colonne de soldats et le kolkhoze gonflable tirait sur ses cordes, tandis que des visages livides se tournaient en direction de la fusillade. Lorsque Gregorine tira de nouveau, la panique sema le désordre dans les rangs des militaires. Un autre coup de feu retentit derrière Korolev et la forge du village fit un bond en l'air quand deux des hommes qui la tenaient se jetèrent à terre. Les autres luttèrent pour retenir le ballon, mais une nouvelle détonation mina leur détermination et la forge s'éleva avec une grâce inattendue dans le ciel matinal.

Korolev s'engouffra dans une embrasure de porte déjà occupée au moment où Gregorine pointait son arme pour tirer encore une fois, sans cesser de courir. Des jurons accueillirent Korolev, qui venait de percuter un homme grassouillet coiffé d'une belle toque en fourrure. Les protestations cessèrent quand le Walther rugit dans sa main, faisant tomber des éclats de plâtre sur les passants réfugiés là.

— Désolé, camarades, marmonna-t-il en ressortant dans la rue.

Devant lui, sur le boulevard Yauzski, le chaos régnait. Tout le village gonflable dérivait désormais entre les arbres, se cognant aux branches, et le long des grands immeubles qui bordaient l'artère. Les soldats en uniforme brun s'étaient éparpillés dans toutes les directions. Ignorant la pagaille environnante, Korolev visa le colonel qui s'enfuyait toujours en boitant, mais il manqua sa cible et vit des hommes et des femmes se jeter sur le bitume autour du fugitif, puis ramper sur les coudes en se protégeant la tête vers l'abri le plus proche.

Le tir de Korolev n'avait pas dû passer loin car le colonel se figea et se retourna en levant son arme. Sans prendre la peine de se mettre à couvert,

Korolev pointa son Walther sur la poitrine du traître. Il aperçut l'éclair qui jaillissait du pistolet de Gregorine au moment où lui-même pressait la détente et une douleur intense irradia dans son bras droit, tandis que son corps était projeté sur le côté par l'impact du projectile. Il avait été touché, oui, mais il était toujours debout et il tenait encore son Walther à deux mains, alors il serra les dents et chercha Gregorine, prêt à tirer de nouveau.

Mais le colonel n'était plus qu'un tas de vêtements froissés qui gisait à l'endroit où il s'était effondré.

CHAPITRE 26

Le cercueil ouvert de Semionov avait été déposé dans le club du Komsomol dont il avait été membre, accompagné d'une garde d'honneur composée de six de ses jeunes camarades. C'est seulement en arrivant sur place que Korolev avait constaté qu'il connaissait déjà ce club, situé à l'intérieur de l'église où avait été découvert le corps de Mary Smithson. Détail encore plus extraordinaire, le cercueil avait été déposé sur l'autel où la jeune religieuse était morte. On apercevait encore quelques taches sur le marbre blanc, sous les couronnes et les fleurs. L'espace d'un instant il se demanda si le parallèle était délibéré, puis il rejeta cette idée. Il s'agissait d'un malencontreux hasard, voilà tout, dû aux circonstances particulières qui entouraient les funérailles. Personne ne possédait un sens de l'humour aussi macabre, pas même les tchékistes.

Korolev s'était arrêté à l'entrée de la sacristie, conscient de l'émoi provoqué par son apparence. Il n'était d'ailleurs pas surpris car même si presque tout le sang avait été nettoyé par Shura et si la déchirure provoquée par la balle de Gregorine avait été soigneusement raccommodée, son manteau d'hiver semblait encore plus miteux qu'auparavant. Si on l'avait autorisé à porter son uniforme de la Milice, peut-être aurait-il pu paraître présentable, mais avec sa tête bandée et son bras en écharpe nul doute qu'il aurait quand même attiré les regards. Il soupira et se consola en songeant qu'au niveau des pieds, au moins, il était magnifique, grâce à une superbe paire de bottes comme il en avait rarement vu, même si, à dire vrai, elles étaient la cause d'un grand inconfort.

Il n'y avait pas que les ampoules aux talons et l'impression que les bottes neuves lui avaient rongé la peau jusqu'à l'os sur le trajet de l'église. Il y avait surtout le mystère qui accompagnait la façon dont il les avait trouvées, enveloppées dans du papier marron, en ouvrant la porte de son appartement ce matin. Sans aucun mot. Mais son nom était écrit sur l'emballage. Quand il les avait déballées et les avait vues briller dans les rayons de soleil qui entraient par la fenêtre de sa chambre, un nom lui était venu à l'esprit : Kolya. C'est pourquoi la délicieuse odeur de cuir neuf qui flottait jusqu'à ses narines avait teinté son plaisir d'un soupçon de culpabilité. Mais que faire ? Les donner ? L'arrivée de Popov dans la sacristie fut un soulagement. Sans un mot, le général le prit par le bras et l'entraîna dans un coin.

— Bon sang, capitaine ! J'ai vu des cadavres qui paraissaient mieux portants.

— J'ai pas mal dérouillé, c'est vrai.

— Comment va ce bras ?

Popov montra avec sa pipe l'écharpe qui soutenait le bras droit de Korolev.

— La balle a traversé le gras, du coude à l'épaule ; c'est superficiel.

En prononçant ces mots, il se souvint que le colonel Rodinov avait interdit toute allusion à l'« incident » quand l'homme du NKVD lui avait rendu visite à l'hôpital. En même temps, il ne pouvait pas faire comme s'il n'avait pas été blessé, alors il continua :

— Comme j'avais le bras tendu, la balle a poursuivi sa course sans rien toucher. J'ai eu de la chance.

Il s'interdisait de penser à ce qui serait arrivé si la trajectoire de la balle avait varié d'un centimètre seulement. Surtout alors qu'il se trouvait dans la même pièce que le corps de Semionov. Il ne voulait pas penser non plus au bruit du percuteur frappant les chambres vides du pistolet du colonel et au départ inexplicable de celui-ci, sans qu'il eût achevé le travail. Le Seigneur s'était montré miséricordieux, voilà tout.

Ils rejoignirent la queue devant le cercueil. Il s'agissait d'un enterrement bolchevique, aussi n'y aurait-il pas de prêtre ni de véritable cérémonie. Popov et les autres réciteraient des discours devant la tombe, évidemment, mais aucun protocole ne célébrerait le décès de Semionov. Une chose était sûre : la participation de Korolev serait réduite au strict minimum. Il avait reçu des instructions précises à ce sujet.

— Vous ne prendrez pas la parole, n'est-ce pas ? demanda Popov, comme s'il lisait dans ses pensées.

D'ailleurs la question ressemblait plus à un ordre qu'à autre chose.

— On m'a expliqué que mon état ne me le permettait pas.

— Oui, bien sûr, dit Popov en faisant courir son doigt sur une mosaïque d'un air absent. Moi-même, on m'a demandé de faire court. (D'un mouvement de tête il montra l'autel encore taché de sang et le cercueil.) Si on m'avait consulté, j'aurais sans doute déconseillé le choix de cet endroit. Vous saviez ?

— Non.

— Moi non plus. Juste un nom de rue et un numéro sur le faire-part. On aurait pu croire qu'il indiquerait qu'il était membre de ce club quand on a découvert la bonne sœur… mais en fait il ne nous a pas dit grand-chose, hein ? Quel gâchis, toute cette affaire… Il aurait fait un excellent enquêteur si on l'avait autorisé à rester chez nous.

Cette conversation les avait menés jusque devant le cercueil, et Korolev se retrouva en train de contempler le visage gris de Semionov, plus mince que dans son souvenir, et mou, presque flasque, sauf aux endroits où la peau était tendue par les pommettes et le nez. Il se pencha pour embrasser le front du garçon et repoussa une mèche de cheveux. Sans âme, le corps de Semionov n'était plus rien : une boîte vide qui sentait la mer à marée basse. Une larme lui démangeait le coin de l'œil et il se demanda quel sens donner à l'arrêt brutal d'une vie si jeune.

En s'éloignant du cercueil, il constata que la pièce s'était remplie et il ne put s'empêcher de remarquer les types à la mine sévère, vêtus de tuniques de style militaire de bonne qualité, qui parlaient à voix basse dans les coins. Des tchékistes, pensa-t-il.

— Il aura droit à une médaille. Et vous aussi. Ils se demandent laquelle. (Le général sourit.) Ils veulent vous remercier d'avoir démasqué le traître, mais discrètement. Comme vous le savez, la fusillade dans Vorontsovo Pole n'a jamais eu lieu.

— Oui, le colonel Rodinov m'en a informé.

Popov s'assit sur une des chaises alignées et fit signe à Korolev de l'imiter.

— Vous devez tirer un trait sur toute cette affaire. Le NKVD va régler les derniers détails. Et cette fois,

Alexeï Dmitrievitch, veuillez comprendre qu'il s'agit d'une interdiction absolue.

— Je comprends, dit Korolev, mais il y avait un détail qu'il avait l'intention de régler personnellement, quels que soient les ordres.

— Bien. Vous ne savez pas la chance que vous avez. Iejov voulait que toutes les personnes impliquées dans cette affaire soient abattues, pour éviter toute contagion. Si Dieu existait, ce qui n'est pas le cas évidemment, je dirais qu'il était de votre côté. Savez-vous ce qui s'est passé ? Staline se promenait dans les jardins du Kremlin quand le kolkhoze a plané au-dessus de sa tête et ça l'a amusé. C'est tout. Voilà la frontière entre la vie et la mort. Si cela ne l'avait pas amusé, ou si Gregorine avait fui dans l'autre direction, ou si les soldats n'avaient pas lâché les cordes… si mille autres choses s'étaient produites ou ne s'étaient pas produites… eh bien, vous seriez mort. Et moi aussi, certainement.

Korolev avait du mal à imaginer Staline rire en voyant un village gonflable survoler Moscou.

— Nous avons eu de la chance que le vent se lève par la suite, ajouta le général, comme s'il se parlait à lui-même. Il aurait sans doute cessé de rire s'ils avaient dû annuler la participation des forces aériennes au défilé.

Korolev hocha la tête en repensant aux escadrons de bombardiers qui s'étaient succédé dans le ciel de Moscou ; une démonstration de force pour le dix-neuvième anniversaire de la Révolution.

Les deux hommes demeurèrent assis en silence ; ils contemplaient le visage grotesque du destin.

— Que s'est-il passé finalement ? Avec le village ? demanda Korolev.

— Ils l'ont abattu, presque entièrement. Apparemment, un bâtiment a réussi à s'échapper. Des gens l'ont vu passer. On dit qu'il se dirige vers la Finlande.

— Je suis curieux de savoir s'il y arrivera, dit Korolev en songeant au plan de Gregorine pour franchir la frontière finlandaise.

Il se produisit une soudaine agitation à l'entrée de la sacristie et ils suivirent tous les regards pour voir quelle en était la cause. Korolev reconnut aussitôt Rodinov et crut tout d'abord que c'était lui qui avait provoqué cette réaction dans l'assistance, puis il aperçut le petit homme qui marchait à son côté, avec une arrogance qui semblait disproportionnée par rapport à sa taille minuscule. Le visage osseux du commissaire du peuple à l'Intérieur, Iejov, apparaissait sous son képi et ses dents jaunes lançaient un sourire qui n'atteignait pas ses yeux. Tout le monde se leva, mais Iejov fit signe aux gens de se rasseoir, avec ce geste particulier qu'utilisait Staline, modeste mais conscient de son pouvoir.

Rodinov se pencha pour lui murmurer quelque chose à l'oreille. Iejov acquiesça et prit un siège au fond, à côté d'une jolie brune qui portait le deuil. Un homme les rejoignit. Korolev sentit ses cheveux se dresser dans sa nuque quand il reconnut Babel. Celui-ci le salua d'un petit mouvement de tête et Korolev aurait juré voir son regard pétiller quand il reporta son attention sur l'épouse de Iejov.

Entre-temps, Rodinov avait atteint un petit lutrin disposé près du cercueil et déplié une feuille de papier sortie de sa poche. Il portait un costume qui semblait avoir été acheté pour l'occasion.

— Camarades, dit-il en relevant la tête, merci d'être venus ici aujourd'hui pour les funérailles d'un citoyen soviétique et d'un Komsomol exemplaire : Ivan Ivanovitch Semionov. Je vous remercie au nom de sa famille, de ses camarades et des autres membres du Komsomol.

Un sanglot jaillit et Korolev se retourna pour voir une femme d'un certain âge accablée de chagrin. Il décela un écho des traits de Semionov sur son visage ruisselant de larmes et il pria de n'être jamais obligé d'enterrer son fils.

— Que dire de plus sur notre camarade bien-aimé, si ce n'est qu'il était un homme cultivé, un homme qui avait foi dans le destin historique du socialisme international, un fervent bâtisseur de l'Union soviétique, un véritable et loyal Komsomol qui a vécu selon ses principes.

Il y avait bien d'autres choses. Mais Rodinov replia sa feuille et se tourna vers la garde d'honneur en hochant la tête. Les jeunes gens se regardèrent, victimes d'un moment de confusion qui ressemblait fort à de la terreur. Finalement, l'un d'eux commença à soulever une extrémité du couvercle du cercueil en jetant un regard interrogateur à Rodinov. Celui-ci hocha la tête de nouveau, avec un agacement visible. Alors, les mains tremblantes, ses camarades enfermèrent le pauvre Semionov dans la solitude de sa caisse de sapin, pour toujours.

CHAPITRE 27

Dans les rues, les gens s'arrêtaient pour regarder passer le cercueil du jeune tchékiste entouré de ses camarades de la garde d'honneur, qui s'accrochaient aux planches quand le camion tressautait sur des nids-de-poule. Certains curieux ôtèrent leur chapeau et un ou deux firent le signe de croix, mais la plupart suivaient d'un œil intrigué le long cortège de voitures noires éclatantes. Korolev ne put s'empêcher de sourire. Ces funérailles secrètes d'un héros bolchevique n'avaient rien de discret.

Iejov ne se rendit pas au cimetière. Sa voiture dut tourner à un moment donné pour le conduire vers un rendez-vous plus important. Sur les centaines de personnes qui avaient assisté à la brève cérémonie dans l'église, pas plus de quatre-vingts persévérèrent jusqu'au bord de la tombe.

Mais d'autres les avaient rejointes. Schwartz se tenait légèrement à l'écart du groupe principal, et Korolev aperçut également Valentina Nikolaevna, ainsi que Shura et Tonya, l'épouse de Babel. Il se demanda où était la pauvre Natacha. La fillette ne parlait presque plus depuis les terribles événements survenus deux jours plus tôt. Au moins, sa mère semblait calme. Pour la centième fois de la journée, il se reprocha amèrement d'avoir fait entrer cette horreur dans leur vie.

En outre, tous les tchékistes supposés semblaient avoir disparu, et l'atmosphère s'en trouvait modifiée. Des femmes sanglotaient ouvertement et plusieurs agrippèrent la mère de Semionov, que ce soit pour la soutenir ou être soutenues, on ne savait pas très bien. Ce fut au tour de Popov de prendre la parole, et il vint se planter à la place du prêtre devant la tombe. En quelques instructions données à voix basse, il organisa la garde d'honneur pour que les jeunes gens glissent d'épaisses bandes de tissu sous le cercueil, et quand il hocha la tête, ils descendirent le corps dans la tombe. Pendant que Semionov s'enfonçait dans la terre centimètre par centimètre, le général commença son discours :

— La vie continue, camarades. Nous ne sommes tous qu'une étape dans l'évolution de l'Histoire. Si nous souhaitons nous souvenir de notre camarade décédé, faisons-le en poursuivant le travail accompli par Ivan Ivanovitch afin de construire un meilleur avenir pour le prolétariat. Continuons ce combat et tenons-nous prêts à donner notre vie pour nos camarades, comme Ivan Ivanovitch était prêt à donner la sienne. Sa mémoire demeurera vivante à travers nos efforts. Nous achèverons ce que lui et bien d'autres qui ont donné leur vie pour la Révolution ont commencé. Il faisait partie du peuple et le peuple poursuit sa marche en avant, guidé par son exemple éclatant.

La voix de Popov, implacable mais douce, pas très différente en fait de celle d'un prêtre, était un bourdonnement grave, et quand il eut terminé son discours, Korolev vit plusieurs personnes se signer.

En se retournant, il découvrit Schwartz à côté de lui.

— Bonjour, Jack.

— Alexeï, toutes mes condoléances pour Vania. C'était un brave gamin.

— C'était un homme bien, finalement. Et vous devriez lui être reconnaissant.

Voyant l'air perplexe de l'Américain, il ajouta :

— S'il n'avait pas été là, Gregorine serait venu vous rendre visite au Métropole. Et il était en colère. Il semblait penser que vous l'aviez doublé. Que vous lui aviez volé son icône.

Ce n'était pas tout à fait exact, mais Korolev était curieux de voir la réaction de Schwartz. S'il y en eut une, elle fut si bien dissimulée qu'elle lui échappa. Ce qui, évidemment, en disait long.

— L'icône ?

— Oh, allons, Jack ! Si je voulais vous causer des ennuis, vous seriez dans une cellule de la Loubianka en ce moment même. Et ce n'est pas un endroit que l'on a envie de visiter, croyez-moi.

L'Américain regarda lentement autour de lui, comme s'il craignait d'être pris dans une sorte de piège.

— Je ne sais pas de quoi vous voulez parler. C'est pour cette raison que vous m'avez laissé un message à l'hôtel ? Pour m'interroger de nouveau ?

Son visage demeurait serein malgré tout, et toute personne les observant aurait pensé qu'ils évoquaient le pauvre Semionov d'un ton solennel.

— Mes questions n'ont pas un caractère officiel, Jack, mais quand un homme manque de se faire tuer aussi souvent que moi en l'espace d'une semaine, il finit par avoir envie d'en connaître la raison. Et peut-être que je dois à Vania de découvrir le fin mot de l'histoire.

— Et vous pensez que je peux vous aider ?

— Appelez ça une intuition d'inspecteur. Vous m'avez avoué vous-même que l'Église vous avait chargé d'acheter cette icône, vous avez voyagé en train depuis Berlin avec Nancy Dolan et le peu regretté Gregorine essayait de vendre l'icône en utilisant vos services. D'une certaine façon, vous constituez un lien entre les principaux acteurs de ce drame, autant que l'icône. Je ne serais pas surpris de découvrir que vous êtes le beau-frère du comte Kolya, pour couronner le tout.

Schwartz répondit par un haussement d'épaules dédaigneux.

— Par ailleurs, vous ne m'avez posé aucune question sur l'icône. Si j'étais à votre place (Korolev ne put s'empêcher de regarder avec envie les robustes chaussures de l'Américain), j'aurais commencé par là.

— Savez-vous où est l'icône, Alexeï ? demanda Schwartz d'un ton cassant et Korolev se demanda s'il plaisantait.

— Non, Jack. Mais je me dis que je la trouverais certainement si je rameutais vingt miliciens pour fouiller autour de vous. Aimeriez-vous que je le fasse ?

— Je crains d'avoir un peu plus de mal à quitter le pays demain.

— Vous partez ? Ça aussi, ça m'intrigue. Pourquoi partiriez-vous s'il restait une chance d'acheter l'icône ? Je suppose que vous touchez une commission sur la transaction, non ? Sur un million de dollars, même un petit pourcentage, ça vaut la peine d'attendre.

Schwartz fronça les sourcils.

— C'est ça que vous voulez, Alexeï ? De l'argent ?

— De l'argent, Jack ? Non, je ne crois pas. Kolya avait raison : je ne suis pas le citoyen soviétique que je croyais être, mais je ne suis pas non plus à vendre. Je veux juste quelques réponses. Par curiosité. Que vous ne soyez pas interrogé par des individus moins courtois que moi est la preuve de ma discrétion. Sans parler du fait que je pourrais faire retourner toute la ville, pierre par pierre, pour la retrouver.

L'Américain sourit, comme s'il se rappelait une vieille blague, puis il hocha la tête.

— Une voiture m'attend à l'entrée du cimetière. Si vous veniez avec moi à l'hôtel ?

— Accordez-moi cinq minutes.

— Certainement.

Korolev le regarda s'éloigner avant de s'approcher de la tombe. Deux fossoyeurs, des paysans aux mains épaisses venus d'une lointaine province, la remplissaient déjà avec des pelletées de terre. Il vit disparaître le dernier coin du cercueil de Semionov.

Il éprouvait un sentiment de tristesse, sans doute pour Semionov, mais aussi pour lui-même. Perdre un ami et tuer un homme étaient deux choses difficiles à supporter et elles lui étaient arrivées coup sur coup. Il ne pleurait pas la mort de Gregorine, mais il aurait préféré que quelqu'un d'autre appuie sur la détente du Walther. D'autant qu'il n'avait pas très bien tiré : il visait la poitrine et il avait atteint le colonel au-dessus de l'œil gauche, avec le même résultat néanmoins. Quand on mettait fin si brutalement à la vie d'un homme, on ne pouvait s'empêcher de penser à sa propre mort, et ce n'était jamais très agréable.

Peut-être est-ce l'image de Semionov gisant dans le couloir qui l'incita à faire ce geste, il n'aurait su le dire, mais sa main droite se leva, comme animée par une volonté propre, et exécuta un signe de croix parfait aux yeux du monde entier. Pendant un instant, il ne ressentit aucune peur en songeant aux conséquences, uniquement une paix absolue.

CHAPITRE 28

Ils ne parlèrent pas dans la voiture, à cause de la présence du chauffeur, mais aussi parce qu'il n'y avait rien à dire. La conversation ne reprit pas davantage quand ils entrèrent au Métropole. Le silence fut brisé uniquement quand Schwartz ouvrit la porte de sa chambre.

— Après vous, dit-il.

Korolev entra et, malgré la pénombre, il distingua le lit immense, les courbes élégantes d'une paire de fauteuils, un secrétaire, un papier peint sombre, l'empilement de caisses d'emballage devant la fenêtre et tous ces visages qui le regardaient par terre.

Les icônes étaient appuyées, côte à côte, contre les plinthes qui faisaient le tour de la chambre ; leurs auréoles dorées reflétaient la faible lueur du soleil qui entrait à travers les rideaux entrouverts. Korolev se retourna lentement ; ses yeux parcouraient cette frise d'évocations pieuses du Christ à tous les âges, des saints et, bien sûr, de la Vierge Marie elle-même.

Il y avait là une vingtaine de représentations de la Vierge sous les formes les plus traditionnelles, et parmi celles-ci cinq étaient des Kazanskaïa. Toutes semblaient très anciennes et Korolev les contempla en silence un long moment, intrigué tout d'abord par les infimes variations, avant de comprendre.

— Astucieux, commenta-t-il dans un murmure.

Schwartz confirma d'un hochement de tête.

— Je vais les emballer. Elles voyageront en train avec moi jusqu'à Hambourg. De là, je prendrai le bateau pour rentrer à New York.

C'était une idée brillante. Où cacher une icône sinon au milieu d'autres icônes ? Il s'attarda de nouveau sur les Kazanskaïa.

— Et ensuite ?

— Nous ne saurons jamais avec certitude. C'est une question de foi, pas de vérité… depuis toujours. Mais il y a là suffisamment de vérité pour bâtir sa foi.

Korolev sentait le regard de la Mère posée sur lui comme si elle se trouvait dans la pièce. Il voulait demander quelle icône était la bonne, mais il s'abstint. Ce n'était pas nécessaire. Il n'y avait aucun doute dans son esprit ; ça ne pouvait être qu'une seule d'entre elles : celle qui était capable de voir à l'intérieur de son âme. Pourtant il ne s'agenouilla pas, pas plus qu'il ne se signa et ne pria.

— Qu'en feront-ils là-bas, en Amérique ?

Schwartz réfléchit à la question.

— À mon avis, ils n'en feront rien. Ils attendront, je pense, que les choses changent.

Korolev regarda encore une fois l'icône, hocha la tête et tendit la main à l'Américain.

— Bon voyage, Jack. Peut-être que nous nous reverrons à Moscou. Un jour.

— Peut-être, répondit Schwartz, puis Korolev referma la porte derrière lui.

Il prit son temps pour rentrer à pied ; il se répétait ce qu'il allait dire en arrivant. Tout était au point quand il ouvrit la porte et découvrit Valentina Nikolaevna debout près de la table, comme si elle l'attendait. Alors il alla droit au but :

— Valentina Nikolaevna, j'ai bien réfléchi. Je ne me pardonne pas d'avoir été à l'origine de l'intrusion de ces hommes sous votre toit et de ce qui s'est passé ici. J'ai décidé qu'il était préférable que je quitte cet immeuble. Je logerai chez mon cousin, et je ne dirai rien à Louborov ni à personne d'autre. Vous aurez l'appartement pour vous toute seule si on croit que j'habite toujours ici. Ce n'est pas suffisant, je le sais bien, mais c'est déjà ça.

Elle l'observa, puis secoua la tête.

— Merci pour votre proposition, Alexeï Dmitrievitch. C'est très aimable, mais inutile. Ce n'est pas vous qui avez amené ces hommes ici, ils sont venus d'eux-mêmes. Vous n'êtes pas responsable du mal que font les autres.

— Mais…

— Assez, je vous prie. Je parle sincèrement. D'ailleurs Natacha ne l'accepterait pas. Elle ira se promener dans le parc Gorki ce soir uniquement si vous êtes là. Vous voyez, je ne peux pas me passer de vous.

Puis elle lui sourit.

NOTE DE L'AUTEUR

J'ai fait de mon mieux pour recréer dans ce livre le Moscou des années 1930. Toutefois il ne faut pas oublier qu'il s'agit d'une œuvre de fiction, et par conséquent je me suis autorisé parfois certaines libertés, particulièrement en ce qui concerne l'intérieur des bâtiments. Pour les inexactitudes involontaires, je vous prie de m'excuser.

Ceux qui sont intéressés par cette période peuvent consulter les ouvrages suivants[1] :

Anne Applebaum, *Goulag. Une histoire*, Gallimard, 2008.

Danzig Baldaev *et al.*, *Russian Criminal Tattoo Encyclopedia*, Steidl-Fuel, 2003-2008, 3 vol.

Robert Edelman, *Serious Fun. A History of Spectator Sports in the USSR*, Oxford University Press, 1993.

Orlando Figes, *Les Chuchoteurs. Vivre et survivre sous Staline*, Denoël, 2009.

1. Les ouvrages sont mentionnés de préférence dans leur édition française *(N.d.E)*.

Sheila Fitzpatrick. *Le Stalinisme au quotidien. La Russie soviétique dans les années 30*, Flammarion, 2002.

–, *Tear off the Masks. Identity and Imposture in Twentieth-Century Russia*, Princeton University Press, 2005.

Véronique Garros, Natasha Korenevskaya et Thomas Lahusen, *Intimacy and Terror. Soviet Diaries of the 1930s*, New Press, 1995.

Jukka Gronow, *Caviar and Champagne. Common Luxury and the Ideals of the Good Life in Stalin's Russia*, Berg, 2003.

Jochen Hellbeck, *Revolution on My Mind. Writing a Diary under Stalin*, Harvard University Press, 2006.

Marc Jansen et Nikita Petrov, *Stalin's Loyal Executioner. People's Commissioner Nikolai Ezhov*, Hoover Institute Press, 2002.

David King, *Sous le signe de l'étoile rouge. Une histoire visuelle de l'Union soviétique de 1917 à la mort de Staline*, Gallimard, 2009.

Hiroaki Kuromiya, *The Voices of the Dead*, Yale University Press, 2007.

Catherine Merridale, *Night of Stone. Death and Memory in Russia*, Granta, 2000.

Simon Sebag Montefiore, *Staline. La cour du tsar rouge*, t. 1 : *1878-1941*, Perrin, 2010.

A.N. Pirozhkova, *At His Side. The Last Years of Isaac Babel*, Steerforth, 1996.

Vitaly Shentalinsky, *The KGB's Literary Archive*, Harvill, 1993.

Frederic Starr, *Red and Hot. The Fate of Jazz in the Soviet Union*, Oxford University Press, 1983.

J'ai eu la chance d'obtenir un master de techniques de l'écriture à l'université St Andrews, et je suis reconnaissant à Douglas Dunn, Meaghan Delahunt, Don Patterson et John Burnside pour leur patience, leur perspicacité et leurs conseils ; et surtout à A.L. Kennedy, qui ne m'a pas seulement enseigné les secrets de l'écriture, mais qui a publié ma nouvelle *Danemark* dans une collection allemande qu'elle dirigeait : un véritable encouragement à un moment où j'en avais grand besoin.

Je tiens également à remercier David Wilkinson, Kuhan Tharmananther, Jonathan Thake, Sue Turton, Bryan Hassett, Ken Murphy, Ed Murray, Ian Iqbal Rashid, Melanie Richmond et mon épouse, Joanne – qui tous ont lu ce livre à différents stades –, ainsi que Larisha Ivash, précieuse source d'informations sur des sujets aussi divers que les cigarettes soviétiques avant la guerre et le moteur de la GAZ M1. Mon agent Andrew Gordon, de David Higham Associates, m'a aidé à rendre ce livre bien meilleur qu'il l'était, tout comme mon éditrice Maria Rejt et son homologue américaine Lindsay Sagnette, chez St Martin's. Leurs suggestions ont été précieuses et leurs corrections toujours justifiées. L'attention que Maria portait aux détails et son implication m'ont incité à peser chaque mot, ce qui est sans doute la meilleure des méthodes. Merci également à Liz Cowen pour son travail de préparation, précis et méticuleux.

Mais ma reconnaissance va avant tout à mon épouse Joanne. Ce livre lui est dédié en remerciement de sa patience, et d'autres choses.

MIXTE
Papier issu de
sources responsables
FSC® C003309

10/18, une marque d'Univers Poche,
est un éditeur qui s'engage pour
la préservation de son environnement
et qui utilise du papier fabriqué à partir
de bois provenant de forêts gérées
de manière responsable.

Impression réalisée par

BRODARD & TAUPIN

La Flèche (Sarthe), 68222
Dépôt légal : avril 2012
X05590/01

Imprimé en France